周燕芬 著

执守·反拨·超越

——七月派史论

中华书局

图书在版编目(CIP)数据

执守·反拨·超越：七月派史论/周燕芬著 . －北京：中华书局，2003

（中华文学文库）

ISBN 7 – 101 – 03968 – 5

Ⅰ . 执⋯　Ⅱ . 周⋯　Ⅲ . 文学流派－研究－中国－20世纪　Ⅳ .I209.6

中国版本图书馆 CIP 数据核字(2003)第 055876 号

责任编辑：宁映霞

中华文学文库

执守·反拨·超越
——七月派史论

周燕芬 著

＊

中华书局出版发行

（北京市丰台区太平桥西里 38 号　100073）

北京市白帆印务有限公司印刷

＊

850×1168毫米　1/32·12³/₄ 印张·287千字

2003 年 8 月第 1 版　2003 年 8 月北京第 1 次印刷

印数 1－3000 册　定价：25.00 元

ISBN 7 – 101 – 03968 – 5/Ⅰ·504

目　录

序

黄曼君

新时期文学研究和理论批评经历了由思辨演绎到分析体验再到多维综合的发展过程,关于以胡风文艺思想为代表的"七月派"的研究似乎也经历了这样的过程。记得是上世纪80年代初,在重提反封建和现实主义回归浪潮中,启蒙主义和现实主义成为审视"七月派"特定的视角;接着80年代中期遇到"方法热",这个强调"主观战斗精神"的现实主义流派,又在文学主体性讨论的热潮中被研究界热过一阵子。但往后,到了80年代末、90年代初,随着外来的现代主义、后现代主义思潮传入中国并迅速"热"起来,传统的现实主义似乎已经过时,中国现代文学研究界最热门的话题是现代主义:现代主义诸流派(如小说方面的"新感觉派",诗歌方面的"现代诗派"、"九叶诗派"),现代主义整体思潮(如现代主义诗歌史、诗潮史,现代主义文学史、文学理论),五四以来的现实主义、浪漫主义甚至也被概括到现代主义中去而似乎"刷新"了面貌,提高了"档次"。至于意欲超越时代精神,消解宏大叙事,反本质主义,反理想主义的后现代主义文学思潮,则对于与时代和人民血脉相连,充溢着现实参与激情,宏扬崇高和悲剧审美精神的"七月派",更是要在"解构"之列,不在"话"下了。正是在这种情势中,"七月派"的研究便相对地趋于冷落。在这一段时间中,包括去年纪念胡风诞辰一百周年之际,关于这一文学群体的研究,大多止于胡风本人的理论贡献和胡风集团的悲剧遭遇上;他们的创作除个别作家(如路翎)受到重视以外,其他作家的诗歌、小说、戏剧和理论批评等门类的作品很少有人提到;而更重要的是,七月派作为中国20世纪文学史上最富有流派特征的文学群体,还没有能够从整体上对其外在关系、内部构成和动态发展等方面进行客观、科学、系统的研究和把握。周燕芬的这部在博士论文基础上扩充而成的《执守·反拨·超越——七月派史论》正是弥补了这方面空白的一部很有分量的学术专著。

　　周燕芬在这部专著的写作中,突破了对于七月派这一文学现象非此即彼、简单否定或简单肯定的二元对立的思维格局,摆脱了单纯为七月派的悲剧命运抗争、为它平反昭雪的情绪性感受,也不先入为主地拘泥于某种反封建的启蒙主义或写实的现实主义的切入角度。作者从相关人文学科,如社会政治学、审美心理学、实证历史学、生命创造哲学等多种角度,切入“七月派”这一文学本体的相应领域,展开多维阐释空间:从精神意蕴看,启蒙与救亡,个体与群体,感性与理性;在创作方法上,浪漫主义、现实主义、现代主义;审美类型上,悲剧、崇高、苍凉、焦灼,等等,这样,便将“七月派”放在20世纪中国文学的整体背景下,对这一流派的发生、演变、消隐的动态过程及其成因,以及这一流派在文学理论、诗歌、小说等方面的成就和风格特色进行了全面深入的考察研究。正是这样,作者摈弃了那种理念先行映证某种政治观念或学术论点的思辨演绎式的研究方法,吸取了注重思考发现、平等对话的分析体验式研究方法的长处,力求研究方法的开放多元、互补综合,将局部性研究置于全景式整体性研究的框架内,将体验性研究置于体系性研究的视野之中;同时,具持“了解的同情”的精神,注重历史的“在场”

意识,以理性的节制,客观的把握和冷静审视的态度,从而经由现实主体和历史主体的"对话",赋予研究探讨以学理审视的眼光与科学公允的评价。我想,这符合现代学术的要求,是作者力争学术现代化的努力。

本书作者以学术现代性的要求来审视七月派,而七月派本身,又是中国社会现代转型、中国 20 世纪文学在三、四十年代向现代化纵深发展时期中一个有重大标志性意义的文学现象,具有丰富的现代性内涵。书中没有按照现代性的某些具体观点来阐述七月派的现代性特征,而是从它的全部丰富性和复杂性出发,在它的种种内外部关系和因素中去展示其现代性内涵。从书中可以看出来,七月派的现代性特征主要表现在以下几个方面:

从文学流派的形成及其整体性特征上看,作为现代性精神品格核心的反思性是七月派形成的根本精神动因,也是这个流派的整体性基本特征。自从笛卡尔提出"我思故我在"以后,反思性获得了真正现代性内涵,人的精神主体对思的反思成为现代化进程中最核心的精神品格。在文学艺术上,则表现为对社会现代性进行反思的审美现代性特征,如对人的精神异化的心灵的诗性救赎,对囿于政治或商业功利主义的艺术平庸堕落的拒绝,对多元岐异的艺术品格多样化的宽容,等等,这些,都表现出对现代社会容易出现的同一性的反思和批判。以胡风文艺思想为代表的七月派,则在现代中国的特定情况下,看到了政治意识形态、革命的功利主义所带来的将人的精神价值平均化弊端以及这种弊端在文学上的表现,正如本书所论及的,七月派正是在对抗战文学和五四新文学传统进行深入反思的基础上形成其主要流派特征的。在抗战文学中,特别是在抗战初期文学中,存在着单纯地歌颂光明,表现浮浅的抗战热情的弊端,胡风等人则在对战争的政治反思的基础上进行了文化反思和精神反思；他们强调继承和发扬新文学的启蒙主义传统，主张将启蒙主义精神灌注到政治救亡中去，他们暴露、批判抗战现实中的政治黑暗与思想黑暗，认为应该看到人民特别是农民身上的"精神奴役的创伤"，重视国民性的改造，坚持民族灵魂的重铸。他们还通过创作思想和方法上的反思，反对客观主义和主观公式主义，提出"主观战斗精神"的核心概念。这些反思成果使得七月派与中国现代文学史上那些将为政治服务或社会剖析置于首位的文学流派（如"中国诗歌会"、"社会剖析派"）不同，又与那些以艺术和生命为本位的文学流派（如"新感觉派"、"九叶派"）有着明显的区别。正是因为七月派这些立足于文化反思和精神反思基础上的理论与创作上的探索，成为它形成流派特征的主要原因，它的置身于文学主流同时又反拨主流偏向的思潮特点，它在存在形式上既集中又开放的双重特征，它的既体现时代风尚又坚持艺术个体化的风格特色，乃至它的盛衰沉浮的坎坷命运，在 20 世纪的中国都具有相当的典型性和开拓性，显示出流派巨大的包容量与影响力。

再则，从流派的思想理论基础来看，七月派的以"主观战斗精神"为核心的文学主体性原则，其独特的现代性内涵，在于它是在主体和客体，情感和思想，感性和理性诸关系中强调的是主体、情感和感性。我们知道，与西方启蒙主义运动密切相关的现代性话语强调人的主体性和理性精神，即人为自己立法，否定超验原则与传统规范，开辟了以人自身的内在性认识外在世界的道路；从社会运行模式上看，则为理性原则的确认，即人按照自身的理性，借助科学精神，通过一系列制度安排建构起现代社会的政治经济结构。当然，如上所述，现代性的精神品格的核心是反思性，因此现代性又是通过不断的反思呈多元态势向前发展的。事实上，当现代性在其发展过程中出现理性主义、科学主义的偏颇时,人们从现代艺术中找到了拯救人性异化、情感沦丧、意义缺失的潜在能量,这就是审美现代性。这种现代性并非要超越和颠覆现代性,而是质疑于理性主义和科学主义,立足于俗世此岸、当下此在,重视感性生命、直觉灵性、审美自律。它既重视主体性,又从感性原则反对极端理性化的主体性,因此它既是现代性的构成因素和认同力量,又是它的解构因素与异己力量。从本书中可以看到,胡风曾接受别林斯基的"情志说"创作主体论、卢卡契的现实主义真实论的影响,又通过《苦闷的象征》等著作接受过现代生命哲学、人本主义美学和现代主义文学的深刻影响。他正是立足于现代中国、特别是20世纪40年代的社会实际和文艺实际,融合上述种种影响,提出了以"主观战斗精神"为核心的现实主义理论,从而置身于独特的审美现代性语境之中。论著从作家主体、对象主体以及主客体的关系上充分论述了"活的人"的"感性的活动""活的心理状态,活的精神斗争""一代的心理动态"的重要性,论述了作家主体要"自我扩张",以"人格力量""拥抱"、"突入"客观,"肉搏"生活,认为这种"主观战斗精神"的核心观点必然要突破现代中国文艺特有的"同一性"——过于理性化、政治化、僵化的现实主义理论的种种禁锢,从而使"胡风的现实主义成为开放的、多元的、本体的,具有艺术调节机制的、更符合艺术创作规律的现实主义,成为具有现代性特征的现实主义"。应该注意的是,作者在论述胡风现实主义的富于原创性和开放性特征的时候,仍然是将它放置在现实主义的总体框架之中的,而且,作者不同意一些论者对胡风的苛求即认为这是胡风现实主义"狭窄"的表现,而是主张将胡风的现实主义放在当时特定的语境下去透视,因为当时若不坚守并开掘现实主义的本真含义,便无从识别和突破已经泛滥多时的僵化的现实主义。这种态度是实事求是的，也是颇有见地的。

　　还有一点很能够见出胡风和七月派现代性的独特内涵的，是它们疏离并反抗中心权力话语的话语方式和艺术风格。20世纪40年代的中国，国共两党的斗争围绕着建什么国的政权问题进行，因此对峙、冲突极其分明、激烈，社会上普遍存在的权力话语也日益政治化和中心化。置身于左翼文学阵营的胡风和七月派，虽然他们有着为民族、社会、阶级的解放而战斗并自觉地以文艺服务于政治的现实参与激情，坚持从客观现实出发又以客观现实为归宿的反映论的文艺观念和现实主义精神，也十分重视科学理性和思想理论的作用；但是，他们那一套基于个体感性生命主体的"主观战斗精神"的理论体系和创作实践，与他们那种感性的、显示出生活的生动性与生命的博击力的独特的语言系统，包括文论上的概念、术语、范畴以及创作上的个性化的艺术风格，二者是协调一致的。这里可以看出，语言不仅是工具，语言即是思想本体。胡风与七月派由语言与思想的一致所构成的话语体系是那样独特，它们突兀、惊世骇俗，富于原创性而且具有超越品格：理论上从胡风到阿垅，从吕荧到路翎，他们惯用的概念、范畴如"相生相克"、"血肉追求"、"自我扩张"、"人的花朵"、"拥合"、"突入"、"肉搏"、"原始强力"、"非肉身的空响"等，都是人本性的有着浓烈情感色彩与强烈生命意识的语言表达。作家的创作，诗人如艾青，他注目于苦难，忧郁而激愤的情感，因坚持现实主义、浪漫主义，又吸纳象征主义和意象派观念和手法，而呈现出的沉郁美和繁复美；其他诗人如胡风、阿垅、绿原、牛汉、冀汸、曾卓、化铁、天蓝、彭燕郊、孙钿、芦甸、邹荻帆、鲁煤等，大多呈示出深情强劲、凄厉狂放的男子汉的血性刚性，表现出沉郁、浓重、悲愤、激昂的独特风格。特别是胡风最为推重、被称为七月派的经典文本的路翎的小说，只要看过他的中篇小说《饥饿的郭素娥》、《罗大斗的一生》和长篇小说《财主的儿女们》的人，都会强烈地感受到那"原始强力"的震撼力和冲击力。他笔下的人物，无论是农民还是知识分子，最突出的形象是流浪者、漂泊者的形象，这些形象性格中最突出之点是挣扎、欲望、追求，是灵魂的撕裂或野性的变态；而他们常用的手法除了写实、夸张以外，还有渲染、变形、荒诞和"复调"。这些话语形态与周扬等人提倡文学政治化、大众化、民族化，又理性十足、貌似平正公允的中心权力话语比较起来，显得十分怪异而突兀。于是，他们的话语形态或者被说成是以晦涩的文风表现唯心论的阴暗的思想，或者被目为以咄咄逼人的文风表现出痉挛的近似疯狂的思想，似乎他们的话语成为了"语言的暴力"。然而事实上胡风和七月派只是在很大程度上疏离中心权力话语，表现出对其压制的疏离和反抗，并未从根本上"离经叛道"，用后现代话语理论的术语来说，就是对中心权力话语还有某种"屈从"；而相反，随着与胡风和七月派由讨论而批判，由文艺思想的批判到政治的迫害，中心权力话语"语言暴力"的面貌倒是暴露无遗了。

当然，作者并未完全从上述三个方面来阐述七月派的现代性内涵，而是从它的丰富性和复杂性出发进行实事求是的分析和评价，如认为七月派坚持现实主义是当时的时代要求，也是七月派最为独特之处，不必因为它未提倡现代主义而视其为它的现代性的局限；又如本书作者认为路翎的小说虽然具有现代主义变形的特征，但并不是现代派手法的有意识地导入，而是某种"气质相通"的结果。这些有颇为新颖的见解都是从历史实际出发，具体问题具体分析而收到的效果。

还要提到的是，作者在写作博士论文和出版这本书的过程中，学术态度始终都是十分认真的。她不仅注重收集第一手材料，多次走访于全国,而且注重史论框架对内容的包容性,从而反反复复地进行构思。艰苦睿智地劳作,终于成就了这一部视野开阔、构思严谨、观点新颖、资料丰富的厚重的史论性的学术著作。周燕芬过去是研究中国当代文学的,她的这一部现代文学专著之所以有如此的分量,除了她的努力和正确的治学方法外,还说明中国现当代文学确实是相通的。我以为,把握鲜活的当代精神,从当下复杂多变的文艺思潮中吸取营养,从而使现实和历史的对话既具有历史感,又富有现实感,加以多学科的综合研究,在广阔的哲学社会思潮和文艺美学思潮中进行多方面审视,使这种研究真正具有学理性和现代性,这正是学术著作富有生命力的重要表现。

2003 年 5 月 24 日于武昌桂子山

第一章　七月派综论

一、"文学流派"的界定

"文学流派"是文学发展过程中的产物,是在特定历史时期,作家及其创作自然或自觉地聚合而形成的群体结构,它的出现往往标志着文学活动走到自觉、独立和兴盛、成熟的阶段。鉴于它对文学发展和文学史演变所具有的重要作用和意义,"文学流派"也成为文学研究和批评中的一个常用概念范畴。但对这一概念的界定,却因为其内涵和外延的伸缩性,存在着种种不同的看法,其划分和识别与文学诸多因素相关。这里,易于引起理解上的分歧和理论上的争议的相关概念是:艺术风格,文学社团,时代精神,文学思潮,文学体裁,文学题材,同人刊物等。从以上任何一个角度,似乎都可以切入对文学流派的认识,进而成为某一流派之所以成为流派的鲜明标记。于是,流派自身形成中的不同侧重,导致人们对流派概念的不同界定,众说纷纭、不一而足。虽然构成文学流派的因素是多方面的,并以复合状态呈现出来,但各元素绝不是平分秋色地作用于构成对象。对文学流派而言,基本和必备条件应该有两个,一是相对内在的思想观念,二是相对外在的风格形态。大多数的普及性辞典也涵盖了这两个因素,得出较为简明的定义。如:"在一定历史时期里,思想倾向、审美理想和创作风格相同或相近的作家,自觉或不自觉地结合而成为文学派别。一般说,需要较成熟,才被承认。"① 这一定义以相同或相近的思想倾向和创作风格解释文学流派,因而,虽简洁却也基本成立。

文学思潮是指在某一历史时期的文学发展中有较大影响的、并形成群体性倾向的思想观念及其发展趋势。对于文学流派的产生,思潮起的是直接的作用,并构成流派的内在因素。有学者言:"新文学流派作为文学家群体创造出来的审美结构,文学思潮是其文化环境构成的重要因素,它可以作为'共振场'源源不断地输送文化信息,作用于文学家们的大脑,刺激其心理组织功能,对各种文学思潮进行选择、分析和综合,然后把信息协调起来加以整合,方可形成文学流派的灵魂和主脑。"② 此种新颖的"共振说",确实是切中肯綮之论,使我们进一步明确了思潮与流派之间的同构关系。

无论如何,文学流派是以追求共同性为标志的。思想精神既是共同内核,同时也相当程度上决定着流派的外在特征。抽象的流动状的思想精神通过作家主体的创造活动而具象化为审美风格,审美的共同追求落实为相互照应的文学文本,使流派得以实现。日本美学家竹内敏雄曾提出"思潮风格同一说",认为文学思潮和文学风格"不外是从稍为不同的观点来看同一的客观精神现象"。注目于艺术的形式层面的"样子"时,称之为"风格",如果只关心其内在根源,把握到的就是"思潮"。③ 将思潮与风格混为一谈,其理论有很多牵强附会之处,但我们在研究流派与思潮、与风格的关系时,却得到一定的启示,即思潮观念作为内在根源,对流

---

① 王世德主编:《美学辞典》,知识出版社 1986 年版,第 476 页。

② 朱德发:《中国新文学流派与文学思潮关系论》,《中外诗歌研究》1999 年第 3 期。

③ 参见卢铁澎:《文学思潮与文学风格》,《外国文学》2000 年第 2 期。

派具有发生学的意义,而审美风格作为外在形态,则是流派形成的显现。倘若视流派为中介,思潮和风格则分别处于前后两端,这多少又可以看到三者之间的复杂联系,从而见出思潮和风格在流派构成中不同寻常的意义。

当然,同构关系并不等于绝对的同一。我们不过是从流派出发,寻求彼此之间的同构因素。显然,思潮大于流派也大于风格,思潮的影响力不只在于流派和风格方面;同样,风格也不止于流派,风格是个性化的产物,它首先表现为个体,而聚集为群体化并成熟化的个性,才谓之流派。个性的区域扩展和时段跨越,又会生成民族风格和时代风格,并将流派作为成员纳入其中。在纵横交错的复杂联系中,流派居于自己的特定位置,既是四面八方的作用而生成的独特系统,又会作用于其它系统并属于更大系统的一个分支。任何人为轻视或夸大文学流派作用与地位的态度都非实事求是的科学态度,都是严肃的学术研究所不足取的。

并不是说,有了相同或相近的文学思想和艺术风格,就一定已经构成了文学流派,有些可能是流派形成之前带有普遍性的文学现象,有些也可能是超越流派的文学思潮,但这些都不一定是文学流派。既为流派,就必定有它的组织形式和相应的流派活动,这种外部显性特征往往是人们识别文学流派的关键。虽然组织形式在生成文学流派的公式中是一个变量而非定数,但这个变量却同样是流派存在的必需条件,因为每个文学流派都有自身特殊的生成过程,有些看似并无普遍性的原因,对某一流派来讲或许就是关键的甚至是决定性因素。现代文学史上兴起了许许多多的文学社团,社团未必一定形成流派,但有些社团则直接转化成了文学流派,比如文学研究会和新月社,后来就成为人生派和新月派这两个重要的文学流派。这里,社团就成了必备因素。还有文学刊物,有些与流派无关,有些则直接是流派的写作阵地,是流派的存在方式,比如《新月》杂志之于新月派,《七月》杂志之于七月派,这里,刊物的作用就至关重要,同样也是流派的必备因素。所谓变量而非定数的意思是,它因流派的组织形式不同而变化,几乎每个文学流派都有一个特定的组织形式,或者称为特定的聚合点,或社团、或刊物、或居住区域、或将帅人物、或选择一贯性的题材、或擅长相同的文体等等,这些都是文学流派研究者断然不可忽略的。

此外,检验是否已经构成一个文学流派,除了上述因素之外,最终取决于流派的整体创作水平与风格的成熟状况,这需要时间和文学接受者的裁定。文学史上对某一流派的认可,意味着对这一群体创作成就的相对肯定,以及对他们艺术风格的赞赏,这种识别与裁定又在文学发展的纵横比较中进行。因此,流派是否成立,不是谁说了就算数不算数的问题,某个作家是否属于某个流派,也不是自己承认和不承认的问题,鉴别流派及其成员,应该有客观的科学的认识依据。

综合而言,所谓文学流派,是指持有共同思想观念、创作主张的一批作家,在创作中形成相近的成熟的艺术风格,并以特定的组织形式聚合为与其他作家相区别的文学派别。而且,文学流派比较突出地活跃于某一历史时期,也可以有比较长久的延续性和影响力。

显然,没有也不可能有一个包揽无余的万能的定义,概括永远只能是挂一漏万的,只能尽量抓住所谓本质和规律性的东西,即所谓基本和必要因素。具体和深入的研究中,则不仅要看到普遍必然性,也要看到特殊偶然性,避免片面和偏执。如论者所言:"在流派的划分上只要持之有故,言之成理,自然不必过分强调划分流派的标准的逻辑性。最重要的是,是不是反映了历史的真实。"① 这样,我们才能更加全面和准确地把握研究对象。

二、七月派的构成形式与特点

沿着对文学流派考察的思路,可以看到现代文学史上的七月派显然已经具备了构成一个流派的必需条件。是文学思想和风格特色方面的同一性凝结着这样一个庞大的文学群体。以胡风为领袖的七月派众成员崇尚现实主义文学观,他们在 20 世纪现实主义文学大潮的"共振"之中互相影响互相吸引,并在胡风的文学精神和人格力量感召下紧紧聚合在一起。七月派对风行一个时代的文学思潮有自己独特的理解,他们将时代的需求和自己的文学理想融合于现实主义文学中,构筑出具有鲜明流派特色的文学精神,"主观战斗精神"是七月派现实主义的生命内核,也是作为一个文学流派存在的精神纽带。此种主观性现实主义文学观,既是七月派认同于时代潮流的有力明证,又是七月派独立于时代和区别于其他文学流派的内在标志。

七月派的文学观念统一于主体性现实主义旗帜之下,在审美理想、创作方法等方面呈现出相当程度上的同向化倾向,文学作品以物化的形态呈示着主体化现实主义的诸种艺术特征。而特定的时代精神与现实主义的结合,又必然地生成了一种群体化的风格形态,这就是典型地体现在七月派创作中的艺术风格,我们称之为悲郁与崇高的结合。翻开七月派创作的任何文本,扑面而来的是:时代的激情、现实的忧患、作家的郁愤、笔触的疾厉、色彩的浓烈,

---

① 吴奔星:《关于识别文学流派的几个关键问题》,《中国现代文学思潮流派讨论集》,人民文学出版社 1984 年版,第85—86 页。

其总体风貌鲜明而突出,阅读这些文本所带来的第一感触是:这就是七月派。

严家炎在界定文学流派时强调指出:"创作流派是一种客观的存在,它是自然形成的,通过作品来显示了自己的特点的,而不是人为地主观地划分出来的。"① 七月派的成员大多也认为,"作为一个流派,'七月诗派'在创作实践和文艺见解上自然有其共同点,但也只是一种松散的思想上的结合,决没有什么组织、纲领之类,象后来的批判者们所设想的那样。他们当时并没有意识到自己是个流派,也没有存心结成一个流派,更没有自称过'七月诗派'"② 他们"是在一个特定的历史条件下,在世界观、美学观、创作方法上互相吸引,互相影响,互相促进,渐渐形成艺术志趣大体上相近的一个作者群,客观上形成为一个流派。"③ 抛开七月派成员的政治性顾忌不说,以上的"客观形成"之论确实道出了文学流派形成中的一种普遍性和规律性。但同时也与流派的显性存在形式不相矛盾,从学术角度所说的组织与纲领,也就是今天看来在客观上起到了组织与纲领性作用的一些重要因素。针对七月派而言,《七月》和《希望》刊物是它的组织形式,胡风的现实主义思想理论则可认作是它的纲领性文献。而七月派被称为一个公认的文学流派,与这两个显性存在形式极为相关。与此相联系的是,我们不能忽略流派形成和发展中的人为自觉因素,往往是,一个流派在萌芽时期是任性的不自觉的,而发展到一定时期则有了自觉和加强意识,很难想象一个始终处于放任自流状态的文学流派,会走向成熟和完

---

① 严家炎:《中国现代小说流派史》,人民文学出版社 1989 年版,第 6 页。

② 绿原:《温故而知新》,《香港文艺》1986 年 2 月号。

③ 牛汉:《关于"七月派"的几个问题》,见《梦游人说诗》,华文出版社 2001 年版,第 124 页。

善。七月派恰恰经历了前期的充分不自觉到后期的充分自觉两个阶段,1945年《希望》的面世可认作前后分界的标记。

七月派因文学刊物《七月》而得名,《七月》的创刊标志着七月派的成立和发端。作为抗战时期的一份面向全社会的重要文学刊物,《七月》声名远扬,《七月》的包容量很大,接纳来自全国各地的文学稿件,显然,以在《七月》刊物上发表作品作为划定七月派的成员的标准,甚至以此来界定七月派概念,是一种不够客观的简单化做法。在《七月》上成长起来的作家理论家不止于七月派,《七月》的影响力已经远远超出了一个文学流派,这是公认的事实。同时存在的另一个事实是,《七月》确实又是七月派成长的基本阵地,《七月》与后来的《希望》等刊物与七月派的生死兴衰紧相伴随。七月派以期刊和丛书等出版物来显示自己的存在,证明自己的力量。胡风曾说:"对于一代文艺思潮,不能仅仅从理论表现上,更重要地要从实际创作过程上去理解;或者说,理论表现只有在创作过程上取得了实践意义以后才能够成为一代文艺思潮的活的性格。"①在风云激荡的动乱岁月,要使无用的笔变得有用,必须为写作者提供用笔的机会,胡风想方设法创办刊物,就是为了使创作活动得以落实。七月派在特殊年代贡献出大量的文学作品,这些创作自身就足以衡量出流派在文学史上的价值和意义。

胡风一方面积极创办刊物,吸引同道,另一方面结合创作实践,营构独特的现实主义理论体系,他既是流派组织上的领导者,又是文学精神上的引领着,作为七月派的灵魂人物,胡风的存在,使当时流亡四方的一批文学青年有了一种归属感,也使七月派在

---

① 胡风:《论民族形式问题》,《胡风全集》第2卷,湖北人民出版社1999年版,第742页。

发端之初具有了一种整体趋向感。胡风与七月派其他成员一样也坚持表明当年并没有什么流派意识,但事实上,胡风当年的行为和言论,成为七月派出现的直接条件。1937 年 8 月,胡风暂时放下激情澎湃的诗笔,转而去办文学刊物,因为他看到抗战初期的文坛上新生力量不断涌现,而文学刊物在数量和质量上均不能满足他们的要求。胡风有了一个迫切愿望和自觉主张,即开辟新的阵地,树立新的文艺方向,实践自己的文艺思想。他的由创作转入编辑,颇能说明胡风已经有了新的更宏伟的志向。所以,胡风在办刊之初就明确道:"编辑上有一定的态度,基本撰稿人在大体上倾向一致",① 这里提到的基本撰稿人,可认为就是七月派的雏形和核心。在划定必要的思想倾向和艺术风格的同时,胡风持一种广泛吸纳成员和作品的开放态度,他提出:"文艺作家不但能够从民众里面找到真实的理解者,同时还能够源源地发现在实际斗争里成长的新的同道和伙友。"② 他强调:《七月》也并不是少数人占领的杂志,相反地,它倒是尽量地团结而且号召倾向上能够共鸣的作家,尽量地寻求新的作家。"③ 可见,胡风所谓的"半同人杂志"的说法中,隐含着既集中又开放的两层意思。胡风的这一办刊思想也决定了七月派作为流派的既集中又开放的双重特征。

　　有《七月》和《希望》为创作和理论阵地,又有享有相当威望的领导者及其主导性理论思想,七月派应该算是比较规范和严整的文学流派了,但七月派又因其人员杂多,持续时间长,内部变化大,

---

　　① 胡风等:《现时文艺活动与〈七月〉(座谈会记录)》,《胡风全集》第 5 卷,第 347 页。
　　② 胡风:《愿和读者一同成长》,《胡风全集》第 2 卷,第 499 页。
　　③ 胡风等:《现时文艺活动与〈七月〉(座谈会记录)》,《胡风全集》第 5 卷,第 347 页。

而被人们称为"泛流派"。这实际上正是前文所讲的"集中又开放"的双重特征的体现。所谓"泛流派",可以从四方面来理解：

其一,"紧与松"的统一,亦即内部集中,外围松散。《七月》创刊之时团结了一批"倾向上能够共鸣的作家",艾青、田间、丘东平、曹白、吴奚如、阿垅、彭柏山等,他们成为《七月》的"基本撰稿人",也是七月派的核心成员和中坚力量,后来又有冀汸、鲁藜、天蓝、路翎、绿原等跻身加入,为流派核心增添新的成员。在这过程中,七月派的外围不断扩大,形成一种环绕中心的发散性辐射性结构,于是很难划清一个流派边界,通常所谓"同人"和"半同人"的说法,实际就包含了核心与外围共存的意思。现代文学史的众多流派当中,在组成成员上争议最多的莫过于七月派,而在后来的肃清"胡风集团"运动中,许多诗人作家及其创作团体被当作"外围人员"和"外围团体"受到株连。

其二,"来与去"的变化,亦即成员呈流动状态。前期的核心分子,由于生活环境和文学观念的变化以及其他历史、政治的原因,后来逐渐脱离了流派中心,而后期加盟者又源源不断。动荡年代,流亡者居无定所,《七月》杂志本身可以说由主编胡风随身携带,几度中断又几度异地复刊。所以,迁徙变化中能够坚持流派的基本思想和鲜明特色,当属不易。这与胡风及其中坚分子的合力坚持莫不相关。在此前提下,如艾青、田间、贺敬之、侯唯动等诗人,不可因其以后的脱离而轻易否认他们与七月派的隶属关系,这如同不认可后来者一样不合基本逻辑。由于胡风和《七月》的精神感召力,使七月派在组成上越出了时空环境的局囿,比如在抗战初期,

"延安尚无文学刊物,依靠'大后方'供给精神食粮"。[①] 天蓝、鲁藜、胡征、黄树则等延安的诗人作家,由"迷恋《七月》",进而将自己的稿件辗转从延安带至胡风手中,他们就是通过给《七月》和《希望》投稿而与之建立起密切的联系。

其三,七月派是一个包容了小说、诗歌和理论批评的全方位展开的大流派,它涉及的作家多,问题的范围广,而且大中套小。"七月诗派"、"七月派小说"都是成就颇丰、自成独立体系的文学流派,以胡风为代表的七月派现实主义理论也独树一帜,是 20 世纪现实主义理论发展中的重要一脉。另一方面,七月派的诗歌、小说、理论之间,又有着内在的深刻的联系,相同的思想、精神、心理取向,相同的审美追求,铸造出七月派整体系统的群体形象。所以,对这样一个泛流派所具有的共同性而言,就必须进行更为内在和深入的理解,将渗透于其中的精神晶体提取出来,使人们看到凝结这个流派、统领这个流派的灵魂力量。

其四,在七月派的沉浮起伏、分合聚散的动态演变过程中,所谓集中与开放的双重特征,实际上也是各有侧重地分别表现在流派活动的不同时期。如前所说,在流派意识不自觉的前期主要表现出开放、包容的特点,而后期流派意识逐渐自觉起来,无论从文学思想还是艺术风格上更加趋向共同的追求,流派的向心力和凝聚力加强,频繁的文艺论争也在某种程度上导致了对其他流派或异己主张的排斥,集中、自守的特征明显起来。这种前后跨越性的变化,也算是"泛流派"的一种存在特征。

七月派这种"泛"的特征,正说明七月派巨大的包容量和影响

---

① 　胡征:《如是我云》,晓风主编《我与胡风》,宁夏人民出版社 1993 年版,第 188 页。

力,是文学流派高质量的一个标志。但毕竟,流派的"泛"却不能取代流派质的规定性,否则流派也就不成其为流派。七月派在结构形态上呈现出相当的复杂性,这种复杂性在整体上表现为流派成员的多样性、流动变化性与流派特色的集中性、稳定性的统一,具体地,七月派成员之间在思想观念、审美理想、叙述方式等方面也保持着多样性的统一。流派是个性化的产物,流派当然不排斥个性,七月派是众多个性的气脉相通,正是在个性与共性的对立统一关系方面,七月派为文学流派能够发展和得以成功提供了可资借鉴的重要经验。

三、七月派的发轫、演变和消隐

七月派发轫于那份薄薄的叫做《七月》的文学刊物。

《七月》和《希望》以及相关的其它刊物承载着现代文学史上的这一重要的文学流派,刊物与流派如影相随,刊物的生死存亡紧系着流派的盛衰沉浮。如若稍作细致划分,沿着胡风办刊的坎坷历程,七月派的活动及其演变发展可分为四个时期。

草创期。"七七"事变的炮火,将全国人民震上了抗日救亡的战场。在抗日初期民众亢奋的情绪中,文坛掀起了"投笔从戎"的运动,如后来成为七月派中坚力量的丘东平、阿垅、曹白、彭柏山、吴奚如等人真正走上了抗击日寇的最前沿。在一些文人书生决心成为"一个真正的军人",纷纷以枪为笔投入战斗的时候,诗人性格的胡风同样激情满怀,他要奉献自己的全部心力以报效灾难中的祖国。他创作了《为祖国而歌》等一系列抗日爱国诗歌,同时思考着开拓一个以笔为枪的新的阵地,聚合群体的力量,以应合时代的特殊要求。胡风清醒地意识到"战士和诗人原来是一个神底两个化身",以枪为笔和以笔为枪是一个目标两种途径,不可小视写作

的力量和意义。胡风在诗中这样表达自己的思考和愿望:

> 人说:无用的笔呵
>
> 把它扔掉好啦。
>
> 然而,祖国呵
>
> 就是当我拿着一把刀
>
> 或者一枝枪
>
> 在丛山茂林中出没的时候吧
>
> 依然要尽情地歌唱

1937年8月底,胡风完成了被称为第二次诗创作高潮期的最后两首诗歌,转向去办刊物。胡风自筹经费,自己编辑,吸引身边挚友撰稿,克服了种种意想不到的困难,1937年9月11日,《七月》周刊在烽火中的上海问世,刊名《七月》用鲁迅的手迹,既标示了刊物配合抗战的时代特色,也表达了对鲁迅先生的纪念。这本由胡风自费、自编、自校,经上海联华书店印刷和发行的《七月》,由于其内容都是反映抗战初期人民充沛的爱国热情和实际斗争生活的,得到了广大读者的欢迎。《七月》周刊出了三期,却因战事恶化不能继续在上海生存下去,上海沦陷为孤岛,文化人纷纷迁移武汉,《七月》被迫于9月25日停刊。

这薄薄的三期《七月》,是一个具有决定性意义的开端,胡风在这一试验性实践中,已经开始显露出自己办刊的基本思路,并在其后的努力中继续得以发扬光大。概括起来,这基本的思路应该有三方面,一是以文学为武器服务于抗日救亡运动;二是继承鲁迅精神遗产,继续新文学的路向;三是吸引与培养青年作家,在抗战潮流中造出文学的新声。当然,包括胡风在内确实没有什么自觉的流派意识,但在以上基本思路的驱使下,最初的三期《七月》已经表露出新鲜的大体相近的文风特色来,说它是流派的准备或雏形应该是不过分的。连胡风自己也没有想到,就这么一份落草于艰难时世,看起来多少有些寒伧的小刊物,会引发一个著名的文学流派,会产生巨大深远的影响,也给不少人带来了坎坷多舛的命运。

生长期。1937 年 10 月 1 日,胡风抵达战时的首都武汉。怀抱建立和坚持自己文艺阵地的迫切愿望,胡风四处游走筹集资金,终于得到武汉八路军办事处的资助,1938 年 10 月 16 日,《七月》复刊。

经过上海时期的小试牛刀,胡风对于刊物的设想渐渐明晰和成熟起来,此次复刊,实际上是重整旗鼓另开张。原计划新的刊名为《战火文艺》,以显示刊物与战争的密切关系,但因重新登记未获当局批准,只能沿用上海《七月》原名。新《七月》改周刊为半月刊,重新编排卷期,并将上海周刊上的一些重要作品再次编发,以扩大刊物的影响。在正式出版的《七月》创刊号中,主编胡风以"七月社"的名义发表《愿和读者一同成长——〈七月〉代致辞》,文中他郑重地再一次强调了要坚持以文艺投身抗战的主张:

> 有人说,在这样的紧急关头,应该放下笔来。然而,我们没有。不但没有,为了得到用笔的机会,还不得不设法越过了种种的困难条件。

他明确地申述:

> 发刊一个小小的文艺杂志,却提到这样伟大的使命,也许不大相称,但我们以为:在神圣的火线后面,文艺作家不应只是空洞地狂叫,也不应作淡漠的细描,他得用坚实的爱憎真切地反映出蠢动着的生活形象。在这反映里提高民众的情绪和认识,趋向民族解放的总的路线。文艺作家这一工作,一方面要被壮烈的抗战行动所推动,所激励,一方面将被在抗战的热

情里面涌动着生长着的万千读者所需要，所监视。①

胡风在离开上海赴武汉之前，曾写信给在武汉的好友熊子民，委托他到国民党武汉市政府登记办刊，他特别提出，要出版专辑纪念鲁迅先生逝世一周年，"逝者是永劫地不会回来了，我们得用精神的微光去和死者的灵魂相抱……"②于是，胡风执意要在10月19日——鲁迅逝世周年纪念日之前复刊《七月》，复刊的第一期组织了一个纪念鲁迅的特辑，与表现战时生活和情感内容的文学创作相互映衬。胡风说："在抗战终于实现了的高潮中纪念先生，那应该阐发的意义是说不完的。但大家都处在激动的状态中，只能写一点从自己点滴理解出发的短文。"③创刊号上胡风言简意赅的发刊辞和刊物选择文章作品的取向，鲜明地昭示了《七月》的主旨和个性特色，它告诉世人，它将坚定不移地高举鲁迅精神的伟大旗帜，以解救祖国和民众于水深火热为己任，它表明了在非常时期和艰苦处境中，知识分子及其写作的"不肯让位"，表明了救亡与启蒙的不可分离，正如胡风在发刊辞中指出的："如果这个战争不能不深刻地向前发展，如果这个战争的最后胜利不能不从抖去阻害民族活力的死的渣滓，启发蕴藏在民众里面的伟大力量而得到，那么，这个战争就不能是一个简单的军事行动，它对于意识战线所提出的任务也是不小的。"④如果说，上海时期以鲁迅手迹的《七月》为刊名，使人们体味到一种愿望与目标，而这时候，为着这种愿望与目标的行动已经展开，《七月》切实地在进步在成长，它的影响在扩大，很快成为抗战时期为数不多的起着中流砥柱作用的文学刊

---

　① 胡风：《愿和读者一同成长》，《胡风全集》第2卷，第498—499页。
　② 朱微明：《柏山和胡风及胡风事件》，《我与胡风》，第133页。
　③ 胡风：《回忆录》，《胡风全集》第7卷，第359页。
　④ 胡风：《愿和读者一同成长》，《胡风全集》第2卷，第498—499页。

物。

胡风的办刊宗旨赢得了同人们的响应,他们给予《七月》巨大的支持,彭柏山曾在给胡风的信中热情洋溢地写道:"的确,在人家正叫嚣着文艺应该让位的时候,我们呢,却默默地守住那个'位'。看起来,很有些傻气,或者简直说是'不识时务'吧。然而也正由于此,《七月》悄悄地在读者面前露脸了,而且却渐为读者爱护,长大起来。这在我们——尤其是你,不,曹白和我,实在感到兴奋之极!""我们所兴奋的,是在混浊的状态中,打开了一条鲜明的路。那就是在战争之前,已经有人预料在战争中,文艺要没落。所以目前倡导文学让位者,实质上就和那样的'预言家'息息相通。然而《七月》,一方面做了这些'预言家'的事实上的否定者,同时为将来的文艺做了一道桥梁。在这过去与将来之间,《七月》抓住了这个现实,和这现实的生活。"①《七月》同人不约而同地认定,"《七月》是历史上的奇迹",从而自觉自愿地围拢在《七月》的周围,以《七月》为基本方向和战斗阵地。

《七月》在武汉从创刊号开始为半月刊,按期出了3集18期,因武汉形势紧张,和书店的合约已满,1938年7月16日出版第18期后停刊。胡风后来回忆道:"这十八期,是在敌人的不断轰炸声中出版的,是在国民党的种种压迫下出版的,是在恶劣的经济条件下出版的。"② 而《七月》正是在艰难坎坷的境遇中,在编者不懈的努力和追求中一步步成长起来,除了刊物的内容特色逐渐引人注目外,《七月》的创作队伍有了明显变化,"在这十八期里,表现出了一个总的情况,那就是,作者一部分是三十年代出现的新人,更多

---

① 《彭柏山书简》(1937.10——1940.4),《新文学史料》1984年第4期。
② 胡风:《回忆录》,《胡风全集》第7卷,第378页。

的是第一次或不久前才出现的名字。也就是,刊物主要是依靠读者中的,想通过文学实践作斗争的先进分子,如致辞中所说的,'愿和读者一同成长'。"① 一大批文学新人靠拢《七月》,在《七月》的成长和七月派的形成过程中起到了关键性的作用。吸纳新人善用新人是《七月》为人所称道的一个重要特点,而这些青年作家在政治上、艺术上的声气相投、互相激励,又正是流派得以形成的一个重要前提。七月派的"泛流派"特征,正是由于大批青年作家围绕《七月》在特殊年代的聚散离合中造成的。

胡风为战事所逼颠沛奔波到重庆,在重庆,他参加了在由于抗战需要而引发的关于民族形式问题和文艺大众化的讨论。胡风对当时带有极端化和简单化倾向的民族化大众化文艺思想持保留态度,却旗帜鲜明地提出捍卫"五四"新文学传统的必要性。这场讨论使胡风更加坚定了坚守启蒙立场的决心,他迫切地要以刊物为阵地来张扬自己的独特思想。于是,1939 年 7 月,在胡风及其同道的努力下,中辍将近一年的《七月》终于再度出现在重庆。胡风的复刊致辞《愿再和读者一同成长》中重申了《七月》同人的愿望和刊物宗旨,并指出当前的目的是:"希望在同情我们的作家的合作和批评下面,在爱护我们的读者的监视和参加下面,多少能够使进步的文艺发展,为光荣的祖国效命。"②

重庆的出版条件更为艰难,《七月》只能改为月刊,但这样还常常无法按时问世,有时隔三、四个月才出版,有时将两期合并。1941 年皖南事变后,形势日益险恶,胡风不得不赴香港避难,《七月》于 1941 年 9 月停刊。

---

① 胡风:《回忆录》,《胡风全集》第 7 卷,第 378 页。
② 胡风:《愿再和读者一同成长》,《胡风全集》第 2 卷,第 566—567 页。

　　重庆期间,"出了十几期在读者、尤其在青年中有影响的《七月》",如胡风所言,"总是为抗战文艺工作尽了力。"① 至此,《七月》出版总的情况是,1937 年 9 月至 1941 年 9 月,4 年共出版 32 期、计 30 册(其中 27 和 28、31 和 32 期为合刊),刊期从周刊、半月刊、月刊到不定期刊。4 年来,为《七月》编辑、出版和发行,胡风和同人们付出了极大的心血和劳动,战乱岁月,维持一个文学杂志的生存,困难和阻力可想而知,断断续续的艰难历程中,支撑他们的是那一份对祖国人民的赤诚和对文学事业的执着。《七月》始终不渝地按照既定的宗旨完成着自己的使命,它的闪光和动人之处是这种不屈不挠的精神和信念。《七月》精魂就是七月派的精神特质。

　　从武汉到重庆,围绕《七月》的文学活动,开始形成一个来来往往、经常流动的作家圈子,在《七月》的大家庭中,真正呈现了胡风所期望的"一同成长"的勃勃生机,青年作家与《七月》一同成长,七月派也与《七月》一同成长。这一时期应该是七月派形成的关键时期,它为流派以后的成熟打下了坚实的基础,进一步说,作为流派主体构成中的重要内容,就在此时生成。归纳起来,有三方面:

　　第一,胡风在创办《七月》的同时,也在营构他的现实主义理论体系,他结合创作现状,广泛深入地进行文学批评,对现实主义诸问题进行思考与阐发,并有意将理论探讨应用到指导创作实践中去,发现和培养了创作新生力量。胡风的《论战争时期的一个战斗的文艺形式》、《今天,我们的中心问题是什么》、《论民族形式问题》等文章表明他对"五四"新文学传统、对中国文学现状的认识有了进一步的加深,并且初步将主观战斗精神引入到对生活对文学的

---

① 　胡风:《回忆录》,《胡风全集》第 7 卷,第 511 页。

理解和发现之中。胡风这一阶段的作家作品评论，如对曹白、东平的报告文学，对艾青、田间的诗歌创作，都有与众不同的理解和评价，奠定了他们在文学史上的地位。他的文学评论也是结合着自己注重作家的生活实践和主观精神活动的思路而展开，显示出当时环境中对于现实主义的独特理解。他的这些理论，得到周围作家的广泛认同，引起他们的重视和接受，于是导致作家们的创作向同一方向掘进，并显露出相近的文学风格。

第二，对于七月派的形成，最有说服力的应该是《七月》同人的大量文学创作。应合着抗战的需要，报告文学和特写异军突起。由于胡风的高度重视，报告文学创作在《七月》上占有显要的位置，东平、S·M、曹白成为抗战文坛上首屈一指的报告文学作家，其作品引起巨大的反响。彭柏山、吴奚如、贾植芳别具一格的小说创作初步显露出七月派在写实文学方面的独特追求，而胡风对年轻路翎的发现与培养，预示了七月派小说广阔的发展前景。诗歌创作方面则表现更为出色，这当然与主编胡风自身作为诗人对诗歌的格外关注有关。《七月》创刊之初，胡风署名"高荒"的诗歌《敬礼》赫然卷首，同期还发表了艾青、萧军等人的诗歌，之后在《七月》的发稿中诗歌呈持续上升之势，新的诗人不断涌现，显示了抗战初期诗歌创作的实绩。这一时期，田间初出茅庐，势头喜人；艾青推出了奠定他诗界"领唱的歌手"地位的一系列优秀诗作；孙钿、冀汸、侯唯动、邹荻帆、庄涌、鲁藜、彭燕郊、化铁、杜谷、徐放等一批诗人簇拥在《七月》周围，他们为受难的民族呐喊，为忧伤的人民歌唱，逐渐形成了一个颇有声望、独具一格的诗歌流派——七月诗派。

第三，围绕编辑《七月》，胡风和同人们有了较为明确的方针和主张。编辑同人组织了几次有关文艺活动与作家创作的座谈会，在文艺观念和选稿原则方面展开讨论，达成共识。这些活动对于

增强流派的凝聚力,起到了不小的作用。胡风在讨论中曾清楚地阐明了《七月》的编辑方针,那就是:

> 我所说的"同人杂志"是指编辑上有一定的态度,基本撰稿人在大体倾向上一致说的,这和网罗各方面的作家的指导机关杂志不同,第一,我以为,用一个文艺态度号召作者读者,由这求发展的杂志,对于文学运动是有用的,第二,《七月》的工作如果不是采取这个方面,恐怕很难得开始,第三,《七月》也并不是少数人占领的杂志,相反地,它倒是尽量地团结而且号召倾向上能够共鸣的作家,尽量地寻求新的作家,例如开始没有写稿的作家现在写得很多,如东平、艾青等;许多新作家的出现更不必说了。这是一个方针或方向问题,我平常谈话的时候,是使用"半同人杂志"这个说法的。

> 在汉口出版的第一期上面,我们声明了愿意和读者在战争里面一同成长,希望读者来参加我们的工作。不过,为了保持基本的态度,第一,创作态度不同的作家我们不请他来参加;第二,即令创作态度和我们是共鸣的,但如果彼此不熟悉,也不勉强地请他来参加,因为不熟悉就不能够不客气地决定稿子。所以,《七月》决不拉成名作家的稿子,从这方面恐怕受到了不少的误解。但是,《七月》决不是被少数人所独占,第一,它对于投稿者完全公开,许多新的作者在这上面出现了,第二,基本的撰稿者也是来来去去,经常流动的,有从前写得很多的现在少写或者不写了,有从前少写或者没有写的现在却写得很多,所以《七月》的基本撰稿者实际上并没有一个明

确的界限。担心《七月》会建立在少数同人身上,是不必的。①

我们看到,胡风此时的办刊思想是明确的。强调《七月》既广泛吸收作家成员,但又有一定的原则和标准,这样才能使《七月》既不存门户之见,具有广阔的发展空间,又保持刊物鲜明的个性,使七月派表现出思想艺术上一贯的共同特点。这一思想被后来的《希望》、《七月》丛书以及七月派其他的一些刊物所坚持,在七月派的成长壮大中起到了决定性的作用。

《七月》停刊后的国内形势更加严峻,诗人和作家们也面临新的抉择,各自寻求新的奋斗道路,如胡风在总结《七月》时所说:

> 在我自己,那是一个悲欢离合的纪念:在这个期间鼓励了我、帮助了我的人们,有的已经战死沙场,完成了神圣的使命,有的固守阵地,各自在艰苦里面奋力作战,有的汇入了斗争主流的大海,甚至彼此断了消息,也有的别图发展,视往日的贫贱之道为蠢事,视往日的贫贱之交为令名之玷……对于崇高的死者,这里寄寓了诚恳的追悼,对于忠贞不渝的生者,这里寄寓了怀念的问讯,对于穿捷径而去的黠者,这里也寄寓了决绝的告别。②

此时,丘东平牺牲在抗日疆场,田间、艾青赴往晋察冀和延安进行新的艺术探索,胡风辗转到香港、桂林等地,坚持编辑出版工作。其他更多的作者在困难的环境中继续他们的创作,冀汸回忆说:"皖南事变后,大后方文艺园地一片荒芜,杂草丛生。然而,坚冰之下河水仍在流动。重庆悄悄出版了诗刊《诗垦地》,成都也悄

---

① 胡风等:《现时文艺活动与〈七月〉(座谈会记录)》,《胡风全集》第5卷,第347、352页。

② 胡风:《〈民族战争与文艺性格〉序》,《胡风全集》第2卷,第496—497页。

悄出版了诗刊《平原》。我已记不清它们问世的先后顺序，但有个强烈的印象至今未能淡忘：两本诗刊具有相同的倾向性和艺术风格，与《七月》杂志发表的那些诗没有两样。两本诗刊的作者，有些原来就是《七月》的作者。"①《七月》停刊后，邹荻帆、曾卓等编辑的在重庆出版的《诗垦地》以及《诗创作》等刊物，芦甸、杜谷、方然等在成都负责的《平原》，还有聂绀弩、彭燕郊编辑的在桂林出版的《半月文艺》，都刊载了七月派诗人的作品。而胡风则因地制宜开始编辑《七月》丛书，陆续出版了《七月诗丛》第1集共13册，《七月文丛》、《七月新丛》中的部分共8、9册，这些丛书，不仅收集了《七月》刊物上的一些优秀作品，而且也为其他作家甚至是从未谋面的一些新人出选集，胡风坚持七月派重视吸收新生力量的传统，以另一种出版方式继续扩充队伍，扩大影响，使七月派逐渐成熟起来。

成熟期。历经危难中的坚持和队伍的分化重组，在《希望》创刊之时，七月派走向相对稳定和成熟。经过将近三年的流亡生活，1943年3月14日，胡风重返山城重庆，他急切地想申办刊物，恢复七月派自己的文学阵地，无奈登记过程困难重重，周恩来得知情况鼎立相助，为刊物支付了三万元的保证金，终于在一年后得到通知。1945年元月，《希望》第一期出版，胡风和他的同伴们又开始了为理想而奋斗的新里程。

《希望》是《七月》的复活，它继续贯彻着《七月》在编辑上的思想方针，保持着《七月》的风格面貌，胡风依然坚持："我的目的就是愿在众多的读者来稿中选出有新的思想新的活力的新人的作品。"② 胡风一贯不青睐名人，所以他的刊物常常会在文艺界圈子

---

① 冀汸：《活着的方然》，《我与胡风》，第427页。
② 胡风：《回忆录》，《胡风全集》第7卷，第626页。

里遇到某些阻力,但却格外受读者的欢迎。读者如同看到了久违的《七月》,对《希望》的出版表现出空前的热情,创刊号很快就销售一空,极大地鼓舞了编者和作者。《希望》共出 2 集 8 期,第 1 集出版后恰逢抗战胜利,从第 2 集开始由重庆移至上海编辑出版,并重印第 1 集各期。由于抗战胜利后时局的变化,带给诗人作家新的生活感受,《希望》在内容上侧重于对战后现实的揭露和批判,与《七月》昂扬激愤的格调相比,多了一份冷静深入的思考,"战斗的思想力量"明显加强了,这不能不说是创作上趋于成熟的一种表现。

与纯文学的《七月》相比,《希望》带有综合的性质,选稿的范围扩大了,诗歌和小说依然占有最大的分量,同时也注重散文和文艺评论,另外还增加了哲学论文和时评杂文。这显示着七月派在文学和其它相关领域的掘进,意味着七月派与现实斗争更密切的关系。以文艺为武器服务于民族解放事业和民众灵魂改造事业,这是七月派一贯坚持的思想倾向,在此时,这一倾向表现得更为自觉更为坚定。

《希望》时期,胡风对于小说给予了特别的关注,创刊号首条就是路翎的一篇小说,其后也有一期刊载路翎的几篇小说的情况,逐渐奠定路翎在七月派中中流砥柱的地位。而新的"同道伙友"如绿原、曾卓、郑思、白堤、葛珍、徐伽等源源不断地汇入七月派的队伍。七月派的核心人物和中坚分子已经是胡风一手扶持培养的如阿垅、路翎、绿原、舒芜等一批青年作家。流派的成员相对集中和稳定,流派的思想和艺术特征更为突出鲜明,胡风作为流派领袖,其威望持续上升,其理论指导作用也明显增强。当时大后方文学界关于"主观论"的热烈讨论"推动他自身的理论体系走向成熟,而这种成熟的文学理论可以说也正是他对七月派文学追求长期总结、长期提炼的结果"。① 流派在理论和创作上的自成体系、独树一帜，也易于招来一些非议，胡风和七月派在这时有了公开的对立面，以胡风"主观战斗精神"为代表的文艺思想，在胡风重返重庆后，遭到文艺界主流力量的批判，七月派被认为有"相当强烈的宗派气味"，② 文艺批判中的政治意味已经相当明显，只是书生气十足的当事人没能够自觉。

1946 年 10 月，内战全面爆发，因出版部门停办，《希望》终告停刊。实际上，《希望》从创刊开始就举步维艰，来自各方面的阻力更甚于几年前编辑《七月》，特别是转移到上海后，连一贯自信坚强的胡风都深感负重，一度感叹："我连一个助编都没有，全靠过去《七月》的投稿者和今后的投稿者，要编出一本像样的，有血有肉的，而又能掌握住大方向的刊物，实非易事。"③ 加之文艺界内部矛盾的加深，胡风隐约感觉到，路是越来越难走了。

衰落期。《希望》终刊后，胡风将全部精力投注到"希望社"上面，出版和再版七月派作家的诗集文集。阿垅的《第一击》，胡风的《为祖国而歌》，鲁藜的《锻炼》，东平的《第七连》，曹白的《呼吸》，绿原的《又是一个起点》，牛汉的《血的流域》等作品相继出版，特别是《胡风文集》和路翎的小说长卷《财主的儿女们》，更成为七月派最重要的收获。可以说，通过这些作品出版，胡风在此时对七月派的文学战绩进行了全面的检阅和总结。

《希望》以后，先后出现了阿垅、方然编辑、在成都出版的《呼吸》、《荒鸡小集》，朱怀谷等编辑、在北平出版的《泥土》，化铁、欧阳

---

① 李怡：《七月派作家评传》，重庆出版社 2000 年版，第 225 页。
② 茅盾：《走在民主运动的行列中》，《新文学史料》1986 年第 2 期。
③ 胡风：《回忆录》，《胡风全集》第 7 卷，第 656 页。

庄编辑、在成都等地出版的《蚂蚁小集》等，都成为七月派后期活跃的阵地。《七月文丛》和《七月新丛》的出版则一直延续到新中国成立。建国后，罗飞、梅志编辑的《起点》，试图应合新形势建造七月派的新开端，但无论如何难以汇入汹涌浩荡的时代潮流，《起点》终于成为七月派最后的微弱的尾声。在中国现代文学宣告终结，中国当代文学蓬勃兴起之时，七月派也徐徐降下了它的帷幕。

在七月派的发展过程中，《七月》和《希望》是其演变的两大标记，《七月》的终刊和《希望》的发刊，标志着七月派所经历的重大转折。七月派在《七月》所代表的前期和《希望》所代表的后期，既有着一脉相承的续接关系，又在流派的构成和特色上有很大的变化。《七月》时期，流派比较宽泛和开放，到了《希望》时期，作家范围开始变小，有了自觉的理论意识，流派的特征更加突出起来，牛汉曾说："《七月》、《希望》作者阵容不一样，如果说流派，《希望》更明显，审美观点，流派思想，更集中、更典型。"[①] 但就在七月派趋于成熟的同时，它所面临的困难和阻力也愈来愈大，文艺思想上的对立斗争日渐激烈，并伴随出现了与政治问题混淆的不良苗头，使七月派走向孤立。绿原在谈到胡风和他的刊物时也说："有人问胡风，《七月》、《希望》怎样？他说，《七月》是年青的，生活气浓的，大有希望的；《希望》是成熟的，深沉的，性格很鲜明，每篇稿子都经过考虑的。不足之处是，人员少了，孤立了，为什么？ 因为他的思想越来越明确，与客观的矛盾越来越深刻。生活背景的区别，作家群的区别，胡风本人思想的演变，以及主客观矛盾的尖锐化，决定了两个

---

① ［韩］鲁银贞：《关于"胡风编辑活动和编辑思想"访谈录》，《新文学史料》1999年第4期。

刊物在风格上的差异,但他为中国文学鞠躬尽瘁的初衷是不变的。"① 绿原对七月派前后的变化及其原因的把握应该是准确的。为什么七月派在走向稳定和成熟时却预示着它的衰落与终结? 原因当然是复杂的。从外部环境来看,卓尔不群的思想见识为政治一统化的文坛所不容,这是不以胡风及其他人的意志为转移的,我们在认识理解流派特征的变化时,断然不能脱开时代环境和政治形势的变化。从流派自身来看,成熟稳定与开放和集中之间,本身就存在着一种矛盾悖论,开放的过程带来了流派的成熟,成熟又表现为相应的集中和稳定,而集中发展到封闭和排他的时候,流派也就走向穷途末路了。所以,流派的存在和发展始终处于流派个性与多样共存的机制调协之中,没有个性的集中就无所谓流派,个性集中的极端化,又反过来限制了流派的发展。从七月派的成熟到衰落的演变当中,我们多少能够汲取一些流派生长变化的经验教训。

伴随着七月派兴衰沉浮的除了《七月》和《希望》等文学刊物,还有盟主胡风的不懈奋斗和追随者们的共同努力。七月派和胡风的编辑事业扭结在一起,彼此已是一种生死与共的生命联系。七月派确实是"客观上形成了一个文学流派",但也确实与胡风的主观努力分不开,胡风对于七月派的巨大作用,现代文学史上任何其他流派的盟主人物,都无法与之相比。正因为如此,在七月派形式上解体之后,围绕在胡风周围或者在胡风精神影响之下的潜性群体依然存在,胡风的聚合力始终没有消散,于是乎,胡风成为政治斗争中新的对立面时,"胡风集团"的出现,群体冤案的铸成,就成

---

① [韩]鲁银贞:《关于"胡风编辑活动和编辑思想"访谈录》,《新文学史料》1999年第4期。

为必然。

四、七月派与"胡风集团"

1955 年 6 月 10 日,中科院通过《关于建议依法严惩胡风反革命集团的决议》,对胡风文艺思想的批判上升到对"胡风反革命集团"的斗争,造成了建国以来最大的一个政治冤案。胡风被捕,与社会隔绝将近 25 年。一大批文艺工作者包括胡风的亲朋好友因此而受株连。"在全国清查'胡风反革命集团'的斗争中,共触及了2100 人,逮捕 92 人,隔离 62 人,停职反省 73 人。到 1956 年底,绝大部分都作为受胡风思想影响予以解脱,正式定为'胡风反革命集团'分子的 78 人(内有党员 32 人),其中划为骨干分子的 23 人。"①

所谓"胡风集团"与七月派有密切甚至直接的关系,但具有政治性质的"胡风集团"却并不等同于七月派。二者的联系在于"流派"和"集团"共有的首领人物胡风以及其他核心人物,单从人员组成上讲,二者基本共处一个同心圆;但政治运动中株连人数如此众多,却早已越出七月派自身范围,与胡风保持个人投稿关系甚至朋友关系的诸多非七月派人员,都因胡风事件而蒙冤受难。另一方面,以流派角度认定属于七月派的作家艺术家,也有免遭胡风事件牵连者,"如果从艺术性格本身来说,艾青、田间、邹荻帆、天蓝等著名诗人,虽然都没有被牵连到胡风冤案中来,却更能够代表'七月诗派'的一个发展阶段,这是有历史感的现代评论家和文学史家们不致于不同意的"。② 从一个文学流派到遍及全国震动海内外的

---

①　1980 年 9 月 29 日中共中央第 76 号文件:《关于"胡风反革命集团"案件的复查报告》。

②　绿原:《磨杵琐忆》,《新文学史料》2000 年第 1 期。

政治事件,经历了漫长而复杂的演变过程,其中包含了主观和客观,历史和现实,必然与偶然等多种因素。总起来讲,七月派与胡风集团,一个是学术性概念,一个却是政治性概念,这是二者根本性和实质性的区别。

胡风事件的发生与胡风在文艺思想上与周扬等人的分歧有渊源关系。胡风的文艺思想由来已久,他与以周扬为代表的现实主义的分歧也由来已久。周扬与胡风都是30年代成名、影响很大的左翼文艺理论家。他们运用马克思主义原理,汲取外来文艺的现实主义精神,联系中国新文艺实际,身体力行地阐扬、践行现实主义原则,形成了同中有异的两种现实主义文艺观。他们的文艺思想虽有共同之处,但在不少关键问题上却是歧义纷呈,早在30年代上海的"左联"时期起,就沿着不同的路径发展,经由1945年间的重庆论争和解放前夕的香港论争,最终归于相异的走向,如胡风所言结成了难以解开的"死结"。这种矛盾愈演愈烈,使得双方相互之间不仅失去基本信任,而且彼此存有很大的疑心与戒心。在长达30余年的论争中,胡风没有退让,坚持自己的理论主张。这些都使得解放以后胡风问题的"清算"式解决成为不可避免的事情。

胡风和周扬关于现实主义的首次论战始于1936年1月关于文学"典型"的争论,一直延续到抗日战争全面爆发而终止。1948年胡风专著《论现实主义的路》系统地论述了自己三、四十年代以来论争中的思想观点。可以说,1948年香港《大众文艺论丛》对胡风"集中火力"的批判,是解放后全面批判胡风的前奏,建国前后胡风的主要论争对手如周扬、何其芳、林默涵、邵荃麟等,几乎都是党内重要文艺领导人和重要文艺家,包括胡风的一些旧知,此时也纷纷开始"转向"、"归队",胡风当然孤掌难鸣,其理论难免"异端邪说"的命运。1952年6月,《人民日报》的按语针对舒芜的《论主观》和发表此文的《希望》刊物,明确指出以胡风为首的一个文艺上的小集团,实质上属于资产阶级、小资产阶级的个人主义的文艺思想。1952年12月林默涵、何其芳在中国作家协会主席团主持的胡风文艺思想讨论会上的发言(林默涵《胡风的反马克思主义文艺思想》、何其芳《现实主义的路,还是反现实主义的路》①),是在《人民日报》编者按的基础上对胡风文艺思想的全面清算和批判。林默涵断言胡风文艺思想"和马克思主义的文艺思想、和毛泽东同志的文艺方针没有任何的相同点,相反地,是反马克思主义的、反社会主义现实主义的"。② 这是对胡风作的一次组织性结论式的批判。林默涵与何其芳的批判发言在1953年的《文艺报》上公开发表后,给了胡风很大的思想压力,他不能也不愿再沉默了。胡风自信自己的理论在其基本内容与方向上没有错,自信文艺思想论争是一种民主性的行为,而且他认为对立面的批判带有以政治权势压制和排斥异己的弊端。于是,胡风在1954年7月向党中央提出一个关于文艺问题意见的报告,即所谓"30万言书"。通过对林、何文章的辨析和批判,重申了自己一贯坚持的现实主义文艺思想,同时,胡风也对党的文艺思想和文艺的组织领导以及运动方式等提出了自己的看法和建议,试图从文艺体制入手解决文艺上的是非问题。

　　显然,胡风的文艺思想与当时的左倾文艺思想之间有着深刻的分歧,这是运动发起的根本原因,只是有一个发生契机不可忽略,即在1954年11月对俞平伯《红楼梦研究》批判的尾声中,胡风

---

① 　《文艺报》1953年第2、3期。
② 　林默涵:《胡风的反马克思主义的文艺思想》,《文艺报》1953年第2期。

就《文艺报》关于《红楼梦研究》问题上的错误所作的两次发言，引火烧身成为建国后文艺运动中新的对立面。胡风对庸俗社会学的批评确实醉翁之意不在酒，其锋芒直指建国后的文艺界和文艺领导者。胡风以清醒的头脑和绝大的勇气指出新中国文艺发展缓慢的根本性原因，在当时的政治思潮中是罕闻的不和谐音，由此引出周扬1954年12月的长篇发言《我们必须战斗》①　中关于"胡风先生的观点和我们的观点之间的分歧"。周扬的《我们必须战斗》是经过毛泽东审定的带有号召性质的发言，周扬虽然继续了有关现实主义理论方面的论争，但明显侧重于政治批判。显然，"胡风先生的观点和我们的观点之间的分歧"中的"我们"已不仅仅是周扬个人或以他为代表的学术体系，而是强大的政治力量。并且，周扬在发言中联系到舒芜、阿垅、路翎的文艺思想，同样，给予政治上的纲线性划定。胡风和七月派已经成为新中国文坛上豁然树起的批判靶子了。1955年初，"30万言书"和胡风等人给舒芜的私信陆续公开发表，问题急转直下，胡风及与他接近的人的问题先由宗派主义上升为反党集团，后又上升为反革命集团，不仅在全国上下展开猛烈的批判，而且从胡风到所有与他有直接或间接联系的人一概遭到最严厉的打击，造成震惊中外的"胡风反革命集团"案。

在胡风看来，忠诚于自己选择的政治信仰与坚持自己独特的文艺思想并不矛盾，与葆有独立的人格个性也不矛盾。所以，他曾心悦诚服地遵从周恩来的领导，竭力建立解放区与国统区之间的精神桥梁，在《七月》、《希望》上刊发大批解放区作家的作品，但同时又坚守适合自己的工作空间，两次拒绝去延安革命根据地；他既认同毛泽东《在延安文艺座谈会上的讲话》(后简称《讲话》)的文艺

---

① 《文艺报》1954年第23、24期。

思想,同时坚守自己的文艺思想体系,并认为国统区与解放区环境不同,文艺方针和政策也应有所区别。甚至到建国后,胡风的文艺思想与趋向左倾的主流文艺思想已经格格不入,胡风依然没有识时务而转向,认定自己是在文艺的范围内进行有益的探索。当政治与文艺的关系被混淆,文艺上的独抒己见被认为是政治上的另立门户时,悲剧的产生就在所难免。所以,虽然"艾青、田间对于'七月诗派'的形成起了很大的影响,甚至可以说起到了奠基的作用",[①] 但他们先后到了晋察冀和延安革命根据地,调整了文学观念,创作上有了新的开拓,人生道路随之也有了很大的改变。包括贺敬之在内的部分七月派诗人作家,由于自身的转向和自觉融入时代主流,逐渐拉开了与七月派的距离,也就幸运地避开了"胡风反革命集团"这一巨大的政治陷阱。可见,作为一个文学流派的七月派和胡风集团之间,本没有必然的因果联系,胡风等七月派成员坚持独立的文艺思想,是一个方面的原因,而实质上是,一旦将文艺思想的分歧等同于政治思想的分歧,七月派等同于胡风集团也就不奇怪了。

①　牛汉:《梦游人说诗》,华文出版社 2001 年版,第 125 页。

第二章　七月派的发生

一、新文学的路向

　　七月派直接继承了五四新文学的传统,在先驱者所开拓的新文学疆场上纵横驰骋,张扬了五四精神,深化了新文学的理路。

　　五四新文化运动的方向就是反帝反封建的方向,正如毛泽东在《新民主主义论》中指出的:"五四运动是反帝国主义的运动,又是反封建的运动。五四运动的杰出的历史意义,在于它带着为辛亥革命还不曾有的姿态,这就是彻底地不妥协地反帝国主义和彻底地不妥协地反封建主义。"① 反帝反封建是一个总主题下相辅相成的两个方面,19 世纪中叶以后历次为救亡图存而进行的革新运动的归于失败,从反面证明了反帝反封建的不可割裂性。如五四新文化的研究者所言:"直到五四新文化运动的产生,中国人才集中认识到,中国所面临的危机,不仅是国力的落后,更是文化发展上的落差。五四新文化运动提出在思想观念上作彻底改造的觉悟,才触及了中国革新的核心问题。说得清楚点,从洋务运动到五四新文化运动,经历次挫折的反思,中国人对困境的造成,才算有彻底和充分的认识。而首先有此认识且承担起这种最后觉悟的文

---

① 　毛泽东:《新民主主义论》,《毛泽东论文艺》,人民文学出版社 1983 年版,第 13 页。

化改造责任的是知识分子。"①

　　鲁迅作为先觉者之一，以文学的方式介入这一世纪问题的思考。他在应和时代社会发展的必然性和应然性的总体要求中，开创了反帝反封建的五四新文学传统。鲁迅沿着文化改造的思路，试图从民族根柢出发，挖掘国贫民弱的原因。于是，在鲁迅的文学创作中，封建旧文化及其各种存在方式，是作家直接批判攻击的对象。从总目标的宏阔远大，到入手处的准确犀利，可以见出鲁迅过人的清醒与深刻。

　　抗战以后时代和社会发生了巨大的变化，相互促进的启蒙与救亡的文化主题在抗日战争的新形势下，有了明显的分离和侧重，救亡成为时代的显性主题，"抗日民族统一战线是这个时期的总的政治道路"，"反帝反封建的伟大的革命斗争在民族危机下面达到了全民性的广度"。② 五四新文学传统面临或已经进入分化、转向、再造和整合的新阶段。在七月派生长的年代，胡风和他的同人们遇到了新的理论和实践问题，"在'抗日救亡'成为时代中心口号的新的历史条件下，'反封建'即改造中国社会内部肌体的任务是否就自动地消融在'反帝'的时代主题之中？还需不需要坚持鲁迅所开创的民族自我批判的传统(这也是五四的传统)？"③ 在这一问题上，作为鲁迅的忠实弟子，胡风用自己的言论和行动，作出了肯定的回答。

　　抗战发生以来，不仅是对该不该和如何坚持新文学的方向有所疑惑，在战争的氛围中，甚至文学自身的生存及生存方式都面临

---

① 陈万雄：《五四新文化的源流》，生活·读书·新知三联书店1997年版，第2页。
② 胡风：《论现实主义的路》，《胡风全集》第3卷，第473、475页。
③ 钱理群：《胡风与五四文学传统》，《文学评论》1988年第5期。

着威胁。胡风创办《七月》,是在人们对文学不寄希望甚至要将其放弃的情形下的一种固执的坚持,在一次关于现时文艺活动与《七月》的座谈会上,与会的文艺界人士将《七月》在特殊时期和环境中的现实意义表达得非常明白:

> 适夷:……我觉得《七月》的一贯的态度正表现了文学不肯让位。当东战场败退,《烽火》停刊的时候,几乎没有一本文艺的刊物,表面上显出了文艺活动的极度的落退,而《七月》能在最艰苦的处境凛然屹立,这正是《七月》最大的功绩。

> 奚如:……《七月》这刊物是在什么样的情形之下产生的呢? 是在许多作家放下了笔不写与许多文学刊物纷纷停刊的情形之下产生的。……《七月》的作用,在于它给显然要离散的新文学搭了一道桥梁,使它平安而阵容不乱地走了过来。虽然这桥梁并非石砌铁铸的,还不能通过像装甲汽车或坦克车那样重量的东西,但是,它终于让文学的步兵一个一个地走了过来,却是真的。①

胡风意欲弥合将要呈现的文学的断裂,续接五四新文学传统,用他自己的话说:"我景仰能够以拿破仑比拟的用笔的英雄,因而愿意替这样的英雄的将坛搬运一点泥土;我相信新文艺将有一个光华灿烂的将来,因而愿意架起一道通到这个将来的,虽然太小但也许可以是聊胜于无的暂时应急的桥梁。"② 胡风建设新文学事

---

① 胡风等:《现时文艺活动与〈七月〉(座谈会记录)》,《胡风全集》第5卷,第338、343、344—345 页。

② 胡风:《〈民族战争与文艺性格〉序》,《胡风全集》第2卷,第495—496 页。

业的开阔思路和脚踏实地的务实精神,包括办刊物而兴创作的有效方式,以及注重对新生力量的培养和扶植等等,都明显地受到鲁迅的影响。

邵荃麟曾说过:"胡风是最会编刊物的,他的风格和特色别人很难学到。"① 胡风早期的办刊思想和办刊作风,无疑与鲁迅的言传身教有密切关系。1935 年胡风编辑《木屑文丛》以及随后主编《海燕》,鲁迅从编辑出版到发行销售,一路给予支持和帮助,《海燕》刊名即为鲁迅亲自题写,鲁迅几乎将其当作自己的事情而全力经营,而且把自己办刊物独到的见解和经验传授给胡风,诸如"每种刊物应有其个性,不必雷同","办刊物应多量吸收新作家,范围要放大,不可老在几个人身上",② 等等编辑思想,胡风在以后创办《七月》和《希望》时得以全面地体现。这也可认作是鲁迅先生留下的一份宝贵而特殊的文化遗产,《七月》和《希望》的鲜明特色和七月派创作的辉煌成就,与对这一遗产的继承密切相关。

抗战胜利后的某一天,诗人孙钿去看望胡风,他翻阅着胡风在困难形势下坚持出版的《七月诗丛》和《七月文丛》,不禁感慨道:"我感到当前文坛上只有胡风呕心沥血关心写诗的青年人。再也找不出第二个前辈文学家能如此关心和扶植我们,也只有胡风能够不辞劳苦办了《七月》和《希望》刊物。他一个人奔走印刷所、校对,他一个人看稿、定稿。我又想起鲁迅,在那白色恐怖年代,也曾为青年作家叶紫、萧军、萧红编了一套'奴隶丛书'"③ 孙钿感慨与联想并非偶然,胡风自己曾经受益于先生的教诲,先生离世后,他

---

① 转引自绿原、牛汉:《〈胡风诗全编〉编余对谈录》,《文学评论》1992 年第 1 期。
② 景宋:《片断的回忆》,《鲁迅先生纪念集》,《悼文》第 4 辑,1937 年初版,上海书店复印 1979 年 12 月,第 64 页。
③ 孙钿:《与胡风同命运》,《我与胡风》,第 286 页。

自觉自愿地承担起培养扶植文坛新人的使命,将其当作鲁迅未尽的一份事业,倾注了自己的热诚和力量。为了尽可能地给"初来者"提供表现他们文学才华的机会,胡风不惜得罪名家名流,然而,大批充满活力的青年作家的不断成长,成就了一个始终保持新鲜生命力的文学流派。

最根本的是,以胡风为盟主的七月派从一开始就坚持鲁迅等先驱者开创的新文学的反帝反封建内容,坚持诗与小说的现代白话形式,并在理论上对适时复活的民粹主义进行抗争,对黑暗和愚昧的国民劣根性有着特别的警醒与批判。也就是说,在民族矛盾上升为主要矛盾,抗战救亡成为显性存在的现实情境中,仍然坚持"启蒙与救亡的相互促进"的五四新文学理路,并一如鲁迅那样以批判国民的惰性为文学基本主题,时时"把启蒙的效果放在心上"。[①] 这种在"救亡压倒启蒙"的总体新形势下的坚持与抗争,自然会比当年的先驱者们来得更为艰难,并要付出被人误解和诽谤的代价。但胡风和他的同人们没有退缩,始终以清醒的头脑和绝大的勇气,自觉执守着新文学的路向,并在此方向上发展和成熟着这一文学流派。

七月派是在五四新文学的精神导引下成长起来的一个文学流派,其内在的凝聚力量体现在对导师鲁迅的崇尚和追随。虽然在七月派诸作家崭露头角之时,鲁迅已经过世,但鲁迅的思想精神依然发挥着巨大的影响力量,并且在他们看来,胡风正代表着鲁迅的精神承传,于是,聚拢在胡风和《七月》的周围,就等于加入了鲁迅开创的新文学的阵营。对于胡风和鲁迅的师承关系以及由此胡风对一批青年作家的吸引,多少年来已为文坛公认,包括持不同政见

---

① 晓风辑注:《胡风、阿垅来往书信选》,《新文学史料》1991 年第 1 期。

的国民党文人陈记滢,他在《三十年代作家记·记胡风》中说道:"他的文艺理论,又经常代表了鲁迅生前思想,所以当时他的主张对左翼作家固然有影响力,对年轻一辈的作家也有偶像作用。"①

　　这是七月派形成的一个最为关键的因素。无论是直接投奔胡风,还是在自身环境中互相聚拢起来,鲁迅与胡风始终是七月派青年作家的精神领袖和现实偶像,是他们得以走在一起的向心力。鲁迅去世后的1937年,曾有人下了这样的断语:"中国文坛上将来有造就的人,恐怕只有老谷(胡风)。"② 且不论这样的断语是否确切,但它至少惊动了如彭柏山这样正在寻找精神出路的青年作家,并很快信服了这一断言,坚定地追随起胡风来。他在给胡风的信中说:"我和曹白如今正式的携起手来了。这原因,是由于彼此对于豫翁(鲁迅)的崇敬,也由于对你的信赖的结果。"③ 诗人绿原是七月派在重庆时期加入进来的"初来者",他说:"在认识胡风之前,我就认识邹荻帆,并经邹介绍,认识了阿垅。在胡风教导我写诗之前,阿垅就以他的人和诗为我扩大了原来坐井观天的眼界。他多次同我谈到过胡风,并把胡风当时写的一篇文章《死人复活的时候》拿给我看。我从里面仿佛看见一个高大而孤单的身影,它正向着空旷的远方呼唤。"④ 侯唯动也说:"人们介绍我这'初来者'时,总说是胡风提拔的新诗人,青年诗人。这是应该自豪的,因为胡风是鲁迅的亲密战友。"⑤ 这种以鲁迅和胡风经营的新文学为共同

---

① 陈记滢:《三十年代作家记·记胡风》,转引自万同林:《殉道者》,山东画报出版社1998年版,第49页。

② 《彭柏山书简》(1937.10——1940.4),《新文学史料》1984年第4期。

③ 《彭柏山书简》(1937.10——1940.4),《新文学史料》1984年第4期。

④ 绿原:《胡风与我》,《我与胡风》,第513页。

⑤ 侯唯动:《从读者中走向胡风》,《我与胡风》,第338页。

追求,彼此声气相投、相互激励而结为一体的作家群,应该就是七月派的成型。

　　七月派的许多成员都是在 1936 年"两个口号"的论争中知道胡风的,这就使他们最早认识胡风时,已将胡风与鲁迅联系在一起。1934 年底,周扬依据共产国际在抗日救国方面推行的"国防政策"的精神,在文艺界提出了"国防文学"的口号。1936 年 4 月,冯雪峰长征归来,向鲁迅、胡风传达了共产党建立民族统一战线的抗日方针,对"国防文学"的口号表示了不满,冯雪峰建议、并得鲁迅的支持,由胡风执笔起草文章《人民大众向文学要求什么?》,发出了题旨更为明确的"民族革命大众文学"的口号。新的口号引起周扬等人的激烈反对,一时间两派对垒,左联文坛爆起硝烟。争论后期,鲁迅抱病写出著名的《答徐懋庸并关于抗日统一战线问题》一文,抨击了"左联"流弊,并为胡风等人进行了声辩。这场论争所探讨的是抗日民族统一战线的问题,但人们似乎更关注口号制定者或支持者的个人威信和所属派系,这就使得"左联"内部潜在的宗派矛盾明朗化尖锐化了,由此成为其后致祸的根源。"两个口号"之争无意中扩大了胡风在文坛的影响,孙钿说:"我在日本读到《作家》杂志发表的鲁迅《答徐懋庸并关于抗日统一战线问题》的信,特别引起我对胡风的注目。在'两个口号'论争中,我是站在鲁迅一边的。抗战爆发,我立即回国,在上海写诗和散文给巴金主持的《烽火》和胡风主编的《七月》。"[①]　贾植芳说:"在中国文坛上,(胡风)属于左翼阵营的革命作家,又是鲁迅先生晚年的忠实助手。我从鲁迅先生在逝世前写的那篇《答徐懋庸并关于抗日统一战线问题》的重要文章里,又认识了他的为人的品质,鲁迅先生对他的

---

　　①　孙钿:《与胡风共命运》,《我与胡风》,第 270—271 页。

生活性格和文风的评价。"① 何满子说:"对于两个口号争论问题以及胡风的人品,由于鲁迅先生答徐懋庸那封有名的信,我坚信胡风是正确的一方,同情胡风,而深恶周扬们的宗派排挤。"② 胡征回忆他和天蓝身在远离国统区的延安,也曾就"两个口号之争"的问题,进行了深入的讨论,他们"都倾心于胡风的论点",并且"仔细思考起究竟谁是鲁迅的真正继承人?"③ 在这里,我们看到,将胡风认作鲁迅的传人,不是一个被动灌输的现成结论,而是七月派成员自己思考和识别的结果。正是由于对鲁迅先生的崇尚,导致对胡风文学思想和人品性格的认可,于是,自觉地将胡风当成新的"文学的师长"和"精神的师长",对胡风和《七月》心向往之,并想方设法投递自己的作品。在延安的侯唯动、胡征,曾不止一次地请周恩来将自己的诗稿裹在大衣里带往重庆,送到胡风手中。七月派所谓"形散而神聚"的流派特征,说的就是这种时空上的分散,思想精神上的聚合,大家不约而同地聚集在从鲁迅到胡风为代表的五四新文学的旗帜下。

1936 年巨星殒落,失去精神领袖的一大批文学青年在痛苦中流离失所,处于生活和精神双重流亡的境地。抗战爆发后,一批文学青年走上抗日前线,汇入部队的大家庭中,终止了居无定所的流亡生活。而更多的文学青年则在离乱的战争环境中发现了《七月》,他们深深地被《七月》所吸引,自觉地向《七月》靠拢,《七月》成为他们新的精神归宿,冻结的写作热情得以复苏,失落的文学梦想得以寻回,在《七月》那里,这一切都有了重新实现的可能。

---

①　贾植芳:《我与胡风同志相濡以沫的情谊》,《我与胡风》,第 114 页。

②　何满子:《中国现代文学史上头等大事中一个小人物的遭遇》,《我与胡风》,第 248 页。

③　胡征:《如是我云》,《我与胡风》,第 190 页。

　　《七月》和《希望》之所以能够吸引众多文学青年,能在鲁迅逝世后起到团结凝聚文学新生力量的作用,还有一个与五四启蒙传统相关联的原因,那就是胡风所倡导的和刊物所坚持的个性意识。深谙艺术规律的胡风一贯强调作家个性在创作中的重要作用,他自己就是以秉持个人姿态、重视独立创造而在文坛独树一帜。胡风创办的《七月》和《希望》,既应合时代潮流的要求,站在社会的前沿为民族的生死存亡而呐喊,“为光荣的祖国效命”,又充分尊重作家的艺术个性,在大的方向统一的前提下,尽可能地容纳个性突出、风格各异的作家作品。依照胡风的文艺理论,不仅仅是一般地提出作家主体的作用,在他看来,“文艺家的人格力量”,文艺家的“主观战斗精神”,是进行文艺创作的基本前提和决定性因素。胡风审阅青年作者的来稿,最看重的就是作者的个体创造性,诸如田间、路翎的创作,胡风就是从他们特异的艺术气质中,发现了他们的天才光华,虽然初期的作品时有生涩,但却蕴藏巨大的艺术潜质,而事实证明,正是文学个性的充分发挥,造就了他们卓越的文学成就。由于胡风对个性主义的执著坚持,七月派成员一直以张扬个性为基本理念,他们认为,“不能说一个流派的作者的风格就一定不分彼此,互相雷同。”“一个流派既有共同的志向,共同的美学上的追求,各人又有各自的个性,是不容否认的事实,因为没有个性也就没有诗了,——共性不可能不通过个性来表现。”① 七月派尊重个性、崇尚创造的主张,在文化思潮转向的 40 年代已属难能可贵,即使在现代文学诸多流派当中进行比较,七月派也属于理论和创作个性最为突出、风格最为多样的文学流派。胡风和七月派努力营造一种既配合时代潮流又坚守个体独立性的创作氛围,

----

① 牛汉:《梦游人说诗》,华文出版社 2001 年版,第 126 页。

虽然这一理想在特殊年代的实现具有相当的难度,但这种坚持却吸引了许多特立独行的有为青年,从而保证了七月派作家构成的质量和文学创作的鲜明品格。

胡风和文艺界人士曾反复强调《七月》杂志的"桥梁"作用,如前所论,这一"桥梁"在抗战烽火中续接了文学的特别是五四新文学的流脉。当时有人言:"除了'七月'和官办的刊物以外,差不多没有刊物了。"① 就是说当时还有官办的刊物存在,而且,随着抗日战争的进程,随着人们对文学战斗作用的认可和重视,不久就出现了多种配合抗战的文艺刊物,如《抗战文艺》和《文艺阵地》,就是其中影响最大的文艺刊物。从地方民众到领导阶层,文艺在抗战中的地位逐步得到确立,《七月》为此当然立下了汗马功劳。但《七月》更为持久的影响还是来自于对五四新文学方向的坚持,这是它与抗战文坛上其它刊物最大的不同之处,也是七月派与其它流派相比最为鲜明的个性特征。当文艺受时代的要求而成为武器和工具的时候,新文学的启蒙姿态渐渐被遮蔽起来,胡风和七月派清醒于此也担心于此,他们思考着"怎样从极其纷繁复杂的光波里,射出一道鲜明强烈,确立不移的新文学的光来呢? 那是今后《七月》所应该努力的方向!"② 他们架起的"桥梁"并不能横空跨越而将其引渡到将来,他们必须穿越战争岁月,而且,战争更需要民族精神的改造,胡风指出:"在神圣的民族战争的今天,鲁迅的信念是明白地证实了:他所攻击的黑暗和愚昧是怎样地浪费了民族力量,怎

---

① 《抗战以后的文艺活动动态和展望(座谈会记录)》中冯乃超的发言,《胡风全集》第5卷,第304页。

② 《现时文艺活动与〈七月〉(座谈会记录)》中吴奚如的发言,《胡风全集》第5卷,第347页。

样地阻碍着抗战怒潮的更广大的发展。"① 七月派所做的努力，就是不忘启蒙，而且将启蒙的效果运用到抗战救亡上来，简言之，在新的形势下，还原五四传统，还原鲁迅精神。胡风所说的"聊胜于无的暂时应急的桥梁"，一方面是自谦，另一方面也见出当时人们对于五四启蒙传统的严重忽略，起码在胡风看来，呼唤五四启蒙精神，已是当时所面临的一项非常迫切和紧急的事情了。

　　五四新文化运动是一个具有多重内涵的复杂构成，对置身于其中的新文学运动，同样也不可作简单划一的理解。有学者认为"有三种'五四'观：一以胡适为代表的自由主义，主要从思想启蒙的层面阐释、肯定'五四'；二是以梁漱溟、《学衡》为代表的保守主义，主要以'中体西用'论批评'五四'的思想启蒙；三是以瞿秋白为代表的马克思主义者，主要从推动中国革命发展的角度认识和赞扬'五四'。"② 这样的归纳可以成立的话，鲁迅则很难被准确地划入其中之一，鲁迅坚守启蒙姿态，但他不同于胡适的将启蒙限定于"文艺复兴"式的"纯粹"状态，完全排斥政治革命的方式，鲁迅坚定、彻底乃至极端的启蒙态度，使他时有认同政治革命的意向。而另一方面，鲁迅不主张时机不成熟的政治革命，为了保有一份宽松的战斗空间和自由独立的思想，也曾劝告一些青年作家不要轻易加入组织。众所周知，30 年代中期以来的文化转向逐渐排斥着五四自由主义、个性主义的人文思潮，使之退离主导地位。正如王元化先生所言，五四在中国思想史上曾发生重大作用的是个性解放，"可是后来却成了历史的讽刺，个性消亡了，变成了为政治服务的工具，变成了螺丝钉，独立精神、自由思想荡然无存了。许多人到

---

① 胡风：《关于鲁迅精神的二三基点》，《胡风全集》第 2 卷，第 502 页。
② 陈卫平：《八十年代的"五四"观》，《华东师范大学学报》1999 年第 3 期。

了 30 年代左倾化之后,放弃了个性解放精神。像鲁迅这样申张个性的思想家,也是在那时候说自己属于遵命文学的。"① 虽然鲁迅声称做"遵命文学"的同时并没有完全失去自我,但他面对民族危难需要寻求战斗伙伴、需要借助集体力量的时候,他还是有所妥协的,这是鲁迅对左翼倾向认同的一个原因。但鲁迅的妥协是有限度的,一旦违背了个体原则,压抑了自由精神,他就要奋力反抗。即使这样,还是使鲁迅 30 年代以来的作品在思想深度和审美品格上多少有些损失,这是有目共睹的事实。"因为一旦跨入遵命文学,就难免会使自己的独立精神、自由思想不蒙受伤害。"② 这种矛盾在左翼时期有一定的普遍性。在民族危机、爱国救亡的总主题下,集体主义与个体主义相互协调,张扬个性的知识分子认同集体主义,是时代的特定要求,有其存在的必然性与合理性。而实际上,集体主义与个体主义很难达到令人满意的调协,于是,始终坚持"'发展自我与牺牲自我互相制约与补充'的'五四'伦理观的极少数知识分子,如鲁迅,就陷入了几乎是无以自拔的矛盾和痛苦中。"③

　　30 年代中期以来的文化转向中,文学发生了方向性的变化,这种变化固然以时局动荡、战争降临为主要原因,但也不排除五四新文学自身产生和发展中形成的种种潜因,④ 就是说,诸如激进主义和政治功利主义,也是新文学与生俱来的某种潜性要素,而在

---

① 王元化:《对于五四的再认识答客问》,《文汇读书周报》1999 年 5 月 1 日。
② 王元化:《对于五四的再认识答客问》,《文汇读书周报》1999 年 5 月 1 日。
③ 钱理群:《"人之子"的觉醒》,《精神的炼狱——中国现代文学从"五四"到抗战的历程》,广西教育出版社 1996 年版,第 4 页。
④ 王晓明:《一份杂志和一个社团——重识"五·四"文学传统》中,从五四时期的报刊杂志和文学社团的角度,探讨了"转向"的内在原因。见《上海文学》1993 年第 4 期。

适时的环境中必然会浮出水面成为文学的显性特征。李泽厚曾论述道：

> 问题的复杂性却在，尽管新文化运动的自我意识并非政治，而是文化。它的目的是国民性的改造，是旧传统的摧毁。它把社会进步的基础放在意识形态的思想改造上，放在民主启蒙工作上。但从一开头，其中便明确包含着或暗中潜藏着政治的因素和要素。……即是说，启蒙的目标，文化的改造，传统的扔弃，仍是为了国家、民族，仍是为了改变中国的政局和社会的面貌。它仍然既没有脱离中国士大夫"以天下为己任"的固有传统，也没有脱离中国近代的反抗外侮，追求富强的救亡主线。……所以，当把这种建立在个体主义基础上的西方文化介绍输入，以抨击传统打倒孔子时，却不自觉地遇上了自己本来就有的上述集体主义的意识和无意识，遇上了这种仍然异常关怀国事民瘼的社会政治的意识和无意识传统。①

可以理解关怀国事民瘼的鲁迅先生何以对革命者常常表示敬意，并予以可能的关怀与帮助。也可以理解在抗日救亡热情高涨的40年代，作为左翼作家和理论家的胡风，既承传鲁迅的个性独立精神，又表现出超过鲁迅的政治激进情绪。五四思想启蒙传统和中国政治革命之间既有相一致相统一的一面，也有相割裂相弱化的另一面，这一矛盾存在于鲁迅身上，造成了他的心灵痛苦；在胡风那里，一方面具有自觉自愿的革命意识和政治热情，同时又坚持个性执守和启蒙姿态，也难免矛盾和痛苦。

在论述七月派的发生时，以上的思考并非离题。在胡风对五

---

① 李泽厚：《中国思想史论》（下），安徽文艺出版社1999年版，第828页。

四新文学传统的继承中,鲁迅思想精神占有首要位置,同时,正如王元化先生反思五四所得,"庸俗进化论,激进主义、功利主义和意图伦理"[①]这四种流行于五四时期的思想观念,也根深蒂固地影响到胡风和他对七月派的建设,七月派文学的某些固有特征,如强烈的政治意识,对古典和民间文学传统的相对轻视,都带上五四式的偏颇。由于受鲁迅的深刻影响,胡风始终保持着知识分子的独立人格,他曾两次拒绝去延安,自日本归国后没有再参加任何党派,可以看出他在竭力为自己营造相对宽松自由的斗争环境,避免自己的思想意志被人为地束缚。尽管如此,他还是无法达到如鲁迅那样的自由思想者的境界。一个原因是,胡风毕竟是有着坚定无产阶级信念的自觉革命者,他的一切言论行为的发生,都有着基本前提的约束;另一个原因,如鲁迅研究者所分析,胡风"和鲁迅生存的时代不一样。鲁迅当时生活的时代他是可以独立于当时的体制之外的"。胡风批评的时代已经不存在所谓的"体制外",胡风与周扬等对立面的斗争,常常是越出了审美批评甚至文学批评本身,"他们批评的出发点和归宿,跟一个独立的批判者的批评是不一样的"。他们的批判"包含了相当大的政治运作的成分,可以说是完全政治化了的。鲁迅的那种独立人格在他们那里打了很大的折扣"。[②] 事实是,胡风及其同人们从开始就自觉自愿地将文学追求与政治使命融为一体,他们这种介入政治和相当程度上服务政治的文学追求,仍然被视为异端,本身就是一种悖谬。

这种悖谬状况触发我们进一步的思考。胡风曾表示自己非常

---

① 王元化:《对于五四的再认识答客问》,《文汇读书周报》1999 年 5 月 1 日
② 林贤治:《凝望一个伟大生命》,李辉、应红编著:《世纪之问》,大象出版社 1999 年版,第 328、329 页。

反感抗战前文艺没有主流的说法,认为抗战前的主流就是以鲁迅为代表的五四新文学现实主义潮流,而且在胡风看来,从来就只有这一个主流。虽然胡风所理解的主流——即"五四以来的革命文艺传统"本身——并非丰富复杂的全包容的五四传统,而是已经有所择取有所过滤有所偏向的无产阶级革命文学传统,也即更靠近"左翼"文学传统。虽然胡风"启蒙与救亡(或革命)"的双重思路与鲁迅相比,已经倾斜于现实的政治功利。但胡风坚持的五四方向,依然为另一种主流所不容。由此见得,对五四及鲁迅传统的理解和继承中,出现了更大的偏差和变异,为政治功利所完全认可的文学主流,实际上开始背离真正意义上的新文学传统,它以单纯的绝对的革命性要求取代博大而深厚的五四新文学精神,将现代文学局限到一条单一狭窄的道路上。40年代到50年代的文学发展趋势已经证明了这一点。

二、抗战的现实需求

一批流亡于战乱岁月的青年作家,由分散而聚合为一个文学流派,必定有一个非常事件成为激发他们的契机,抗战,就是引发七月派发生的伟大事件。胡风曾在《文艺工作的发展及其努力方向》中写道:

> 抗战,当它爆发的时候,是把全民族掀动了的事件,把全国人民投进了大的兴奋里面的事件。全民族的苦闷消除了,全民族的期待实现了,全民族的潜力跃动了。这里面,苦闷得最深、期待得最切的、敏感的文艺家以及知识人,好像铁屑的对于磁石,各自在自己的路径上,自己的强度上奔向了一个总的方向。文艺家在社会里面行动,文艺界是一条战线,于是在总的方向下面团结了,文艺家在创作里面追求,作品是一种武

器，于是为着总的方向动员了。①

可以确定，没有抗战，胡风不会想到要办《七月》，没有抗战，七月派成员们依然处于茫然四顾、散兵游勇的状态。抗战发生了，"文艺家和这伟大的事件相碰，他的精神立刻兴奋起来，燃烧起来"，他们迫切地寻求新的战斗阵地，迫切地要汇入这一时代洪流当中，胡风和《七月》，真好像"磁石"吸引"铁屑"一样，将他们紧紧聚拢在一起，朝着抗战的目标而奋进。于是说，抗战的发生，是七月派这个抗战时期影响最大的文学流派得以发生的一个必需机缘。

就七月派的发生来讲，它既是历史迁延的结果，也是现实需求的产物，它在新文学传统与抗战现实的碰撞中产生。胡风在《今天，我们的中心问题是什么？》一文中申述道："我们非记住不可的两方面的基础：一方面，二十多年来的新文学的传统，不但没有烟消云散，如一张白纸，反而是对于各个作家或强或弱地教育了指导着他们，对于整个文艺进程把住了基本的方向；另一方面，民族战争所创造的生活环境以及它所拥有的意识形态和思想远景，也或强或弱地和作家们的主观结合了，无论是生活或创作活动，都在某一方式上受着了规定。"② 这就意味着，七月派在实践救亡与启蒙的双重需求时，必然带上了全新的时代精神特征。

《七月》的发刊，本身就有纪念"七·七"事变的意思在其中，而且，反映抗战生活，反映抗战期间民众的思想感情，以达到配合抗战的目的，这是主编胡风办刊的直接宗旨。胡风在《七月》发刊词中一再表明，文学与反侵略战争的密切关系同样由五四传统引申

---

① 胡风：《文艺工作的发展及其努力方向》，《胡风全集》第 3 卷，第 174—175 页。
② 胡风：《今天，我们的中心问题是什么？》，《胡风全集》第 2 卷，第 604—605 页。

而来,他说:"中国的革命文学和反抗日本帝国主义的斗争(五四运动)一同产生,一同受难,一同成长的。斗争养育了文学,从这斗争里面成长的文学又反转来养育了这个斗争。这只要看一看'九一八'以后中国文学的蓬勃发展和它在民众精神上所引起的巨大影响,就可以明白。"① 沿着这样的思路,在"抗日的民族战争已经在走向全面展开的局势"下,胡风更明确地以促进抗战为文艺的使命和职责,"在神圣的火线后面,文艺作家不应只是空洞地狂叫,也不应作淡漠的细描。他得用坚实的爱憎真切地反映出蠢动着的生活形象。在这反映里提高民众的情绪和认识,趋向民族解放的总的路线"。② 胡风以这一宗旨,规定主要撰稿者"大体上倾向一致",要求文艺作家努力投身"战争的怒火里面",以饱满的情绪和"战斗的文艺形式",表现抗日救亡的现实。为此,《七月》特别注意登载各种形式的报告文学作品,以期及时地关注和反映战场信息、战争进程,而倾重诗歌创作,则在于激发军民的爱国热情、鼓舞斗志。以《七月》为源头,七月派在与战争时代同呼吸共患难中诞生并成长起来。

七月派成员坚守着与时代相一致的文学精神,在许多诗人作家那里,战斗和文学是同时并举的事业,他们或奔上前线杀敌,或在火线后面写作,都以神圣的民族解放为最终目的。丘东平是现代文学史上最早的一位带枪的文艺战士,他的小说、通讯和报告文学,都是亲临火线而得来,他将血腥的战争面貌真实地传达给战后的人们,使人们看到战争的残酷和将士们流血牺牲的英勇悲壮。丘东平自己也在对敌人的一次反扫荡战斗中牺牲,他的为国捐躯,

① 胡风:《愿和读者一同成长》,《胡风全集》第 2 卷,第 498 页。
② 胡风:《愿和读者一同成长》,《胡风全集》第 2 卷,第 499 页。

将特殊时代文艺与战争的特殊关系进行了极致的阐说。七月派中，于民族危亡之际挺身而出的不止丘东平一个，彭柏山在抗战八年中，一手拿枪，一手拿笔，正如他自己说的："我相信，假如我不战死沙场，我的生命将活在创作上，虽则我今天不能离开政治工作的岗位。"① 可以说，几乎每一个七月派成员，他们既是情感丰富个性鲜明的诗人作家，又是关注抗战现实、随时准备为祖国流血牺牲的英勇的革命战士。在现代文学史上，七月派是一个拥有最多战士和革命者的文学流派，这也最能够说明七月派与中国革命特别是与反侵略战争所凝结的血肉关系。

彭柏山在给胡风的信中说过："我常常想，一枝笔——象我的这枝笔，和一个炸弹比起来，是软弱得多了。然而从热血和红火里再去锻炼一番，那力量是难于预料的吧。"② 将"一枝笔"的力量与"一个炸弹"相比较，这本身已经说明了特殊年代作家对文艺特殊功用的认识，正是因为看到了文艺的战斗效用，在"前线主义"、"投笔从戎"广泛兴起之时，胡风和他的同人们则"以笔为枪"，开始了另一战线上的冲锋陷阵，在文艺的阵地上效力于这场伟大的战争。即使是真正拿起枪的战斗者如丘东平和阿垅，也没有放下手中的笔，当他们从艰苦的前线战场上拿出自己的创作时，那从"热血和红火"里锻炼出的文学，已是字字钢筋铁骨，真正具有了"难于预料"的力量。这种创作也应合了胡风一贯的理论主张，作家只有"向着实际生活里面突进"，在火热的战斗生活里面燃烧自己，其作品才会有震撼人心的艺术力量。七月派的这种胶着于生活、焕发主体战斗精神的文学观，在抗战爆发的环境中得到鲜明的体现，并

---

① 朱微明：《柏山和胡风及胡风事件》，《我与胡风》，第 144 页。
② 《彭柏山书简》(1937.10——1940.4)，《新文学史料》1984 年第 4 期。

逐渐巩固起来。

在 1937 到 1941 年的抗战前期四年中，"文学是以自觉的姿态，和民族一起承担战争的灾难，呼唤民众，进行神圣的民族自卫和解放的战争，鼓励民族和人民救亡图存的斗志。所以这时期的文学是一种战争文学"。[①] 七月派此时的文学创作正是这种典型的"战争文学"，而且，在这抗战的前期，他们为火热的时代所沉醉，为壮烈的抗战行为所激励，七月派的存在的确是不自觉和无意识的，确切地讲，他们是在自觉承担民族危亡的苦难和时代赋予他们的使命时，不自觉地营造着一个文学流派。此时，作家们的政治倾向和艺术风格，与整体时代的文学追求协调一致，以配合火热的战争形势为目标。此时，流派的特殊性相对于以后来讲，并不是非常突出，或者说被现实要求所掩盖，被时代色彩所冲淡。《七月》与之前之后发刊的《烽火》（茅盾主编）、《光明特刊》（沈起予主编）等杂志相比，基本属于同一种格调。进入抗战后期，情形则有所改变。所谓后期是从武汉沦陷开始，以 1941 年发生的"皖南事变"为标记，抗战进入相持阶段。"战争已经由一时的兴奋生活变为持续的日常生活了"，[②] 人民的情绪由"兴奋"转入"沉炼"，由"互相吸引"转入"互相游离"。无论对民众，还是对文艺家，都到了一个真正考验意志和耐力的阶段。文学流派也在由"共同"走向"差异"之中，显示出各自的思想走向和特殊的风格面貌。战争形势的急剧变化，使围绕在《七月》周围的诗人作家开始迁徙流动，《七月》由初期的"半同人"刊物，逐渐分化又重新组合，进而形成更具"同道感"的

---

① 杨义:《中国现代文学流派》,《杨义文存》第 4 卷,人民出版社 1998 年版,第 244 页。

② 胡风:《文艺工作的发展及其努力方向》,《胡风全集》第 3 卷,第 176 页。

"同人"刊物,七月派的流派意识明显增强。

与流派队伍成型的同时,更为深层内在的流派特征在"皖南事变"后也逐渐浮出水面,七月派的"异质性"在艰难岁月中愈加显豁起来,并引来文坛乃至全社会的瞩目,争执与非议也由此发端。

抗战后期七月派所表现出的思想品格和艺术追求,同样在一个大的环境里展开,"战场上的一溃千里,和在抗战营垒内部党派之间的摩擦,使作家们开始反省本民族的政治社会体制和历史文化素质,从而在国统区出现了'文学的思考'或者'思考的文学'的时代"。① 这种"思考的文学"与胡风倡导的启蒙与救亡相结合的新文学思路,有着根本上的一致性。战争形势的变化更有力地证明"没有人民大众的自由解放,没有人民大众的力量的勃起和成长,就不可能摧毁法西斯主义的暴力,不可能争取到民族的自由解放"。② 本着抗战救亡的现实要求,同样需要启蒙,需要改造和提高民众的精神素质,以使抗战能够持久深入地进行下去,并最终取得全面胜利。而且,将单纯配合抗战拓展为救亡和启蒙互相促进,即"强调应把启蒙注入救亡之中,使救亡具有民主性的新的特征和世界性水平"。③ 这就摆脱了临时性而具有了开阔和长远的文学眼界。

换一个角度,胡风和七月派所一贯坚持的启蒙思想,既契合抗战时代的深层要求,同时本身构成着和推动者抗战后期冷静反思性的文学潮流,这一潮流逐渐扭转了热情乐观的单一创作局面,使

---

① 杨义:《中国现代文学流派》,《杨义文存》第4卷,人民出版社1998年版,第245页。

② 胡风:《置身在为民主的斗争里面》,《胡风全集》第3卷,第186页。

③ 李泽厚:《记中国现代三次学术论战》,《中国思想史论》(下),安徽文艺出版社1999年版,第894页。

抗战文学走向深沉和成熟。在流派与思潮的共同促进中,七月派自身也获得了流派确立与自觉的契机。

1942年是一个意味深长的年头。战局变幻莫测,党派间关系愈加错综复杂。国统区文学较之抗战初期有了深化的趋势和复合的色彩,而解放区文艺在毛泽东《讲话》方向的规范下,向着民族大众化和实用化的极致推演,这两种文学流向,引起文艺界不同思想观念间的激烈论争。胡风和《七月》同人的政治激进态度和注重现实批判的文学倾向,使他们当然处于矛盾的端口,而且常常是双向被攻、四面迎战。应战需要内部的团结,需要展示自己的实力,群体的凝聚力在一次又一次的论战中得以增强,这种反作用力对七月派的成熟起到了不可忽视的作用。

无论如何,胡风和七月派总是一如既往地受命于时代的特殊要求,对民族国家的忧患和关怀使他们凝结为一体。七月派成员几乎都是特别坚守自己的个性和见解的热情而固执的年轻人,他们并不轻易认同别人,更不愿屈就别人,彼此之间也会存有成见,但他们能在不长的时间内聚集在胡风的旗帜之下,形成现代文学史上最具凝聚力的一个文学流派,其最关键的一个原因就是他们受命于民族危难之际。对于这些无家可归的流亡者甚至孤儿们,民族的存亡关乎到他们每个人的前途命运,于是他们暂且放下自己的一己悲欢,收藏起自己个性的触角,与同道伙友们结成有力的同盟,以群体的力量效命祖国,也以群体的力量对抗外围的攻击,将个人的个性汇聚为流派统一的个性,在流派壮大成熟的时候,每个成员也在血与火的考验中成长成熟起来。

三、西风东渐的影响

中国新文化的母邦是西方文化,新文化的基本特征就是"彻底扔弃固有传统,全盘输入西方文化"。① 这就使得一部现代文学史成为传统与现代的矛盾史、斗争史与交融史。

胡风说:"从五四以来,大有成就以至稍有成就的作家,无一不是受到了外国文学的影响。这是我们的实际,应该以这个实际理解问题。"② 从新文学根基上成长起来的胡风与七月派,也深受西风东渐的影响。几乎每一个七月派的作家,都在西方文化涌入中国的历史氛围中步入文学道路,都与外国文学有着十分密切的联系。而七月派整体的思想和艺术追求,又紧扣新文学的主流方向,文学创作的内容和形式都经过彻底的现代洗礼,是新文学现代性传统的坚持和延续。

七月派成型于一个特殊的历史转折点上,成型于现代文学发展的一个新时期。西方文学对于七月派的形成所起到的作用,不像对五四时期文学社团和流派那样,是直接的和爆发式的,而是经过了新文学的承传,经过二、三十年代的过渡和选择,这种影响虽然间接但更为深厚而成熟。而且,这一时期的社会生活与五四时期相比有全新的特点,它对文学的制约和影响也不同于五四时期。战争改变着社会生活,也改变着文学的价值取向,在民族精神高扬的现实形势下,自觉学习西方文学,自觉坚持文学的现代走向,必然与民族化大众化通俗化的时代潮流有所冲突。七月派的发生与它的现代性追求相伴随,经历了与时代潮流的反复磨合,经历了与对立面的反复论争,从而始终保持了流派创作的现代性特征。

胡风始终认为新文学运动新的特质源自于它与世界文学的横

---

① 李泽厚:《启蒙与救亡的双重变奏》,《中国思想史论》(下),安徽文艺出版社1999年版,第827页。

② 胡风:《略谈我与外国文学的关系》,《胡风全集》第7集,第262页。

向联系,这就与所谓"新质发生于旧质胎内"的"民间形式""中心源泉"论有了根本的分歧。在 40 年代那场关于文艺民族形式的论战中,胡风以《论民族形式问题》的长文集中阐述了自己的思想,强调了新文学的现代性特质和自己的肯定态度。如论者指出:"胡风在这里强调了五四新文化运动及五四新文学的世界性,它与世界文学的横向联系,明确提出从世界角度考察五四新文学及其发展,作为'一个最基本的历史坐标',这都是很有眼光的。""胡风的这种倾向性的强调是有文学史的事实作为根据的,即五四时期的先驱者们在创作中对外国文学的吸取是完全自觉的,而对传统的继承则主要是一种自然流露。"①

虽然胡风并不是一概地否定古典传统和民间文艺,他曾说:"新形式并不完全否定旧的,倒是要接受旧形式的一切长处。"②但是在文学的路线和发展的方向上,他还是认为要坚持五四传统,要侧重于吸收外来影响。利用传统形式,一是应该以现代形式为基准来加以改造和利用,像鲁迅那样利用传统文学技巧,但不做旧形式的奴隶;二是认为广泛地提倡旧形式和通俗化,毕竟属于战争年代的权宜之计,不能将其作为新文学的方向。而七月派的艺术追求,正体现着这样的文学建设思路。当时曾有外国评论家评价以艾青、田间为代表的七月诗派,认为他们的诗作摆脱了几乎所有的古典传统,使中国诗歌进入了一个新时代。③ 此种看法固有些极端,但可以见出七月派在传统和西方文学的双向选择中,更多地

---

①　钱理群:《胡风与五四文学传统》,《文学评论》1988 年第 5 期。

②　《抗战以后的文艺活动动态和展望(座谈会记录)》中胡风的发言,《胡风全集》第 5 集,第 310 页。

③　[苏]契尔卡斯基:《战争年代的中国诗歌·前言》,转引自《抗战文艺研究》1987年第 3 期。

"取法于外国"。① 而实际上,七月派在创作中自觉地实践着他们文学设想,坚持现实主义道路,并将其民族化、中国化。牛汉说:"有一些外国人说艾青同志是正统的民族诗人,根据是他的自由诗。我认为他的《大堰河》、《北方》都是民族形式的,不然中国人不会那样喜欢它的,因为他写出了中国民族的感情、痛苦和欢乐。田间同志的《给战斗者》及一些短诗,也是民族形式的。"② 这同时说明,任何成功的经典的文学创作,都融合了外来的和本民族的优秀传统,在七月派这里,民族传统不是被抛弃了,而是被内在地吸收和溶化了,已经成为自身的有机构成部分,表现为一种"自然的流露"。这种与传统的自在关系,正说明作家与流派的成熟状态。

以国家、民族的现代性追求为指归,七月派的理论思考和创作实践又从来没有离逸于中国革命的实际斗争。胡风和七月派始终认同和尊崇毛泽东的革命现代化思路,并在这一思路的引导下选择外国文学遗产。胡风接受外国文学遗产的原则是:

> 我们的接受是批判地接受。一方面,从社会主义现实主义(唯物主义世界观的具体形式)的原则出发;另一方面,从我们所处的具体的生活实际出发,也就是从党的时期性的政治路线出发。在这种精神下面,才能有"批判地接受"的实践。也就是,无论是外国的还是本国的,是最优的还是比较的优,我们只能从社会主义现实主义的需要和原则出发作判断,这是谈不上什么闭关自守主义或民族虚无主义的。在无产阶级的这个立场上,我们需要新译和认真重译外国作品,也需要认真评介外国作品。……介绍什么作家什么作品,也应该用批

---

① 鲁迅:《关于翻译》,《鲁迅全集》第4卷,第553页。
② 牛汉:《一次幼稚而认真的发言》,见《梦游人说诗》,第189页。

判的态度加以选择。反现实主义和没有人民性或真实性的作品，我们不应介绍或只应批判地介绍。①

胡风在顺应中国社会潮流和中国革命需求的前提下，确定横向吸收外国文学的基本原则。五四时期，西方新旧文化思潮一并涌入中国，形成西方文化与中国传统文化第一次有力的碰撞，其实际结果，既不是对西方文化的全面排斥，也不是"全盘西化"的亦步亦趋，而是以传统文化和现实环境为基点，对西方文化进行了实用性的择取与过滤。

以主客体融合的"天人合一"和务实尚用的实用理性是中国传统文化的中心，与此相联系的是中国文人对"群体"、"道德"观念的崇尚，于是，"文以载道"的传统思想便渊远流长，服务于社会政治伦理要求，成为文学艺术的第一使命。五四时期，作家面对纷纭驳杂、目不暇接的西方文学思潮，在一片喧嚣之后，转向冷静的选择。对于中国的现代主义文学来说，尽管也有诸多作家诗人进行过成功的尝试，但它从来没有成为主流。而现实主义以其客观性和理性色彩为中国文坛所接受、推崇，并逐步予以中国化的改造，无可争议地占据了时代文学主流的位置。现代主义在中国之所以处境尴尬或持续不久便趋于衰竭，其根本原因在于当时半封建半殖民地的中国并不具备现代主义生存的广泛而深厚的社会基础，没有社会经济和社会心理作为充分条件，确切地说它是一种超前的文学意识，而不适宜于当时的中国现状，引进之后也并不被广大范围内的社会民众所接受，只能在少数文人圈子里发展一段时间，随着救亡运动的蓬勃兴起，现代主义几乎云散烟消。相反，现实主义文学虽然在西方呈衰退趋势，但对当时的中国社会却有着强烈的吸

---

① 胡风:《略谈我与外国文学》,《胡风全集》第7卷,第262—263页。

引力。民族危亡,战争频仍,中国仍需要现实主义的理性精神,从社会民众的理性要求出发,拿西方现实主义创作原则为我所用,并与中国传统现实主义精神融为一体,形成中国式的社会化现实主义文学潮流。这是中西文化融合的结果,也是时代对文学的必然选择。

20世纪的中国,剧烈的社会变革影响乃至支配着文学思潮的总体走向,作家对现实人生变化的密切关注和文学对社会意义的探寻规定着现实主义在中国的演变轨迹。这种中国式的社会化现实主义,也就是从苏俄文学中移植而来的社会主义现实主义。胡风将七月派"反映时代,反映人民的要求,反映人民的生活"的创作归拢在社会主义现实主义原则之下,他认为:"这也就是鲁迅所开辟的传统。什么传统呢? 在我看来,就是社会主义现实主义传统。"① 既然与鲁迅所开辟的文学传统相统一,胡风和七月派在社会主义现实主义道路上就更加义无反顾。

胡风说:"我们不能不严肃地从伟大的先行者的遗产中寻求我们所缺的,对我们有用的东西。但在我自己的实际上还有重要的一点:是托尔斯泰、契诃夫、高尔基、鲁迅他们从深厚的实践经验中产生的智慧点滴启发了我,引导了我。"② 胡风的所谓"有用",既指有用于文学本体的建设,也指有用于文学为之服务、为之效命的中国革命事业,而且后者是其根本,前者的实现要以后者为前提。胡风和七月派对苏俄文学的学习和领会以及对其他西方文学传统的有意排斥,在全局上与中国革命靠近和移植苏联模式是一致的,包括由政治观念带来的社会主义现实主义的某种狭隘性。从中国

---

① 胡风:《关于延安文艺传统》,《胡风全集》第7卷,第227页。
② 胡风:《略谈我与外国文学》,《胡风全集》第7卷,第264页。

独特的社会环境和革命需要出发,中国现实主义思潮在生成之时便带上鲜明的社会政治功利色彩,它逐步排挤了现代主义乃至浪漫主义思潮而自成封闭体系,并在其实用价值观的指导下趋向极端化。置身于现实主义文学大潮中的七月派同样难以摆脱历史的局限。

胡风之外,在七月派很多作家那里,也都可以感受到与苏联文学的亲密关系,体现了被时代氛围和相似的革命道路所决定的一种普遍对外学习途径。路翎曾说:"抗日战争开始的时候,由于时代的激动,我开始阅读苏联文学作品。""我从事写作,观察周围的社会和人生,苏联文学是给了我借鉴、鼓舞的。中国社会所处的动荡时代,是苏联文学的易于点燃的蒿草,苏联文学的观点、感情内容,也帮助我形成了我的美学观念。"① 显然,时代背景的变化中,文艺家们对西方学习的选择性渐渐清晰起来,与五四时期相比,胡风、路翎们的吸收西方影响针对性大大加强了,苏俄文学成为他们文学思想、美学观念的直接来源。

与众不同的是七月派在接受外来思潮影响时,既吻合社会主义现实主义主流方向,同时也相应地吸收了浪漫主义和现代主义的一些思想和艺术因素,并将其融汇于理论和创作当中,形成七月派较为丰富复杂的艺术面貌,从而与单一化、功利化的文学既存在共识,又有了明显区别。这种有意无意之中形成的多元取向,造就了特定时代具有异相色彩的七月派。

作为流派领袖人物和理论家的胡风,他自身对西方文学遗产的复杂态度就颇值得玩味。胡风认为鲁迅所开辟的传统就是社会

---

① 路翎:《我与外国文学》,张业松编:《路翎批评文集》,珠海出版社1998年版,第251、254页。

主义现实主义,这本身是一种简单化的等同。实际上,西方文学对鲁迅的影响是极其广泛和丰富的,可以说现代各种文学思潮都被鲁迅所借鉴和吸收,最后融入自己的艺术创造系统。而鲁迅的弟子胡风,他虽没有鲁迅那样吸纳百川归于一流的气魄,但外国文学对他的影响应该说同样广泛而丰富,否则难以经营出那样厚重而复杂的文艺思想体系。通过日本的厨川白村,胡风早年就大量地接受了现代主义生命意识观的影响,通过卢卡契,胡风的现实主义理论具有了先天的异质性,加之欧洲众多文学大师创作的熏染,构成以苏俄文学为中心的广阔的影响视野。现代主义艺术因素已经深入到胡风理论的核心部位,但胡风却又激烈地反对排斥现代主义思潮,特别是40年代以来,将其视为现实主义的对立面,到了水火不容的程度。这种自相矛盾的态度,不可避免地造成胡风文艺思想内在的矛盾甚至某些理论上的混乱状况。而七月派一方面受胡风文艺思想的深刻影响,另一方面每一个诗人作家都经历了时代的转折变化,从自由领略八面来风的吹拂,到自觉接受时代和特定社会生活的制约,他们的文艺思想和创作实践也既呈复合状态,又呈变化之势。如诗人艾青的诗路历程就颇有代表性,他代表着40年代现实主义诗歌的最高成就,而艾青的诗风,又深得法国象征主义艺术的侵染,借鉴了西方现代主义诗人和画家的表现方法和技巧,并和谐地融入民族化的自由诗创造。而这种和谐地融合也不是永久不变的,随着现实要求的变化,艺术创作的内在矛盾常常不能令人满意地解决,从而导致不同时期创作的巨大落差。复合与变化是七月派的一个整体特色,这一特色中包含了流派诸成员及其创作之间、同一诗人作家前后期风格之间,在基本的一致中存在着分化、矛盾的现象。七月派是一个比较复杂的文学流派,这种复杂,在相当程度上,与七月派广泛吸取外来影响、坚持文学的现代超越姿态,并同时要完成时代赋予的单一的政治使命,以及由此造成的矛盾悖论密切相关。于是,胡风无视现代主义对自己的深刻影响而加以坚决否定和排斥,就显得意味深长了。

四、生成与存在的必然与偶然

七月派诗人绿原说:"任何一个诗派的出现,都是时代和环境的客观要求;诗人的主观努力之所以取得成就,只因为它符合了这个要求。只有这样理解,才能说明艾青、田间等人在当时诗坛开创新局面的必然性。"[①] 抗战提供了七月派出现的契机,抗战的时代背景和新文学的发展路向共同构成七月派产生的历史必然性。但每一个具体的流派形成,又是包括偶然性在内的各种因素相互联系、相互作用的结果。七月派特殊的演变历程,以及与众不同的流派特色,都与其自身"主观努力"密切相关,虽然这些内部因素时刻受到外部环境的影响和制约。

首先是胡风的个性。

胡风天生性格倔强,他的争强好胜和反抗权威的秉性在少年时期就有突出的表现。读私塾时,因家贫体单而受同学奚落,一句侮辱性的话气得他满脸通红,愤然出手给了同学一拳,却从此赢得了同学的尊敬。作文方面,总是用自己的头脑思索,发挥自己的见解,先生对别人说,他写的这种文章,如果进京赶考,是不会被考官选中的,太不讲规矩了。1920 年在蕲州官立高等小学堂读书时参加爱国游行活动,胡风听到校方要惩罚他的消息,一怒之下离开学校。[②] 启黄中学时,胡风在北京的《晨报副刊》上发表了第一篇文

---

① 绿原:《温故而知新》,《香港文艺》1986 年 2 月号。
② 参见梅志:《胡风传》,北京十月文艺出版社 1998 年版。

章《改进湖北教育的讨论》，"一个初中二年级的中学生，竟然能在全国著名的大报上发表文章，探讨的又是如此宏深的大问题，这在启黄中学，恐怕是破天荒的。""胡风在公开发表的第一篇文章中，就鲜明地表现出他的独特个性。这只毛羽尚未丰满的鸟一鸣惊人，刚出道就摸老虎屁股，抨击中国社会上最臭最狠的军阀和老朽；而且，文笔锋芒毕露，无所顾忌，敢于点名批判，善于揭示要害。毫无疑问，在他漫长的笔墨生涯中，这是一个良好的开端。他成名之后的文风，在这里已见端倪。"①

　　胡风的独立个性使他早早就有了开拓自己的文学和言论阵地的自觉意识。在启黄中学期间，他和几个志同道合的同学组织成立了"新蕲春学会"，并筹办了《新蕲春》刊物，联络各地同乡，宣传反帝反封建思想，初步显示出胡风的编辑兴趣和组织能力。胡风一生执著于创办刊物，从《新蕲春》到左联时期的《木屑文丛》、《海燕》、《工作与学习丛刊》，一直到抗战时期的《七月》、《希望》，纵使困难重重，痴心不改。特别是抗战期间，战火硝烟，颠沛流离，刊物几经中断，又几度复刊，没有一种信念和情感的支撑，是难以做到的。经常是，"《七月》的编务、包括刊稿和作者通讯联系，跑印刷厂，设计封面，看清样等杂务，都由他一个人唱独角戏。"② 而对于胡风来讲，自己的劳累不算什么，最苦恼的是办刊遇到的政治环境的阻力以及经费的缺乏。不得已停刊时，胡风总是将稿件作为最后保留的行李带在身边，或转与他人保存，随时准备复刊。曾经因为聂绀弩大而化之丢失稿件，没有按自己的托付继续办刊，胡风和老友几乎翻脸。孙钿回忆胡风由重庆撤退香港后生活无法安定的

---

① 戴光中：《胡风传》，宁夏人民出版社 1994 年版，第 14—15 页，。
② 贾植芳：《我和胡风同志相濡以沫的情谊》，《我与胡风》，第 118 页。

窘况,但"胡风又谈起《七月》在香港复刊的事情,他说他已经同新加坡侨商的儿子谈了好几次,那个有意于出版事业的侨商本人最近要来香港解决经费。这也是一个使他欢乐的消息。"① 香港的复刊努力并没有取得成功,但由此可知胡风的热爱和执著程度。事实上,没有胡风坚定不移的信念和坚韧顽强的精神,《七月》和《希望》绝不会在战乱岁月中坚持下来,那也就不会出现著名的七月派了。

需要强调的是,胡风不但执著于办刊,而且是坚持要办"自己"的刊物。《七月》之前,胡风协助鲁迅先生编辑《海燕》,鲁迅逝世后,他又在冯雪峰的授意下主编《工作与学习丛刊》。而《七月》,"他是完全独立自主,一切都由他说了算,完全可以按照他的编辑方针、选稿标准,来组织文学力量,继承发扬鲁迅的传统和精神了。这是胡风梦寐以求的目标,所以他醉心于《七月》,哪怕这是'炼狱',他也愿意进去,只要能达到'净土'。"② 胡风的自起炉灶,一方面是一贯的不愿屈就于别人门下的个性所致,另一方面,抗战发生后的文坛上,胡风正处于孤立的处境。"两个口号"的论争的余音未了,凡支持"民族革命战争的大众文学"口号的作家理论家,依然受到冷落,影响一时的抗战刊物《呐喊》(第三期改名为《烽火》)中,并没有胡风的容身之地。郁闷和气愤中的胡风痛切地感到,"纵然在神圣的抗日战争中,也非得有自己的阵地不可"。③ 既为自己一手经办,胡风当然贯彻自己从鲁迅那里继承来的编辑思想和方针,特别是在选稿用稿上,胡风特别重视和发掘从生活深层来

① 孙钿:《与胡风同命运》,《我与胡风》,第280页。
② 戴光中:《胡风传》,第154页。
③ 戴光中:《胡风传》,第154页。

的青年作者的创作。他不论作者的名望地位,以作品的质量和自己的审美标准而择稿,培养了一批青年诗人和作家,围绕刊物,形成了一支全新的文艺队伍,这就是七月派的雏形。而胡风的编辑态度却得罪了不少的名流作家,于是,飞来了"宗派主义"、"小集团"种种帽子。

胡风成为知名诗人和文艺理论家后,倔强个性一如既往,这种个性带给他独树一帜的艺术和理论创造,也带给他人生道路上巨大的障碍,鲁迅很早就理解了胡风的性格,他说:"胡风鲠直,易于招怨。"① 他的独特个性和思想同时也得到一批文坛同道伙友的赏识,并吸引一大批文学青年的追随。坚持独立人格与文学个性者,往往能够得到同类的拥护和知音的共鸣,这些同类和知音当然会有相同或相近的气质秉性,如罗洛评价他的挚友阿垅:"他真诚得痛苦,严肃得固执,热情得偏激。"② 七月派很多人性格如胡风、阿垅一般单纯、直迁以至偏颇得可爱。但是,在中国,坚定不移的个性执守,也最易于招来对立面,易于导致集团意识和宗派意识。七月派成员们能不约而同走在一起,与他们相近的个性有关,他们也为此付出了惨痛的代价。

侯唯动满含激情地写道:"我在 75 岁的高龄,回头看身后的脚印,庆幸自己在青年时代有了一个天大的机遇,遇到了胡风这位老师。"③ 这应该是七月派成员的共同心声。胡风像磁铁一样吸引了众多的文学青年,而这些追随者既自觉被胡风影响和培养,又在遭受了半个世纪的人生磨难后万劫不悔,可见胡风个性的巨大魅

---

① 鲁迅:《答徐懋庸并关于抗日统一战线问题》,《鲁迅全集》第 6 卷,第 535 页。
② 罗洛:《阿垅片论》,《新文学论丛》1983 年第 3 期。
③ 侯唯动:《从读者中走向胡风》,《我与胡风》,第 343 页。

力。胡风的人生悲剧某种程度上也是一种性格悲剧,胡风研究者李辉说:"文坛上很少有人能够像他这样如此执著如此顽固如此执迷不悟地充满着自信,很少有人能够像他这样虽九死而无悔地不移初衷,也很少有人能够像他这样天真而单纯,对思想之外的世界懵懂不知,径自按照自己的方式面对整个世界。""也许他有太多受人非议的性格特点,譬如偏激,譬如不宽容,但他做人的根本原则是正直、真诚。他从来不愿意掩饰自己,他把虚伪视为人格的天敌。他的性格使他招致厄运,但他的性格也使他成为一个真正的人。"① 同样如孙钿在上海精神病院与胡风最后一晤后所感慨:"世上事,太错综复杂了,胡风如果能像太史公所说的:'故且从俗沉浮,与时俯仰,以通其狂惑。'那么,已经不是胡风了。"② 胡风无法更改他的个性气质,这种福祸相依的个性,对于他的文艺思想的形成,对于七月流派的形成,甚至对于后来的政治悲剧的形成,都是一个不可忽略的因素。一个人的个性原本属于自己,但如果是胡风这样的文学家、思想家、文坛领袖,他的个性就不仅仅属于他自己了。透过胡风的特殊个性,我们可以看到凝聚七月派群体的人格力量和精神特质。

其次是胡风的文艺思想。

人的个性气质是一种偏于感性的流露,发挥的是无意识的渗透性影响。而融合了人格气质的思想理论,则在自觉的层面上,对流派产生理性的规范和指导作用。七月派因为有胡风这样一位有深度、有体系的文艺理论家作为领袖人物,使它由生成到成熟,从思想观念到艺术表现,都具有了不同寻常的素质,并显示出与众不

① 李辉:《风雨中的雕像》,山东画报出版社 1997 年版,第 159、164 页。
② 孙钿:《与胡风同命运》,《我与胡风》,第 314 页。

同的面貌。七月派的持续时间长,涉及范围广,影响力大,流派成就高,都与胡风理论的影响有极大关系。

理论和创作和流派之间又不是一个简单的促成或指导关系。这是一个常识问题,七月派作家以自己的亲身体验反复说明了这一点。绿原说:"'七月诗派'是同胡风的刊物和他作为文艺理论家的审美观分不开的。胡风的审美观除了反映在他的选稿标准上,更系统地表现在他的一些诗论中。""胡风虽然从理论上对诗歌创作作了科学的阐述,并在选稿和编稿过程中体现了他的诗歌主张,但是'七月诗派'没有一个人是按照理论(不管谁的理论)来写作的。只有根本不懂得'生活是创作的唯一源泉'、不懂得理论只有从实践中产生的人们,才会捏造'七月诗派'按照某某理论进行创作或某某理论指挥'七月诗派'创作的神话。"① 牛汉也说:胡风"通过办刊物,选稿贯彻自己的美学观点、理论主张,通过刊物上的作品影响了读者。""胡风以及阿垅、舒芜的理论与'七月派'的形成不能划等号,不是一个简单的因果关系。理论不是直接地发生影响,而是曲折地对作家的创作发生作用的。"② 从艺术创作规律出发,绿原和牛汉对理论与创作关系的把握是准确的,但这并不意味着他们否认理论对创作的指导和影响作用,他们所强调的通过办刊物、选稿件来贯彻胡风的理论思想,正是胡风文艺观影响作家流派的独特方式。而确实也有一些文学青年直接受到胡风文艺思想的启发而走上创作道路。牛汉也说过:"我一向也不大看重理论,但胡风的那些谈诗的理论我看,我认为胡风的理论对年轻人很有

---

① 绿原:《温故而知新》,《香港文艺》1986 年 2 月号。
② 牛汉:《梦游人说诗》,第 130—131 页。

吸引力,对刚开始创作的人很有指导意义。"① 侯唯动曾说自己和自己的兄弟朋友"把胡风的《人民大众向文学要求什么?》那篇文章,当成我们创作实践的纲领"。他说:"胡风的这篇文章像一把打锣锤,一下子敲在我们的心上,自然会镗镗震响了。一来叫民族革命,二来叫大众文学。我们可实实在在完完全全是大众呀。"② 于是,他带着"初生牛犊不怕虎"的勇气,直接从读者中走向胡风、走向创作了。事实上,理论的影响是多途径中完成的。胡风在理论思考中也吸收了作家们的创作经验,在与实践的磨合中逐渐成熟起来。理论和创作相互作用相互促进,这种互动关系本身就是七月派形成的特征之一。

在七月派的发展过程中,胡风理论的思想核心作用逐步得到加强,由不自觉到自觉,由无意识到有意识。表现在:一方面,以胡风思想理论为基础,形成流派群体理论体系。阿垅、吕荧、舒芜等有了显著的理论建树,他们的文艺思想,与胡风的主体性现实主义文艺观有着一脉相承的内在联系,他们与胡风共同构成七月派显赫而特色鲜明的理论成就。另一方面,七月派诗人作家接受和服膺胡风的文艺思想时,也逐渐明确和树立起了自己的文艺观,并将其贯穿于写作过程中,在接受理论指导的同时,也使理论在创作中得以阐释和映证。路翎的创作就是实践胡风文艺思想的典型例证,胡风同时在他的成功实践中获得了理论的自信。总之,七月派的理论家和诗人作家,都从不同的角度,表现着他们注重生活实感,注重主体生命投注的文艺观念,这种思想共识,最终综合为胡

---

① [韩]鲁银贞:《关于"胡风编辑活动和编辑思想"访谈录》中牛汉的访谈,《新文学史料》1999年第4期。

② 侯唯动:《从读者中走向胡风》,《我与胡风》,第336页。

风主体性现实主义理论成就。所以,胡风的文艺思想,既是胡风的个体创造,也是七月派群体的思想智慧的结晶,它自然就成为七月派的精神聚合点和内在特征。

再次是文艺论争。

这是与前两个因素相关联的流派形成的一个重要原因。

胡风的独立个性与独特理论见解,使他踏上文坛之时,就成为一个异数,引起关注也招致反对,从此论争不断。伴随一生的笔墨官司,成就了胡风也伤害了胡风,而七月派群体在与对立面的论争中,渐渐走向独立,凝聚力日益增强,流派的特色也愈加突出。

1935年那场关于现实主义典型问题的论争,是胡风与周扬理论分歧的发端,也是胡风参与现代文艺论争的开始。但是真正对七月派有缘起作用的"第一战",应该是不久后发生的"两个口号"论争。"两个口号"的论争由于涉及到建立文艺上的抗日民族统一战线的重大问题,也因为鲁迅先生的参与,引起文艺界乃至全社会的广泛关注。鲁迅在《答徐懋庸并关于抗日统一战线问题》的著名文章中,对论战双方进行了准确而犀利的评判,文艺界特别是追随鲁迅先生的一批文学青年,从中认识和理解了胡风,使胡风在文坛和文学青年当中具有了相当大的感召力。如前所述,成为七月派中坚力量的大部分诗人作家,正是在这场论战以后,将胡风当作鲁迅的真正继承人和新文学方向的坚守者,从而在鲁迅去世和抗战爆发后自觉围拢在胡风和《七月》周围,为七月派的形成打下了初步的思想和组织基础,而所谓宗派对立的根子也由此埋下。

40年代文艺民族形式的论战,在延安、重庆等地的文艺界大规模地展开,由于它从文学形式问题的探讨出发,逐渐引申到新民主主义文学的发展方向问题,所以讨论波及面广,影响深远。

胡风撰写《论民族形式问题》一书,成为论战中最有力的一方。

他在"题记"中写道:"在当时,这一个问题引起了广大的论争,成了文坛上的一件大事,而事实上,由于对它的看法不同,对于新文艺的传统估计以至文艺运动方向的理解,就可以产生不同的甚至相反的结果。"① 基于这样的认识,胡风的理论明显倾向于启蒙式的"化大众",而反对盲目的"大众化"。他所认可的大众化,是自觉和本能地带了新文艺的现实主义传统来的,他认可的民族形式,"它本质上是五四的现实主义传统在新的情势下面主动地争取发展的道路。"那些"疲乏地彳亍在反刍式的'旧形式'里面"的所谓大众文艺,决不能说已经取得了"新鲜活泼"的"中国作风与中国气派"。②

早在 1938 年 4 月 24 日,"七月社"在武汉组织召开了议题为《宣传·文学·旧形式的利用》座谈会,七月派诸成员在此问题上持有基本一致的认识。聂绀弩说:"我以为利用旧形式,一定要和实际联系,否则意义是很少的。""用旧形式写出的东西,比之于新形式的作品,总要粗浅或低级一点。"艾青的观点也很明确:"我要说我自己对于利用旧形式这一口号是取怀疑的态度的。如其为了宣传不得不利用旧形式,我们也应该有利用的界限。宣传与文学是不能混在一起说的。我们的文学革命已经这么多年了,一开始,它就否定了旧形式,现在如果又把旧形式肯定了,将来不是又要重新来一次否定么?"吴奚如也认为:"从文学的观点看,我们还是应该坚持新文学运动的主潮,只有革命的现实主义一条路,不过要更加使他民族化,——中国化……"他们强调利用的"界限",强调现实宣传和文学长远发展的区别,希望在抗战中成长起来的文学有"适当的新形式",成为"更高风格的文学",而且坚信"把新形式大众

---

① 胡风:《论民族形式问题》,《胡风全集》第 2 卷,第 711—712 页。
② 胡风:《论民族形式问题》,《胡风全集》第 2 卷,第 726、727 页。

化，或大众化了的新形式用到宣传上去，大众也不见得一定会拒绝。""无论通俗化也好，利用旧形式也好，要使它与文学的进步与发展不发生矛盾。"①

七月派的这种观点表现了一种有经有权的文学建设思路，既顾及到抗战的当下要求，又考虑到文学的长远发展。但客观来讲，其侧重性甚至极端性也是明显的，如路翎曾说："在我们底理解，文化斗争和文艺斗争底进展，将消灭这个旧形式的问题。文化斗争底开展将给新文艺打开一个空前的发展局面，那时候就没有这个旧形式的问题了。但在今天，为执行新文艺底文化斗争任务，运用旧形式是被需要着的。而正因为是我们底这具有着强大思想内容的新文艺，他就不该对旧形式屈服，它是要占领旧形式并且在文化斗争中消灭它。"② 在反对者看来，这已经与"抗战高于一切"的现实需求相违背。而这特殊的、难融于现实思潮的文学观念，确实又构成七月派的个性基石。

关于形式的讨论永远不仅仅是个形式问题。七月派在展望和规划文学的方向与前景时，注重外来文学的吸收和选择，并防范传统和民族名义下的复古倾向，这已经越出了文学形式的思考范围。胡风从来都是从人生和文学的现代精神出发来理解形式问题的，他认为向林冰的"民族形式中心源泉论"，是"从内容上的民粹主义走向形式上的复古主义"。③ 这在另一个角度上说明，形式的复古，暗藏着五四启蒙传统中断和民主精神丧失的危机。在胡风的视界中，五四反帝反封建主题是文学艺术的长远使命，与五四现代

---

① 《宣传·文学·旧形式的利用（座谈会记录）》，《胡风全集》第 5 集，第 320、321、327、331、333 页。
② 路翎：《对于大众化的理解》，《路翎批评文集》，第 79 页。
③ 胡风：《〈胡风评论集〉后记》，《胡风全集》第 3 卷，第 609 页。

精神相违逆的各种迹象,都会引起他足够的警惕。胡风在建立作家队伍和指导作家创作中,总是牢牢把握着这一主旨。七月派成员认同和追随胡风的思想,在抗战爆发到解放前夕大约十年间,对于文艺的民族化大众化认识,始终保持着明确方向和坚定的态度。路翎于1948年写就的《对于大众化的理解》一文中明白强调:"大众化不等于庸俗化即向旧社会投降。它也不是那种疲弱的或者油滑的形式主义所能完成的。问题在于内容:内容底大众化,及内容底斗争性和人民性。"① 这与当初胡风的观点如出一辙,而且,路翎以这样清醒冷静的头脑进行着他的创作,用全新的小说样式"对旧形式进行美学上的斗争",② 成为抗战以来文坛上独树一帜的文学景观。

这场文艺民族形式的论战,扩大了胡风和七月派的影响,增强了流派的思想凝聚力。论战中胡风批评的中心对象是"民间形式中心源泉论"的首创者向林冰,"但同时也提到了和他对立的,和他的理论有联系的一些人的论点,而且还是提了名的"。③ 胡风所说的"提了名"的人是指当时参加论战的一批文艺界知名人士,即郭沫若、周扬、潘梓年、艾思奇、胡绳、光未然、何其芳、张庚等等。胡风解释说:"我是把这次论争当作人民内部的文化思想问题,而不是当作政治上的对敌斗争看待的,因此,非对两方面采取平等的态度不可。否则,不能说服向林冰,尤其重要的是不能说服读者群众。"④ 于是,胡风既没有在乎双方都是左翼作家,也没有在乎他们有些是文艺界的领导者,毫无顾忌地一概点名批评。这样等于

---

① 路翎:《对于大众化的理解》,《路翎批评文集》,第77页。
② 路翎:《对于大众化的理解》,《路翎批评文集》,第77页。
③ 胡风:《〈胡风评论集〉后记》,《胡风全集》第3卷,第612页。
④ 胡风:《〈胡风评论集〉后记》,《胡风全集》第3卷,第612页。

自己为自己树立起众多的对立面，无疑为后来的政治斗争埋下了伏笔。这一教训，胡风直至晚年才意识到。七月派愈来愈受到的孤立、排斥和非难，与此也莫不相关。

在民族形式的讨论中，胡风的不和谐之音和广为树敌大有引火烧身之势，但毕竟论争的中心在于向林冰。而真正使胡风成为论争对立面，真正使七月派自觉起来的是 1945 年开始的对胡风文艺思想的批评。

这场批评可分为两个时期。1945 年《希望》创刊号发表舒芜的《论主观》，引发了重庆时期的批评。在《〈希望〉编后记》中，胡风指出："《论主观》是再提出了一个问题，一个使中华民族求新生的斗争会受到影响的问题。这问题所涉甚广，当然也就非常吃力。作者是尽了他的能力的，希望读者也不要轻易放过，要无情地参加讨论。"① 对此，胡风后来进一步解释说：

> 他那篇《论主观》，在我的抽屉里放了半年之久，我很踌躇，因为我对它无能作出肯定或否定的判断。到编《希望》时，我发表了它。原因是，那以前（我还没有回重庆），《中原》和《群众》发表了几篇谈思想问题的文章，是响应延安整风运动的，结果被认为犯了唯心论的错误，思想界陷入了沉闷的状态。舒芜说明，为了反对主观主义（唯心论），所以得研究"主观"这个"范畴"。他还用哲学上斯大林阶段迷惑了我。我想，可以用这篇文章引起论争来，借以打破沉闷空气，在论争的假象上迷惑国民党的审查官，借以扩大延安整风运动的影响。②

胡风发表《论主观》目地是为了引起文坛讨论。"但从《希望》

---

① 胡风：《〈希望〉编后记》，《胡风全集》第 3 卷，第 292 页。
② 胡风：《〈胡风评论集〉后记》，《胡风全集》第 3 卷，第 613 页。

出版后，马上招来了责难。表面上是批判《论主观》，实际上是针对我的文艺观点如'主观战斗精神'、'客观主义'等。"[1] 胡风在同一期《希望》上发表了他的《置身在为民主的斗争里面》，使批判者将《论主观》所表达的论点与胡风提出的关于文学创作的"主观战斗精神"联系起来，认定《论主观》是"主观战斗精神"的哲学基础。更为深层的原因还来自于胡风对毛泽东《讲话》所持的不同态度。《讲话》在 1944 年传到重庆后，文艺界组织召开了宣传讨论会，胡风没有一味迎合《讲话》思想，而是强调了国统区"环境和任务的区别"，不能机械、教条地套用《讲话》方针，这就被简单地认定是与《讲话》相对抗。"批评的矛头还进一步派定：胡风有个'小集团'、'胡风派'；方然主编的《呼吸》创刊后，有人更进一步概括为'希呼集团'。难道这不是明明白白向读者宣告：胡风不仅文艺理论是唯心主义的、错误的，还在革命文艺阵营内部纠合小集团、闹宗派、搞分裂活动！"[2] 可见，此次论战一开始便将矛头对准胡风，而且已经有了政治火药味，但胡风并不自觉，认为是学术争鸣至多不过带有宗派情绪。于是，批评完全在被动状况下展开。虽然此时胡风不屑于去作更多的自我辩白，但由此开始扣上胡风与"唯心主义"长达半个多世纪的死结。

批判延续到 1948 年的香港时期，共产党在香港主办的《大众文艺丛刊》，"集中火力、采取高屋建瓴的姿态，开始了规模更大、更有系统地对胡风文艺理论的批评。所有的批评文章，都是以《讲话》作为唯一的参照系。"[3] 同时拉出路翎的创作作为胡风文艺思

---

① 　胡风：《〈胡风评论集〉后记》，《胡风全集》第 3 卷，第 613 页。
② 　冀汸：《历史法庭上的证词》，《我与胡风》，第 406 页。
③ 　冀汸：《历史法庭上的证词》，《我与胡风》，第 406 页。

想的实例加以批判,点出胡风在搞"小集团"和"宗派"活动。胡风这才意识到问题的严重,不是自己一贯认为的"我的观点是针对文艺创作来谈的,与哲学和政治无关。"① 而是直接面临着政治上被"清算"的危险。胡风不甘于被动地受批判,但对立面几乎全是自己的友人,他踌躇再三,终于在 1948 年 6 月,提笔撰写了《论现实主义的路》作为反批评。

就在胡风撰写《论现实主义的路》时,七月派的年轻作者们面对庞大的批判攻势,进行了力所能及的反批评。冀汸回忆道:"我们,这些评论文章的年轻读者,心里当然不服。但是国统区对言论出版禁锢得跟罐头一般严密,连个出气孔也没有的,我们根本没法发出自己的声音。于是,只好学学《荒鸡小集》的样子,搞起一个'非法'刊物《蚂蚁小集》。""为数不多的对于香港批评的反批评,也就在这小刊物上登载出来了。"② 与批评者相比,《蚂蚁小集》的反批评声音太微弱,但毕竟是属于"自己的声音",冀汸、路翎、方然等都曾努力为《蚂蚁小集》凑稿子,胡风也鼓励说:"刊物(指《蚂蚁小集》)也要坚持出。有一点声音总比没有声音好……"③ 论争,在无形之中使流派成员们增强了凝聚力,以对抗强大的批评攻势。从香港的这次论争开始,七月派才有了自觉的流派意识,从某种意义上说,这也是形势逼迫所致。

从香港批评的规模和性质来看,可认为是解放后全面批判胡风文艺思想的前奏。不同的是,在文艺批评完全被政治批判所取代后,几乎听不到哪怕是微弱的反批评声音了,政治高压下不允许

① 胡风:《回忆录》,《胡风全集》第 7 卷,第 641 页。
② 冀汸:《历史法庭上的证词》,《我与胡风》,第 406、407 页。
③ 冀汸:《活着的方然》,《我与胡风》,第 436 页。

反批评存在,实际上正如冀汸所言:"在那种情况下,发言或不发言结果是一样的,正如检讨或不检讨结果也不会不同。今天应当坦率地说:那时候的所谓文艺批评都是政治批判,而政治批判又都包罗了许多不实之词具有程度不同的政治陷害性质。"① 在预设的政治陷阱面前,抗争只会导致更快地坠入灾难的深渊,胡风和他的同人们的不幸命运已经证明了一切。

何满子曾用一个形象的比喻来解释"胡风集团"的成因:是舆论唤起了男女的爱情觉醒,促成了本无此意的男女的结合。"所谓'胡风集团'也是舆论反馈到这些'分子'身上而弄假成真的。"② 从七月派到"胡风集团",都不可小视这种反作用力的因素,只不过前者是逐步形成,后者是瞬间完成。七月派在适应时代和环境的客观要求中,在自觉的理性力量的推助中发展和成熟起来,而几次论争和批判"点化"般地使他们豁然意识到自己的存在。这也是七月派的与众不同之处,无论情愿与否,它常常被置于文学主流之外,常常被处于大多数的对立面,在矛盾斗争中艰难成长。这种被迫感、孤独感以及由此带来的人生磨难,使他们自觉到流派的存在而又拒绝人们给予的流派认定。可想而知,把一个正常的文学流派与"反党集团"和"反革命集团"凭空挂钩,这些一生忠诚党的革命事业的流派成员,只能将流派和集团一同拒之门外,从而竭力维护自己政治上的清白。

七月派毕竟是中国现代文学史上一个显赫而又坚实的存在,拨清历史的迷雾后,它自身便放射出令人眩目的光彩。七月派置

---

① 冀汸:《历史法庭上的证词》,《我与胡风》,第 418 页。

② 何满子:《中国现代文学史上头等大事中一个小人物的遭遇》,《我与胡风》,第 241 页。

身于中国民族现代化追求的进程当中,它在顺应历史发展的必然性的同时,坚持反拨违背现代性追求的不良倾向,体现了历史必然性发展中文学的应然性要求。七月派的作品、理论,包括七月派成员们的个性气质,有着明显的弱点和失误,但他们的成就和特色更突出鲜明、引人注目。在现代文学流派的发生过程中,将必然性、应然性和偶然性要求融于一炉,汇聚成复杂、深厚、丰富的文学景观者,当数七月派为最。

第三章　七月派思想理论基础

一、胡风的主体性现实主义文艺观

胡风是中国 20 世纪现实主义文学理论大师,对中国 20 世纪现实主义的发展与深化有着重要的贡献,这似乎已是一个不争的事实。但同时,由于人们对现实主义概念本身的不同理解和胡风现实主义理论所具有的特异性,造成了在"不争"之下依然各执一端的热闹局面。现实主义确实是一个古老而又常说常新的理论话题,特别是 20 世纪现实主义论坛上有了胡风这样的独树一帜者之后,而且是在被压制被批判销声匿迹数十年再次进入人们的理论视野之后。

胡风一生著述颇丰,他的文艺理论、文艺批评和创作论都是以现实主义为中心而展开,胡风思考所有的文艺问题,几乎都与现实主义有关。现实主义作为一个文学理论范畴,应该有它质的规定性。从开放、多元和发展的角度讲,现实主义可以无边,但终归有它坚守的阵地和高扬的精神旗帜。胡风在哲学上始终坚持唯物论的反映论,是现代中国马克思主义反映论文艺观的一位具有代表意义的文艺家。胡风在 1936 年著的《文学与生活》,1939 年—1940 年著的《论民族形式问题》,1948 年著的《论现实主义的路》和解放后的"30 万言意见书",是他现实主义文艺观最为集中、系统和深入的阐发。胡风认为,要创造出好的作品,作家必须以真诚的心意,高度的热情,全身心地投入到作为客体的现实生活里面,拥抱客观对象,肉搏现实人生,即为"主观战斗精神"。胡风的"主观战斗精神"是基于文学关注和反映现实人生的迫切要求而提出的精彩论断。在这里,"主观"须臾不能离开"客观"这一战斗对象,"只有体现了客观之道者才能够获得主观之力",① 文艺家所面对的是"真枪实剑的、带着血痕或泪痕的人生",② 文艺创作,就是从对现实人生的"肉搏"开始的。胡风以自己独特的理论话语传达出对现实主义质的规定性的理解与把握。虽然与主流现实主义话语存在分歧,但他的文艺理论始终没有离开"艺术是发源自实际的社会生活"③ 这一反映论的基本观点,也就是说从根本上没有越出现实主义范畴。有论者指出:"是否可以用今天流行的'主体精神'或'主体意识'来代替或概括胡风的'主观战斗精神'?我认为不可。因为前者所指和强调的是主体一方,而后者所指和强调的是主客观双方和两者的融合统一。前者是哲学概念,后者是美学范畴。"④ 这一观点之所以中肯,是因为论者是从文学的特定要求出发,从真本意义上的现实主义出发来观照胡风文艺理论的。

文学是人学,是人的情感的对象化,是人性及其灵魂的完美建构。胡风在建构现实主义的过程中,紧紧抓住文学写人和被人所写这两个基本点,也就是抓住了文学创作的内部规律,他在《论现

---

①   胡风:《论现实主义的路》,《胡风全集》第3卷,第500页。

②   胡风:《论现实主义的路》,《胡风全集》第3卷,第506页。

③   这是胡风1936年著述《文学与生活》一书的基本论点。此书共五章,第一章:文艺是从生活产生出来的,第二章:文艺是反映生活的,第三章:文艺站在比生活更高的地方,第四章:创作之路,第五章:民族革命战争与文艺。《胡风全集》第2卷,第283页起。

④   朱寨:《胡风文艺思想概述》,《胡风论——对胡风的文化与文学阐释·序》,湖北人民出版社1999年版,第6页。

实主义的路》中,以"关于作家——创作的人"、"关于形象——创作
对象的人"为题,对创作主体和对象主体在文学中的能动状态进行
了深入的总结性论述。从作家主体来讲:

> 作家是一个"感性的活动",不能是让客观对象自流式地
> 装进来的"一个工具",一个"唯物"的死的容器。

> 他是历史的人,具体的人,……是阶级的人,实践的人。
> 他的存在一样是"现实的生活过程",但在这现实的生活过程
> 里面却是流着人民的血液,即汲取了或汲取着人民的痛苦和
> 要求,而形成了或形成着一种"感性的活动"。

> 客观对象没有进入人的意识以前,是"不受作家主观影响
> 的客观存在",但成了所谓"创作对象"的时候,就一定要受"作
> 家主观影响"的。①

从对象主体来讲:

> 创作对象是人,即感性的活动,因为,"人的本质是社
> 会关系的总体"。或者用常识的话说:"活的人,活人的心
> 理状态,活人的精神斗争。"创作完成了以后的人(人物),
> 更是感性的活动,因为,文艺所要求的是"典型环境里的
> 典型性格",甚至还应该是被创造加工所提高了的。或者
> 用常识的话说:"一代的心理动态。"

> 革命文艺的任务是要反映出这个伟大的时代的丰富
> 的内容和火热的渴求,在斗争里面成长的坚强的性格,在
> 重压下面苦斗的坚强的性格,在苦痛的生活负担下面觉
> 醒的善良的或坚强的性格,这正是非得在活生生的"感性

---

① 胡风:《论现实主义的路》,《胡风全集》第 3 卷,第 522、523、524 页。

的活动"里面把握他们、创造他们不可的。①

创作主体和对象主体既为人,他们是:

> 人是活的人,行动着的人,被赋予着意识的人,凭着各自被各种各样的杠杆所规定的反省和情热,向着一定的目的经营着生活的人,各自的反省和情热在各种各样的路径上和历史的冲动力联系着,各种各样地被历史所造成,又各种各样地对历史起着作用的、创造历史的人。这就叫做"感性的活动"。②

胡风使作家主体和对象主体在文学创作这一"感性的活动"中得到实现和完成,得到生命的升华。胡风在高尔基"文学即人学"的指导性命题启发下,进入对现实主义文学的思考,他以自己的主体性现实主义理论丰富和发展了"文学即人学"这一经典思想。

对作家"主观战斗精神"的强调,是胡风文艺理论的核心所在,也是胡风文艺思想独特性与深刻性的关键所在。它是一个切合现实主义文学艺术规律的独特发现。"主观战斗精神"不是一个单一和孤立的理论命题,它由多重含义构成,在多重关系中实现。它首先要求作家主体要有饱满的情绪和战斗的意志。胡风指出:"文学的路,现实主义的文学的路,一向是,现在是,将来也永远是要求情绪的饱满的。没有情绪,作者将不能突入对象里面,没有情绪,作者更不能把他所要传达的对象在形象上、在感觉上、在主观与客观的溶和上表现出来。"③"我所提出的'主观战斗精神'是指作家在社会生活中、在创作过程中应有的爱爱仇仇的感情。"④

---

① 胡风:《论现实主义的路》,《胡风全集》第3卷,第533、538页。
② 胡风:《论现实主义的路》,《胡风全集》第3卷,第544—545页。
③ 胡风:《论战争期的一个战斗的文艺形式》,《胡风全集》第2卷,第510页。
④ 胡风:《关于〈七月〉和〈希望〉的答问》,《胡风全集》第7卷,第218页。

　　进一步,作家主体必须拥抱客观,肉搏生活,深入到对象之中。情绪和意志是重要的,"但我们所要求的情绪,一定是附着在对象上面的,也就是'和'对象'一同'放射的东西。作者可以哭泣,可以狂叫,可以有任何种类的情绪激动,不但可以,而且还是应该的,但他却不能把他的哭泣他的狂叫照直地吐在纸上,而是要压缩在、凝结在那使他狂叫的对象里面,那使他哭泣使他狂叫的对象的表现里面。"① 反过来讲,"所谓现实,所谓生活,决不能是止于艺术家身外的东西,只要看到、择出、采来就是,而是非得透进艺术家的内部,被艺术家的精神欲望所肯定、所拥护、所蒸沸、所提升不可的。"② 这就明白地告诉作家,要创作出优秀的艺术品,作家必须把他的"战斗精神"潜入到客观对象里面,以使客观对象也同样燃烧起来,抵达物我两忘、融为一体的境界。一句话,"文艺创造,是从对于血肉的现实人生的搏斗开始的"。③

　　在强调主客观融合的时候,胡风尤其重视创作的感性的实践过程,重视创作中生命意识的显现。"在对于血肉的现实人生的搏斗里面,被体现者被克服者既然是活的感性的存在,那体现者克服者的作家本人的思维活动就不能够超脱感性的机能。"④ 他强调,主体对客体的"搏斗过程始终不能超脱感性的机能,或者说,它一定得化合为感性的机能"。⑤ 胡风所认可的创作实践,"指的是创造过程上的创造主体(作家本身)和创造对象(材料)的相生相克的斗争;主体克服(深入、提高)对象,对象也克服(扩大、纠正)主体,

---

① 胡风:《论战争期的一个战斗的文艺形式》,《胡风全集》第2卷,第511页。
② 胡风:《为了电影艺术的再前进》,《胡风全集》第3卷,第400页。
③ 胡风:《置身在为民主的斗争里面》,《胡风全集》第3卷,第186页。
④ 胡风:《置身在为民主的斗争里面》,《胡风全集》第3卷,第188页。
⑤ 胡风:《置身在为民主的斗争里面》,《胡风全集》第3卷,第189页。

这就是现实主义的最基本的精神。"① 胡风所谓创作主体与创作对象的"相生相克",形象地描绘出了创作主客体复杂的作用过程(内在机制),这既是对文学创作规律的深刻揭示,也是对当时现实主义理论现状的突破。胡风是在致力于现实主义挣脱束缚,回归本体的同时,向理论的纵深处掘进。

"主观战斗精神"是胡风现实主义理论的升华和结晶,这一结晶体中融含着他对艺术创造动态过程及其内部规律的深入探寻。他的这一独到见解并非反对者所言,是主观压倒客观甚至取代客观的偏执理论,相反,胡风恰恰联系到现实人生与艺术创造之间全部的丰富和复杂的关系,从而把握了现实主义的要义。胡风曾用一系列相关的表述反复传达他的观点,如"战斗要求","人格力量",或主客体的"拥抱"与"溶合","突入"与"肉搏",以及作家的"自我扩张"等。这里特别要提到的是胡风的"自我扩张论",这是胡风在《希望》创刊号上发表的文字:

> 对于对象的体现过程或克服过程,在作为主体的作家这一面同时也就是不断的自我扩张过程,不断的自我斗争过程。在体现过程或克服过程里面,对象的生命被作家的精神世界所拥入,使作家扩张了自己;但在这'拥入'的当中,作家的主观一定要主动地表现出或迎合或选择或抵抗的作用,而对象也要主动地用它的真实性来促成、修改、甚至推翻作家的或迎合或选择或抵抗的作用,这就引起了深刻的自我斗争,经过了这样的自我斗争,作家才能够在历史要求的真实性上得到自我扩张,这艺术创造的源泉。②

---

① 胡风:《人道主义和现实主义的道路》,《胡风全集》第3卷,第237页。
② 胡风:《置身在为民主的斗争里面》,《胡风全集》第3卷,第188—189页。

这实际上是胡风对"主观战斗精神"理论更进一步的阐述，同样从主客体"相生相克"双向运动的思路上展开，从他的关于"自我扩张"的论述中，我们明白地看到胡风还是注重主体对客体的"拥入"过程，并明确客观对象"也要主动地用它的真实性来促成、修改、甚至推翻作家的或迎合或选择或抵抗的作用"。即便如此，胡风仅只用过一次的"自我扩张"一词，被反对者认为是主观思想的极端表达，而"自我扩张"一旦与"艺术创造的源泉"断章相连，必然会被冠以主观唯心论。

胡风痛切地感受到，由于对创作活动中主体能动作用的忽视，导致"主观公式主义"和"客观主义"的两种偏向，给文艺的正常发展带来很大的阻碍和危害，它们"本质上却是反现实主义的"。[①]从现实主义出发，胡风说："既然承认了文艺要表现'客观对象'，那么，不把客观对象这样的活的生命内容表现出来，客观对象又怎样算得是客观对象呢？"[②] 这"活的生命内容"，既是人民"承受劳动重负的坚强和善良"，"又是以封建主义的各种各样的具体表现所造成的各式各态的安命精神为内容的"，[③] 是"活在人民身上"的封建主义。面对这样的"活的生命内容"，"主观公式主义"和"客观主义"是无力去把握和表现的，作家只有"突入"到"活的生命内容"中去，"把握得到客观对象的本质的活的内容，而且使只有凭着那才能深入客观对象的主观的战斗要求得到血肉，得到考验，得到发展，得到批判，成为客观真实性更高的主观思想力量。"[④] 才能真正实现现实主义的要求。于是胡风格外地强调主体中介的决定性

①　胡风：《论现实主义的路》，《胡风全集》第3卷，第502页。
②　胡风：《论现实主义的路》，《胡风全集》第3卷，第545页。
③　胡风：《论现实主义的路》，《胡风全集》第3卷，第554页。
④　胡风：《论现实主义的路》，《胡风全集》第3卷，第555页。

作用,反对用反映论来简单机械地解释生命灌注的文艺活动。无论是讽刺黑暗、歌颂光明或者刻画形象,"作家的思想态度上没有和人民共运命的痛烈的主观精神要求,黑暗就不能够是被痛苦和憎恨所实感到的黑暗,光明就不能够是被血肉的追求所实感到的光明,形象就不能够是被感同身受的爱爱仇仇所体现出来的形象了。"① 胡风独特的理论发现正在于揭示出创作主体"灵魂的真正秘密",意识到作品的艺术生命力相当程度上来自于作家对现实人生的"把捉力、拥抱力和突击力",而他的理论创造之处正是人们对他的非议之处。实际上,尽管类似"自我扩张"的言论显得有些"出位",尽管胡风在现实主义路上算是走得最远的一个,但他从未跳出过现实主义,也从未想跳出过,现实主义是胡风一生尊崇和信仰的文艺思想。正因为自信自己的现实主义姿态,胡风面对别人的非议明确而又尖锐地表示了自己的反击:

> "主观的战斗要求是唯心论",就是这么一个"唯"法,"精神重于一切的道路",就是这么一个"重"法,"把艺术创作过程神秘化的倾向",就是这么一个"化"法的。别的任何东西都可以而且应该"无条件地"抛弃,但这一点"唯"或者叫做"重"或者叫做"化"的,却是无论冒什么"危险"也都非保留不可。那一切的"无条件"原来不正是仅仅为了争取这个唯一条件的么?主观公式主义和客观主义早就无条件地抛弃了这一个条件,所以它们的创作大都变成了看行情做买卖的无意的或有意的"有"条件的行为,无意的情有可原,有意的却居心难问。②

---

① 胡风:《论现实主义的路》,《胡风全集》第3卷,第497页。
② 胡风:《论现实主义的路》,《胡风全集》第3卷,第556—557页。

　　站在今天回眸历史,由于胡风的创见更有力地坚持了现实主义,在促使中国现代文学独尊现实主义这一点上,胡风其实起到了一种特殊的推助作用。基于此,不少理论家在论述胡风的思想的局限性时,谈到胡风最终没有挣脱传统理论模式,认为独尊现实主义制约了胡风理论的发展。"他的文艺思想仍然没有挣脱历史决定论的束缚,当他把自己的主观战斗精神与历史决定论结合起来之后,他的主观战斗精神的具体含义变得相对狭窄了,现实的具体历史任务限制了主观战斗精神的更多方面的内涵,这在创作方法上使胡风把自己带有更普遍意义的文艺论被强行纳入到了现实主义这种相对狭小的文艺框架中来。"① "问题主要还是在于,胡风从把现实主义作为评价文学的标准出发,走到独尊现实主义——独尊一种他观念里的现实主义,归根结蒂,还是替文学规定了一定的模式。"② 这种对胡风思想更进一步的反思只能发生在现在,而在当时,且不说一个时代都在独尊现实主义,胡风离开现实主义,就等于没有了理论的生发点和依附点,没有现实主义,也就不会有他的"主观战斗精神",没有坚守,也就没有突破。而且在三、四十年代,中国现实主义还处于生长阶段,它远远没有成熟就面临着僵化和变质的危险,这种未完成状态,正需要胡风这样勇于发现和创造的理论家去坚持、去建设,还谈不到在突破中丢弃现实主义体系。即便是今天,胡风之所以被人们称之为"未完成的话题",其中一个原因大概是现实主义在今天的中国依然是个未完结的话题。

　　胡风是在独尊——确切地说是在执守——"一种他观念里的现实主义"。关键在于如何理解"他观念里的现实主义",或者说胡

---

① 王富仁:《胡风的深刻性和独创性》,《文学评论》1988 年第 5 期。
② 支克坚:《胡风与中现代文艺思潮》,《文学评论》1988 年第 5 期。

风的观念里到底是一种什么样的现实主义。胡风的现实主义理论至少应该包含两方面的内容，一方面是从苏联社会主义现实主义理论中生发和演变出的"革命的现实主义"，属于胡风，也属于胡风所在的特定时代；另一方面，就是以"主观战斗精神"为核心的主体性现实主义，属于胡风个体的探索和创造。当然，此两方面在胡风的理论中既浑为一体，又彼此纠葛、矛盾和斗争。而后一方面，正是胡风理论的特异和闪光之处，是胡风文艺思想多少年来受压制或受关注的根本之处。有了后一方面，胡风的现实主义就成为开放的、多元的、本体的、具有艺术调节机制的、更符合艺术创作规律的现实主义，成为具有现代性特征的现实主义。那么，胡风的执守或独尊则是有意义和值得肯定的。在胡风的时代，执守本体现实主义立场，就意味着必定要突破僵化现实主义的诸种理论禁锢。执守就是突破，二者是无法分割的一体化行为，是胡风战胜时代弊端同时也战胜自身局限的艰难历程。所以，我们对胡风现实主义的理解，不能仅仅拘泥于表达方式和语言方式层面上的现实主义创作方法，而更应该作为文学创作中的一种创作原则和精神倾向，只有挣脱某种刻板的创作方法的约束，现实主义才能够成为具有开放视野的艺术调节机制。总之，我们可以认识到胡风现实主义的两个层次：一是维护现实主义的本体地位、真本意义，在与对立面的斗争中使现实主义不致僵化而死亡；二是在维护现实主义真本意义的基础上进行突破和超越，吸收外来影响，加之主体的创造，使现实主义呈现出富有生命活力的全新面貌。胡风的现实主义既是时代的，又是超越时代的。

　　执著于探索与创造的人也难免有疏漏偏颇之处。胡风的现实主义理论根植于唯物主义决定论，这是历史与时代的限定，而不能苛责于胡风本人，况且，离开了特定的社会土壤，其文艺理论会完全是别一种面貌,胡风自然难以挣脱历史的局限,正如理论家所指出:"所有这一切,都显示出一个理论家的成熟:胡风正逐渐地艰难地从机械论的束缚下解放出来(这种'解放'不可能彻底,机械论的影响即使在胡风思想的成熟期也时有反映),并且结合中国文艺运动实际,开始有了自己的独立创造。这表明,胡风是生活在中国这块土地上的马克思主义文艺理论家,他就不可避免地背负着中国马克思主义理论家所特有的历史包袱(民粹主义、机械论等等);但他努力从中挣扎出来,反戈一击,就显示出特殊的理论力量。也正因为如此,在那些仍然坚持民粹主义、机械论……并以此为'正宗'的理论家看来,胡风就是'叛徒',成了'修正主义';而如鲁迅所说,本营垒、本阶级的'叛徒','比异阶级的奴隶造反还可恶,所以一定要除掉他'。这就是胡风始终为一些人所不容的原因;而在我们看来,正是胡风的特殊价值所在。也就是说,胡风的意义,不在于他提供了一个今天看来具有'先见之明'的正确理论(时下有些人就是这么看胡风的;我们则始终认为,胡风的理论是并不完善,有缺陷的);而在于他代表了一种努力(甚至可以说是一个方向):中国的马克思主义者对于五四传统的自觉坚持,对于自身历史包袱的自觉摆脱,在自我克服、否定过程中,逐渐实现马克思主义原理与中国文艺运动实践的结合。在这种努力过程中,胡风理论与实践上的'得'与'失',对于后来者都具有启示意义。"① 这样对胡风理论独特性、局限性及其现实意义的认识是非常中肯的。

胡风在强调艺术家个体生命的能动作用和艺术创作的内部规律时,他从来没有将文艺独立于社会政治之外,从胡风现实主义文艺批评所带有的政治功利色彩来看,胡风是一个政治上相当激进

---

① 　钱理群:《胡风与五四文学传统》,《文学评论》1988 年第 5 期。

的文艺家,但却最终为政治所不容,陷入悲剧境地。胡风本着保住现实主义的真本面目,防止因变质僵化而死亡的初衷,与对立面进行不懈的斗争,并走向对现实主义的独尊,但最终被冠以反现实主义的头号人物。说到底,胡风及胡风的理论所表现出的悖论是20世纪中国文化悖论情境的反映,胡风难以逃脱时代的局限却又在努力突破和超越时代。胡风文艺思想的时代性特征表明他确实是顺应了20世纪文学大潮,与其说胡风是超前的,不如说封闭的中国文学落后于世界文学潮流,新时期文学思潮和对胡风文艺思想的重新估价及继承发展,已经证明了这一点。

二、胡风文艺思想的多元构成

胡风置身于风云动荡、民族危难的20世纪,他的文艺思想的形成和发展,须臾离不开特定的时代和社会的影响与限定。当众多中国知识分子选择了马克思主义,并以此为变革中国社会的思想武器时,胡风也不可移易地将其确立为自己文艺思想的轴心和基础。

胡风始终坚持唯物论的反映论。"文艺是生活的反映"的观点,是胡风全部文艺理论的基本观点。在他的《文学与生活》、《论现实主义的路》等著述中,胡风系统地阐发了"艺术是发源于实际的社会生活"的理论。他的以主体性为特征的现实主义理论是建立在马克思主义反映论基础之上的。胡风固然强调主体在文学活动中的能动作用,但他从来都极其重视客观因素。在他看来,本质意义上的现实主义是不忽略主客体任意一方的。他所竭力反对的是与反映论相对立的"再现论"和"镜子说",反对的是丢弃主观活动的客观主义。虽然胡风作为唯心主义文艺思想的代表人物受到几十年的批判,但都不能改变胡风是坚定的唯物论者这一基本事实。直至老年,胡风一以贯之地坚持马克思主义反映论思想,从未离开这一思想核心。对胡风文艺思想的批判实际造成了很大的混乱,致使长期以来不能准确评价他的文艺思想,胡风自己也认为这是一个难以解开的"死结"。

在20世纪世界性的文艺理论和美学流派中,马克思主义文论是最重要的学派之一。胡风文艺思想的形成是与马克思主义文艺理论在中国的传播与发展密不可分的。中国马克思主义文艺理论是马克思主义与中国左翼文艺运动相结合的产物,中国左翼文坛服膺于马克思主义与胡风接受马克思主义都是时代和社会的必然要求,是顺理成章的。当然,由于学习和接受马克思主义过程中的时代性弊病,加之苏联"拉普"思想的不良影响,反映论文艺观在形成和发展中也几度变异,直至到20世纪80年代才恢复其本来面目。胡风也难以避免时代性弊端的影响,他在自传中曾经说过,他是花了两三年的时间才逐渐摆脱"拉普"的辩证唯物主义创作方法和机械论的影响。在清算"拉普"的过程中,左翼成员程度不同地作出了努力,相比之下,胡风表现得最为真诚、最为彻底、也最为成功。在时代潮流的驱动和胡风的自觉信奉中,胡风对"拉普"错误的清算,从根本上无意于也不可能离开马克思主义,相反,他正是逐步地趋近和呈现着马克思主义文艺思想的真正面目,虽然在这一努力过程中,胡风自己也难以最终摆脱时代的局限。

胡风尊崇马克思主义的反映论文艺观,以此作为自己文艺思想的整体导向。但胡风考察文艺问题却从来都是本着创作实践的需要,从实际出发,而不是从原则出发,所以,胡风在他的理论活动中更亲近于马克思主义实践论原理,并形成了独树一帜的实践性文艺观。胡风认为:"完全脱离了具体的历史情况或历史要求,因而只能是非实践的、反唯物主义的态度。思想的巨人们不止一次地指出：理论或原则，只能从历史要求或实践性质来衡量，合于历史要求或具有实践性质的就是真的，否则就是错的。"① 在胡风看来，反映论和实践论是马克思主义思想中不可分割的两方面，离开实践活动，也就无所谓唯物主义。胡风以文艺实践为理论的出发点和归结点，用理论联系实际的途径和方法来构筑自己文艺思想体系，这就使他最大限度地避免了主观主义和教条主义错误，使他的现实主义成为活的、能对文艺实践真正发挥指导作用的文学理论。

与接受马克思主义相联系的，是胡风对苏联文学思想的借鉴和吸收。或者说，此二者是同步和交织于胡风文艺思想的形成中。在日本留学期间，胡风接受了日本当时蓬勃发展的普罗文学运动和苏联文学的影响，主要从事马克思主义和普罗文学运动的学习和革命活动，由此奠定了他的思想理论基础。胡风真正开始学习和研究马列原著，是到了40年代以后，他的《论现实主义的路》，就是在研读了许多马列著作之后完成的。而胡风早期的辨证唯物主义观点，更多的是通过苏联的无产阶级作家的作品、创作经验，通过苏联马克思主义理论家的理论文章间接得来的。其中，苏联无产阶级文学的感性经验，社会主义现实主义的创作方法，是胡风文艺理论的一个极为重要的来源。

胡风对俄苏文学的学习和吸收非常广泛，他所喜爱的俄苏作家可以列一个长长的名单，有托尔斯泰、屠格涅夫、果戈理、陀思妥耶夫斯基、奥斯特洛夫斯基、冈察洛夫、普希金、莱蒙托夫、柯罗连科、契诃夫、法捷耶夫、肖洛霍夫等等。别林斯基、车尔尼雪夫斯基、高尔基等理论家以及匈牙利理论家卢卡契的文学美学思想，更

---

① 胡风：《论现实主义的路》，《胡风全集》第3卷，第474页。

是深刻地影响了胡风。胡风对高尔基"怀有一种特殊的印象",高尔基的文学思想及其创作直接促发了胡风对社会主义现实主义文学的景仰和效仿。胡风说过:"俄国文学和苏联文学对中国现实主义文学和革命文学的影响是既深又广的。"① 这在胡风自己身上表现得最为典型。

在 40 年代,胡风被苏联文坛誉为"中国的别林斯基",后来,人们又称他为"东方的卢卡契",可见,胡风理论与这两位现实主义大师的文学思想具有深刻的联系,特别是在理论的关节点上表现出彼此的内在相通之处。别林斯基的现实主义理论以其强调创作主客体的融合统一而见长,他十分重视作家主体在创作过程中的能动作用,他的"情志说"创作主体论,突出了主观感性的积极效用,别林斯基指出:"艺术不允许自己有抽象哲学,更不用说是议论的东西,他只允许诗意的观念,而诗意的观念,并非三段论法,并非教条,也非定义,这是活生生的热情,这是情志。"② 而胡风将创作活动概括为"由外到内"和"由内到外"的双向运动交织过程,主体与客体的关系不是静态的观照,而是主体动态地"拥入"客体,与客体"搏击",他的主体性原则与别林斯基的"情志说"都切中文学创作的特殊规律,胡风自然倾心别林斯基的理论,在认同与契合中寻求到理论的突破点和质变点,从而显示出与众不同的现实主义理论面貌。胡风后来回顾道:"到四十年代,我才读到了别林斯基和杜勃罗留波夫的文论。这才发现,苏联之所以能够清算'拉普',是依靠了当时发现的马克思和恩格斯论文学的几封信,同时也是依靠

---

① 胡风:《略谈我与外国文学》,《胡风全集》第 7 卷,第 253 页。
② 梁真译:《别林斯基论文学》,新文艺出版社 1958 年版,第 52 页。

了这个文学理论传统。这就是社会主义现实主义的由来。"① 胡风感叹自己没有更早地读到别、车、杜,否则自己的文艺思想会更早地摆脱"拉普"的束缚,更早开始构筑系统和有特色的现实主义理论。

胡风很早就向中国读者介绍了匈牙利文艺理论家卢卡契。1936 年,胡风翻译发表了卢卡契的《小说的本质》,1940 年 12 月出版的《七月》上,又发表了吕荧翻译的卢卡契《叙述与描写》一文。在这期《七月》的编校后记中,胡风对卢卡契给予很高的评价:

> 这里面提出了一些在文艺创作方法上是很重要的原则问题,而且从一些古典作品里面征引了例证。这些原则问题,我们的文艺理论还远没有触到这样的程度,虽然在创作实践上问题原是早已严重地存在了的。在苏联,现在正爆发了一个文艺论争,论争的主要内容听说是针对着以卢卡契为首的"潮流派"的理论家们抹煞了世界观在创作过程中的主导作用这一理论倾向的。但看看这一篇,与其说是抹煞了世界观在创作过程中的作用,毋宁说是加强地指出了它的作用。问题也许不在于抹煞了世界观的作用,而是在于怎样解释了世界观的作用,或者说,是在于具体地从文艺史上怎样地理解了世界观的作用罢。那么,为了理解这一次论争的具体内容,这一篇对于我们也是非常宝贵的文献。②

如果说,对别林斯基这位俄国现实主义文学理论的奠基者,胡风怀着更多的崇敬,心悦诚服于他所代表的现实主义理论传统,而对卢卡契,胡风有着更多的亲近感,因为他和卢卡契有着更多的共

---

① 胡风:《略谈我与外国文学》,《胡风全集》第 7 卷,第 263 页。
② 胡风:《〈七月〉编校后记》,《胡风全集》第 2 卷,第 695—696 页。

同点。他们处于同样的时代,在同样的思想背景下追求社会主义现实主义,而且,他们在阐发、实践马克思主义文艺理论时,都能够进行不懈的更为深入的探求,能够排除不良影响,能够坚持与对立面斗争,从而建立起具有独立创造性的现实主义理论体系,甚至他们的"异端"处境,他们在遭到主流力量的攻击时呈现出的悲剧命运,都极其相似。显然,胡风和卢卡契的文学思想在总体方向和目标上是一致的,他们清醒地意识到庸俗社会学对文艺带来的极大危害,他们都反对以各种面目出现的唯心主义,为了文艺不偏离自身发展规律而进行紧张的理论思考和抗争。胡风和卢卡契各自阐释现实主义理论的角度是有所不同的,理论自身也存有明显的区别。他们坚持现实主义真实性原则,不同的是,卢卡契理论的立足点是反映的"客观性",以追求客观真实性为文学的本原;胡风的着眼点则在于主体的实践活动,期望通过主体对客体的"肉搏"来达到现实主义的真实性。卢卡契指出:"社会主义的现实主义,原来就是现实主义。"[1] 他坚决反对将新旧现实主义对立起来,他认为社会主义现实主义是传统现实主义的继续和发展,从而根本上不能远离现实主义的真理性原则,在此基础上,卢卡契反对以世界观取代创作规律的"拉普"理论,反对文学上的自然主义和形式主义风气,进而反对与现实主义分庭抗礼的现代主义。胡风同样为捍卫鲁迅和新文学的现实主义传统进行了不懈的努力,他从启蒙主义立场出发,认为张扬主体力量是保全现实主义真本意义的有效途径,而主观主义与客观主义因其缺乏主体对客体的"把捉力、拥抱力、突击力",缺乏现实主义所必须的主客体相生相克的生命运动过程,离开和违背了现实主义原则,应予以批判和克服。所以,

---

① 卢卡契著,王春江译:《论新现实主义》,《文学月报》1卷1期,1940年1月。

正如研究者所概括的那样:"卢卡契认为艺术是对现实的反映,胡风认为艺术是对现实的反映活动。""可以用两种批评模式将它们彼此区别:以胡风为代表的主体模式和以卢卡契为代表的客体模式。"① 或者说,他们共同遵循马克思主义文艺思想,卢卡契从反映论出发,胡风从实践论出发,二者殊途而同归。同时也应该看到,胡风和卢卡契都试图在全面和开阔的视野中理解现实主义的存在和发展,而且都从艺术的审美功能和特性出发来阐释和构建现实主义体系,所以,无论持有何种角度或模式,都没有狭隘地机械地以一方压制或取代另一方。卢卡契是唯物论的反映论的坚定捍卫者,但他在美学巨著《审美特性》中提出了"没有主观就没有客观"② 的命题,显然,这是一个对于审美创造活动极为重要而又极易发生误解的命题,卢卡契在审美创造的领域里,正视和强调了主体精神活动的首要性和特殊性,既符合审美创造主客体辩证统一的原则,又遏制了只强调审美创造客体、不顾及作家主观能动性的片面观点。卢卡契的理论开掘从另一路向上遇合了胡风的"主观战斗精神"命题。在胡风最为推崇的《叙述与描写》中,卢卡契批判了那种琐细冷漠的、与人物命运毫不相干的浮世绘描写,而赞赏与人和社会有内在关联的、有生命有诗意的叙述笔法,他说:"没有人的基本特征的显现,没有人和外在世界的事件、和事物、和自然力、和社会设施的相互关系,最惊险的事件都是空洞的,没有内容的。"③ "一种脱离人、脱离人的命运而独立的'事物的诗意',在文

---

① 艾晓明:《胡风与卢卡契》,《文学评论》1988 年第 5 期。
② [匈]卢卡契:《审美特性》第 2 卷,中国社会科学出版社 1991 年版,第 28 页。
③ [匈]卢卡契:《卢卡契文学论文集》第 1 卷,中国社会科学出版社 1980 年版,第 53 页。

学中是没有的。"① 以"人性的水平"和"诗意的水平"来衡量文学艺术的水平,足以见出卢卡契对艺术审美真谛的理解与把握。说到底,描写与叙述,就是作家"两种根本不同的对现实的态度"。②"非人的"描写,"把人变成静物画";而人性化的叙述,则会"发现生活内部的诗","生活内部的诗,就是斗争着的人们的诗,人们在其实际实践中充满斗争的相互关系的诗"。③ 难怪胡风敏锐地发现,真正的问题不是抹煞世界观的作用,而是在文艺上如何理解世界观的作用,发现卢卡契其实是加强地指出了作家世界观在创作中的作用。也就是说,在艺术的范畴里,胡风与卢卡契对世界观的理解是非常相近的。《叙述与描写》实际上从写作方式的角度,阐释了对象主体的"人"和创作主体的"人"在创作中的主导作用,也可以说无意中映证了胡风"主观战斗精神"的理论思想。于是,卢卡契,尤其是他的《叙述与描写》对七月派作家创作方法乃至叙述风格上的特殊影响,就不是偶然发生的了。

　　卢卡契对胡风的影响,是一种文学思想上的共鸣,是理论方式上的启迪,同时是引为同道的精神激励。这一切,对于渐渐陷于"四面包围"中的胡风来讲,又是如此珍贵的思想和精神资源。胡风和卢卡契坚持与斗争的目的,都是为了恢复和保全现实主义的真正品格,进而走入现实主义理论的深部,提炼出源于传统而又超越传统的理论精华。他们的理论切入点不同,对马克思主义文艺思想理解的侧重点不同,因而其理论的整体面貌也大为不同,这就确立了他们作为20世纪重要的文艺思想家各自独立而不可为他

---

① ［匈］卢卡契:《卢卡契文学论文集》第1卷,第65页。
② ［匈］卢卡契:《卢卡契文学论文集》第1卷,第48页。
③ ［匈］卢卡契:《卢卡契文学论文集》第1卷,第55页。

人取代的价值和地位。同时,他们都执著于创造性地阐发传统理论,执著于批判形形色色的反现实主义倾向,他们以各自的理论创见互补性地丰富和发展了马克思主义文艺思想,为世界范围内的现实主义的长足发展作出了显著贡献。当然,他们在自己的思想坚守中对异己的批判和排斥,也造成了他们各自理论的某种矛盾性和偏狭性,这也应该纳入他们的整体文艺思想遗产中,值得后来者进行比较研究和深入反思。

胡风文艺思想的蕴涵极为丰富,除马克思主义以及相联系的苏俄文学传统,还有五四启蒙学说中的生命哲学与个性主义。在胡风文艺思想的多元取向中,我们不能忽略西方现代主义文学的影响。战争年代的文化环境对现代主义的排斥倾向在某种程度上限制了胡风的理论视野,胡风自己也一直否认其理论中现代主义的因素。胡风的有意回避自有历史的现实的原因,但他情不自禁地受之影响,并构成理论的鲜明特色却是研究者无法回避的。胡风是通过日本厨川白村的《苦闷的象征》来接受现代主义影响的,早在20年代胡风文艺思想萌芽时期,"这时候我读了两本没头没脑地把我淹没了的书:托尔斯太的《复活》和厨川白村的《苦闷的象征》。恋爱和艺术,似乎是表现人生里面的什么至上的东西的两面,和我的社会行为渐渐地矛盾起来了"。[①] 他从《苦闷的象征》之中间接地了解了西方现代主义理论和西方现代人本主义美学,如弗洛伊德的精神分析学说,帕格森的生命哲学,尼采的"超人"学说等,对形成胡风现实主义理论的主观性特色起到了不可忽视的作用。而这些正是胡风文艺思想的特异和闪光之处,也是多少年来胡风文艺思想受到格外关注的主要原因。

---

① 胡风:《理想主义者时代的回忆》,《胡风全集》第2卷,第269页。

"二十年代初,我读到了鲁迅译的日本厨川白村的《苦闷的象征》。他的创作论和鉴赏论是洗除了文艺上的一切庸俗社会学的。但他把创作的原动力归到性的苦闷上面当然是唯心论的。没有精神上的追求(苦闷)就没有创作,这是完全对的。但这个'苦闷'只能是社会学性质的东西,也就是阶级矛盾的社会生活造成的,决不能只是生物学性质的东西。性的苦闷也是创作的动力,但这个性的苦闷也只能是社会学性质的东西,是阶级矛盾的社会生活造成的。"① 这里,有三点值得注意,首先,胡风认识到厨川的创作论和鉴赏论是"洗除了文艺上的一切庸俗社会学的"。针对当时文坛庸俗社会学盛行的现状,胡风感受到了厨川理论的现实意义;其次,胡风认定"没有精神上的追求(苦闷)就没有创作,这是完全对的"。这一认定对于形成胡风理论的主体性特色起到了不可忽视的作用;再次,胡风认为"苦闷"应该是社会学性质的东西,而决不只是生物学性质的东西,在强调生命欲求的社会性和群体性这一点上,胡风的观点与厨川的思想有质的区别,或者说有了一定的超越。胡风对厨川思想的局部反动或者超越,联系着胡风所谓"恋爱与艺术"与"社会行为渐渐矛盾起来"的含糊表述,我们也明显体味到胡风在早年吸收厨川思想时所处的思想矛盾的困境,可以说这是胡风文艺思想丰富复杂与充满矛盾悖论的一个关键性发端。无论如何,最根本最深刻地影响了胡风的乃是《苦闷的象征》的思想核心,厨川白村将其表述为:"生命力受了压抑而生的苦闷懊恼乃是文艺的根柢,而其表现法乃是广义的象征主义。"② 这一思想导致胡风

---

① 　胡风:《略谈我与外国文学》,《胡风全集》第7卷,第259页。
② 　鲁迅:《苦闷的象征·引言》,《鲁迅全集》第10卷,人民文学出版社1991年版,第232页。

从一开始就从人的生命意识的角度来认识文艺创作活动,强调生命感性机能在艺术表现过程中的根本性和必要性。《苦闷的象征》甚至影响到胡风理论批评语言方式和概念运用,他用"突入"、"拥抱"、"肉搏"、"燃烧"、"融合"等词汇来说明创作主体与客体的遇合关系,既符合艺术创作的根本特征,又取得了别样的表达效果,并形成胡风活跃的、奔突的、勃发着生命活力的理论风格。

现实主义到底需不需要高扬人的主体性精神,需不需要创作主体以饱满的热情和人格力量去拥抱、熔铸和提升现实人生,这个在今天已不成问题的问题在当时却禁锢着许多作家、理论家的头脑。胡风竭力反对与能动反映论相对立的"再现论"和"镜子说",在胡风的文艺论著中,始终贯穿着这样一个主张,只要是文艺创作,就必须有作者主观的加入,就一定要受到"主观战斗精神"的影响。由于背景的原因和胡风考察现实主义的本体性立场,使得胡风在思考主客体关系时,其重心显然在主体一方,加之他的理论表述中大量感性、心理性词汇的运用,使胡风的理论话语带着非常浓重的主观性色彩。这一切,都显示出胡风理论与机械的被动的反映论观念的鲜明差异,也极易造成误解而被视为反映论的对立面。

这里就引出有关胡风文艺思想论争的一个焦点问题,到底主体性只是胡风阐释现实主义的一个角度,其理论总体还在现实主义理论范畴之内,还是胡风已经越过现实主义的疆界,进入另外的审美范畴? 如果仅仅是审美范畴的问题,并不至于引发后来的政治斗争,关键是由此牵扯到哲学观、世界观以及与被简单化、绝对化了的"唯一源泉"说相对立,问题就变得复杂并严肃起来。

有论者指出:"胡风把文艺根源与创作动力分别作为两个层面的问题,前者涉及文艺与生活的关系,用反映论解释;后者涉及作品与作家的关系,胡风较多地采用了表现论的观点。这样,他就在马克思主义的反映论美学与现代西方流行的表现论美学之间作了某种调协。"① 这种对胡风文艺思想的理解抓住了胡风思想中暗含的另一层面。实际上,在开放引进、多元合一的取向中,已经融合了与马克思主义理论、苏联社会主义现实主义并存的西方现代主义文学思潮的潜在影响。虽然胡风自己一直否认其理论中的现代主义因素,但是,早在20年代文艺思想萌芽时期,通过《苦闷的象征》所接受的现代主义影响,已经自觉不自觉地贯穿在胡风一生的理论探索之中。

显然,胡风是在自觉剥离唯心论的前提下,吸收厨川理论的有益因素,而并非全盘端来。他基于对当下现实主义问题的思考来寻求理论的突破口,没有也不可能越出现实主义的"理性中心"。这使我们联想到80年代初期,王蒙等人在吸收借鉴西方现代主义思潮时持有和胡风相似的态度。他们把西方"意识流"引入自己的小说,创造出属于自己的"东方意识流",在总体上已纳入现实主义创作方法中。王蒙们以反映社会人生变迁的真实为创造基石,本着改进和深化的需要来横向吸收四面八方一切有用的东西,使新时期现实主义逐步走向深化与完满。

就胡风文艺思想的多元构成来看,其主要构成方式是把现代生命哲学和人本主义美学的某些因子楔入自己的以唯物论为根基的现实主义理论构架中,胡风几十年的理论著述清楚地表明,所谓两个系统的调协既不是平分秋色,更不意味着胡风已进入另一种哲学或审美的体系。显然,胡风在作着理论自身内部的翻新和创造的尝试。我们认为,尽管胡风在现实主义路上算是走得最远的一个,但他从未跳出过现实主义,也从未想跳出过。胡风一生以现

---

① 艾晓明:《中国左翼文学思潮探源》,湖南文艺出版社1991年版,第348页。

实主义为独立精神,他对现实主义原则的执守是自觉自愿的。以胡风的人格和个性,在解放后四面围攻的形势下尚不肯放弃自己的思想信念,那么三、四十年代,胡风更不会在理论探索面前有意限制和勉强自己。说到底,胡风的局限就是一个时代的局限,而胡风的理论创新与突破又超出了特定时代所允许的范围。胡风坚定地认为自己所坚持的正是一条属于文学本体的、合乎艺术规律的、真正意义上的现实主义道路,他的艰苦探索实现了某种突破和超越而又未使自己滑向其他"主义"。所以说,不是胡风离开了现实主义,而是特定时代的文学思潮逐渐偏离了现实主义轨道,趋于庸俗社会化、极端政治化,乃至走到现实主义的反面。胡风被冠以反现实主义的罪名,其根本原因是他的独创性理论与官方所认可的政治化的现实主义格格不入。

胡风说:"我把中国革命文学的发展叫做鲁迅的道路。与这相应,我把当代国际现实主义文学和革命文学的发展叫做高尔基的道路。"① 胡风将"五四革命文艺传统"和"国际革命文艺传统"相并列,明白地道出自己与鲁迅文艺思想的渊源关系。如果说,苏联等外来影响主要表现为胡风现实主义思想的外在形态,而且其影响毕竟有限,有些还直接构成胡风思想的局限性,那么,鲁迅为代表的现实主义传统,则是胡风文艺思想构成中内在的根本的因素,鲁迅是胡风无限的思想和精神资源。胡风的现实主义文艺立场,胡风一生执守坚持并丰富发展的现实主义理论,是对鲁迅的现实主义思想直接的忠实的继承,而且,胡风理论的主体性特征,在鲁迅这里可以找到更为内在的和更为有力的依据。

出于对五四"反传统主义"的继承,胡风延续了以鲁迅为代表

---

① 胡风:《〈胡风评论集〉后记》,《胡风全集》第3卷,第587页。

的"改造国民灵魂"的文学观。胡风说:"中国的新文艺正是应着反抗封建主义的奴役和帝国主义的奴役的人民大众的民主要求而出现的。"① 由此衍生出胡风关于"精神奴役创伤"的命题,这是胡风在1944年所写的《置身在为民主的斗争里面》一文中提出的。他认为:"作家应该去深入或结合的人民,并不是抽象的概念,而是活生生的感性的存在。那么,他们的生活欲求或生活斗争,虽然体现着历史的要求,但却是取着千变万化的形态和曲折复杂的路径;他们的精神要求虽然伸向着解放,但随时随地都潜伏着或扩展着几千年的精神奴役的创伤。作家深入他们,要不被这种感性存在的海洋所淹没,就得有和他们的生活内容搏斗的批判的力量。"② 这种带有强烈启蒙色彩和批判精神的文学内涵,必定引导出胡风特有的主体色彩极为浓厚的现实主义文学观念。胡风说:"一部新文化运动史就是明证:没有二十多年来的这一点启蒙运动,我们现有的文化传统就成了无水的鱼,真空里的树;如果没有新文化运动所养成的这一批文化先锋队,只是叫三家村底子曰先生去宣传'最后胜利',恐怕连'条件反射'都是不能够得到的。"③ 在40年代,胡风接续五四一代的精神资源,坚持鲁迅的文化启蒙姿态,力求将启蒙与救亡统一起来,继续五四对国民性的深刻揭示,他提出文艺要反映民众的"几千年的精神奴役的创伤",以更有力地推动民族解放。胡风提出两条疗治"精神奴役创伤"的道路,一是坚持五四传统,沿着鲁迅所开辟的道路将未完成的启蒙任务继续下去,以救治国民的精神病痛,唤起大众觉醒。一是以"原始的生命强力"来反

①　胡风:《置身在为民主的斗争里面》,《胡风全集》第3卷,第185页。
②　胡风:《置身在为民主的斗争里面》,《胡风全集》第3卷,第189页。
③　胡风:《论持久战中的文化运动》,《胡风全集》第2卷,第543页。

抗"精神奴役创伤"。"原始强力"是与人的生命本能和对于生活压迫的自发反抗联系在一起的,这样,胡风便在以文化启蒙为取径的知识反抗之外又寻求到了强调生命本能冲创的另一种反抗方式。这既是对于五四改造国民性这一启蒙命题的继承和补充,也有着对这一命题的超越性思考。所以,有人也将胡风的现实主义看作启蒙现实主义。

胡风坚持"内容决定形式",他在关于"民族形式"问题的讨论中反复强调"新民主主义的内容,民族的形式"二者是密不可分的、互为表里的,他指出:"'民族形式',不能是独立发展的形式,而是反映了民族现实的新民主主义的内容所要求的、所包含的形式。既然是内容所要求的、所包含的,对于形式的把握就不能不从对于内容的把握出发,或者说,对于形式的把握正是对于内容的把握的一条通路。如果说现实的发展不能不通过人类主观实践力量,那么,对于内容(形式)的真实的把握当然得通过作为主观实践力量的正确的方法,那就是现实主义。"① 什么是"新民主主义的内容"呢? 胡风的回答当然显示了五四启蒙的强烈色彩,那么,"'民族形式',它本质上是五四的现实主义传统在新的情势下面主动地争取发展的道路。"② 虽然讨论的是形式和内容的问题,胡风的兴趣依然在现实主义。从中我们可以看到胡风所坚持的启蒙精神与现实主义主体性的关系,同样是密不可分、互为表里的。胡风站在启蒙主义的立场上,确定了"现实主义方法"与创作主体的"血肉"关系,从而使"主体"一方在他的现实主义文艺观中占据了显要的位置。

应该说,40 年代在为一个大目标——为民族解放而战这一点

---

① 胡风:《论民族形式问题》,《胡风全集》第 2 卷,第 767 页。

② 胡风:《论民族形式问题》,《胡风全集》第 2 卷,第 727 页。

上,胡风和他的对立者们并没有太多的不同,不同的是胡风不随波逐流,人云亦云,他始终没有放弃自己的思考。他为自己的现实主义注入了在当时已显得不合时宜的启蒙精神,就是在执着地坚持鲁迅的文学精神。他的一切关于文学的思考都与新文学的启蒙传统相关,在大众文化空前地发达的战争期间,胡风以为这是启蒙的大众文化,于是也竭力加以鼓吹;但他反对抛开启蒙,完全适用于功利的大众文艺,他认为启蒙与战争的需要是统一的、同步的,而且,大众文艺也应该在普及的基础上进步、提高。这就与对民间形式简单利用,"无条件与工农兵打成一片"的功利化现实主义区别开来。

胡风说:"鲁迅一生是为了祖国的解放,祖国人民的自由平等而战斗了过来的。""在先生,解放正是为了进步,不要进步的人终于会背叛解放。""我以为,先生三十余年间所开拓的,正是今天的真正的战斗者们的道路,有那些坚贞的战斗在,就不能说纪念先生者无人。但想到战斗的路还如此艰难,或则阻塞,或则褪变,就不能不有'坎轲流落'之感了。"① 如果说40年代鲁迅精神发生转向或被片面继承,那么,比较全面并深刻地阐发和继承鲁迅的是胡风。

胡风自1933年起就直接和鲁迅接触。他不止一次地说过,他是鲁迅的学生,是在鲁迅精神激励下,以鲁迅为榜样积极参加革命文学活动的。鲁迅的言传身教使他继承了以鲁迅为代表的五四新文化传统,胡风的现实主义理论的基本思想,很多观点,都是从鲁迅那里接受过来的。鲁迅的现实主义思想中就存在明显的主观性蕴含,这无疑与他前期翻译厨川以及受厨川思想影响大有关系,而

---

① 胡风:《断章》,《胡风全集》第2卷,第589、590页。

胡风恰恰又是受了鲁迅的影响去读厨川的《苦闷的象征》,可见胡风与鲁迅具有相似的认知方式和途径,他的"主观战斗精神"与鲁迅的"能杀才能生,能憎才能爱,能憎能爱,才能文"的论断,显示了一脉相承的内在思想理路。甚至在文风方面,譬如冷峻、辛辣、尖刻等特征,胡风的写作都和鲁迅有不少相似之处。胡风续接五四一代的精神资源,自觉而坚定地捍卫鲁迅开创的现实主义传统,以及胡风与鲁迅的种种思想及个性联系,都使胡风成为 40 年代以后鲁迅精神的真正传人。

同时也要认识到,胡风对鲁迅的继承,也并不是没有失误和片面之处。譬如他曾经简单地将鲁迅等先驱者开辟的新文学传统,与他自己所崇尚的社会主义现实主义相等同,削减了鲁迅和新文学更为丰富复杂的文化内涵。鲁迅是以他卓然超群的文学创作昭著于世的,而胡风是作为一位职业文艺理论家和批评家,来营构他的具有体系性和鲜明特色的理论思想,二人的思想角度和认识途径有所不同。但总的来讲,在对中国历史及现实人生的认识方面,胡风不及鲁迅清醒和深刻,由此造成他的现实主义文艺思想,也有不及鲁迅深刻和成熟的地方。正如王富仁研究所得:

鲁迅较之胡风更充分地估计了中国文化改造的艰难性,因而他的思想中更多悲剧意识,而胡风更多乐观主义,鲁迅的主观战斗精神与更多的"韧性"结合在一起,胡风虽然重视鲁迅的"韧性"战斗精神的提倡,但实际并没有在鲁迅的原意上理解"韧"的含义。鲁迅的主观战斗精神更多地与清醒的理性认识组合成一体,胡风对现实的认识远不如鲁迅细致和明敏,他对意志、精神、感情的重视远过于对现实细密认识的重视。他对现实人的了解陷于粗疏,鲁迅则有为胡风所不及的惊人的深刻。在实际的美学观念上,鲁迅更重视自然生命力同合理理性的结合形式,对原始生命力的盲目破坏作用有更加痛切的感受,因而他的作品更少外部的豪壮美,更多内含的严峻美,而胡风更重视原始生命力自身的价值,他的文艺思想以及在他文艺思想影响下产生的文艺作品更多外部的震撼力,而没有鲁迅作品的忧郁美和严冷色彩。这或许是他的文艺思想和作品的个性特色,但在这个性特色中也表现着他的局限性。①

最后要提及的是,由于胡风执守五四精神,倡导新文学传统,于是在他的文学思想构成中,以学习西方和苏联的文学理论为轴心,倾重于横向吸收外来影响而相对忽略对中国传统文学理论的纵向继承,并时有极端化言论,导致人们习惯性地认为胡风是排斥古典文学传统的。而实际情况并不是如此简单和绝对,一方面,同其他知识分子一样,传统的浸染已成他们生命的一部分,无论承认与否都是根本无法剥离掉的,而胡风一贯主张像鲁迅那样将传统文学的精髓融化到现代的和个人的艺术创造中,主张自然流露而不是强行附加。另一方面,从胡风的人格气质上,我们明显看到中国传统文人的精神传承。他重人格重气节,狂放而又自守;他的铮铮铁骨,他的孤傲的灵魂,为真理而勇于受难和献身的精神;他的忧患意识、政治意识乃至在朝意识,都令我们想到屈原、杜甫、辛弃疾、龚自珍、黄遵宪等等中国传统知识分子。而具体到胡风的文学思想,其重主体、重感悟的现实主义理论内核,也莫不与传统文论的重神韵、重风骨、重境界的思想精神相通,胡风的理论与“诗缘情”、“诗言志”乃至“文以载道”等传统文艺思想的联系是难以割断的,他的“通过主观精神的燃烧”,“使杂质成灰,使精英更亮,而凝

---

①　王富仁:《胡风的深刻性和独创性》,《文学评论》1988 年第 5 期。

成浑然的艺术生命"① 的诗论,不就是沈德潜"情真,语不雕琢而自工"② 的最佳发挥吗?在传统文论中,主体的真从来都是艺术真实中不可或缺的甚至是最为核心的内容,胡风突出与客体相对应的主体对于现实主义真实性的重要性,其一脉相承性是显而易见的。所以,胡风的反传统,和鲁迅一样出于时代和现实的斗争需要,是揭示和建造中国文学现代性内涵的独特取径,而绝不可将其简单等同于完全排斥和剔除传统文学的影响,否则,我们会陷入另一种片面和狭隘之中。

三、胡风文艺思想的动态发展

胡风毕生追求的理论中心问题是现实主义的原则、实践道路以及发展过程。在胡风付诸一生的艰苦努力中,他的现实主义文艺思想由萌芽、发展到趋于成熟,成为现代文学史上既具独立性又有普遍意义的理论体系。胡风文艺思想的发展演变过程,是与特定的时代社会背景须臾不可分离的,是纵横各种因素互为碰撞、扭结、分离、统一的矛盾斗争的过程。

胡风的文艺活动开始于20年代,1921年新文艺作品出现的时候,胡风"狂热地像发现了奇迹似地接受了它们",和当时大批进步青年一样,胡风在革命的环境中写着忧郁的诗,激情中透着焦灼与迷惘。1929年赴日留学是胡风人生的第一次大转折,他参加了日本普罗文学运动,开始接受苏联文学的影响,胡风"解除了社会观与文艺观的矛盾,从忧郁的情网里面跳了出来",思想走向激进,他

---

① 胡风:《关于题材,关于'技巧',关于接受遗产》,《胡风全集》第3卷第79页。
② [清]沈德潜:《清诗别裁集》,见《中国古代文论类编》(上),海峡文艺出版社1990年版,第352页。

"参加了中国左翼作家联盟的东京支部,开始用评论参加了国内的思想斗争"。①

　　1933 年,胡风以抗日的罪名被驱逐回国,正式参与了"左联"文艺运动并任左联负责人,他追随鲁迅,为"左联"文艺运动做出了重要贡献。由于胡风和鲁迅、冯雪峰的亲近关系以及胡风独立不羁的个性,左联内部将胡风划入"雪峰派",并说胡风"自称鲁迅门人"。胡风曾说"因为不愿给那些乡下小女人似的文士们添加喊喊喳喳的材料,无论在他(鲁迅)的生前或死后,我总竭力避免提到我和先生之间的交游关系,立意了几年的一篇回忆记终于还没有着笔,一半也是因为这一点顾虑。"② 胡风早期言论中不提鲁迅对自己的影响,"原因之一是,为了避免国民党审查官的注意,他们见到鲁迅的名字就更会警惕起来。另一个原因是,想减少左翼内部无原则的误会。"③ 后来胡风也明白了,"这种息事宁人的做法也是徒劳的"。④ 总有人说胡风是鲁迅的"弟子"或"大弟子",无论出于夸赞还是攻击的目的,毕竟道出了一个事实,即胡风与鲁迅非同一般的承续关系。胡风说:"事实上,我是二十年代初进中学时就受到新文艺的影响的,而且是以鲁迅的影响为主。"⑤ 鲁迅的影响贯穿胡风的一生,成为他文艺思想形成中重大的、决定性的影响。胡风与周扬等左翼成员的思想分歧和派别对立由此开端。

　　胡风与周扬相识于 1932 年,在相识以后的一段时间里是彼此欣赏并引为同道的。胡风因受拉普思想的影响,在关于"第三种

---

① 胡风:《〈胡风评论集〉后记》,《胡风全集》第 3 卷第 579 页。
② 胡风:《死人复活的时候》,《胡风全集》第 3 卷,第 124 页。
③ 胡风:《〈胡风评论集〉后记》,《胡风全集》第 3 卷,第 583—584 页。
④ 胡风:《〈胡风评论集〉后记》,《胡风全集》第 3 卷,第 584 页。
⑤ 胡风:《〈胡风评论集〉后记》,《胡风全集》第 3 卷,第 584 页。

人"的论争中,写了《粉饰、歪曲、铁一般的事实》一文声援周扬,对巴金、靳以、郁达夫等进步作家进行了教条主义批评,思想颇为左倾。当时的情况,如吴奚如所言:"在 1933 年至 1934 年间,他(胡风)和'左联'党团书记周扬的关系是协调的,'左联'内部是团结的。"① 二人的对立和左联内部矛盾的发生,一方面来源于个性意识及亲疏关系造成的宗派情结,另一方面根本和内在的原因却在于各自文艺思想的变化发展中逐渐有了差异和分歧。

从胡风早期的一些文艺批评中可以看出他的文艺思想的萌芽。显然,胡风是在苏联拉普思想的引导下步入文学评论园地的,虽然他在自传中说,他是花了两三年的时间才逐渐摆脱拉普的辩证唯物主义创作方法和机械论的影响的,但实际上,这种最初的往往是根深蒂固的影响却难以最终剔除干净。胡风文艺思想中的一些局限与当时的时代风气有关,从胡风早期文艺思想的演变,可以看到左翼文学自身内部生成的历史。不言而喻,胡风早期文艺观吻合于时代潮流,秉承"文艺是反映生活的"这一时代命题。1936年著的《文学与生活》是胡风系统构筑现实主义理论的开端,早期的理论思路清晰可见。《文学与生活》完成的是现实主义理论的奠基工作,在这篇长文中,胡风论述了创作主客体融合的重要性,他明确道:"文艺是生活的反映。能够真实地反映生活的作品,能够真实地反映出生活的脉搏的作品,才是好的,伟大的。"② 同时也指出:"文艺并不是生活的复写,文艺作品所表现的东西须得是作家从生活里提炼出来,和作家的主观活动起了化学作用以后的结果。文艺不是生活的奴隶,不是向眼前的生活屈服,它必须站在比

---

① 吴奚如:《我所认识的胡风》,《我与胡风》,第 16 页。
② 胡风:《文学与生活》,《胡风全集》第 2 卷,第 315—316 页。

生活更高的地方,能够有把生活向前推进的力量。"① 胡风提出"作家对于人生的积极的态度",是本着要完成"看清生活"、"创造出能够推动生活的作品"的目的。胡风此时还没有将主观精神状态拎出来进行特殊观照。

如果说胡风在登上文坛之际就受到苏联文学思想的直接影响,奠定了胡风认同"社会主义现实主义"的理论雏形,那么,早期得到鲁迅文学创作的熏陶和从日本回国后与鲁迅的直接合作,对胡风文艺思想的发生同样起到了非同一般的决定作用。胡风的所谓"社会主义现实主义",从一开始就自觉等同于鲁迅所开辟的新文学现实主义,这种等同,从对鲁迅和新文学自身的认识来说,是有简单化的弊端,但从"社会主义现实主义"理论在中国的形成来看,无疑又有积极的建设意义。正因为如此,胡风所认可的、已经融入了鲁迅及新文学现实主义精神的"社会主义现实主义",就与当时流行的并没有从根本上剔除拉普影响的苏联"社会主义现实主义"有了很大的不同。胡风说:"我在开始写评论的时候,是多少受到了这一理论(指"拉普"理论——笔者注)的影响的,没有收进《文艺笔谈》的,在那时以前几年的若干篇,就打上了这种烙印。到读到了清算这种理论的文章时,我热忱地接受了。由于鲁迅的实践(他是凭着创作实际与庸俗社会学对立的),我接受社会主义现实主义的理论是凭着实感的。"② 这种"实感",为胡风现实主义理性框架注入了鲜活的内容,胡风对拉普较为彻底的清算,无不与鲁迅文学实践的冲击有关,而且,将鲁迅的现实主义实践经验当作接受一切外来影响的中轴线,就使得胡风的理论探索避免了很多弯

① 胡风:《文学与生活》,《胡风全集》第 2 卷,第 318 页。
② 胡风:《〈胡风评论集〉后记》,《胡风全集》第 3 卷,第 586—587 页。

路和误区,他的主体性现实主义理论的形成也有了根本的生发点。这一前提的不同,导致其后胡风与其他理论家绝然不同的理论走向。于是我们不难理解胡风和周扬在看似一致的"社会主义现实主义"框架中,为何却存在那么大的认识上的歧义。

胡风顺应时代文艺思潮的发展趋势酝酿着他的理论体系,鲁迅的文学成就令他惊喜和振奋,但文坛普遍的不如人意的现状却又引起胡风的不满,并为他的理论思考带来深深的困惑。他清楚地看到自称符合"反映论"原理,并标榜是现实主义的诸多文艺作品,实际上却是僵化的生活影像呈现或是理论概念的教条阐释。他在1934年回答《春光》杂志关于"目前为什么没有伟大的作品产生"的问询时,指出问题在于:"作家没有正视血污的现实人生的'勇气',没有和伟大的现实生活的脉搏合拍的'勇气'","我并不是否认文学不振的主体上的原因,我想指明的是主体的原因对于客观原因的关系。"① 胡风敏锐地意识到唯物主义认识论并不能解决文艺创造这一特殊问题,从而对高踞于现实主义之上的"反映论"提出挑战式疑问。他逐渐将思考重心由生活对象转移到创作主体上来,专注于考察作家这一"中介"在艺术创造活动中的重要作用,这就意味着胡风开始面临重大的理论突破。

在胡风的文艺思想还处于突破前的困惑和探寻的1936年初,文艺界发生了关于"典型"问题的论争。胡风带着寻找理论答案的愿望热情上阵,这也是胡风和周扬现实主义论战的开始。当时胡风为答文学社问,发表了《什么是"典型"和"类型"》一文,周扬以长篇论文《现实主义试论》,批评胡风的典型观,胡风回敬《现实主义的——"修正"》进行反批评,周扬又写了《典型与个性》,胡风再以

---

① 胡风:《目前为什么没有伟大的作品产生》,《胡风全集》第2卷,第59—60页。

《典型论的混乱》一文进行反驳,抗战爆发后,论战逐渐消歇。这场
论战无疑磨砺了胡风的思想锋芒,促进了胡风思想的蜕变。今天
看来,关于文学"典型"的争论多是语词之争,争论中倒是相互补正
了彼此在"典型"问题上的偏颇认识。可以说,正是在他们的争议
性探讨中,奠定了"典型论"在中国现代文论中的重要位置,极大地
影响了其后的文学理论和批评建设。但争论中二人互相误解,宗
派意识渐浓,为其后"两个口号"之争中"周扬派"与"胡风派"关系
的僵化种下恶因。无论如何总可以看出,同是30年代成名、影响
很大的左翼文艺理论家,胡风与周扬的文艺理论批评在30年代就
有了分歧,并逐渐在40年代分流成为现实主义理论的两大支脉。

　　40年代,是胡风文艺理论发展的成熟期和高峰期。30年代末
期以来,胡风逐渐加强了对创作主体的主观作用的重视,用"主观
精神"、"战斗要求"、"作家的人格力量"等多种表述来传达自己在
文艺问题上日见鲜明和稳定的看法,赋予自己的现实主义理论以
无限的生机。1939年—1940年写成的《论民族形式问题》一书,如
胡风所言,探讨的"不是一个单纯的形式问题",而是关系到整个
"新民主主义文化"的具体发展途径问题。所以,胡风"是没有离开
现实主义(社会主义现实主义)的立场来理解民族形式问题的"。[①]
在这篇文章中,"主观战斗精神"为核心的现实主义理论走向自觉。
1948年所著的《论现实主义的路》应该是胡风现实主义理论趋向
成熟并呈现出理论创造性和体系性的一个标志,由于《论现实主义
的路》是在40年代面对文坛颇具规模的批评攻势下,胡风所作的
反批评文章,所以,它就更加鲜明地昭示了胡风现实主义理论个性
色彩和战斗风格,"主观战斗精神"这一新颖的独创性的理论命题

---

① 胡风:《〈胡风评论集〉后记》,《胡风全集》第3卷,第611页。

在这里也得到全面和深入的阐述。

毛泽东《讲话》发表后，周扬30年代文艺思想中侧重文艺为政治服务的内核与毛泽东文艺思想紧密结合，适应解放区工农兵文艺运动的需要，进行了适时的调整变化，发展成相当完备的文艺思想体系。胡风40年代的文艺思想也有所发展，较之30年代更为完整，基本性质和格局未变。他在40年代文艺理论批评活动的中心，是继承和深化"五四"以鲁迅为代表的现实主义精神，强化作家的"主观战斗精神"，启蒙大众，疗治人民的"精神奴役创伤"。胡风的文艺理论批评活动在国统区唤起了一批青年文艺理论家和作家，得到了他们的共鸣，造成了一定声势。

胡风是在救亡运动腾起的年代，是在民主统一战线的形成和抗战爆发的背景下思考文艺问题的，这就造成了胡风现实主义理论的历史具体性。胡风比较清醒地认识到，特定时代要求的文艺功利观是合理的，也是必然的。但胡风认为："统一战线决不是用取消现实主义的革命传统做交换条件，反而是为了在创作实践里面扩大这个传统的。"① 胡风认为建立和巩固抗日民族统一战线和坚持现实主义精神是统一的、一致的，而且必须以有力的现实主义来把握民族解放的要求。同时胡风也不无忧虑地看到高涨的民族激情往往代替了更深层的思考，他反复强调鲁迅的现实主义精神，"无时无刻不在'解放'这个目标旁边同时放着叫做'进步'的目标"。在五四文化分流，传统文化回归的思想潮流中，胡风无法忘怀五四传统，固守独特的文化启蒙姿态，其艰难程度可想而知。胡风的文化启蒙姿态和现实主义精神接续了"五四"一代的精神资源，但胡风遇到比"五四"更复杂的境遇，个体主义、人的呼声在救

---

① 胡风：《论现实主义的路》，《胡风全集》第3卷，第476页。

亡大潮和集体主义中日渐衰微,重提个性解放,重新理解人的价值,也必须以民族解放大业为依托和归宿。内在矛盾更为尖锐的情形下执著于启蒙姿态和本体意义上的现实主义,愈发显得难能可贵。

　　所谓文化分流,在 40 年代首先是功利主义与自由主义的分流,而功利主义内部现实主义两脉分流则指以周扬、赵树理为代表的工农兵文学方向和以胡风为代表的七月派坚持的启蒙方向。现实主义在 40 年代的双脉分流,文学大势注定了只能由解放区的现实主义来规范其他现实主义倾向,以一个压倒另一个势在必然。由于对救亡功能的特殊强调,文艺几乎都在宣传的层面上发挥作用,其他因素被理所当然地忽略了,因此造成一批抗战八股式的文本,公式化、概念化的倾向日见突出,胡风不遗余力地反对和批评文坛上的种种不良倾向,表现出理论家清醒的头脑和艺术的良知。另一方面,即使在特殊的战争年代里,文学也应该有它特殊的价值和地位,胡风在文艺的特殊性上,在文艺与政治的关系上,在普及与提高的关系上,在民族形式问题上,都持有清醒和冷静的认识。当时,像胡风这样念念不忘文学本体关怀的作家、理论家是很少见的,因此胡风的观点也难以引起人们足够的重视。

　　从 30 年代到 40 年代,“胡风和周扬的论战集中在如何保住现实主义已经取得的胜利,不至因服从某种政治需要而变质僵化。”[①] 这是因为,在新文学的发展过程中,特别是在无产阶级革命文学运动中,出现过两种倾向,一是主观主义倾向(胡风称为主观公式主义),一是客观主义倾向。在当时的文艺理论界,接受“拉普”文艺思想和后来片面迎合抗战需要的许多文艺家理论家都或

---

① 　乐黛云:《关于现实主义的两场论战》,《文学评论》1988 年第 5 期。

多或少地受到这两股思潮的影响,胡风也不例外。胡风直言不讳地说,对于"拉普"的挣脱和新文学现实主义传统的发扬,对他有一种切肤之痛,而主体性现实主义理论的形成,又与此种挣脱与发扬是分不开的,或者说,正是在痛感两种倾向对现实主义文学的危害,并在不断的反对和斗争之中,逐渐地成熟了胡风独特的现实主义文艺观。胡风说:"客观主义是作家对于现实的屈服,抛弃了他的主观作用,使人物的形象成了凡俗的虚伪的东西,那么,相反地,如果主观作用跳出了客观现实的内在生命,也一定会使人物的形象成了空洞的虚伪的东西。""客观主义是,生活的现象吞没了本质,吞没了思想,而相反的倾向是,概念压死了生活形象,压死了活的具体的生活内容。"① 在胡风的文艺论著中,一贯坚持反对创作中的"主观主义"和"客观主义"倾向,胡风从 30 年代中期写的《林语堂论》、《张天翼论》到 40 年代末期写的《论现实主义的路》,一直贯穿着反对创作中的"主观主义"和"客观主义"的主张。在胡风看来,"主观主义"和"客观主义"是一个问题的两极,前者思想热情脱离了生活内容,后者是生活内容吞没了思想热情,二者殊途同归,都是对现实的歪曲。"实际上,有时它们倒是互相交往,彼此帮忙的。有时主观公式主义完全通过'客观的'描写,用技巧和'材料'去演绎'思想',有时客观主义在人物身上帖上一些思想标志或在后面栽上一条光明的尾巴,靠它表明'思想'立场"。② 从二者里面,都可以产生公式化、概念化的作品。而克服这两种倾向,胡风认为只能靠现实主义的创作方法,靠创作主体的"主观战斗精神"和"自我扩张"能力去迫近、把捉、溶化、提高作为对象的活的人,活

---

① 胡风:《一个要点备忘录》,《胡风全集》第 2 卷,第 634 页。
② 胡风:《论现实主义的路》,《胡风全集》第 3 卷,第 502 页。

人的心理状态,活人的精神斗争,从而创作出真正的现实主义作品
来。胡风一生致力于对主观公式主义和客观主义的斗争,直到晚
年他仍重申:

> 从我开始评论工作以来,我追求的中心问题是现实主义
> (社会主义现实主义)的原则、实践道路和发展过程。不久,我
> 就达到了一个理解:现实主义的发展是在两种似是而非的不
> 良倾向中进行的,一种是主观公式主义(标语口号是它原始的
> 形态),一种是客观主义(自然主义是它的前身)。在过去的评
> 论中,我就事论事地不断地提出过它们的某些表现和特点。
> 现在在这里(指《论现实主义的路》——笔者注),算是比较集
> 中地作了原则性的探求,也算得是当时(1948 年)在我能够做
> 到的限度上作了分析的。我以为,这个分析是消除了庸俗社
> 会学(拉普)对我的残余影响的。我以为,现实主义是在和这
> 两种倾向作斗争中发展起来的,也是非在和这两种倾向作斗
> 争中发展不可的。[①]

在保卫和坚持现实主义的这场旷日持久的思想论战中,胡风
既要与自己根深蒂固的文艺观念搏斗,又要迎战借助了政治力量
的强大的对立面,胡风痛苦过也犹疑过,但他最终战胜了自己,并
以毫不妥协的斗士形象矗立于新文学的发展史上。

胡风的文艺思想就是在与各种主流和非主流的文艺思想不断
地碰撞、论争中形成、发展并成熟起来的。这其中,毛泽东的《在延
安文艺座谈会上的讲话》一文的发表,对胡风文艺思想的演变和理
论体系的建立,起到了一种特殊的作用。

毛泽东的《讲话》是对新民主主义文化特别是抗战以来文艺发

---

① 胡风:《〈胡风评论集〉后记》,《胡风全集》第 3 卷,第 616 页。

展的方向性总结和规划。作为密切关注新文学发展动向的文艺家胡风,对这一事关全局的问题,长久以来也进行着自己的独立思考。早在抗战初期的有关"文艺大众化"的讨论中,胡风从"内容决定形式"的角度出发,指出大众化问题的基本内容,一个是"怎样使作品的内容(它所表现的生活真实)适应大众的生活欲求",另一个是"怎样使表现那内容的形式能够容易地被大众所接受——能够容易地走进大众里面"。他提出:"问题的中心点应该是文艺活动和大众生活的有机溶合,而民族革命战争恰恰造成了这个溶合的条件。"而"问题的落着点,这就是作家和生活的结合问题,作家的生活实践问题。""从这些条件出发,今后的文学活动的主要方向,将要沿着大众化的道路前进。"① 胡风同时组织召开了题为"宣传、文学、旧形式的利用"的《七月》座谈会,与《七月》同人们在强调启蒙大众、改造大众、提高大众这一点上达成共识。可见,胡风认同时代赋予的大众化文艺方向,并将自己的注重作家感性实践活动的文艺思想融入这一方向当中,而且念念不忘坚持五四启蒙立场。胡风的文艺大众化思路从开始就是融合着自己独立思考,与他一贯的文学思想相吻合的。

　　1939 年开始的民族形式问题的论争,可以说是抗战初期大众化讨论甚至是左联时期文艺大众化运动的继续。在现代中国,关于文艺方向问题的探讨总是围绕大众化、民族化问题展开,这场民族形式问题的讨论同样也涉及到了整个"新民主主义文化"的发展途径的大问题。讨论的发起者毛泽东,实际上也是立于全局和整体文艺的高度,提出他的决断性指导性论点的。1938 年 10 月,毛泽东在《中国共产党在民族战争中的地位》中指出:"洋八股必须废

---

① 　胡风:《大众化问题在今天》,《胡风全集》第 2 卷,第 503—505 页。

止,空洞抽象的调头必须少唱,教条主义必须休息,而代之以新鲜活泼的、为中国老百姓所喜闻乐见的中国气派和中国作风。"① 于是,讨论自延安到重庆广泛而深入地展开。

胡风在这场关于民族形式问题的讨论中居于一个特殊的位置。发生在国统区重庆的先期讨论,胡风并没有参加,但他关注论争的进程,通读了双方的文章。当胡风意识到论争的关键,是要打破向林冰自成体系的形式辩证法,揭露向林冰的"中心源泉说"和"移植形式论"时,胡风决计从新文学发展的实际过程和文艺实践的现实情势出发参与讨论,给民粹主义和复古主义以有力的回击。胡风花了三个月的时间撰写了带有总结性的五万言长文《论民族形式问题》。

胡风经由五四以来的大众化运动说起,通过对运动过程的梳理和各种代表性观点的辨析,阐明自己对于大众化和五四新文艺传统的关系的理解:"大众化不能脱离五四传统,因为它始终要服从现实主义的反映生活、批判生活的要求,五四传统也不能抽去大众化,因为它本质上是趋向着和大众的结合。"战争以来的文艺运动"决不能也绝不会拿着两只白手来凭空创业。它带来了五四新文艺的传统。""幸而它是自觉地或者说本能地带了这个传统来的。"②

在这一理论前提下,向林冰的理论在胡风看来显然是站不住脚的。向林冰认为,新的民族形式的创造,应该以民间形式的批判的运用为起点,"新质发生于旧质的胎内,通过旧质的自己否定过程而成为独立的存在。""民间形式的批判的运用,是创造民族形式

---

① 《毛泽东选集》第 2 卷,人民出版社 1991 年版,第 534 页。
② 胡风:《论民族形式问题》,《胡风全集》第 2 卷,第 722、725 页。

的起点,而民族形式的完成,则是运用民间形式的归宿。换言之,现实主义者应该在民间形式中发现民族形式的中心源泉。"① 向林冰的观点显然代表着抗战背景下绝大部分人对文艺问题的认识,因而有相当广泛的正面影响。胡风没有考虑影响问题,他坚定地强调,"民族形式",本质上依然是"五四的现实主义传统在新的情势下面主动地争取发展的道路"。② 从而批驳了向林冰提出的另一种源泉、另一种路向。具体到对民间文艺形式的利用,胡风不无偏执地认为其带有"封建文艺"的烙印,并无利用的价值,而更不可与"新民主主义文化"的发展途径相联系。

虽然,这场论争发生于毛泽东的《讲话》之前,而且国统区的讨论也是相对独立进行的,但后来人们在批判胡风观点时,总是将其与毛泽东的论断相对应,罗列出胡风在民族形式问题上与毛泽东思想的相左之处,好像胡风与毛泽东的思想矛盾在这时就已经自觉构成了。实际上,胡风批评的中心对象是向林冰,而且,凡是论及相关人的观点,胡风都是提了名的,为此,胡风还受到某些非难。胡风在重庆的讨论文章与毛泽东提到的"民族形式"问题以及在延安的讨论应该是各行其是,并没有一定的针对性,固然观点不同甚至存在某些对立,但胡风并不是有意挑战毛泽东,因为毛泽东和向林冰立论的背景和现实依据大为不同,针对向林冰的批评文章,不能通用于挑战毛泽东,作为严谨的理论家胡风应该是清楚这一点的。

胡风一直对毛泽东深怀敬意,但这并不影响胡风发展自己独

---

① 向林冰:《论民族形式的中心源泉》,转引自《胡风全集》第 2 卷,第 729—730 页。

② 胡风:《论民族形式问题》,《胡风全集》第 2 卷,第 727 页。

立的文艺思想,说到底,胡风还是从坚持新文学的启蒙传统,从现实主义的要求出发,来切入民族形式问题的讨论的,胡风还是在潜心营构自己的文艺思想体系。当延安的毛泽东高屋建瓴地规划新的文艺方向时,居于另一种环境中的胡风,也以自己独特的思路,苦心考量新文学的未来。胡风在对待五四启蒙传统与抗日救亡现实的关系上,秉持一种既全面坚持又局部变通的态度,而毛泽东也曾经非常赞同文艺思想和政策上"有经有权"的说法,可见二者有暗合一致之处。只是双方的侧重点不同,又各向自己的极端发展,互补共存既不可能,最终导致思想距离愈来愈大。某种意义上说,这是毛泽东和胡风作为政治家和文艺家的不同角色职能所决定的。

如果说,胡风关于民族形式问题的论述与延安的官方文艺思想并没有直接冲撞,而是客观上形成了各自为政的局面;那么,40年代以来,特别是毛泽东《讲话》发表以后,胡风文艺思想发展和演变就与毛泽东的政治文艺观有了诸多联系,1948年的洋洋大文《论现实主义的路》,就是以《讲话》为主要理论参照而著成的。

舒芜的《论主观》和胡风自己撰写的《置身在为民主的斗争里面》在《希望》创刊号上的发表掀起轩然大波,1945年1月召开的重庆文化界座谈会,批评舒芜宣扬了主观唯心论。在批评舒芜文章的时候,就有评论家将哲学上的"主观"这一概念与胡风提出的关于文学创作的"主观战斗精神"混为一谈,认定《论主观》所表达的论点就是"主观战斗精神"的哲学基础。1947年在香港,《大众文艺丛刊》对胡风文艺思想继续进行大规模的批评,不只是胡风以前的反对者,包括胡风的友人,胡风思想的拥护者,很多也站在了胡风的对立面,而且所有的批评文章,都是以《讲话》作为唯一的参照系。一方面,胡风的文艺思想本身与毛泽东的文艺思想存在区别或者"错位",另一方面,《讲话》于1944年传到重庆后,胡风表现出不以为然的态度,特别是在一次讨论《讲话》的小型座谈会上,胡风根据毛泽东的"根据地文艺工作者和国民党统治区文艺工作者的环境和任务的区别"的思想,强调国统区的特殊情况,提出在国统区书写工农兵和服务工农兵的困难性,从而说明不能机械地理解、教条地套用《讲话》的方针。这就毫无疑问地被判定为反对《讲话》,与毛泽东文艺思想相对立,要理所当然地接受"清算"了。

　　胡风1948年撰写的《论现实主义的路》,是对1945年到1947年以来遭遇的批评进行的总答辩,也是他正面联系《讲话》内容对自己文艺思想的进一步阐发。《论现实主义的路》中,胡风梳理和总结了自己文艺思想的形成及其相关的争论点,又因着现实论争的要求和主流文艺思想的新的冲击,胡风在坚守固有立场的基础上,也令他的文艺思想有了新的调整和拓展。

　　胡风依然从揭示与主观公式主义和客观主义的分歧入手,表明自己一贯的现实主义的独立姿态,依然是"真理之外,别无所争"的态度。文风如故,也不乏尖锐之辞。胡风说这次写作"不仅仅是答辩,而是想就现实主义这个问题写成一本系统的小册子,然后就现实主义美学问题再写一个小册子"。为了这一次的系统研究,胡风"收集了不少关于这方面的书,从黑格尔的哲学著作到马列主义关于文艺方面的经典著作","一心想踏踏实实地完成这个计划。"[①] 虽然由于形势危急胡风并没有全部完成他的写作计划,我们还是可以看出这是一部有理论高度,有宏阔视野,有成熟见解的系统的文艺思想论著。

　　有不少论者已经注意到胡风与毛泽东之间精神上的相通之

---

① 胡风:《回忆录》,《胡风全集》第7卷,第704页。

处,并以胡风曾在1938年3月出版的《七月》上发表《毛泽东论鲁迅》,以及解放后胡风讴歌毛泽东的长诗《时间开始了》作为例证。钱理群在题为"胡风的回答"的论述中分析道:

> 尽管他不同意不考虑具体时、空条件,机械搬用《在延安文艺座谈会上的讲话》,尽管他在个别问题上与《讲话》可能有不同看法,他也认为这是同志之间的正常分歧;就总体而言,胡风无疑是赞同毛泽东的《讲话》,并努力按照自己的理解,去加以阐发的。他的《论现实主义的路》以"从实际出发"开题,这本身即是表明,他是在响应毛泽东在《讲话》中提出的原则:"我们讨论问题,应当从实际出发,不是从定义出发",在他看来,他的批判者正是违背了毛泽东的"从实际出发"的原则,从而在根本上背离毛泽东思想(包括文艺思想)的。在这样的"捍卫"心态下,胡风对说他"曲解"毛泽东文艺思想的指责,置之不理,甚至不屑一顾,是可以想见的。①

胡风认为《讲话》为代表的毛泽东文艺思想体现了普遍的和一般性的原理,而自己所针对的是普遍相对应的特殊部分,国统区文艺是与"一般性"相区别的"这一类",是应该特殊对待的,而他的文艺思想与毛泽东文艺思想可以融合或平行存在。胡风在维护《讲话》的合理性时,也赋予自己的理论话语以合理性。有了这样一个前提,胡风认为就可对应着《讲话》,充分阐述自己独树一帜的理论体系。

但实际上,胡风的理论本身的异质性又决定了他与毛泽东对文艺的功利化一体化要求是相疏离的,而他的反对者对《讲话》的阐释是顺应和强化了这一功利化和一体化要求,他们当然更符合

---

① 钱理群:《天地玄黄》,山东教育出版社1998年版,第183—184页。

毛泽东的当下本意,胡风在一个相对宏阔和长久的范围内理解毛泽东文艺思想的意义,也就自然被指责为"曲解"了。于是造成了胡风主观上的赞同姿态和客观上形成的对抗效果二者之间的矛盾。

处于当时的政治化情境中,没有人能够理解胡风的矛盾,就连胡风自己也无法将两种文艺话语交织到一起,相反,在另一种话语系统的刺激下,胡风倒是将自己的独立思想发挥得淋漓尽致,总结出一套相对完整的现实主义文艺思想。出发点是《讲话》,实现的却是自己的思想体系。《论现实主义的路》本身就是一个隐含着矛盾悖论的理论文本,在大一统一体化的时代,胡风是愈来愈不合时宜了。

40年代对胡风文艺思想的批判,令我们想到当年卢卡契和布莱希特这两个对立派别的争论,他们都宣称自己是在维护马克思主义,在马克思主义内部营构出彼此对立的现实主义文艺观。卢卡契与布莱希特都有存在的必然性和合理性,它们互为补充,共同构成丰富而开放的马克思主义文艺体系。对于毛泽东、周扬代表的文艺思想和胡风的另一种思想创建,本应作同样的理解,但政治的强压下既不允许多样共存,处于政治弱势的胡风也就难逃悲剧的命运。

解放后,胡风意欲结合毛泽东的《讲话》精神发展自己的文艺思想,在文艺的服务对象问题上,在文艺的普及与提高的关系问题上,胡风认为毛泽东"在讲话里面给了辉煌的辩证法的解决"。[①]但他的观点总是不能赢得人们的认同,相反却继续引起文艺界的不同意见,继而导致大规模的政治批判运动,中断了胡风正在成长

---

①　胡风:《〈民族战争与文艺性格〉重排后记》,《胡风全集》第2卷,第705页。

和发展中的现实主义文艺思想。作为一个坚毅而又执着地构筑了自己文艺理论体系的批评家,胡风的理论价值到 20 世纪 80 年代以后才逐渐得到人们应有的客观的评价。

四、胡风现实主义理论的独特性

关于胡风现实主义理论的独特性,可以从以下几个方面来认识:

第一,主体性特色。

"主体性"既是胡风现实主义文艺观的核心,又是其重要和鲜明的理论特色。胡风是从主体性出发,以主体性作为独特角度来构筑他的现实主义理论的。在认识论和本体论上看,胡风坚持马克思唯物主义观念,但反对一味屈就客体的机械唯物论,反对文学上的客观主义倾向,由认识论上的纠偏而突出其主体性;而艺术的本体论强调对艺术自身审美特质的重视,强调作为审美感性的主体的生命力和感性生命机能的重要性,突出艺术创造过程中体验的重要作用,还是要归于文学是人学的理论命题,所以从本体论方面的审美特性出发仍然要突出其主体性。主体性作为胡风理论的内在构成原则和重要特色,在理论中有全方位的体现,如对"主观战斗精神"的充分张扬,对"自我扩张"的理解,对"到处都有生活"的解释,对"精神奴役创伤"的强调,都是其体现。创作主体对于人民的"精神奴役创伤"的揭示,主体必须像鲁迅那样具备与客观对象感同身受的情怀与态度才能够挖掘、剖露出阿 Q 式的国民灵魂来;"到处都有生活"即善于发挥主体能动性并深入生活,就能时时处处发现艺术作品的源泉,以此反对"题材决定论"等等。可以说胡风所有的理论阐释,都结合着主体性问题而展开,在这样一个独特的认识取径中,关于现实主义、民族形式等等理论问题都带上与众不同的个性风貌。

强调主体性使得胡风的理论在三、四十年代的文坛上有着自身鲜明的特色,既不同于自由派文学为艺术而艺术、非功利、重趣味的唯美倾向,又不同于左翼内部主流派以民族救亡为前提,以农民阶级的文化意识为本位,以文艺的群体性和功利性为特征的文艺观念。胡风所构筑的是间于二者之间又带有独特创造的"第三种"理论。

胡风与同时代同背景下的文艺理论家周扬、冯雪峰同属于左翼文艺阵营,他们共同崇尚唯物主义"反映论"指导下的"社会主义现实主义"理论,共同坚持偏重于社会功利性的文学主张,共同反对逃避现实的灵性主义、自由主义文艺思想。但在现实主义内部,他们又坚持自己的理论侧重点,彼此存在争议甚至对立,他们之间同中有异,异中有同,相互纠葛斗争,构成现代文学史上令人深思的理论现象。

周扬在接受和介绍"社会主义现实主义"初始,就比较靠近苏联官方立场,到后来对毛泽东《讲话》的阐释,一直沿着强化文艺的政治实用功能的思路发展。有研究者已经中肯地指出周扬现实主义与功利主义一体化的特征,① 周扬曾经明确道:"中国的新文学是沿着现实主义的主流发展来的。现实主义和文学的功利主义常常连接在一起……文学上的现实主义,功利主义的主张,正是五四以来新文学的优秀传统,我们今天主张文学应成为抗战中教育和推动群众的武器,就正是把这个传统在新的现实的基础上发

---

① 参看支克坚:《周扬文艺理论中的现实主义问题》,《甘肃社会科学》2000 年第 4 期。

扬。"① 从政治功利这一理论中轴出发,文学所反映的生活内容,就被规定为服从当前政治任务的、表现了尖锐政治问题的生活,也就是被人为选择和过滤了的所谓"本质真实"。而且,周扬的现实主义是相对忽略作家主体性的,他所阐释的主体往往是偏重于共性的主体,是社会、阶级和党派的主体,依然归结到从属于政治这一点上。

胡风则相反,他的现实主义的核心即为主体性,而且胡风的主体是偏重个体的主体,是基于个体感性生命的主体。胡风理论中的"生活真实",从来都是作家主体参与的、以生命去体验的、与客体相搏击中实现的——生活真实。他提出"到处都有生活"的观点,告诉作家们:"哪里有人民,哪里就有历史。哪里有生活,哪里就有斗争,有生活有斗争的地方,就应该也能够有诗。""人民在哪里? 在你的周围。""起点在哪里? 在你的脚下。"② 胡风是从主体出发去看取生活,就有了与周扬等主流派截然不同的对生活的宽泛理解。在胡风看来,作品的价值并不取决于题材,而是作家的"战斗精神"的强弱所决定的,面对任何生活题材,如果作家的把捉力、突击力不够,其创作就不会产生感人的艺术生命力。胡风的观点固有偏激,但从中可以看出胡风对"主观精神"这一理论支点的执著坚持。另外,胡风的理论批评同样具有浓厚的政治色彩,但胡风却反对脱离艺术本体的急功近利,也反对以政治标准裁决艺术和学术上的是与非。他对政治功利的强调表现在时时处处不忘大众思想启蒙,以警醒大众改造大众为文学的宗旨,这是一种较为长

---

① 周扬:《抗战时期的文学》,《周扬文集》第 1 卷,人民文学出版社 1984 年版,第236—237 页。

② 胡风:《给为人民而歌的歌手们》,《胡风全集》第 3 卷,第 439 页。

远和深刻的功利主义;同时胡风坚守现实主义文学的独立艺术品格,主张将救亡和启蒙的思想内容艺术地融合在作品当中,这就要求艺术家发挥"主观战斗精神",把握客观生活,遵循艺术规律,真正进入良好的创作状态,方能抵达思想与艺术的理想境界。可见,胡风的文艺思想无论怎样引伸和舒展,都离不开主体性这一理论轴心。

胡风和周扬代表着现实主义中国化过程中的两种潮流性走向,当周扬的理论话语与政治话语、权力话语相一致时,就表现出理所当然的权威性,而处于对立面的胡风文艺思想,就难免被批判和受压制的命运。相比之下,走在现实主义潮流当中的理论家冯雪峰,则代表了两极之间的另一种理论追求。冯雪峰的理论与胡风有许多相同或相近的地方,他一生坚持反对左倾机械论文艺观,将其表现称之为"革命的宿命论和客观主义"。在 40 年代的文艺论争中,冯雪峰显然是认同胡风的,茅盾曾说:"当时胡风是理论权威,而在他背后支持他的观点的,还有另一位理论权威冯雪峰。"①包括对《讲话》如何指导国统区文艺这样的重大问题,冯雪峰的认识和态度也与胡风基本一致。这一切并不因为他和胡风私人关系亲密,而是因为冯雪峰的文艺思想本身与胡风的文艺思想有内在的相通性,他的关于"人民力"和"主观力"的统一和转化的创作理论,也就是胡风"主观战斗精神"的另一种阐发。作为诗人出身的理论家,冯雪峰当然体会过创作中主体燃烧的力量,他的"主观力"强调的就是创作主体的特殊作用,寄希望于"主观力"来克服"客观主义"弊端,挽救"衰落"的现实主义。所不同的是,冯雪峰研究现实主义的轴心还是现实生活,"冯雪峰也并不全盘赞同胡风,他意

---

① 茅盾:《走在民主运动的行列中》,《新文学史料》1996 年第 2 期。

识到胡风在反对左倾机械论时过于强调作家'主观战斗精神'的张扬，而可能失去现实基础。冯雪峰提出'人民力'和'主观力'结合的命题，一方面是反对那种否定创作中主体精神作用的客观主义，另一方面又是对胡风'主观战斗精神'说的一种补正。"① 这种在学术范畴内正常的"补正"，无疑是有益于现实主义长足进展的，只可惜当时学术的补正少，而政治的讨伐多。

冯雪峰"没有胡风那样义无反顾，也没有形成自己的理论体系，他的理论探讨是务实的"。② 由于他更强调作家对生活和政治的依从，而且将文艺置于政治功用之下研究创作活动中的主客体关系，所以，冯雪峰的现实主义理论虽然局部有所突破，但总体上还是囿于时代局限，难以突破左倾思想的围困。而胡风的文艺思想是带有超越品格的，这种超越是在矫枉过正的努力中实现的，正因为如此，胡风文艺思想的独特性才会突兀而出，显示出惊世骇俗的理论力量。

若在世界文学范围内将胡风的现实主义与卢卡契、布莱希特的现实主义进行比较，也可以比较清楚地认识胡风现实主义文艺思想的主体性特色。有论者认为："卢卡契、胡风、布莱希特分别代表了社会主义现实主义理论在这三个维度上的走向。卢卡契的客观性理论详尽阐释了作品与现实的关系。胡风的主体性理论主要研究了作品与艺术家的关系。布莱希特的现代叙述剧体系则是着眼于革新戏剧与观众的关系而建立起来的。""胡风与卢卡契在对现实主义创作规律的认识上，代表了两种批评模式：主体性模式与客体性模式。""胡风对创作主体精神活动规律的探讨丰富了社会

---

① 温儒敏：《中国现代文学批评史》，北京大学出版社 1993 年版，第 170 页。

② 温儒敏：《中国现代文学批评史》，北京大学出版社 1993 年版，第 166 页。

主义现实主义理论。他与卢卡契、布莱希特的社会主义现实主义理论可以互相补充,整合,形成一个包括作品与现实、作品与作家、作品与读者三方面关系的完整的理论格局。"①从这里,我们对胡风文艺思想的主体性特征有了更大格局中和更高层次上的理解。

第二,实践性特色。

胡风对文艺的认识,源自于他对人生实践和创作实践的实际感受。如同他的理论须臾离不开主体一样,感性实践也是胡风阐释文学问题时无处不在的一个基本观点和基本方法。

胡风的诗人角色,使他能够从创作的感性体验出发走向理性。对于胡风现实主义理论中的主观性特征,有一种解释就是,作为诗人的胡风显然受到西方浪漫主义文学的浸润,因为诗歌是天然地靠近浪漫主义的。所以有胡风理论发源于诗一说。当然,胡风的诗歌美学系统和诗歌理论评价系统是非常完整圆熟的,这与他自身爱诗写诗不无关系。无论如何,胡风注重体验、注重创作中感性直观的作用,是特别为人们所称道或争议的一个理论质点,这是胡风主体性现实主义追求中的一个必然结果。有理论家将胡风现实主义中的"体验",与卢卡契现实主义中的"体验"进行比较,胡风说:"'观察、体验、研究、分析'这说法,稍有人心者就应该抓住'体验'去提出问题,发展下去。"卢卡契说:"只有当艺术家把他的主人公的个人特点,跟他当时的客观的一般问题之间的多重关系揭露成功,只有当人物自身把他当时的最抽象的问题,作为自身的有关生死的问题而体验了,被创造的人物才能是有意义的和典型

---

① 艾晓明:《胡风与卢卡契》,《文学评论》1988 年第 5 期。

的。"① 可见,卢卡契是从对象主体的真实性出发谈体验,胡风是从作家主体的真实性出发去谈体验,两者的精神是一致的,但由此可以看到胡风侧重作家主体、把握作家主体来构筑现实主义,导致他对艺术体验与众不同的认识,他的创见恰好与卢卡契的理论构成互补。

胡风除了是一个诗人,也是一个编辑,同时又是一个文艺批评家。他的理论生涯从始至终与文艺的实践相伴随,除了自己从事诗歌创作,他的身边还围绕了一大批成就卓著的诗人、作家。胡风的文艺观是实践的文艺观,他的文艺思想体系也是在文艺实践的激发与印证中逐步成熟起来的。他始终将理论与创作实践结合起来,既从创作现象中总结归纳理论,又以理论来指导创作实践,他的理论是真正活的理论。胡风文论中有大量的文学批评,大多是针对当时的文坛创作有感而发,并结合马克思主义理论,逐渐形成自己独到的理论体系。可以说胡风是从文学批评出发,逐渐进入现实主义理论探索,用作家论的形式去接触作家,用书评的形式去接触作品,从而尝试着去迫近社会发展的脉搏和文艺发展的道路。批评和理论的相互促进,既使胡风的批评带有理论思考的深度,也使他的理论具有了实践指导的意义,这是双向获取中得来的特色。胡风早期的文学批评如《林语堂论》、《张天翼论》以及后来对诗人田间、艾青的评论,现在看来都是准确独到的。特别是对七月派许多作家的批评,在他们创作成长的过程中起到了不可忽视的促进作用。实际上,"胡风的文艺思想和创作理论,是与'七月派'的创作一道成长的"。"他的文艺思想和理论是结合放眼中国新文学创

---

① 参见何满子:《论"自我扩张"》,文振庭、范际燕主编《胡风论集》,中国社会科学出版社 1991 年版,第 132 页。

作的整体和全部历史进程,从新文学实际中产生、发展和形成。"①

　　路翎的出现对于胡风理论的发展有着至关重要的意义。胡风的理论在路翎的创作实践中得到了印证,胡风的理论批评与路翎小说创作之间形成一种互动关系。路翎的艺术创造,使胡风处于萌动期的理论思路逐渐清晰起来,诸如"主观战斗精神","精神奴役创伤","原始的生命强力"等重要理论思想,都是与路翎的创作互为印证的,难怪胡风见到路翎的作品会惊喜不已,很快引为知己。路翎被认为是七月派小说创作方面的代表,胡风创作理论的典型例证。胡风则成为路翎几十年来的"导师和友人"。

　　胡风文艺思想的个性化色彩,建立在理论的创造性基础之上。胡风是中国现代为数不多的具有创造意识和独立思想的文艺家之一。基于中国现代文论形成的客观现状,胡风的理论同样表现出原创性的不足,但他贴近创作实际,开创并初步构建了自己的理论体系,在广征众采中形成了具有个性风格的文艺理论。胡风的诗人角色和他注重文艺现状、紧扣创作实践的理论个性,使他的理论与纯粹的高头讲章式理论有所不同,他的理论切实起到了指导创作实践的作用。而另一方面,胡风作为理论家的开阔视野,又使他的文学评论与一般的随感式、应时性甚至风派评论家的批评文章有了质的区别;胡风的文学评论,都是建立在他全面和深入的理论思考之上,是他系统文艺思想的构成部分,他同时在文学评论中完成着他的现实主义理论构建。

　　胡风的现实主义理论,是在现代文学发生和成长过程中应运而生的,关注实践与指导实践是胡风探索理论问题的源头和目的,这也就决定了胡风理论的现实意义和生命力。

---

① 　朱寨:《关于胡风文艺思想的评价问题》,《文学评论》1999年第1期。

第三,独特的话语系统及概念范畴。

胡风的理论,无论在内涵上还是在表述方式上都带着他独特而强烈的个性色彩。在他的自成体系的理论中,创造性理论内涵、独特的语言系统和概念范畴是胡风理论的两大支柱,又同时成为胡风进行理论突破的两个取径。从主体性出发,以主体性作为独特角度来构筑他的现实主义理论,主体性也沉积为理论的核心内涵;语言表述同样视为理论突破的切入口,惟有胡风那种感性的、保持着生活的生动性和生命的搏击力的特殊语言,才能够对抗和攻破传统的僵化的理论概念。胡风是一个坚定的"内容决定形式"论者,而他的语言形式与他的理论内涵恰恰是无法分割的一个整体。在他的自成体系的理论中,我们首先感受到的就是他独特的语言系统和概念范畴,可以说这些本身就构成了胡风理论的内容。如果没有以"主观战斗精神"为中心范畴的一系列特有的概念,诸如"相生相克"、"血肉追求"、"自我扩张"、"拥合"、"突入"、"肉搏"、"原始强力"、"非肉声的空响"等等表述,就不会有鲜明生动的主体性现实主义,胡风理论的特殊价值就无从谈起。独特的概念范畴,应该是胡风理论系统的鲜明标记。

第四,个性化文风。

胡风是本世纪中国最具学术个性的理论家,他的得与失,他的幸与不幸,都和他与众不同的学术个性相关。

"胡风是一个诗人。因此,他作为理论家,又是一个具有诗人气质的理论家,他把理论思考和诗情表现融合在一起。他在我国左翼文艺理论家队伍中,是最具有独立意识的。他始终敢于独立地探索,独立地发表自己的文学观念。他常被人们批评'语言晦涩',其实,这包含着他的一种很重要的特点,这就是他不习惯接受流行的、但并不符合创作规律的各种前提,而喜欢追求特异的概念。而且,不管他受了多少误解和曲折,始终坚持自己的特殊追求,并造成人生的极大痛苦。"① 胡风长于思辩,又有诗人的燃烧的热情,他的文艺批评充满炽热的激情,他常常与批评对象同歌同泣,同悲同喜,爱憎分明,颂扬起来不惜辞费,批评起来言语犀利,他将哲人的缜密思维与诗人的血肉激情融于一身,其文风自成一格。有时,胡风的文艺批评同样渲染着相当程度的政治功利色彩,但较之周扬文章的理智平和,谨慎适度,胡风则显得慷慨激昂、锋芒毕露,一派战士性格和诗人气度。

胡风鲜明独特的文风还特别表现在他的理论批评语言上。与他相识相知者欣赏他的文章:"文如其人,个性鲜明,每篇文章都有独创性的见解,决不人云亦云。文章结构谨严、逻辑性强,带有一种欧化式的造句而又极为流畅的语言,具有一定的魅力。"② 胡风的遣词造句力求摆脱一般格套,新奇别致。善用欧化式造句,喜用感性的心理性词汇,也爱自组新词,一般读者读来难免有累赘晦涩之感。如下一段文字:

　　　在文学上面,原来是把眼睛投入了社会,想从现实的认识里面寻出改革的道路的、现实主义的精神,变种成了市侩的机智和绅士淑女的日常腻语;原来是用热情膨胀了自己,想从自我的扩张里面叫出改革的欲望的,现实主义里面所含有的,浪漫主义的精神,变种成了封建才人的风骚和洋场恶少的撞骗;而五四当时一般所有的,向"人生问题"的深处突进的探究精神,变种成了或者是回到封建故园的母性礼赞,或者是把眼睛从地下拉到了天上的、流云似的遐想了。这当然是封建的灵

---

① 刘再复:《给胡风的文艺思想以科学的评价》,《文学评论》1988 年第 5 期。
② 胡绍轩:《现代文坛风云录》,重庆出版社 1991 年版,第 68 页。

魂在新的服装下面的复活,但同时也是殁落期资本主义文艺的反动的性格开始在半殖民地的土壤上的滋生。虽然表现出来的只能是寒伧的面貌,但象征主义,唯美主义,格律主义,恶魔主义,色情主义等,都用着"新奇的"面貌次第出现了。①

胡风的语言风格确实带来了人们对他的不少非议,胡风自己也听到过别人的议论:"他们说我性格暴躁,说我写的文章好像外国翻译过来的文字,……"② 以胡风直率的性格,当然不会将这些批评放在心上,但他的典型的知识分子个性化语言表述在很长时间内被认为与民族化大众化口语相抵触,一向提倡"群众语言"的毛泽东就曾经对胡风的文风表示了自己的不满,他说:"胡风是资产阶级唯心主义的文艺思想。胡风的文章很不好看,大概是由于他的观点有很多矛盾,他标榜的是马克思主义,实际上又是宣传唯心主义,这就不能不把文章写得晦涩难懂。"③ 表面看是语言风格上的好恶,实质上表明了文艺思想内在的分歧,胡风不合时宜的思想见解,导致了与主流话语的无法协调。

第五,局限性和内在矛盾性。

胡风的现实主义理论根植于唯物主义决定论,这是历史与时代赋予的,胡风不可能离开了特定的社会土壤,在真空中营造自己的文艺理论体系。新文学的主流——革命文学(30 年代的"无产阶级文学",40—60 年代的"为工农兵的文学")在发展过程中,特别是在 30 年代以后,越来越倾向于自觉地排斥西方现代主义文学,越来越远地离开世界多元化文学潮流,这与所处环境的封闭有

---

① 胡风:《民族战争与新文艺传统》,《胡风全集》第 2 卷,第 639—640 页。

② 转引自孙钿:《与胡风同命运》,《我与胡风》,第 288 页。

③ 康濯:《〈文艺报〉与胡风冤案(续)》,《文艺报》1989 年 11 月 11 日。

关。同时,严重地受苏联日丹诺夫宗派主义理论的影响,(日丹诺夫在第一次全苏作家代表大会上的讲话中,断言无产阶级只能批判地接受十八、十九世纪资本主义上升时期的文化,而资本主义没落时期的文化,无产阶级则应断然拒绝,他的理论是一种典型的狭隘的宗派主义理论。)也是革命文学日渐走向单一政治化的重要原因。这一理论的影响是深刻的,它不仅导致了胡风若干理论上的失误,而且使胡风的整个理论带有相当浓重的"狭隘"色彩和潜在的宗派情绪。正如钱理群先生所论:

> 胡风一再声称,他所要坚持的是"国际革命文艺传统(高尔基的道路)和中国革命文艺传统(鲁迅的道路)",……但是,胡风在考察他所理解的"国际革命文艺传统"与"中国革命文艺传统"之外的文学现象、倾向时,就常常表现出一种"绝对不能相容"的"排他性"——尽管……他曾经部分地有所突破,但就总体而言,仍然禁锢于这种"绝对排他性",陷入了"独尊"某一种理论(例如"独尊"他所理解与主张的"革命现实主义"等等)的狭隘性与偏执性。而这种偏执的"独尊"倾向又是与处于四面围攻之中,要独自保卫自己的具有极大合理性的理论的可贵的原则性与战斗性混为一体的,借用胡风自己惯用的语言,胡风理论的这两重性(两个侧面)构成了他的理论"统一着但却对立着的内容,激荡着,纠结着,相生相克着,形成了一个浩漫的大洋",几乎他的每个理论命题都是这样一个混沌的、"浩漫的大洋";为其如此,他的理论才是真正的现实的活的理论,而不是抽象的、纯净化了的,因而不免是僵死的教条。而胡风这种原则性、战斗性与狭隘性、偏执性混为一体的理论风格,不仅是胡风所生活的急剧动荡的时代,无休止的正常的、不正常的,必要的、不必要的"斗争"经历所决定,不仅与他

所受苏联理论模式的影响有关,而且与他的个性——罗曼·罗兰式的"征服苦难,追求光明"的"大无畏的英雄主义","痛苦的热情凝晶成"的,"带着宗教热的色彩"的"理想主义","从来不能和都市的生活相通的固执","农民底原始的韧力","鲠直,易于招怨"的性格,以及个人气质上的"神经质"……直接相关。胡风的理论同样渗透着他的"主观战斗精神",这正是其特殊魅力所在。①

胡风理论的两重性弥漫在他的理论的各个方面,渗透在他的理论的各个层面,成为胡风文艺理论的质性特征。他的突出创作主体的"主观战斗精神",对应的是时代的和他自己所执守的文艺"反映论"原理;他的深入创作过程本身,维护艺术的独立精神,对应的是战争背景下急功近利的文学要求;他的开放性现代性理论格局,对应的是封闭的排外的和张扬民粹的文化语境。站在今天的理论高地上反观胡风,他确实是"把自己带有更普遍意义的文艺论被强行纳入到了现实主义这种相对狭小的文艺框架中来"。②虽然胡风以最大的勇气和魄力,以自己所理解的现实主义,对时代的理论现状进行了力所能及的突破,但依然难以从根本上挣脱历史的局限,而且这局限与他理论的独特性成为一体两面、难以剥离,这就更加显出理论的复杂性。

每一个走近胡风的研究者都会遭遇到胡风文艺思想这种难以名状的复杂性和不可调谐的矛盾性,也会被这种神奇的复杂性和矛盾性所诱惑,走进理解胡风、言说胡风的艰深论题当中。说到底,在胡风构建自己文艺思想的过程中,他进入了一个现代中国知

---

① 钱理群:《胡风与五四文学传统》,《文学评论》1988年第5期。
② 王富仁:《胡风的深刻性和独创性》,《文学评论》1988年第5期。

识分子所普遍遇到的自我难以解决的悖论情境,并因此而背上了沉重的十字架。这个悖论就是:

> 既然自己属于左翼文艺运动的一分子,就应该与不利于左翼文艺健康发展的各种错误倾向与理论观点做毫不妥协的斗争,而既然要和左翼文艺运动内部的不良倾向与消极现象作斗争,则势必与一部分左翼人士相对立,甚至与无产阶级革命权威相对立;如果为了文艺的长远发展而坚持文艺本身的独特规律,必然要牺牲一些政治革命的现实功利;如果要坚持五四精神所张扬的个体主义,就必然难以适应革命战争中的集体主义;如果要坚持五四精神中的自由主义,又必然会破坏政治革命的组织纪律性;如果要坚持五四以个体主义为根本的"人"的立场,就势必难以接受以集体主义为核心的"阶级"立场;如果要文艺服从、配合于政治,就势必要求文艺放弃本身的特质而沦为"工具",这就是"战士"的责任与"诗人"的使命之间难以克服的内在矛盾。当这对矛盾尖锐到发生大冲突的时候,那么,应该牺牲的是哪一方呢?①

这种悖论状态,应该也是胡风理论独特性的一个鲜明标记。

五、群体思想理论的交相辉映

胡风在40年代的文艺理论界虽然遭遇了来自四面八方的其他派别的挑战,但他的理论并不是孤高不群的,许多有识有勇之士,如冯雪峰、邵荃麟、乔冠华等,都曾经是胡风理论上的同盟。特别是作为文艺理论界的七月派诸君的思想,更是胡风文艺思想的

---

① 范际燕、钱文亮:《胡风论——对胡风的文化与文学阐释》,湖北人民出版社1999年版,第86—87页。

有力支持和必要补充，这种群体的阵势和力量，不但使七月派具有了坚实的理论支撑，而且在现代文学发展史上，构成与政治功利性现实主义相对应的另一种现实主义的潮流。

七月派在理论方面卓有成就者除了盟主胡风之外，还有阿垅、吕荧、方管（舒芜）、方典（王元化）、方然、耿庸、何满子等成员，还有翻译家满涛以及艾青、路翎、绿原等兼营文艺理论的一批作家诗人。

阿垅是一位才华横溢的诗人，他的文学成就贯穿于诗歌、小说、报告文学以及理论批评多方面，真正是一位创作、理论俱佳的多面手。虽然阿垅首先是一位诗人，其次才是一位理论批评家，但在作为理论批评方面的七月派来说，阿垅却具有不同寻常的地位，可以说他的理论成就仅次于胡风。阿垅留下的理论文字中最具光彩的是他的诗论，40年代到50年代，阿垅先后完成出版了140余万字的诗论专著：《人和诗》、《诗与现实》、《诗是什么》，构建出自成一格的诗论体系。胡风晚年曾评议说："他在文学方面造诣很深。他不仅写小说、报告，还能写理论文章，尤其是诗论方面。关于诗的各种美学观点，他作了广泛而深入的探讨，对于当代的许多诗人的作品，他作了从实际出发的恳切的分析，其中，对于某些和人民性无缘以至敌对的东西，他作了不可调和但也决不夸大的批判。他就从这一条道路上对社会主义的现实主义付出了巨大的努力，进行了不倦的追求。"胡风特别欣赏阿垅的三卷诗论集《诗与现实》，认为："现在以及将来的诗论应该而且一定能够从他的劳动成果中汲取到从别人汲取不到的经验和教训。"①

解放后，阿垅发表了引起文坛争议的两篇文章《论倾向性》和

---

① 胡风：《回忆录》，《胡风全集》第7卷，第381—382页。

《略论正面人物和反面人物》①，前者提出了"艺术即政治"的观点，后者提出工农兵之外的其他阶层的人物也可以成为文学作品中的主角。阿垅的独特见解因不融于时代潮流而受到批判，在其后的反胡风运动中，阿垅作为集团骨干分子更难逃政治预设的悲剧命运。

阿垅堪称七月派的第一位诗论家，也是现当代文学史上为数不多的成就丰硕的诗论家之一。由于历史的原因，阿垅和他的诗论沉寂多年，几乎被人们遗忘。这是一座广博深厚而又丰富复杂的宝贵精神矿藏，有待于我们进行专门的更为深入细致的挖掘、梳理和研究。

除阿垅之外，七月派还有很多诗人兼诗论家如艾青、绿原，包括胡风，他们都有丰富的诗歌创作经验，他们论诗都不是从定义概念出发，而是从创作的实际感受出发，把对诗艺原理和特征的探究与艺术实践紧密地结合在一起。虽然诗论的形式及表述都带有诗人特有的感性化情绪化特征，但却往往能够切中肯綮并在重大理论问题上表现出执著探索和坚持真理的胆识，显示出独特的美学理论价值。艾青的诗歌曾经是七月派在内的一大批青年诗人的楷模，艾青三、四十年代的诗论，更明确地为他们导引着新诗创作的基本走向。艾青于1939年写的《诗与时代》中宏观性地描绘了新诗的过去和现在：

> 中国新诗，从"五四"期的初创的幼稚与浅薄，进到中国古代诗词和西洋格律诗的摹拟，再进到欧美现代诗诸流派之热中的仿制，现在已慢慢地走上了可以稳定地发展下去的阶段

---

① 《论倾向性》发表于《文艺学习》1950年创刊号，《略论正面人物与反面人物》发表于《起点》1950年第2期。

了。目前中国新诗的主流，是以自由的、素朴的语言，加上明显的节奏和大致相近的韵脚，作为形式；内容则以丰富的现实的紧密而深刻的观照，冲荡了一切个人病弱的唏嘘，与对于世界之苍白的凝视。它们已在中国的斗争生活中起了积极的作用。①

1941年在著名的《抗战以来的中国新诗》一文中又指出：

中国新诗，一开始就承担了如此严重的使命：一、它必须摆脱中国旧诗之封建形式和它的格律的羁绊；创造适合于表达新的意志新的愿望的形式，和不是均衡与静止，而是自由的富有高度扬抑的旋律。二、他必须和中国革命一起并且依附于中国革命的发展，忠实地做中国革命的代言人。

那贯穿了中国新诗历史直至二十年之久的最耀眼的红线，是它的对于中国民族解放，和全国人民相一致的民主政体的实现这两种要求的光荣的战斗精神。②

这些文章都概括地勾勒出中国新诗发展的总体格局，明确了新诗的基本流向。除了这些颇有影响的综合性文论，艾青独具一格的诗论短章更为精粹，他就诗歌创作内容上的时代性、现实性、人民性、战斗性特征，以及艺术表现上的自由化、散文化主张，进行了精辟的富有建设意义的阐发，既贴近时代的特殊要求，又抓住了诗歌艺术的实质，艾青的《诗论》一书，足以奠定其作为一位杰出诗歌理论家的特殊地位。艾青坚持新诗的现实主义方向，但一贯反对"摄影主义"式的写实主义，他认为"浮面的描写，失去作者的主

---

① 艾青：《诗与时代》，《诗论》，人民文学出版社1983年版，第161页。
② 艾青：《抗战以来的中国新诗》，龙泉明编选《诗歌研究史料选》，四川教育出版社1989年版，第226、227页。

观;事象的推移,不伴随着作者心理的推移,这样的诗也就被算在新写实主义的作品里,该是令人费解的吧。"① 他强调诗人主观精神的重要作用,契合着七月派的美学核心。

吕荧是七月派中一位专职的文艺理论家,如研究者所说:"同胡风一样,吕荧也不是凭空架构自己的理论体系或直接介绍、移植外来的理论成果而成为文学理论家的,他的文学理论工作也是从对具体的中国文学现象的感受和分析中开始的。可以说,中国新文学的创作实绩才是他后来建构自己的文学理论的真正的基础,无疑,作为一位中国的文学理论工作者,这样的成长过程本身就包含了更多的真切的艺术体验,较之于某些从译介西方文学理论而走向成熟的理论专家,胡风、吕荧的文学理论框架可能不一定十分严密,但却可能揭示更丰富的更属于中国文学自身的规律性现象。"② 这里道出了七月派文艺理论家在理论批评方面的共同特征,不只是胡风和吕荧,阿垅、舒芜、路翎等的理论批评活动都是紧贴着感性的创作实践而展开,从自己的体验和别人的感受中寻取艺术创造的真谛,并上升为理性的规律性把握。

吕荧从 1938 年在《七月》上发表文论《向着伟大作品的进行》起,一直是《七月》、《希望》杂志的忠实撰稿人,在胡风影响和《七月》的氛围中,吕荧的文学思想逐渐表现出七月派的共同倾向,即坚持本体现实主义的追求。《鲁迅的艺术方法》、《人的花朵》是吕荧经过反复思考反复修改而最终发表在《七月》上的代表性评论文章。从作家诗人具体的艺术经营中,从他们所表现出的艺术特征中,吕荧感受着时代的变迁、文学的进步,面对小说家鲁迅和诗人

---

① 艾青:《诗论》,人民文学出版社 1983 年版,第 187 页。
② 李怡:《七月派作家评传》,重庆出版社 2000 年版,第 115—116 页。

艾青、田间,吕荧都能从理论家的高度出发,在一个特定的文学发展的背景下,看到他们作品中所蕴含的现实主义精神以及对后来者的启迪作用。特别要指出,吕荧的艾青、田间研究同胡风当时的评论文章一样,发现了他们的诗人才能,奠定了他们在诗坛上的地位。吕荧的《人的花朵》应该说站得更高,他这样论述道:

中国的新诗有着许多流派,然而还没有产生完成的"真正的诗人"。一方面有许多诗人不能体认现实的真相与历史的真相,他们脱离了现实,他们无力抒写真实的生活形象与感情,只有走向神秘主义、象征主义等等的道路,把追求玩弄文字的技巧与格律作为他们的主题;他们的诗失去了真,他们的感情已失去了人的温暖。另一方面,许多英勇地为真理与革命斗争的诗人们,他们的心里燃烧着热情的火焰,充满战斗的气氛;然而他们的诗的语言缺乏锤炼,过于粗糙、平泛,而且观念化,他们的诗缺乏纯;常常只是理论的宣讲与口号的汇集,流为空泛的呼喊与冗赘的文章,不能具现真的感情生命的形象去激发人们的心灵。

但是无论如何,随着现实的发展,虽然迟缓,虽然贫弱,中国的诗人们是逐渐地成长起来了。尤其在今天,伟大的民族解放战争无疑地带给了中国的诗以新的生命,新的道路。

在今天,我们的诗是不是有了进展呢?已经有了什么样的进展呢?

在这里,我们可以看看两位具有不同风格的诗人,他们的诗代表着两种传统,两个方向,他们的诗的风格的发展,正与中国新诗的发展密切地相联系着。

　　这两位诗人就是艾青和田间。①

　　《人的花朵》这篇文章酝酿起草于1937年,发表于1941年4月出版的《七月》第6集第3期上,我们看到,早在这个年代,吕荧就从文学发生发展的历史的视野中,给了诗人艾青和田间以极其重要的定位。他看到艾青的诗"渲染着素美的色彩,淳朴而美丽,他的诗体现着大地的浑厚的广阔的风貌",他在艾青"诗的创作的新的发展与动态"中,看到"诗人已经是意识地把握住新的发展的方向了",那就是:"诗人将更深广的展开创作方法中的现实主义素质"。② 而对于田间,吕荧敏锐地抓住了他在诗的形式上的革命性创造,田间"跃过了一切旧形式的藩篱","不仅超越了一般的表现方法的庸俗性、退守性,而且溶合了未来派的健康、跳动、战斗的气质",③ 从而正在拓展着一条全新的"诗的去路"。

　　这样准确的评价不说有先见之明,起码可以看出吕荧非凡的审美鉴别力和独到的艺术眼光,这几乎就是我们在半个多世纪以来对艾青、田间诗歌评论的精粹。而且,吕荧是在历史和现实的纵横比较中发掘出艾青和田间的存在意义,他指出了中国新诗摆脱困境的出路,这就是艾青和田间的道路,是七月诗派所探索的新诗的现实主义道路。这种比较和总体观照的评论方法,见出吕荧作为理论家的眼界、胸怀和不同寻常的审美功力。

　　40年代,吕荧曾以理论家的独到眼光关注着发生在苏联的现实主义理论论争及其对中国文坛的影响,他于1940年翻译出卢卡契的文艺论著《叙述与描写》,由胡风全文登载在当年出版的《七

---

　　① 吕荧:《人的花朵》,《吕荧文艺与美学论集》,上海文艺出版社1984年版,第248—249页。

　　② 吕荧:《人的花朵》,《吕荧文艺与美学论集》,第249、256、257页。

　　③ 吕荧:《人的花朵》,《吕荧文艺与美学论集》,第265、266页。

月》第 6 集 1、2 期合刊上。胡风出于对卢卡契的崇敬和自己对现实主义理论的紧张思考,他对吕荧的翻译工作给予全力支持。在胡风和七月派探索中国现实主义发展的艰难过程中,卢卡契的现实主义理论以及由此在苏联文艺界引起的关于社会主义现实主义的争论,使胡风和他的同人们得到了极大的思想启迪和突破理论现状的勇气。这其中,吕荧自然是功不可没。

吕荧是胡风主体性现实主义理论的最有力的呼应者,他用他的理论之笔阐述了自己对"主观战斗精神"理解,他说:"现实主义的艺术能够,而且需要绘写内心世界,但是那必得是人的真实的内心生活和精神境界,而不仅仅是作者自己的主观的燃烧,用浪漫热情的文字描写着激荡、痛苦、追求、欢乐,这样仅仅是意象或热情的涂彩。精神境界的追求,只有和真实一致,它才是真实的升华,诗的升华。""如果理论上强调主观战斗精神的意义,反对表面化的政治倾向,可是实际上向游离现实的个人主义艺术方向发展,这是表面上强调了主观的力量,实质上消弱了主观战斗要求的意义的。"① 可以看出,吕荧是站在一个更为全面和公允的理论立场上来阐释现实主义与主观精神的关系,这在一定程度上纠正了胡风理论的偏激性,从而更具理论说服力,这也是职业理论家与诗人式的理论家理论风格的不同。

同样作为七月派知名的文艺理论家,舒芜与胡风的现实主义理论有着更为紧密的联系,胡风因为在《希望》上发表舒芜的哲学论文《论主观》,引发贯穿 40 年代到 50 年代的文艺界有关"主观"问题及胡风文艺思想的大论争,而历史的阴差阳错又导致舒芜在解放后的胡风集团案中充当了关键人物。因此,不仅如绿原所言:

---

① 吕荧:《艺术与政治》,《吕荧文艺与美学论集》,第 95—96 页。

"要研究胡风问题及其对中国文化界和知识分子的教训,不研究舒芜是不行的。"[①] 而且,要研究胡风文艺思想及其争论,以及七月派文艺思想的群体走向,不研究舒芜也是不行的。

胡风与舒芜的关系已成学界一段公案,因与政治运动及人际关系纠葛在一起,短时期难以得出定论。学术问题和政治问题可以分别讨论,但学术问题是理清政治纠纷的必要前提,何况中国现代许多政治运动本身就是学术争论转化而来的。

毋庸讳言,当年路翎将当初名叫方管的舒芜介绍给胡风时,胡风是相当赏识这位才气纵横的年轻人的,他给予舒芜以厚望,在《希望》刊物上反复登载他的长篇论文。舒芜写作《论主观》,缘起于自己"要对整个中国文化问题'重新想过'"的愿望,后来舒芜采纳了胡风的建议"用这写法,把各个重要的范畴都写一遍,合成一整篇",而之前已经发表过《论存在》、《论因果》两篇。在《论主观》的酝酿中,还有一个契机,舒芜曾回忆道:

> 那是 1943 年冬,路翎已经住在我家,我们朝夕谈论共同关心激动的文化文艺问题。有一天,我们又在"左楼道"上凭栏纵谈,路翎突然神情郑重地问我:"你说,中国现在需要什么?"我答不出,回问他。他明确肯定地说:"需要个性解放。"他这一句话,像一滴显影定影药水,一下子把我们谈论过很多而模糊不清的一切,显现为一幅清楚的画面,又像一个箭头,一下子指出了中心之点,从而使一切条理都可以梳寻。我想来想去,的确一切都可以归纳为需要个性解放,特别是国统区进步知识分子的思想问题,马克思主义如何进一步发展的问题,解决的关键都在于个性解放。而从哲学上来说,最与个性

---

① 绿原:《胡风和我》,《我与胡风》,第 529 页。

　　解放相对应的范畴，我以为就是"主观"。于是我写《论主观》。①

　　当时的文坛形势，最切近的问题是反对机械教条主义。1942年，延安开始了整风运动，国统区的胡风、乔冠华、陈家康等人应合延安的整风运动，认为有必要整一整国统区文化界的各种不正之风，于是，有乔冠华的《方生未死之间》、陈家康的《唯物论与唯"唯物的思想"论》等文章的出台。胡风清楚地意识到，反教条主义，从根本上还是归结到广义的启蒙运动，如路翎所言的五四个性解放精神，依然是解决当前文坛一切不良倾向的有力武器。于是，尽管舒芜的《论主观》有幼稚、混乱、生涩等诸多问题，胡风对文中的一些观点也持有不同的看法，但总体上胡风还是认为舒芜的文章有益于推进当前的讨论，在发扬主观力量解决机械教条主义这一中心点上，契合了胡风的一贯思想。胡风在最初审阅舒芜几篇论文后，曾信告说："今天，思想工作是广义的启蒙运动。那或者是科学思想发展的评介，或者是即于现实问题（包括现在成为问题的思想问题、历史问题等）的斗争。这是一个工作的两面，过去都没有好好做过。你的这四篇（连上次的一篇），我觉得是介乎这二者之间的工作。"胡风鼓励舒芜："不能写写社会评论的东西么？不用术语而深入生活中的意识形态的解剖，我觉得今天是非常必要的。"②舒芜的《论主观》，恰恰是适时而生一篇檄文，他与胡风、乔冠华、陈家康等人共同构成国统区反教条主义的一股力量，但他们"都自以为是响应整风，反对教条主义的，但在党内引起了大问题，认为他

----

① 舒芜：《〈回归"五四"〉后序》，《新文学史料》1997年第2期。
② 舒芜：《〈回归"五四"〉后序》，《新文学史料》1997年第2期。

们是用唯心主义反对教条主义。"① 尽管当时的舒芜对胡风一贯的启蒙姿态并无自觉的理解，但《论主观》所引起的关注，却直接导向包括延安在内的文艺界对胡风启蒙思想和"主观战斗精神"的质疑和否定。

胡风与舒芜的观点有一致和不一致两个方面。至少胡风曾说过："那里面只有一个论点我能够同意：舒芜说教条主义是在主观上完成了，客观内容再不能进到主观里面去。"② 胡风文艺思想本身是丰富复杂多元结合体，他的具有较强的能动性和主观色彩的文艺思想思路，使得他对舒芜的观点有着天然的亲和感，这一点是可以肯定的。但胡风是在涉及作品与作家的关系时强调主体的决定性作用，从而与机械的被动的反映论相区别。胡风是在文艺的范畴内论"主观"，而舒芜的《论主观》是从哲学的角度论"主观"，他认为："今天的哲学，除了其全部基本原则当然仍旧不变而外，'主观'这一范畴已被空前地提高到最主要的决定性的地位了。""人类的斗争历史，始终是以发扬主观作用为武器，并以实现主观作用为目的的。""主观作用本身，就已有机地统一了客观因素在内，一切被克服了的客观势力都是主观作用内部的有机的构成因素。"③ 以胡风当时的思想状况，他并无意于从哲学上背离唯物论的反映论，面对《论主观》的踌躇态度，表明胡风不愿全盘接受舒芜在主客观哲学关系上的简单化理解。胡风是在历史的具体的背景下探讨主观作用的缺失造成文艺创作上的各种弊端，认为强调"主观"力量，有利于纠正左翼以来文坛上存在的机械反映论、主观公式主义

① 胡风：《关于乔冠华》，《胡风全集》第 6 卷，第 503 页。
② 胡风：《关于乔冠华》，《胡风全集》第 6 卷，第 505 页。
③ 舒芜：《论主观》，《我思，谁在？》，花城出版社 1999 年版，第 1、8、14 页。

和客观主义,他也是在这样的前提下看待《论主观》的现实意义,同时也想让刊物"开放"起来,以引起各方面的讨论。所以,认为舒芜的《论主观》是胡风"主观战斗精神"的哲学基础,将二者混为一谈,既不符合客观事实,逻辑上也不能成立。胡风作为成熟的理论家,他的文艺思想并非一日形成,他在哲学上"知本",同时在文艺上寻求"变通",他自认为自己的理论可以自圆其说,并不需要后来者为他作哲学上的支撑。但是,一旦反对者将二者混为一谈,胡风的文艺思想就上升为哲学上的"唯心主义",历史的、具体的文艺思想被普遍的、抽象的哲学概念所取代,由此带来的一系列麻烦连胡风自己也难以辩解清楚。

年轻的舒芜的怀着推动马克思主义发展的雄心抱负,靠着初生牛犊不怕虎的勇气,将"主观"这一范畴提到至高无上的位置进行研究,强调这一研究"是我们当前的生死存亡的关键。"① 如果放在学术的范围内,即便是唯心论者,也自有其存在和参与论争的合理性,更何况舒芜说自己文章"最中心的论点是宣扬个性解放。我用哲学语言把个性解放译为'发扬主观'"②。学术活动一旦与政治挂钩,哲学和文学都难以保持自己的本体言说,哲学家或文艺家都难免被政治审判的命运。

胡风对待舒芜《论主观》的复杂态度,实际上也透露出胡风文艺思想自身内含的矛盾特质,直至老年,胡风都没有从这一矛盾痛苦中解脱出来,加之"反戈事件"带给他难以弥合的身心创伤,使他无法回到原位来思考纯粹的学术问题。无论如何,《论主观》在客观上强化了七月派以"主观战斗精神"为核心的文艺思想,1945 年

① 舒芜:《论主观》,《我思,谁在?》,第 10 页。
② 舒芜:《〈回归"五四"〉后序》,《新文学史料》1997 年第 2 期。

《希望》创刊号同时发表胡风的《置身在为民主的斗争里面》和舒芜的《论主观》，这几乎被人们认为是七月派成熟的标志性事件，而《论主观》所引起的文坛论争，更加强了七月派同人的凝聚力。所以说，舒芜及其《论主观》，对于七月派的形成和演变，确实起到了一种重要的甚至特殊的作用。

胡风很遗憾舒芜的"术语"性解剖，希望舒芜能够写写当前非常必要的"社会评论"。基于现实的需求，胡风曾有意放弃了精密严整的学术性论文写法，而追求贴近现实体验的感性理论文字。说到底，胡风还是不喜欢抽象理论，他的"实践的"、具有"感性的活力"的文风也与舒芜哲学论道、玄学思辨大有距离。相反，胡风虽然批评过路翎"谈理论常简单从事，'砍几板斧便过去'，有缺点。"① 但他心底里还是更欣赏和信任路翎，路翎的那些极具现实针对性的作家文论，更合胡风的口味。胡风深知，以路翎作家身份参与的文学批评，更能切中创作问题的要害，从而达到扭转创作不良风气的目的。于是，在批判主观公式主义和客观主义的过程中，路翎是胡风最得力的助手，路翎的《谈"色情文学"》、《淘金记》、《市侩主义的路线》等批评文章，都是应胡风的要求为《希望》撰写的专稿，它们有效地配合了胡风的文艺斗争，也是七月派在理论批评上群体合作的典型例证。从路翎为数不多的理论批评文章中，我们可以看到，那一根为胡风一生所奋力穿引的"启蒙主义"的红线，同样清晰地贯穿于路翎的文艺思想当中。而在启蒙主义的旗帜下，路翎文论中对主观精神的张扬，对文艺大众化问题的独特理解，以及对不良倾向的猛烈抨击，都毫无疑义地表明其理论归属于七月派的话语系统，表明路翎是胡风文艺思想的忠实同盟。

---

① 路翎：《一起共患难的友人和导师》，《我与胡风》，第489页。

"在一种以笔为枪的特殊战斗和患难与共的战斗情谊中,胡风路翎确曾各显其能,通力合作,它们之间的互补性,不仅表现在理论与创作的相互增益之上,而且还表现在对同一种文艺观念的共同探求和鼎立张扬之上。进一步的观察和研究表明,路翎文论的存在和作用方式,在许多场合恰足以构成对胡风理论批评著述的补充和完善:在一些问题上,它们起到了填补胡风因种种原因来不及述作而留下的空白的作用;在另一些问题上,它们起到的则是救正胡风'文字不肯大众化'(鲁迅语)所带来的对'胡风文艺思想'的理解上可能出现的偏差的作用。"① 不仅是路翎,七月派的其他理论家同样与胡风有着内在的相通。《七月》和《希望》的"基本撰稿人在大体倾向上一致",也说明了他们在理论批评方面的群体共识。胡风的文艺思想,从某种程度上讲,也是七月派群体理论智慧的结晶,他们或补充、或深入阐发,或强化、或引申发展,他们使胡风为代表的七月派文学理论成为一个不断拓展深化的开放体系,使之具备了可贵的未来性和超越品格。

七月派的理论批评无疑是围绕着现实主义而展开的。他们理论观念上的共同性和思想体系上的发展性可作如下几方面的理解:

第一,坚持现实主义的基本精神,即文学与现实人生的血肉关系。阿垅将"真实性"精神贯穿于他的诗论当中,他说:"所谓诗底境界,乃是人底生活所达到的。一切在生活。""作为艺术现象,境界似乎是一个'虚构',但作为生活的升华现象,则它又必然是一个

---

① 张业松:《〈路翎批评文集〉编后记》,《路翎批评文集》,第322页。

真实。""无论如何,生活总是境界底母体、底产地。"① 在解放后写就的文论批评中,他继续坚持"艺术,首先的条件是真"② 的观点,提出:"为了如实地反映现实,其他阶级还是同样可以作为主角的。"写人物,就要"深入人物的私生活"③。艾青宣称:"只有忠实于生活的,才说得上忠实于艺术。""生活是艺术所由生长的最肥沃的土壤,思想与情感必须在它的底层蔓延自己的根须。"④ 吕荧同样以真实为其理论的起点,他说:"真实,只有通过真实,血肉的真实,艺术家才能表现人物、社会、历史、时代,表现思想、精神、力、真理。艺术也才能获得生命。"⑤ 从全面和深刻地反映现实生活的要求出发,他们反对"题材决定论",反对以"歌颂"与"暴露"、"正面人物"与"反面人物"的二元对立观来过滤与净化丰富复杂的社会生活,认为全部而非局部的生活,才能真正代表现实主义的"真实"。

　　第二,在前提确立之后,七月派理论家进一步指出,文学所反映的社会生活一定又是呈现着感性的状态,充满了活动的气息,而决不是冷漠的客观再现和僵硬的教条演义,他们和胡风一样坚持摒弃这种创作上的不良风气。阿垅反对"推崇'理性'的片面现象",认为它"往往代替了活生生的生活逻辑,往往抹煞了活生生的生活现象,往往排斥了艺术的可感性,艺术没有了,但'理性'也没有了。"⑥ 路翎以为:"公式主义或教条主义,是从不给予'人们是

----

① 亦门(阿垅):《诗是什么·关于境界》,上海新文艺出版社 1954 年版,第 289、294、298 页。

② 阿垅:《论倾向性》,《文艺学习》1950 年第 1 期。

③ 阿垅:《略论正面人物与反面人物》,《起点》1950 年第 2 期。

④ 艾青:《诗论》,人民文学出版社 1983 年版,第 184、185 页。

⑤ 吕荧:《艺术与政治》,《吕荧文艺与美学论集》,第 96 页。

⑥ 亦门:《人和诗》,上海书报杂志联合发行所 1949 年版,第 143 页。

在生活着'的这个血肉感觉的，以及这中间的过去直到今天，并且一定要达到未来的力量的。"他同时指出："人们应该以自己底血肉的感受来说明客观世界，而不是沾沾自喜或随波逐流。我们实在应该知道，在这个平庸的世界中所展开的各种各样的人生斗争，其实也正是我们时代底诗！"[①] 路翎在这里说明了七月派现实主义观念里相互关联的几个方面，一是生活本身的可感性，二是文学创作必须以感性形态来表现生活，三是作家只有能动地突击到生活中，与生活融为一体，方能实现作品的生动感人。这与胡风的一贯见解相吻合："一个诚实的作家所爱的是活的人生真实。他所追求的也正是这个。他用自己的五官和思考认真地体识了的，成了他自己的东西的东西，才能够使作家在描写过程上和他的对象融合，才能够使作家所表现的是他用自己的肉体和心灵把握到了的真实。"[②]

第三，七月派倡导的现实主义的真实性，不仅包括客体的物质的真实，还包括作家主体的精神力量的真实，并在二者"相生相克"的动态融合过程中落实为感性的真实显现。更进一步，在这一独特的对主客观真实关系的体认中，七月派同人们显然更重视作家主体的限制作用。舒芜在哲学上将客观纳入主观进行论述，认为"主观"已经"有机地统一了客观因素在内"，声称："'客观'是用来营养主观的东西；我们不做拜物教徒，不要形成一种拜'客观'教。"[③] 路翎也坚定地指出："文学是通过感性的存在。文学只能是通过作家战斗要求所表现出来的物质世界的感性的存在。所以

---

① 路翎：《〈求爱〉后记》，《路翎批评文集》第207页。
② 胡风：《七年忌》，《胡风全集》第2卷，第176页。
③ 舒芜：《论主观》，《我思，谁在？》第14、17页。

问题是在于作家是有着怎样性质怎样程度的主观的战斗要求。"①
阿垅的诗论中反复强调着诗人主观感受的重要性,认为:"诗是自
内而外的,不是自外而内的。""诗人是火种,他是从燃烧自己开始
来燃烧世界的。"② 艾青形象地说:"所谓'体验生活'是必须有极
大的努力才能成功的,决不是毫无感应地生活在里面就能成功
的。""'体验生活'必须把艺术家的心理活动也溶浸在生活里面;而
不是在生活里面做一次'盲目飞行'。"③ 吕荧则用理论的语言归
纳道:"新现实主义的创作过程,是作家的理智和情感深深地透入
现实的一个运动的过程,或者可以说是一个战斗的过程。这个过
程是有机的,包含着思维和情感的综合的运动,在这个运动中,这
二者是密切联系着,互相渗透着,融合着的。"④ 他们的论述不同
程度地切近了胡风"主观战斗精神"的命题。虽然,七月派各个理
论批评家对主体一方强调的角度或程度不尽等同,但无疑都显示
出重主体尚感性的一致性特点,他们既统一于胡风"主观战斗精
神"为核心的主体性现实主义理论,也与胡风共同构成现实主义的
另一支理论力量。

　　第四,在艺术与政治的关系问题上,七月派的现实主义理论家
既认同与时代思潮,又有所保留,表现出与主流意识有合又有分的
独特认识。阿垅在解放后引起争议的《论倾向性》一文的中心论点
是"艺术即政治",继续了他在这一问题上的一贯立场。在《诗与现
实》第一册"引论"《箭头指向——》中,集战士与诗人于一身的阿垅
激烈地表明,诗的箭头要指向法西斯、准汉奸和第五纵队,喊出"诗

①　路翎:《论文艺创作底几个基本问题》,《路翎批评文集》第 91 页。
②　亦门:《诗与现实》(第一分册),北京五十年代出版社 1951 年版,第 10 页。
③　艾青:《诗论》,第 185 页。
④　吕荧:《论现实主义》,《吕荧文艺与美学论集》第 122 页。

是宣战!""诗是口号!"时代强音。我们可以从突出政治功用的角度来理解阿垅的"艺术即政治",特别是在民族危亡的紧急关头。而另一方面,阿垅把政治包容于艺术之中的观点,又隐含着对艺术规律的强调,他认为艺术应该曲折地长远地体现政治的要求,从而反对直接书写现时政策的公式主义和概念化倾向,特别是在建国以后更具现实意义。阿垅在应合时代的总体要求和规范之下,为文学自身争取一席之地,但即使是这样折衷的观点,还是招致左倾势力的压制和批判。

阿垅对艺术与政治关系的处理很具代表性,艺术地为政治服务,要以不违背生活真实为前提,艺术的教化功能要与艺术的审美功能相并行。吕荧的文论中贯穿了同样的思想:"艺术是现实斗争战线之一,如果艺术游离了现实斗争,令人都接触不到内容的政治倾向,则艺术的自然而然的表现再高,也是无意义、无生命的。况且,游离现实斗争的作品根本就不可能完成高度的艺术的成就。同时,反过来,如果作品里光有政治倾向,仅是口号、标语、公式的图画,没有真实的艺术表现,则这倾向不论是多么正确、明确,也是不能产生高度的政治效果,也就是艺术效果的。"[1] 艾青更明确道:"不要把宣传单纯理解为那些情感之浮泛的刺激,或是政治概念之普遍的灌输;艺术的宣传作用比这些深刻,更自然,更永久而又难于消泯。"[2] 他们的这些观点与胡风的认识一脉相承,胡风的文论中,政治占有相当显著的位置,但强调政治功能决不意味着政治可以取代艺术。他说:"政治概念,是从现实人生提炼出来的概括的说明,本来是很好的,但作家只能借着它的引导去认识现实人

---

① 吕荧:《艺术与政治》,《吕荧文艺与美学论集》第 91 页。
② 艾青:《诗与宣传》,《诗论》第 165 页。

生,突入现实人生,那就可以认识政治概念所包含的复杂多变的人生内容和蓬勃活泼的人生纠葛。"但如果"从政治概念一脚跨到作品,丢掉现实人生,因而没有现实人生的真象,也就不能成为艺术了。"[1] 所以胡风竭力反对直接演绎政治概念的"抗战八股",认为它对文学创作有极大的危害。七月派理论家在一个较为宽泛的长远的格局中理解政治,即如列宁所概括的:"政治是千百万人的命运",那么,政治与艺术就有着同样的远景目标。这一理论正统一于胡风和七月派关于文学切近地配合抗战和长远地完成启蒙的思路。也正是这种政治与现实人生一体化思想,导引出政治与艺术一体化观点。在特定历史时期,七月派的理论最大限度地与庸俗社会学划清了界限,其创作也最大可能地避免了公式化概念化错误。

第五,七月派的现实主义思想既与马克思主义哲学思想有着理论渊源,又与中国社会的具体实际有着密切和深刻的联系,有不少学者将胡风和七月派的现实主义定位为启蒙现实主义,这是针对七月派现实主义文学表现内涵方面的特点而言,是从创作个体的启蒙作用的角度进行的概括。这足以说明五四启蒙传统对七月派的决定性影响和启蒙思想在其理论创作中的重要位置。胡风以及大部分七月派理论家在营构他们的现实主义理论批评时,注入启蒙主义精神,使其成为理论批评内在的活的灵魂,也有一些理论家不时地越出文学理论的范围,对启蒙主义进行集中深入的社会学意义上的探讨,如 50 年代处于逆境中的张中晓,他对于人的自由和个人价值的思考,对于中国政治和国民性的批判,都是立足于启蒙主义的反思立场来进行的,是对鲁迅国民性批判和现实批判

---

[1] 胡风:《答文艺问题上的若干质疑》,《胡风全集》第 3 卷,第 208 页。

精神的继承和发扬。舒芜则长期以来将"回归五四"的主题贯穿在他的思想耕耘当中，"围绕着尊'五四'，尤尊鲁迅，反儒学，尤反理学，反法西斯，尤反封建法西斯这几个中心"，① 系统地探究五四启蒙精神本身及其现实意义。乃至在五四启蒙精神滋养起来而后又对五四进行理性反思的理论家王元化，他的理论思考也是基于对国家民族的忧患意识，从广义的人文关怀出发，努力挖掘一个世纪以来启蒙思潮未及之处和负面影响，根本上还是秉承了"启蒙运动所提倡的理性精神"，代表了20世纪末思想文化界的"另一种启蒙"。② 这些思想文化探索虽已越出了文学的范畴，严格讲也不再属于七月派的理论系统，但不可否认彼此之间内在和深层的精神联系，他们承传了鲁迅、胡风为代表的现代文化精神，将启蒙思想的"红线"引向当代和未来。

　　第六，文学的现实主义毕竟是从作家主体与客观生活的关系角度来进行概念界定的，它更切近作家对现实生活的观照方式而非观照内容，胡风和七月派则以突出强调作家主体的能动作用而显示其理论的创造性特色，所以主体性现实主义的概念比启蒙现实主义更具理论的准确性和逻辑的严密性。就七月派的现实主义理论而言，同样是一个开放的有待不断完善和深化的思想体系，虽然数十年政治运动频繁干扰、压制、阻抑，但因着有识有勇之士的坚持，这一理论体系却也得到相当程度的承续和发展。七月派理论家耿庸、何满子，曾就现实主义问题以通信对话形式进行探讨，这一理论对话从70年代一直持续到90年代，可视为七月派现实主义理论后续发展的集中体现。显然，经过时间的沉淀和时代风

---

① 舒芜：《〈回归"五四"〉后序》，《新文学史料》1997年第2期。
② 许纪霖：《另一种启蒙》，花城出版社1999年版，第325、327页。

云的洗炼,耿何二人的现实主义讨论是更具反思性批判性的。他们既站在时代的高度肯定胡风"精神奴役的创伤"和"主观战斗精神"这两个中心理论命题,又从历史的河床的探研中发现胡风理论思想无法避免克服的局限性和矛盾性,进而反思一个时代的思想成因和理论缺失。早在 70 年代初期,何满子就尖锐地指出:

> 苏联当年提"社会主义现实主义"这个命题时,究其实际,就是拉普派与反拉普派的一种"体面"的妥协。或者说是把拉普的主张改头换面地纳入其中。"社会主义的",就是并不直白地说出的"辩证唯物主义",至于"现实主义",那是马、恩提出的,不敢丢掉,只得结合进去。为了标榜新发明,又为了(就其实质说)反对恩格斯的现实主义,就胡诌出一个"批判现实主义"来,以抬高"社会主义现实主义"亦即"辩证唯物主义创作方法的现实主义"的身价,事情难道不是这样的吗?[①]

耿庸也同样认为"拉普以'辩证唯物主义创作方法'排斥现实主义,是对现实主义的否定"。而"拉普的完结并非就是'拉普精神'的完结,它也'精神不死',并且还魂在后继的'左'氏家族的文学好汉们身上"。[②] 这就一针见血地指出现实主义不断被"修正"、被"弯曲"、被"砍伐",而与真本意义上的现实主义却愈来愈远。胡风一面在坚持、在抗争,一面又领受着时代风习的熏染,总是停留于一种对时代风习的"叛逆"状态中,而难以最终完成理论的自足化建设。在现代中国理论界,庸俗社会学的影响,"从'左联'前后起,所有革命阵营这一边的理论家几乎无一能够幸免,只是所受影

---

① 何满子、耿庸:《环绕着现实主义》,《文学对话》,上海书店出版社 2000 年版,第 13 页。

② 何满子、耿庸:《环绕着现实主义》,《文学对话》,第 22、23 页。

响——愈到后来愈变成文学事业的祸害——的程度上的差别,只是机械教条在思想中占了绝对统治的地位呢还是能以现实感受突破或克服教条约束而保持清醒头脑的区别。这在老一辈仿佛是一个精神免疫力的问题,而到了后来的几代,则几乎成了遗传密码,或更似中国老话所说的久入芝兰之室什么什么的,连辨别香臭也失去了正常的嗅觉,普遍将庸俗社会学当作马克思主义文学观的现实主义接受了。"① 这样的理论反思发生在现在并不奇怪,难能可贵的是,何满子和耿庸在左倾思想横行的 70 年代初期就露出反思批判的触角,这应该与七月派一贯的理论立场有很大的关系。

现实主义是贯穿 20 世纪的大时代文学理论话题,胡风和七月派以自己与众不同的发言,极大地影响、甚至改变了 20 世纪中国文学理论的总体面貌。

六、在现实主义的流变中

胡风和七月派理论家以独特的思想取径,突破了当时现实主义的理论现状。他们高扬人的主体性精神,揭示出艺术创造过程的生命特质。但是从根本上说,他们的理论依然属于现实主义范畴,因为本质意义上的现实主义是不忽略主客体任意一方的,现实主义的美学特征是由于主体对客体特定的看取方式——客观再现——而得到的,这并不意味着客体要离开主体的操纵。胡风和七月派现实主义理论的深刻性在于全面地恢复了理论的本来面目,纠正了当时对现实主义的偏狭观念,他们对现代文学现实主义的发展与深化有着重要的贡献。从文艺的角度也可以说,胡风和七月派更有力地坚持了现实主义,在促使中国现代文学独尊现实主

---

① 　何满子、耿庸:《胡风文艺思想谈片》,《文学对话》,第 143 页。

义这一点上，他们起到了一种特殊的作用。

但客观地讲，造成现代文学独尊现实主义局面的，是一种更大的力量。在现代，剧烈的社会变革影响乃至支配着文学的总体走向，作家对现实人生变化的密切关注和文学对社会意义的探寻使现实主义文学成为一种时代的必然选择。现实主义成为主潮不是个人的决断，而是一种历史的、文化的选择。因为现实主义更适合20世纪中国启蒙与救亡、民主与科学的现实要求，现实主义符合适应这样一种潮流，也符合马克思列宁主义基本原理。现实主义之所以与马克思主义一起被中国接受，是因为现实主义适应马克思主义历史文化形态，更适应自上而下的中国国情。在中国，现实主义具有更强的调试机制，更大的涵盖面、包容量，也就有更强的审美特性。

现实主义自本世纪初传入中国以来，经历了漫长、复杂乃至痛苦的中国化改造过程，环绕着现实主义，形成各种不同文艺派别之间复杂而酷烈的斗争格局，并常常陷入一种全局的尴尬处境中："当我们自以为理解并掌握了现实主义，将它抬到唯我独尊的地位时，殊不知它已经悄悄逃遁了；当我们自以为接受了世界上最先进的创作方法，又何曾料到'左'的毒素同时也侵入了我们的肌体；当我们判定某一理论主张是反现实主义的理论并打入十八层地狱后，历史又证明这一理论是最接近本真的现实主义的；当我们宣布现实主义已经过时，该送进历史的仓库的时候，它又悄然而返，形成我们无法回避、不得不正视的文学潮流……"① 而胡风和七月派理论家的清醒和深刻之处，正在于他们不是被动地追随潮流，他们坚持自己思想和艺术的本体立场和个性姿态，能够时时警惕和

---

① 周勃、达流：《胡风与二十世纪中国现实主义》，《胡风论集》第47—48页。

防范现实主义名义下的种种胡作非为,并在不懈的抗争中,追求和建造着理想的现实主义思想体系。

现实主义在中国的流变过程中,包括了与浪漫主义和现代主义的对立斗争、相融并存的复杂过程,最终现实主义取得独尊地位。而在现实主义主流内部存在着的矛盾斗争,大体有两条线索或两种走向,它们都标榜现实主义或社会主义现实主义,它们有交汇和融合的地方,但更多情况下是矛盾对立,最终归于两个走向。胡风与周扬正可以视为这两种现实主义的代表。一是所谓本体现实主义,从鲁迅一直延伸到胡风,他们能够摆正文学与政治的关系,注重文学创造的规律,强调文学的审美特性,坚持文学的相对独立性;一是所谓社会政治化的现实主义,强调文学的社会政治功利性,侧重文学善的功能,走向极端即背离文学艺术的特性与规律,把文学作为政治斗争的武器和工具。从 30 年代到解放后,胡风所代表的本体现实主义恪守现实主义审美原则,捍卫文学固有特性,当政治化现实主义依仗了强大的社会政治力量,本体理论的悲剧结局便在所难免。实际上,现实主义文学思潮自 40 年代以来一直沿着强化政治色彩,强化阶级斗争的方向发展,它在建国后到"文革"逐渐被异化,本体现实主义也曾努力抗争,但总难"登台亮相",它一直处于不受重视或不被承认,且受压制、受批判的位置。

胡风所代表的七月派的现实主义理论在现实主义中国化的进程中,起到的是不断建设并不断匡正偏颇倾向的重要作用,胡风的理论处于发展之中就被人为地中断,它不可能完善,甚至还有缺陷。但它应该属于真正中国化的现实主义理论,在特殊的文化背景下,胡风的文学本体立场,主体性视角以及个性化理论特色,都是弥足珍贵的。如果我们的时代我们的社会能够提供给胡风及类似胡风这样有独立思想、独立个性的理论家一个宽松自由的思考空间,使他们得以充分发挥思想的创造性,中国现代文论的发展不至于陷入世纪末众说"失语"的难堪境地。

第四章　七月派的流派风格

一、体现时代风格：崇高与悲剧的互动

　　文学风格的有机构成中包括主观因素和客观因素两个方面，即主客体的矛盾统一。这表明文学创作过程以及风格的形成并不是主客体简单的组合，不是两方对等的相加，而是主客体相作用、相融合后产生的新构建。作为风格，亦即一种综合性文学特征，准确地说是一种主体化的客体特征或客体化的主体特征。传统文论的风格说侧重于强调人的精神气质的特异性，以主体为中心把捉作品的特征，并付诸于笼统直观的感性描述。西方文论在不忽视主客体任意一方的前提下，更注重二者相互作用以后产生的新的美的艺术形态，并由此创造了带有体系性和等级性的美学范畴，即以崇高、悲剧、优美、幽默等美学范畴概括解释文学创作的风格特征，此理论广为人们吸纳采用并一直沿用至今。风格概念体系的建立，既使风格的发生过程得以深入地发掘和论述，又相当准确清晰地阐发了风格的内在性质乃至风格的外在形态。一种理论的经典性当然来自它的科学性、系统性、普遍性和实用性。中国现代风格理论在"拿来"西方的同时融合传统是一种自在必然，我们在进行20世纪文学框架中的七月派风格研究时，依然选择和应用这一理论概念系统。

　　20世纪上半叶，中国作家对现实人生变化的密切关注和文学

对社会意义的探寻使现实主义文学成为一种时代的必然选择,现实主义成为现代中国文学的主潮;与此相应,中国社会的风云动荡和民族命运的坎坷多舛,又从根本上决定了文学的总体风格面貌,即崇高文学与悲剧文学相互交织存在,相互交替发展,构成以崇高与悲剧为基调的鲜明的时代风格。特定时代背景和文学发展规律使然,现代崇高美、悲剧美与现实主义创作原则具有了一种同构的机缘,它们相辅相成地灌注于一代作家的创造过程中,体现在作家的精神劳动产品——作品中,作品以物化的形态呈示着现实主义诸种艺术特征,同时也流溢着崇高与悲怆的时代风采。

从文学思潮演变的角度来看,七月派属于 20 世纪中国文学的现实主义主流,并且居于 40 年代——现实主义文学新的时代转折点上。从文学风格的世纪演变出发,可以看到七月派依然体现和代表着崇高与悲怆的时代风格主调,并且也折射着时代变动中文学风格融合与新变的复杂样貌。

在西方美学中,“崇高”的美学概念首先来自自然界对象的巨大形式,艺术的崇高是艺术家面对自然与社会的一种独特感受的传达。古罗马的朗吉努斯在《论崇高》中指出,崇高风格最基本的两个要素是庄严伟大的思想与强烈而激动的情感,其次是修辞、文饰、结构等因素。美学理论发展至今,对崇高的认识保持了其基本的理论内涵并有所发展。崇高美学形态首先与重大的社会题材,雄伟壮烈的斗争生活相联系,表现为审美对象在数量上的巨大性和质量上的对抗性,一切具体的艺术操作必定要围绕这种特定的现实氛围而展开,于是艺术便呈现出崇高这一特定的风格形态。

崇高是 20 世纪中国文学的一种主要风格形态,虽然它的发展和嬗变走过了一个漫长而曲折的历程。20 世纪以来有三次巨大的社会政治变动时期,即五四时期、抗战时期和新中国成立时期,众所周知,这也是社会民众的情绪空前高涨的三个时期。崇高的每一次兴盛都与社会政治的风云动荡息息相关,由此构成以三个高峰为标志的波浪形演变轨迹。

与崇高交织和互动的另一种时代风格主调是悲剧。五四运动变革了传统文学赖以生存的环境土壤,打破了传统文学和谐宁静的风格基调。新文学承接着激情主义和个体主义时代精神的沐浴,又受到八面来风的吹拂,它的叛逆性、进取性和主体性特征是前所未有的,它在根本上反拨了"天人合一"的文化观念以及"和谐"为美之极致的审美趣味。背景改变,门户打开,意味着对西方文学的吸纳和体认,另一方面,作家们怀着激忿焦灼的情感面对灾难深重、满目疮痍的国家,他们与传统与现实的对话充满了怀疑、否定和批判的精神,充满了催其毁灭、促其新生的欲望。可以说中国真正意义上的悲剧性文学发端于五四,20世纪中国文学与生俱来地带着悲剧性体悟。

基于变革时代的实际需要和社会心理、民众情绪的高昂,30年的现代文学中贯穿着一条崇尚激情壮美文风的创作线索,并成为中国现代文学风格的显性标记,而具有现代意义的悲剧审美意识则渗透其中,这种整体文风的交叉变化往往与时局的动荡有莫大的关系。传统的崇高仅仅局限于追求雄宏壮美、物我两忘的精神境界,而在强大的外在力量面前最终放弃抗争,归隐自然,逃回内心。到现代,时代激情的统领和悲剧意识的加强无疑使现代崇高文学得以改进、完善和提高,作家对现实人生的关注,对民族苦难的担当,对人类前途命运的关怀,使得现代文学取得了开阔的境界,表现出宏伟的气魄。在中国,崇高文本似乎是天然地接近于浪漫主义的,它在诗歌领域非常发达;在现实主义小说创作中,悲剧风格则占据主流,崇高体现为一道希望的亮色与悲剧互为补充。

作为现代风格主调的悲剧与崇高在 20 世纪初期的中国文学中得以凸现,既应和了时代和社会发展的必然要求,也与人的自主,个体的独立息息相关,或者说,悲剧与崇高文风的盛行本身就构成着个性解放的思想潮流,作家们正是以个人化的艺术言说与一个充满朝气、活力和变革精神的新时代进行对话,并融合、同构于这个时代。一个世纪以来,只有五四时期时代风格和作家个人风格达到了最高程度的协调统一,作家不但不会为了迎合时代的要求而丢失个性,相反,只有坚守个性,勇于创新,才能为时代所认同。鲁迅的悲剧性小说和郭沫若的崇高诗歌,是最为有力的明证。唯其有自由舒展个性的空间,风格的多样共存才成为可能。优美、幽默、喜剧、荒诞等作为美的不同形态与悲剧、崇高共同构成风格的丰富多样,使二、三十年代的文坛呈现出前所未有的繁荣之象。

20 世纪上半叶,启蒙与救亡的不可分割决定了在崇高与悲剧的互动演进下的风格多样化局面,这种时代总体风格到了抗战时期又有特殊的表现。抗战以来,文学遵循一个方向,围绕一个主题,倡导一种文风,“中国作风和中国气派”的文艺展现出完全不同于二、三十年代的独特风貌。以激情昂扬的民族主义和爱国主义为基调,战时文艺与拯救民族与民众的要求相吻合,确实起到了前所未有的改造民众、改变社会、打击敌人的战斗效用,它确实曾经是无产阶级推翻敌对阶级、解放自身的有利武器。这一切,都多少使文艺家付出了消隐个性和减损文艺特性的代价。个性的失落对整体文学风格的损害是明显的,五四开创的现代悲剧文学没有得到长足而健全的发展,喧闹一时的现代主义创作思潮因难容于时尚而走向零落,自由多样的创作景观受到阻抑,代之以单一化的崇高风格一统文坛。

但同时,抗战时期的文学在政治区域的划分下形成国统区、解

放区、沦陷区及上海"孤岛"几个部分。"不同区域社会制度与政治
文化背景直接影响和制约着文坛的状态,各个区域的文学面貌也
有所不同"。虽然就大的范围和倾向看,"整个国统区文学的基调
表现为昂扬激奋的英雄主义。'救亡'压倒了一切,文学活动也就
转向以'救亡'的宣传动员为轴心。'五四'以来新文学作家始终关
注的启蒙的主题,包括'个性解放'或'社会革命'的主题,在国难当
头的时刻,也都暂时退出了中心位置。'救亡'焕发了巨大的民族
凝聚力,昔日因政治或文学观点的不同而彼此对立的各家各派作
家,此时也都捐弃前嫌,在民族解放的旗帜下实现了统一。"① 但
相对来讲,国统区文学更多的继承了五四启蒙主义传统,也容纳了
不同流派不同风格的存在和发展,七月派、九叶诗派等流派虽然构
成比较复杂,但在一定程度上延续和拓新着五四以来文学现代性
的探索,其美学风格也显得相当的丰富和卓越,从而多少弥合着断
裂,使 40 年代的文学风格不至于过分单调。无论从 40 年代文学
全局而观,还是从局部如对七月派这样的文学流派进行透视,都可
以看到国统区文学融合主流与非主流的复合性特征,因为有了类
似七月派这样富于影响力的文学队伍,我们对抗战以来特定时期
文学风格的描述与评判也就不能流于武断和简单化。

　　启蒙与救亡的双重时代主题,决定着悲剧与崇高交织互动的
时代文学风格。一方面表现为悲剧与崇高作为不同风格类型的相
互促进,相互影响,相互渗透;另一方面在某些文学团体或流派内
部,甚至在同一个作家那里,也存在着悲剧与崇高交汇并存的现
象。抗战时期文坛上颇富盛名的七月派在此方面表现突出。七月

---

　　① 　钱理群、温儒敏、吴福辉:《中国现代文学三十年》,北京大学出版社 1998 年版,
第 446 页。

派本身构成较为复杂,创作上丰富繁杂,但特殊时代文学使命感的驱动和理论上的自觉引导,使七月派的文学观念趋向一致,创作风格既独特又相近。七月派的总体风格为"沉郁、浓重、激越、悲凉",[①] 他们的作品重在渲染深沉的悲剧气氛,但同时贯穿激昂的时代精神。

胡风作为五四传统和鲁迅精神的忠实继承者,他与鲁迅一样始终坚持"发展自我与牺牲自我互相制约与补充"的五四伦理观,也与鲁迅一样始终以启蒙民众、改造民族精神为神圣使命,并在特殊的时代环境中,将启蒙与救亡高度结合起来。胡风的个人艺术气质实际是偏于激扬崇高的一面,但胡风又深深地理解鲁迅及鲁迅作品中弥漫的"忧愤深广"的悲哀,他与《七月》同人认同鲁迅"反抗绝望"的文学精神,崇尚一种有力度的悲怆格调。七月派的创作反映黑暗时代的悲剧人生,极尽渲染民众的苦难和不幸,同时致力于挖掘潜藏在民众身上的抗争力量。在作家的笔下,民众不再仅仅是愚钝的、麻木的、忍辱负重的,他们精神的另一面,所谓"原始的生命力"、"原始的强力",一旦爆发,会产生令人惊叹的撼动力,这正是他们改变自身命运的希望所在。揭示民众的反抗精神,是七月派作家在五四启蒙文学基础上向前迈出的值得肯定的一步,也正在这一点上,与抗战时期的主流精神相呼应。虽然在路翎、丘东平的小说中,那些"倔强的灵魂"在强大的恶势力逼压下最终走向毁灭,但由于精神的提升而使作品切中悲剧的要义,即"悲剧以其形而上的安慰在现象的不断毁灭中指出那生存核心的永生。"[②] 这在一定意义上是对现代人生悲剧小说的超越。

---

①　严家炎:《中国现代小说流派史》,人民文学出版社 1989 年版,第 285 页。
②　[德]尼采著、周国平译:《悲剧的诞生》,华龄出版社 1996 年版,第 33 页。

　　无论路翎、丘东平的小说，还是艾青、田间、阿垅、绿原的诗歌，都是在悲凉中显露苍劲，增强了悲剧的力度感，风格特色愈加鲜明突出，如胡风评说路翎的那样："是追求油画式的，复杂的色彩和复杂的线条融合在一起的，能够表现出每一条筋肉的表情，每一个动作的潜力的深度和立体。"① 40 年代以来，文学创作在整合前期经验的基础上理应走向更为繁复和深度的境界，且不说整体进展是否令人满意，七月派所付出的努力和取得的成绩却是有目共睹的。

　　七月派置身于现实主义文学主流中，但同时又反拨主流中的不良倾向，呈现出对主流力量的疏离和某种程度上的超越；相似的理解是，在文学风格上，七月派既认同抗战以来崇高激越的文学风尚，又以坚守启蒙立场、体现现代悲剧精神而与时尚相区别，或者说丰富和深化了趋于单一化的崇高文风。七月派的思想选择和融合崇高与悲剧的独特文风，明显超越了当时的功利要求，甚至常常被认为与现实的革命需要不符，但它实际上正与 20 世纪初始开创的崇高与悲剧复合互动的总体时代风格相吻合。七月派反拨潮流和疏离时尚之处，恰恰是流派风格的体现，是流派所固有的个性化特色，正是在一种同与异、合与分的特殊关系中，才可以准确观照七月派的风格面貌，并深刻地把握其价值意义。

二、抒写时代的激情与痛苦

　　在文学风格的有机构成之中，所谓主体化的客体特征与客体化的主体特征，既包含了主客体因素的融合与一致，也表现了主客体因素相对存在的分离与侧重。于是我们有可能在融合建构风格形态的思想统辖下，进行必要的因素分解，从细部出发，分析和把

---

① 　胡风：《一个女人和一个世界》，《胡风全集》第 3 卷，第 102 页。

握流派或个体作家风格的内在性质和外在形态。

在三四十年代这一特定的历史时期,在文学的现实主义潮流中,七月派作家创作的题材内容和思想情感,相对来讲更多地认同于时代社会走向,更多地靠近现实生活本身。这种主客体之间的整合性与同一性,得自于时代的特殊要求和作家的自觉追求。

抗日战争的爆发,给中国社会及民众的生活带来巨大的变化,七月派应抗战而生,战争和由战争引起的社会以及民众生存状态的变动,毫无疑问地成为他们创作的重要题材。在七月派的创作中,此类题材大约从三个方面展开。

其一,正面战争战场的描绘,以再现抗日战争的艰苦历程和抗日官兵的英雄业绩。东平的《第七连》、《一个连长的战斗遭遇》、《我们在那里打了败仗》,S.M.(阿垅)的《闸北打起来了》、《从攻击到防御》、《斜交遭遇战》等战地纪实报告,都是直接反映战争题材的作品。东平和阿垅是最早深入抗战第一线的作家,他们以通讯报告的形式及时快捷地反映了抗日战场的战斗景象,成为抗战文学的先声,曾经震动了当时的文坛。长篇小说有阿垅的《南京血祭》和东平未完成的《茅山下》。这里特别要提到的是阿垅于1939年完成创作,直至1987年才正式出版的长篇抗战小说《南京血祭》。① 这部小说"写了漫长的抗战历程的一个片断,写了抗战第一年国民党政府首都南京的撤退和陷落,写了侵略者的灭绝人性的凶残、及其以凶残相掩饰的一切侵略者难免的虚怯,写了当时中国军事当局的大言壮语、及其与大言壮语鲜明对照的腐败与无能,写了没有组织起来的人民群众对于故土的眷恋,被迫背井离乡的

---

① 阿垅:《南京血祭》,人民文学出版社1987年版,原书名为《南京》,出版时改为此名。

悲痛、及其在颠沛流离中的无助与无望,写了参战的下层官兵把自己的血肉之躯同手榴弹一起扔出去的英勇战斗和壮烈牺牲……"① 如果说东平、阿垅的中短篇战地报告因应时写作的仓促以及篇幅的限制,对战争的描绘显得单一的话,《南京血祭》是全方位展开的一部战争史记,正如绿原所言:"在全民抗战的意义上,从所谓'战略上内线作战的正规军'方面来看,描写在'亡国论者'或'速胜论者'的错误指挥下,一任铁蹄蹂躏,山河破碎,万里朱殷,生灵涂炭——描写日本侵略者之暴虐、被侵略的中国人民牺牲之惨烈,从而永垂历史教训于后世的小说,多少年来似乎还找不出一两部来,直到最近才有周而复的《南京的陷落》问世。不论从文学的或非文学的角度来说,这方面需要填补的空白实在太多了。""《南京血祭》这部小说正可以说填补了这一部分空白。"② 而且,阿垅《南京血祭》创作于抗战进行当中,他以自己亲身经历苦难和拿枪作战的实际感受,描绘了一幅真实而全面的"血祭图"。应该说,因为阿垅《南京血祭》的存在(虽然半个世纪以后才出版),绿原所指的这一类抗战小说的写作,原本就不是"空白"。七月派的战争小说直接、正面地描绘大规模的军事行动、敌我正面冲突,形成一种激化、激烈的艺术场面,崇高美感出自战争的尖锐对立状态与军队的攻击气势,出自抗日官兵英勇拼杀、视死如归的英雄气概,大多是以雄宏悲壮为主调;与解放后创作的,在胜利的凯歌声中回顾当年的战斗历程的战争小说相比,它们是在战争年代直面战场所写的战争,则更具有战争的现场感和严酷性。东平和阿垅笔下的战争既表现了正义力量的势不可挡,也充满着血腥与恐怖,既表现了官兵的英雄壮举和坚强意志,也写出了国民党军队上层的腐败虚

①②　绿原:《阿垅的抗战小说〈南京血祭〉序》,《新文学史料》1987年第4期。

弱,悲壮中透出沉郁的气息,显示出浓重的悲剧色彩,这与解放后偏于高昂明亮的战争小说有了格调上的区别。诗歌方面,如庄涌的《祝中原大战》、《同蒲路——敌人的死亡线》,孙钿的《行程》、《雨》,冀汸的《旷野》,彭燕郊的《冬日》等等,也是直接描写战争生活,以诗的语言表现战士征战的豪情和牺牲的悲愤。

其二,东平、阿垅一手拿枪一手拿笔,为祖国效命于战争前沿。而七月派更多的作家居于战争的后方,由于地域与生活环境的限制,他们的创作主要反映敌后形形色色的在战争气氛笼罩下的民众生活状态。曹白报告文学集《呼吸》,集中暴露了国统区的黑暗现实和难民们的悲惨遭遇、痛苦生活,让人们感受到痛苦的、顽强的"时代的呼吸"①。吴奚如、贾植芳、冀汸的短篇小说,以及一大批诗人,都在广阔的生活面上和底层的生活内部,挖掘着和表现着国家和民族的受难真相,笔触从抗战初期一直延伸到解放战争后期。这里,人们看到了哀鸿遍野的田间大道,无家可归濒临死亡的难民,大发国难财的官员商人,还有顽固派暗杀抗日者的卑劣行径等等。这些作品因着色调的黯淡悲凉曾受到文坛的批评指责,但他们确实广泛而深刻地反映了战乱年代真实客观的社会生活相貌。国统区的诗人如绿原、郑思以政治讽刺诗的形式揭露政治法律制度的腐败黑暗,郑思的《秩序》、绿原的《给天真的乐观主义者》等诗歌将批判的笔触覆盖整个国统区社会。另一部分进入革命根据地的七月派诗人作家的作品,则表现了不同于国统区的全新的斗争生活画面。曹白在《访江南义勇军第三路》、《林俊印象记》等报告中描绘共产党领导下的游击队时,笔调则是高昂而明快的;艾青、田间到延安后的诗歌创作,风格也由沉暗转为明亮;更如鲁藜、

---

① 胡风:《〈呼吸〉新序》,《胡风全集》第3卷,第157页。

胡征等解放区诗人,将蓬勃自由的诗风贯穿始终。作品风格的变化与作品所表现的生活内容密切相关,一种全新的社会体制、全新的精神面貌,使得文学取得崭新的明亮的生活源泉,风格的变化也成必然。七月派反映战后现实内容的创作,依据作家所处两种方位和两种取材途径,而造成各为异殊而又互为补充的流派风格面貌,总起来讲,依然是各有侧重地融合了悲剧与崇高。

其三,特殊的生存背景决定着作家特殊的生活方式,从而在某种程度上也决定着作品的表现内容。几乎七月派的所有成员,当时都是无家可归的流亡者,描写战乱中的流亡生活理所当然地成为七月派创作中一个带有群体普遍性的取材倾向。从宽泛的认识出发,七月派的创作内容,大都是流亡者在浪迹国土过程中的所见所闻,所感所录。艾青在颠沛流离的漂泊生涯中拓展了他的诗歌的表现深度与广度,将抗战前后的诗歌中的抒情主人公塑造成在"旷野"上奔波的"孤单的行人"、"爱这悲哀的北国"的"来自南方的旅客"。七月派的小说创作常常以流浪人群为观照生存状态的视角,路翎的《燃烧的荒地》、《卸煤台下》、《两个流浪汉》,彭柏山的《皮背心》,吴奚如的《刘长林》、贾植芳的《我乡》等小说中,涌现出各色各等远离土地和家园的流浪者,构成特殊年代中国社会的一种特定现象。当然,作家们最为关注的是青年知识者的流亡生活,以此为写作中心题材的,当数路翎了。他的《财主的儿女们》便为代表作之一。小说中的主人公蒋纯祖,这个在1937年纷飞的炮火中离家出走奔向时代浪潮的青年知识者,从旷野上的流浪开始认识中国社会现状与民众的生存现状,同时也开始认识自己生命的价值。路翎就是通过蒋纯祖流浪的痛苦经历,揭示新旧变动阶段中国社会的缩影,揭示时代的欢乐与痛苦,社会的光明与黑暗,人民的追求与愚钝等复杂状况,同时将中国知识分子个人奋斗的悲剧性道路展现在人们面前。与身体的流亡相伴随的是心灵的走失和精神的迷惘,路翎所书写的实际上是一部特殊年代知识分子的精神流亡史,这种对精神意象的塑造,暗合着七月派更注重心灵真实的一贯追求。总之,在七月派的作品中,交织着希望与失望、激情与忧郁、兴奋与悲苦的流亡生活本身充满了矛盾,这种矛盾造就了作品风格上高亢与悲怆融于一体的复合色调。

我们说,七月派最主要的、标志着流派成就和特色的创作,集中于抗日战争到解放战争这一时期,而且,依着《七月》和《希望》的宗旨,其创作活动是竭力围绕着民族解放事业并服务于这一事业的。所以,七月派作家的取材与战争有着或直接或间接的联系,即使全然描写其它领域的人物故事,也难以离开战乱的背景和氛围。从文学作品的美学意义来讲,题材的性质虽不是决定的因素,但也有相当大的影响作用,特别是对于崇尚现实主义精神的文学创作,题材的区别确实又是文学风格区别中重要的客观因素。因此七月派崇高与悲怆的文风,当然与战争文学本身的题材特质有莫大关系。

但另一方面,七月派成员的文学创作活动并没有一个严格的时间界限,一些人从30年代初期就开始文学创作活动,一些人的创作一直持续到解放以后;加之七月派成员的生活处于分散和流动的状态,每个作家都有各自特定的取材领域;而且,现实生活本身是开阔的、复合性的,甚至是杂乱无章的,如果不加限定的话,任何时代文学的取材领域都应该是宽广而丰富的。指出这些前提,无非是要说明七月派的创作内容并不限于以上归纳的几个方面。在题材的多样化问题上,七月派有着自觉的理论共识,这与盟主胡风的倡导有关。胡风提出"到处都有生活"的主张,实际上就是告诫作家一定不要被某种题材所规定所束缚,作家应该写他最熟悉的生活,写最使他感动的东西。七月派中许多作家如路翎、曹白、彭柏山等,都非常关注处于社会边缘和社会底层的人们的生活情状,感受小人物的喜怒哀乐,从社会的边边角角和人心的暗层浮动中,折射出时代的风云动荡,体会到改造民众精神素质的重大意义。七月派以这种警省式发现和悲剧性书写,反拨和扭转着追逐时尚的单一化崇高文风。

与题材相联系的是作品的主题,宽泛地讲就是包蕴于作品中的思想内容和情感内容,它应该是作家与客观生活碰撞、融合后,创造性思想和情感的呈示与展开。在文学观念趋于单一和确定的时代,题材的明确单一往往同时决定了文学主题思想和情感内容的明确单一,导致文学创作在完成某种非文学的功利要求后,自身却朝着狭窄局促的方向滑落。20世纪文学的发展中已经给予我们诸多这样的教训。站在今天的高度来反思抗战以来的文学,那种遵循一个方向,围绕一个主题,倡导一种文风的文学大势,确实曾经造成对文学及文学精神相当程度的损害,固然从中国革命的特殊情势看,“潮流化”别无选择,“政治化”不可避免,但能够兼顾时代的特殊要求,又竭力保全更为深厚复杂的文学精神者,当是更可取和更难能可贵的。七月派的文学创作即是如此,除了题材上尽可能摄取蕴涵丰富深刻的生活内容,七月派主要的突破在于面对同样的社会生活样貌,作家们却能够挖掘出更为深刻和独特的思想意蕴和情感含量,在文学思想和情感的表现上,既顺应时代又超越了时代,显示出文学对现实人生的批判改造力量,显示出文学创造永恒意义的价值取向。

我们具体把七月派文学的思想情感内涵划分为以下几个方面进行论述。

其一,高扬爱国主义激情和英雄主义赞歌。

"战争开始了。这个惊天动地的大事变所表现出来的是全民性的火一样的愿望与热情"①,讴歌中国人民反击日本侵略者的伟大力量,成为抗战以来几乎一切文学创作的总主题,七月派作家也向神圣的抗战献上他们最热忱的礼赞。中国新诗,又一次站在时代的前沿,"忠实地做中国革命的代言人"。艾青和田间写下激扬的文字,宣称一个新的诗的时代已经来临:"紧随着战争的发动,人们即以最大的热情讴歌'反抗暴力,反抗兽性'的战争,这是一个激昂的开始,全国的作家几乎都用诗的情感来接受战争,许多小说家和理论家都写下了许多纯朴的深情流露的诗篇;许多沉默已久的诗人也都重新开始歌唱了。"② "最尊贵的歌颂动员了,这歌颂冲荡在铁与血之间,在子弹与泥土之间,在夜与黎明之间,在侵略中国的仇敌与保卫中国的人民之间,是我们底忠勇的战斗者在歌唱了。"③ 艾青的《向太阳》、《吹号者》、《火把》、《他起来了》等诗歌,田间的《给战斗者》、《中国的春天在号召着全人类》、《儿童节》、《假使我们不去打仗》、《义勇军》等诗歌,以暴风雨般的激情,唱出了中华民族的觉醒和时代的转折,唱出了人民战争的的正义性和必胜信心,唱出了浓烈的爱国热情和抗敌激情:

> 我奔驰
> 依旧乘着热情的轮子
> 太阳在我的头上
> 用不能再比这更强烈的光芒
> 燃灼着我的肉体

---

① 胡风:《论现实主义的路》,《胡风全集》第3卷,第478页。
② 艾青:《抗战以来的中国新诗》,见龙泉明编选:《诗歌研究史料选》,四川教育出版社1989年版,第227—228页。
③ 田间:《论我们时代的颂歌》,《诗歌研究史料选》,第3页。

由于它的热力的鼓舞

我用嘶哑的声音

歌唱了：

"于是，我的心胸

被火焰之手撕开

陈腐的灵魂

搁弃在河畔……"

这时候

我对我所看见所听见

感到了从未有过的宽怀与热爱

我甚至想在这光明的际会中死去……

（艾青《向太阳》）

他起来了——

从几十年的屈辱里

从敌人为他掘好的深坑旁边

他的额上淋着血

他的胸上也淋着血

但他却笑着

——他从来不曾如此地笑过

（艾青《他起来了》）

是开始了伟大战斗的

七月，七月啊！

七月，

我们
起来了。

我们
起来了，
睁起悲忿的
眼睛呀。

……
我们要活着，
——在中国！
我们要活着，
——永远不朽！

……
我们
必须
拔出敌人的刀刃
从自己的
血管。

……
光荣的名字，
——人民！
人民呵，
更顽强，

更坚韧。

......

　　　　　　　　　　　　　　（田间《给战斗者》）

　　这些诗,格调激越高亢,主题单纯而集中。在诗的情感内容上,七月派诗人们的追求和表现是极具时代特征的,他们宣称:"诗要感情:但诗要诚挚的感情,而不要虚浮的感情;要健康的感情,而不要疾病的感情;要充沛的感情,而不要贫弱的感情;要大众的感情,而不要小我的感情。"[①] 在全民动员投身抗战的豪壮热烈的气氛中,不止是艾青和田间,七月派其他风格各异的诗人都变换了他们诗的音响,都以雄健战斗的诗风,投入到时代的大合唱当中,诗人和诗的性格,完全体现着蓬勃激昂的时代性格。庄涌的《祝中原大战》道出了诗人和他所代表的苦难同胞的共同心声:

　　　　到前线去吧!
　　　　到前线去,我们将要"死",
　　　　但过去的日子再也不值得记忆,
　　　　一个勇士只能死一回,
　　　　然而我们有明天,
　　　　明天——
　　　　有鸡啼,
　　　　有黎明号,
　　　　有太阳,
　　　　有风,
　　　　有自由,

---

①　亦门:《诗是什么·关于感情》,第277页。

有胜利!

战争的艰巨和残酷最能铸造英雄,也最能透视出大无畏的英雄主义精神。英雄主义精神,是正义战争所以胜利的关键和全部力量,也是雄宏艺术境界得以形成的重要因素。田间的短诗《义勇军》用浓缩的笔墨描绘出一个战斗英雄的形象:

在长白山一带的地方,

中国的高粱

正在血里生长。

在大风沙里

一个义勇军

骑马走过他的家乡。

他回来了

敌人的头

挂在铁枪上。

丘东平的纪实文学成功地塑造了一批抗日英雄形象,有军队官兵、普通百姓、新四军指战员、共产党员等。《第七连》中的丘俊连长,是抗战文学中最早出现的抗日英雄形象,在粮水断绝、敌我力量悬殊的条件下,他指挥全连与敌人作了殊死搏斗,表现出大无畏的英雄气概。《一个连长的战斗遭遇》中的林青史,经受了战友牺牲和攻击惨败的考验,而愈加勇猛顽强。他们用血肉铸造出中华儿女"不死的灵魂"。丘东平的报告文学《截击》、《叶挺将军印象记》,塑造了新四军英雄指挥员形象:"粟裕——一个壮健、勇猛的布尔什维克,在过去的十年战争中是一个身经百战的勇士",叶挺——中国当代的一个了不起的斗士","一个格调强胜的军人",一个"天才的军事家"。对英雄性格美的描绘,对英雄主义精神的赞颂,构成战争文学崇高悲壮的美学力度。

英雄主义总是和理想主义相联系的,战争的动力来自对敌人的痛恨,对祖国和人民的热爱。拯救苦难中国人民于水深火热之中,是英雄官兵的信念和理想,为此,他们不惜赴汤蹈火,不惜以生命为代价。七月派的作家们在描绘惨烈的战争场面时,注重对理想意志的追寻,呈现出"一颗热腾腾的心,杀敌的心,坚强不屈的心"! 这颗爱国之心,是中华民族取得战争胜利,实现强国梦想的最有力的保证(东平《中校副官》)。

其二,抒发国破家亡的悲愤情感和对黑暗现实的憎恶抨击。

七月派的创作整体上透出悲愤沉郁的情感特征,充溢着"强力的爱"与"强力的憎"①,这同样契合着当时的时代情绪与社会心理。日军入侵,贫瘠的国土横遭侵占和践踏,困顿的国民饱受蹂躏和屠杀,这样的惨烈景象带给人们无边的痛楚和深重的哀愁,尤其是抗战前夕,文学创作弥漫在一片创痛的情绪氛围当中。艾青在抗战前是一个典型的"悲哀的诗人",抗战后虽然自觉"拂去往日的忧郁",努力转向高昂的创作格调,但悲怆作为艾青风格的内在基因始终存留在他后来的作品中,这显然是由诗人主体艺术气质和客观现实世界两方面决定的。正如吕荧所论:"在本质上,诗人的忧伤并不是产生于对人生的厌弃,而是产生于对旧世界的悲愤与憎恶。"② 艾青的《雪落在中国的土地上》、《旷野》、《手推车》、《北方》、《乞丐》等诗作,延续了战前《复活的土地》、《一个拿撒勒人的死》中的悲郁情绪,使得艾青的诗创作呈现出高亢与悲怆交织共存的风格面貌。特别是艾青抒写农村景象和农民命运的诗作,悲郁的情感更为浓重。因为在诗人眼中,满目皆是"中国农村的亘古的

---

① 亦门:《诗是什么·关于感情》,第229页。
② 吕荧:《人的花朵》,《吕荧文艺与美学论集》,第252页。

阴郁与农民的没有终止的劳顿”，是“和着雾、雨、风、雪一起，占据了大地的，是被帝国主义和封建主义搜刮空了的贫穷”。诗人反复吟哦着“民族的哀歌”：

> 中国的苦痛与灾难
>
> 像这雪夜一样广阔而又漫长呀！
>
> 雪落在中国的土地上
>
> 寒冷在封锁着中国呀……
>
> 　　　　　　（艾青《雪落在中国的土地上》）

　　冀汸、彭燕郊、邹荻帆等诗人的大量诗作也同样唱出了国统区农民的贫弱与痛苦，在暴露日寇侵略罪行激发民众投身抗战的同时，也触目惊心地展示出封建重压下民众固有的身心创伤。七月派诗人强烈的爱国情感中包容了与祖国共忧患同悲伤的动人情怀，和根除痛苦与灾难的热切呼声，诗歌是更偏于抒情的。艾青的《我爱这土地》将一代诗人的爱国情怀进行了最集中、最强烈、最鲜明的体现：“为什么我的眼里常含泪水？因为我对这土地爱得深沉……”生长于悲剧压顶的时代，注定了这种爱与伤感如影相随。

　　胡风说：“如果虚伪的叫喊不一定必然得到战斗的感应，那么，真诚的叹息也未始不能引起对于残酷现实的憎恨和对于光明来日的追求。更何况热烈到发冷正如假到出汗一样，也并非不会有的事情。”①激昂的呐喊固然能够振奋人心、鼓舞斗志，但对于文学作品来讲，“真诚的叹息”、哀情的泣诉因其更能感人心怀、动人心魄，而具有更为深入和持久的精神熏染作用。在七月派的创作中，战歌和悲歌并非水火不容，他们互为渗透互为补充，共同织就一张时代情感之网，共同谱出一曲时代悲壮之歌。正如阿垅在评论冀

---

① 　胡风：《曹白著〈呼吸〉小引》，《胡风全集》第2卷，第665页。

沩的诗时所概括的:他们的诗"已经是我们底时代底一种《英雄交响乐》、《命运交响乐》和《悲怆奏鸣曲》了"。①

　　"诗是有了爱才开花的。剑是为了憎才发光的。"② 爱是多么炽烈绵长,憎就有多么刻骨铭心,即胡风所谓作家"爱爱仇仇的感情",是不可分割的两个方面。对山河破碎民不聊生的哀痛不能不引起对侵略者的憎恨和对黑暗统治的抨击。且看胡风诗歌中灌注如何强烈的爱憎情绪:

　　　我的祖国
　　　被枷锁着
　　　被奸污着
　　　被虐杀着的
　　　我的祖国——
　　　带着羞耻的记号
　　　几十年了
　　　从死里逃生饿里逃生
　　　几十年了,
　　　到今天
　　　　　一九三七年
　　　　　七月七日
　　　卢沟桥的火花
　　　燃起了中华儿女们的仇火
　　　在枪声　炮声　炸弹声中间

　　　　　扑向仇敌的怒吼

　　　　　冲荡着震撼着祖国中华的大地

（胡风《血誓》）

　　由爱而恨，由恨而奋起"扑向仇敌"，七月派那种忧国忧民的悲情、怒火中烧的仇愤、以及投身战斗的豪情壮志，在胡风的《血誓》中得到复合一致的传达。

　　侵略者的暴虐罪恶罄竹难书，国民党消极动摇和顽固内战的行径同样令人痛恨。七月派大批的诗人作家在他们的创作中愤怒地谴责和抨击了反动统治者种种倒行逆施的行径。他们在抗战初期的纪实性作品中不遗余力地指责妥协投降政策，东平的《我们在那里打了败仗》、《中校副官》、《逃出顽固分子的毒手》，阿垅的《从攻击到防御》、曹白的《杨可中》等作品对国民党军队内部的丑恶、荒谬行径进行了不同角度、不同程度的抨击。诗歌中天蓝的《队长骑马去了》、孙钿的《送信》等，控诉了抗日英雄惨遭暗杀的满腔悲愤，"在抗日的战场，却死在中国人的手里"（《送信》），这种令人痛心疾首的悲剧，传达出对黑暗现实无情的嘲讽，诗作感情浓郁而又意味深长。

　　更为公开和更有力度地抨击现实政治的作品，集中出现在"皖南事变"之后，诗歌创作领域首先对事变及其后果作出了快捷的反应，正由于此，这些诗人诗作因其相当浓重的政治意识而引来了不少争议。如阿垅的《血在流》、《雾》，绿原的《给天真的乐观主义者们》、《伽利略在真理面前》，杜谷的《写给故乡》，冀汸的《七月的轨迹》，化铁的《他们的文化》，郑思的《秩序》，徐放的《在动乱的城记》，方信的《给诅咒者》等等。经过血与火的洗礼，经过希望和失望的考验，诗人们显然成熟了许多，冷静了许多，他们表现了惊愕与激愤的情绪，也表现了更有力度的思考和批判，他们要最后警醒和唤起尚处于精神麻木和迟钝中的国民：

> 夜里醒来
>
> 我听到黑暗拍击着狰狞的翅膀
>
> 从窗缝里又透进它冰凉的呼吸
>
> 一个声音悄悄响在耳旁
>
> 寒冷的日子来了
>
> 雪已落在故乡的土地上
>
> 太阳已经死去
>
> 我的战斗的兄弟
>
> 倒在从背后射来的枪声里……
>
> （杜谷《写给故乡》）

> 我们的时间是中世纪
>
> 我们的空间是"警管区"……
>
> 我们被杀得甚至无血
>
> 我们被杀得甚至无尸
>
> （阿垅《血在流》）

在中国，谁能够快乐而自由？就是这些天国的选民。信不信由你。

然而，今天，地域的牧者率领一群哀军来了：不要怜悯！

要用可怖的悲惨惊吓这些选民！要将唾沫吐在他们的粉脸上！

日历撕完了，时钟停摆了，可爱的读者，向他们挑战！

（绿原《给天真的乐观主义者们》）

七月派的这些政治抒情诗响亮但也沉重，激愤、指责和批判融于一体，应合了时代要求，表达了时代情绪，如绿原所言："当时水深火热的国统区人民是多么无告，他们的痛苦的生存和反抗要求是多么需要诗人来代言。""如果游离和疏隔了人民的苦怒哀乐,诗人又何必要提笔啊!"① 这些诗在特定社会环境中真正起到了批判黑暗政治势力,鼓舞人民奋起抗争的战斗作用,因此这些诗歌才具有不可磨灭的历史功绩。同时,诗的政治内涵和诗人的主体情感凝结为一体,并落实成为真诚的诗歌情感和生动的诗歌形象。于是不但不能将它们与那些脱离真实情感的附着政治概念的浅薄诗作相提并论,而且它们力透纸背的力度美真正代表着七月派甚至抗战时代诗歌创作的特殊风格。诗人们用他们的创作实践了胡风的诗论主张:"只有首先成了人生的战斗能力的东西才能够被提升为诗的表现能力而取得艺术生命。"② 不止是诗歌,其实七月派所有类型的文学创作都突出体现了这样的艺术追求,因而取得流派整体上热忱而刚性的风格特质,即为人所称道的"力之美"。

其三,讴歌解放区的崭新气象,向往新时代的光明未来。

由于地缘和生活环境的不同,奔赴延安和解放区的七月派作家既保持着七月派的固有风格追求,又必然有了新的变化。特别是在作品的思想和情感上增添了有别于国统区的内容。在艾青、田间、鲁藜、贺敬之、胡征等诗人的作品中,充溢着更多光明热烈的美好感情。延安是诗人心中理想社会的象征,艾青满怀激情地唱道:

> 让这黑夜里的一切的眼
>
> 都在看望着你
>
> 让这黑夜里的一切的心
>
> 都因了你的召唤而振荡

---

① 绿原:《人之诗·自序》,人民文学出版社1983年版。
② 胡风:《关于题材,关于"技巧",关于接受遗产》,《胡风全集》第3卷,第82页。

　　　欢笑的火焰呵

　　　颤动的火焰呵

（艾青《野火》）

　　在暗夜和悲哀中摸索追寻而来的艾青,当然不负这难得的光明生活,他决心将身心一切献给即将到来的祖国的新时代:"为了它的到来,我愿意交付出我的生命,交付给它我的肉体直到我的灵魂。"(《时代》)所以,延安和其他解放区的七月派创作,其主调是颂歌式的,歌颂新社会、新制度,歌颂新人物、新风尚。鲁藜由十首小诗组成的《延河散歌》突出表现了这种单纯明快的诗风,他的诗充溢着健康乐观的情感,却看不到悲哀伤感的情绪,这样的诗当然只能出现在革命根据地这样特定的环境之中,正如阿垅所言:"北方的诗是强毅的推进,欢乐的进军。"① 其他如田间、贺敬之、胡征等诗人以同样高昂进取的歌唱,表现了抗战前期火热的时代精神。

　　七月派实质上有着崇尚热情、单纯和乐观的精神特征,胡风天性中甚至是更靠近浪漫主义的。从七月派成员向往和奔赴延安并与解放区文风的迅速融合,从胡风不畏艰难风险刊发辗转来自延安的作品,都可以看出他们之间精神上的相通相融。他们把延安当作光明的景地,当作他们预设理想的局部实现,他们身处国统区与黑暗现实抗争搏击的时候,是由一根光明的、理想的、浪漫的红线在牵引着。于是,对七月派来讲,现实斗争是当下必需的,是具有过程性的,而光明社会是远景的,是终极性的,二者互为因果,前者是后者必须付出的代价。从这一思路出发,或许可以理解七月派创作中那种透明的单纯和沉浊的复杂,那种嘹亮的高亢和晦暗的悲凉。悲剧与崇高风格的复合互动,根本上还是中国现代社会

---

　　① 阿垅:《诗的战略形势片论》,《诗与现实》(第二分册),第32页。

的变革历程及其复杂性所决定的。

其四，继续文学的国民性批判，展示复杂深厚的思想意蕴。

或许是爱得太炽热，于是恨也就更痛切。七月派文学对于一种极致情感的强烈表达，是很能够代表流派的文学个性的。同时，七月派又是风格最为繁复的一个流派，这当然与它的复杂构成有关，但最关键的原因是，以胡风为代表的七月派成员都是鲁迅精神的忠实追随者，他们尤其崇尚鲁迅对中国社会和国民精神的深刻认识，无论在任何情势下都能够贴近中国底层社会，感受和把握民众生活及精神状况，于是，他们的作品在潜入"生活本身的泥海似的广袤和铁蒺藜似的错综里面"[①] 的时候，就会挖掘出更为繁复深厚的思想蕴含来。

在鲁迅开创的新文学的现实主义精神导引下，七月诗派将诗歌的触角切入现实关怀的两个层面，一个层面是担负时代使命，积极配合抗战，突出诗的战斗功能；与之相联系的另一个层面是用诗来探照历史惰力所造成的国性民性，抨击阻碍民族活力的精神渣滓。后一层面其实更为深层地揭示出民族解放战争的内在动力和障碍所在，是"一种被压抑的力流，一种更蕴蓄的战斗"。[②] 这是七月派诗歌特有的意蕴追求，也是七月派诗歌超越同时期其它抗战诗歌之处。艾青的《雪落在中国的土地上》，在悲叹的句子中总能感受到诗人对自己对社会的拷问："中国的路/是如此的崎岖/是如此的泥泞呀。"徐放在《在动乱的城记》中同样唱道："我们的中国/不能永远跌在一条泥泞的路上！"诗人关注农民和土地，关注民族和人类，广博深沉的忧患意识灌注于每一行诗句中：

---

① 胡风：《一个女人和一个世界》，《胡风全集》第 3 卷，第 99 页。
② 亦门：《箭头指向》，《诗与现实》(第一分册)，第 36 页。

> 你悲哀而旷达，
>
> 辛苦而又贫穷的旷野啊……
>
>
> ……
>
> 而寒冷与饥饿，
>
> 愚昧与迷信啊，
>
> 就在那些小屋里
>
> 强硬地盘踞着……
>
>
> ……
>
> 旷野啊——
>
> 你将永远忧虑而容忍
>
> 不平而又缄默么？
>
>
> 薄雾在迷蒙着旷野啊……
>
> （艾青《旷野》）

　　薄雾迷蒙的旷野,寒冷、饥饿、愚昧、迷信盘踞着的小屋,每一种诗的意象中都沉淀着厚重的思想。民众、民族乃至人类苦难命运的根本改变,有待于有形的战争的结束,但无形的精神内省与改造的历程更加艰难而漫长。这类由书写土地破败、人民受难而上升到抒发民族和人类忧患意识的诗歌,在七月派的创作中占有相当大的比重。可以说,以生命的求诉和灵魂的追索来营构诗歌的大意境,在七月派每一位诗人那里都有程度不同的表现,这就在整体上形成七月诗派开阔而厚重的的精神特点。

　　七月派小说发挥小说写实的优长,更为全面和细致地揭示了种种黑暗丑恶现实,将几千年来的民族悲哀呈现于眼前,将贫穷、愚昧所造成的人性的扭曲和灵魂的变形描画出来，并注入有力的理性思考和精神批判。如果说七月派的诗歌与同时代相比是更为沉郁而厚重的，那么，七月派小说则更呈现出一种几乎与时代不相协调的复杂甚至某种程度的混乱状态。这在小说的思想及情感内涵方面就有最突出的表现。

七月派小说以尊重生活真实为基本原则，极尽可能地再现生活本身具有的复杂原貌，使得小说在突出一个重要主题的同时，也附加着其他方面的多重含义，虽然有时是在一种非明确性的描写中流露出来。阿垅和东平的战争小说是以歌颂抗日将士的英雄业绩为主，但他们提供给我们关于战争的多种信息，启发我们对战争进行非简单化的多重思考，这其中有胜利的欢欣，有失败的颓唐，有高昂的斗志，有血腥的颤栗，更有英雄光荣的赴死和无数士兵的无谓牺牲，战争的光明与阴暗交织在一起，官兵的英勇和怯懦交织在一起，甚至于战争中自私、丑恶、猥秽等等表演，令我们认识到国民素质低下对于战争的巨大负面影响，从而根本上导致战争的艰难漫长。

路翎、彭柏山、冀汸等的小说对农民及小生产者的复杂精神领域，作出了有力的探索和表现。彭柏山的《皮背心》中的贫苦佃农长发，以能穿上王大爷式的皮背心为满足，他为了得到和保护自己的皮背心，付出了难以想象的痛苦代价，但却始终不愿放弃象征着农民精神追求的皮背心。作家通过这样一个"道具"，写出了农民的内心深处的渴求和挣扎。路翎笔下的人物蕴含着更为丰富复杂的文化内容，长篇小说《燃烧的荒地》中的郭子龙是个"一半少爷，一半流氓"的角色，他蓄意要向逼迫他离开故乡的大地主吴顺广复仇，但为了金钱却很快转而成为仇人的帮凶；郭子龙肆意欺压凌辱佃农张老二，张老二却为郭子龙拨出田地让他耕种的"忏悔"行为所感动,并为郭子龙开脱谋杀吴顺广的罪行。社会灾难和精神奴役的挤压,使人性处于疯狂、邪恶的混乱和变形状态中。《罗大斗的一生》中的罗大斗是一个集野蛮、骄横、卑怯、懦弱为一身的旧中国奴才形象,是又一个被黑暗社会制造也被黑暗社会吞没的阿Q。《饥饿的郭素娥》中的几个底层人物,郭素娥、张振山、魏海清,他们的身心激荡着"原始强力"式的反抗精神,同时他们又是肉体上的饥饿者,精神上的病态者。我们看到,七月派小说对人生复杂内涵的把握是通过人物复杂性格的塑造来完成的。在七月派小说家的笔下,几乎每一个人物都是丑美交加、善恶并举的性格多面体,他们身上沉积着封建主义精神奴役的创伤,他们的灵魂是希望与绝望、奋进与委顿的痛苦扭结,他们的生命是社会驱动力量和自然原始强力的联合迸发。在七月派小说的人物身上,传达出作家对历史、社会和人生意味的多向度思考,也引领读者进行更深层的生命体悟。人生形式和由此构成的社会演变,为诸多个人和社会因素的合力所驱动,其中的主观与客观,必然与偶然,行为与动机等等方面错综复杂地纠缠在一起,所以我们寻味其中的奥秘,揭示其中的规律,汲取其中的教训,都不可能依据某种既定概念而简单轻松地完成。

胡风在《财主底儿女们》序言中说道:

在封建主义里面生活了几千年,在殖民地意识里面生活了几十年的中国人民,那精神上的积压是沉重得可怕的,但无论沉重得怎样可怕,还是一天一天觉醒了起来,一天一天挺立了起来;经过了无数的考验以后,终于能够悲壮地负起了这个解放自己的战争的重担。人能够概括地对这提出简单的科学的说明,人更应该理解这里面的浩瀚无际的、生命跃动的人生实相。在那中间的青年知识分子,一方面是最敏感的触须,最易燃的火种,另一方面也是各种精神力量最集中的战场,因而也就是最富于变化的、复杂万端的机体。这种夹在锤和砧之间的存在,人能够简单地对它提出科学的分析和批判,但那里面的层出不穷的变幻,如火如荼的冲激,鲜血淋漓的斗争,在走向未来的历史路程上,却有着多么大的教育的意义。①

这是对路翎《财主底儿女们》,也是对七月派全体小说创作的思想内涵及其价值意义的准确而全面的总结。年轻的路翎对传统封建势力的深重与顽固有着超出他年龄的穿透性思考,且看他在《财主底儿女们》中借用蒋纯祖的感受得来的一段议论:

> 蒋纯祖,一直敬爱着这个姐姐,觉得她是焕发着慈爱的光辉,觉得她是旧社会最美、最动人的遗留。但现在突然觉得她可怕,比胡德芳可怕,比蒋少祖可怕,比一切都可怕。可怕的是她底仁慈和冷静,可怕的是,假如和她冲突,便必会受到良心底惩罚——可怕的是,他虽然没有力量反对什么,但在目前的生活里,他,蒋纯祖,必须依赖她。蒋纯祖从此明白为什么很多人那样迅速地沉没;并且明白,什么是封建的中国底最基本、最顽强的力量,在物质的利益上,人们必须依赖这个封建的中国,它常常是仁慈而安静,它永远是麻木而顽强,渐渐就解除了新时代底武装。

路翎的见解入木三分,令人惊异地深刻。封建势力往往裹挟着道德的力量,通过贾母式的、蒋淑珍式的脉脉温情侵蚀着人们的战斗防线,这使路翎意识到反抗的无比艰难,甚至隐约中被鲁迅式的绝望情绪所缠绕。

我们看到,七月派小说家没有被抗战激情掩盖了清醒冷静的

---

① 胡风:《青春的诗》,《胡风全集》第3卷,第264页。

文化思考,一方面,他们继续着鲁迅的国民性改造方向,并且加强了揭示精神创伤与批判封建道德伦理的深度和力度;另一方面,他们也开始展示了时代转折中人民逐渐觉醒、挺立的过程,鲁迅所说的希望的"微光",已显露出群体自觉的光明追求之势。民众的摆脱精神重负与奋起追求自身解放,是完成时代伟大使命时不可分割的两个环节,二者必然和必须在这个特殊的时代得以统一。对于文学来讲,"不能理解具体的被压迫者或被牺牲者的精神状态,又怎样能够揭发封建主义的残酷本性和五花八门的战法? 不能理解具体的觉醒者或战斗者的心理过程,又怎样能够表现人民的丰沛的潜在力量和坚强的英雄主义"? 所以,"文艺的战斗性就不仅仅表现在为人民请命,而且表现在对于先进人民的觉醒的精神斗争过程的反映里面了"。① 七月派小说继往开来地承担了这统一起来的文学使命,成功地表现了这一复合性的文学主题。在新旧力量集中相遇、激烈拼杀的精神战场上,小说家们最大限度地融合了历史和现实所提供的繁复万端的人生现象,赋予小说开阔深厚而又细密复杂的思想文化意蕴。路翎和他的鸿篇巨制《财主的儿女们》,则是这繁复之相与深厚之意的最为极致而又最为艺术的展开与呈现。

七月派的创作以情感丰富而著称,情感内容在作品中同样表现得复杂万端、变幻莫测。阿垅曾说感情的变幻"如同大河,有时和有的地方是那么咆哮,有时和有的地方又那么清净,有激荡的浪花,也有徘徊的漩涡,有高涨,也有退潮,有回流,有暗流,有急流,也有缓流,等等。而且感情——既有感情的主调,又同时有感情的

---

① 胡风:《置身在为民主的斗争里面》,《胡风全集》第3卷,第187、185页。

复杂性"。①情感的主调往往兼容着种种情感杂音,而且不同阶层的人物感情不是单调地存在,而是会互相渗透、互相变换,从而显示出生活的丰富性和人性的复杂性。七月派诗歌或小说中常常鼓荡着一种"近于疯狂和痉挛"②的情绪波流,或者伴随在人物盲目极端的复仇反抗中,或者流露在作家下意识的情感宣泄中。狂暴的情感阶段常常出现在人物或作家无法自制的时候,如胡风所解释的,"这是一个疯狂的时代",反抗"就有了疯狂性","有造成疯狂的社会内容才能有被造成的疯狂状态。""如果说反抗有种种的形式,例如沉默在某种情形下面也是一种反抗的形式,那么,疯狂也算得一种反抗的形式,虽然是不能得到真正的反抗效果的悲惨的形式。"③疯狂,代表着时代心理状态的极端表现,这种情感形式与作品复杂的审美内容是融为一体的。

七月派小说的思想及情感内容饱满杂沓以至浩漫无边,招致思想混乱、情感泛滥无节制等等责难,而暴露黑暗、描写民众的落后面,又难以见容于直接配合抗战的主流文学力量。在今天远距离冷静的观照中,才愈发认识到七月派小说提供给我们关于那个时代的多重思想文化信息,是一种更为全面的真实和丰富的深刻。由此带来的小说激烈而沉重的悲剧震荡力,又非单一的崇高雄壮之风所能取代。

一个时代有一个时代的文学,社会政治和人们生存环境的变化规定着文学的总体走向。与五四时期相比,30 年代到抗战以来

---

① 阿垅:《诗是什么·关于感情》,上海新文艺出版社 1954 年版,第 243—244 页。

② 严家炎:《中国现代小说流派鸟瞰》,载《论现代小说与文艺思潮》,湖南人民出版社 1987 年版。

③ 胡风:《在疯狂的时代里面》,《胡风全集》第 3 卷,第 322、326 页。

的文学创作明显呈现着主体意识淡化并向客体倾斜的趋势。无论从时代的特殊要求出发，还是从作家的自觉意识出发，文学都别无选择地担负起反映和推动现实斗争的责任，客观生活与作家作品之间形成一种较为单一的因果关系。风格构成中的客观因素如生活题材内容，虽亦经过作家主体化的笔墨进入作品，但相对来讲更多的贴近客观生活本身，主体对时代生活的认同与趋附使二者表现出更多的一致性。作家以感应时代脉搏表现时代生活为首要甚至唯一的使命，导致时代社会生活的特质精神，对文学创作风格的形成起着绝大的制约作用。

七月派是一个以响应时代召唤、实现政治使命为前提，而又坚持艺术个性的文学流派。胡风和七月同人所合力反对的，是当时文坛上的"与抗战无关"和"抗战八股"两种倾向，胡风对"主观公式主义和客观主义"的不懈斗争，同样也表明了七月派自己的文学立场和独特的创作取径。他们坚定地认为个人与时代、"小我"与"大我"是相辅相成的统一体，七月派正是在与时代社会的共一关系中经营出了自己的文学个性。艾青在他的《诗论》中反复倡明了这一文学观念："个人的痛苦与欢乐，必须融合在时代的痛苦与欢乐里；时代的痛苦与欢乐也必须揉合在个人的痛苦与欢乐中。""诗人的'我'，很少场合是指他自己的。大多数场合，诗人应该借'我'来传达一个时代的感情与愿望。"只有"置身在探求出路的人群当中，共呼吸，共悲欢，共思虑，共生死，那样才能使自己的歌成为发自人类的最真实的呼声。"[1] 事实证明，艾青的创作无愧于时代和人民，也无愧于流派和自身。七月派作家们的成功就在于，他们准确地找到了时代与自我的共熔点，使自我的能量挥发于时代的、民众

---

[1]　艾青：《诗论》，第 208、209 页。

的、甚至人类的情感烈焰中。阿垅说:"诗,乃是一个时代的号角。乃是千万人民的喉舌。而诗人则是时代和人民的儿子。""但同时,诗也是'人格的声音'。诗的形象,往往就是诗人自己。因为诗往往是诗人直抒胸臆的呼声。"① 虽然阿垅也曾偏执地强调"要大众的感情,而不要小我的感情。"② 但我们知道阿垅是七月派中最充分地燃烧着自我情感的一位诗人,他的诗中,"大我"与"小我"之间已经达到你中有我、我中有你的境界。

但七月派与时代和社会政治之间又决不是简单的表面的附着和从属关系,七月派以坚实深厚的生活体验,融入生活、搏击生活的精神战斗历程,以及精致完善的艺术表现,和时代生活进行真切和深层的对话,并有力地完成文学对生活的影响和推进作用。在这一点上,七月派不同于那些虚浮、浅露的所谓顺应潮流的应景式文学,也与"抗战八股"和"抗战无关"两种偏向有了区别。抗战初期,七月派的创作主调是高亢而激扬的,又非乐观兴奋的廉价呼喊;面对战场失利和社会的黑暗腐败,七月派的创作显示出悲愤沉郁的特色,但决没有落入悲观沮丧的情绪低谷。七月派对时代思想及社会情绪的自我表达中,总是潜沉着冷静而深刻的理性思考,并蓬勃着永不放弃、永不妥协的抗争精神,这就是鲁迅精神的承传。或许就是这种鲁迅精神的承传,构成七月派既融合于时代又独立于时代的精神特质。有了七月派这样有意味、有力度的文学实绩,抗战到40年代以来的现代文学显得更为丰富和深沉,诸如改造国民性传统的"断裂"或被"淹没"的说法,因为七月派的存在,显得有些武断和不切合实际。文学风格上,滑向一统化的崇高这

---

① 阿垅:《诗是什么·关于感情》,第273页。
② 阿垅:《诗是什么·关于感情》,第277页。

一总体趋势虽不至于有什么根本的转变,但七月派融悲剧与崇高为一体的复合风格,以流派群体的形式出现,显示着文学打破单一、追求多种发展的愿望与可能。

三、突出主体的现实主义审美方式

20世纪的中国文学以现实主义为主潮,这是一个不争的事实。但对这一主潮的复杂构成方面,却存有各种不同的认识。一种代表性的观点是,在现实主义主潮内部,至少可以分为两派,一派以鲁迅、胡风、冯雪峰为代表,另一派以周扬、何其芳、邵荃麟为代表。这样的划分虽不能包容现实主义发展演变的全部丰富复杂性,但应该说还是抓住了潮流中的关键构成。实际上,就胡风派和周扬派来讲,并不是绝对背道而驰的两个派别,他们有融汇,也有分离,有统一,更有矛盾对立。胡风一贯坚持文学的政治立场,周扬也懂得艺术规律,时有强调文学审美属性的论断。但这种融合和交叉的情况是暂时和局部的,在整体取向上,二者更多呈对立斗争的状态。以胡风为代表的本体文学思潮恪守现实主义审美特性,注重文学艺术发展规律,坚持文学真善美的统一;以周扬为代表的政治化文学思潮则强调文学的社会功利性,肆意突出文学的政治教喻功能,走向极端即取代文学的审美属性,违背文学艺术的特性与规律。因为有了"为艺术而艺术"的文学思潮存在,胡风在三、四十年代曾处于一种中间状态,相对于唯美倾向,胡风是讲求文学的政治功用的,相对于唯政治倾向,胡风则坚持文学的审美特性。而当"为艺术而艺术"的文学思想再无容身之地时,胡风的文艺思想必然成为政治化潮流的显性对立面。所以,胡风及其七月派的文学观念始终遭受着来自两个相反方向的非议,"政治化"或"非政治化"的悖论式批判长久地困扰着七月派的作家及其创作。

　　此种悖论批评已经从另一个方面说明了七月派文学追求的鲜明特征，即如胡风所倡导的："思想力与艺术力的统一"，[①]"社会学内容"与"美学上的力学的表现"[②] 的结合。胡风将"艺术力和思想力的统一当作现实主义的一个最基本的要求"，[③] 而七月派的作家们正是全体认同着这一要求，把握着这一要求来进行文学创作的。绿原在《白色花》序言中，以七月派诗人代表者的身份告知我们："他们坚定地相信，在自己的创作过程中，只有依靠时代的真实，加上诗人自己对于时代真实的立场和态度的真实，才能产生艺术的真实。脱离前者，即脱离了自己所处时代的血肉生活——中国人民在共产党的号召和领导下同国内外敌人进行生死搏斗的血肉内容，是不可能产生真正的诗的，同样，脱离了后者，即脱离了诗人为人民斗争献身的忠诚态度、把人民大众的解放愿望当作自己的艺术理想的忠诚态度，也是不可能产生真正的诗的。而且，如果不把两者结合起来，没有达到主客观的高度一致，包括政治和艺术的高度一致，同样也不可能产生真正的诗。"[④] 不容置疑的态度是，强烈的社会政治性和鲜明的艺术个性必须统一，缺一不可。在一个民族生存受到威胁的特殊时代，文学没有理由去作"唯美的"自说自话，而既为文学，也没有理由排斥个人性和审美性参与，现实和理想的文学应该是、必须是"思想力"和"艺术力"的有机统一体。七月派的文学态度和创作追求，纠正着当时文坛上"唯艺术"和"唯政治"两种偏颇，在客观与主观、思想与艺术的新型协调关系中，铸就了流派的风格特色，也奠定了流派在文学潮流更迭中举足

　　① 胡风:《一个要点备忘录》,《胡风全集》第 2 卷,第 634 页。
　　② 胡风:《〈给战斗者〉后记》,《胡风全集》第 3 卷,第 163 页。
　　③ 胡风:《一个要点备忘录》,《胡风全集》第 2 卷,第 633 页。
　　④ 绿原:《〈白色花〉序》,人民文学出版社 2000 年版,第 5 页。

轻重的作用和不可抹煞的地位。

七月派"思想力与艺术力的统一"的文学主张和创作态度,在具体落实过程中,体现为对现实主义创作原则的独特理解和创造性实践。在处理现实客观性和作家主观性这一辩证统一关系的时候,七月派作家的思维轴心显然在于作家主观一方,他们不同意那种只用现实客观性来裁决和衡量现实主义的观点,对此,胡风说得很清楚:"反映现实,并不是奴从现实。相反地,是站在比生活更高的地方。"① "一个取得了艺术力和思想力的高度统一的人物,有现实的一面,也有非现实的一面。或者说,应该是现实的一面和非现实的一面的统一体。为什么是现实的呢? 因为它是现实内容的反映。为什么又包含有非现实的一面呢? 因为它是通过作家的主观的能动作用的、现实内容的反映。""没有这非现实的一面,那现实的一面就不能够成为现实的一面,现实主义也许不能够成为现实主义了。"② 同时胡风也指出:"所谓情绪的饱满,是作为对于现实生活的反应的情绪的饱满,所谓主观精神作用的燃烧,是作为对于现实生活的反应的主观精神作用的燃烧……要不然,现实主义也就不能够成为现实主义了。"③ 真正的现实主义,不能缺失客观与主观或现实与非现实任意一方,它们的辩证统一关系的圆满完成,取决于作家主体面对和深入客观现实时的想象、认识以及表现能力。所以,在七月派作家的理解中,现实主义创作方法的力量来自于作家"突入"生活的程度和"搏击"生活的力度,作家"锐敏的感受力"、"燃烧似的热情"和"坚强的思想要求",是创作成功的关键。

---

① 胡风:《一个要点备忘录》,《胡风全集》第2卷,第634页。
② 胡风:《一个要点备忘录》,《胡风全集》第2卷,第633页。
③ 胡风:《一个要点备忘录》,《胡风全集》第2卷,第634页。

胡风在《论现实主义的路》中引用了小说家丘东平的一段话来论证自己的观点,丘东平说:

> 对于没有生活就没有作品的问题,人们举出来的例子总是这样说:高尔基如果没有在俄罗斯的底层里混过,高尔基就不会写出那样的作品,今日的苏联,不,今日的世界也没有那样的一个高尔基。但有一个更重要的问题人们没有提出,俄罗斯当时有多少码头工人,多少船上伙伕,多少流浪子,为什么在这之中只出了一个高尔基? 高尔基有没有天才我们不能肯定,但高尔基能够用自己的脑子非常辩证法地去认识,去溶化,去感动,并且把自己整个的生命都投入这个伟大的感动中是铁一样的事实。这就要看自己的主观条件来决定了。在这里,我很高兴举出一个例子:就一块磁石说吧,磁石在主观上决定自己是磁石之后,它就能够吸收了。不然,对于一块石头,钢铁也要失去存在的价值!①

七月派作家带着"主观战斗精神"去观察、把握和表现客观世界,他们笔下呈现的客观世界,融合着作家痛切的体验,燃烧着作家的爱憎情感,沉淀着作家深刻的思想。七月派的作品总是让人感受到生命的热度和力量,而绝少那种冷漠的纯客观描写。

突出主体的现实主义文学观,导致一种特殊的审美方式及形象思维过程。具体表现在以下几个方面:

其一,七月派的深入生活,更强调亲身体验和主观感受。阿垅、东平等的战场生涯之于他们的战争文学,艾青、路翎等的流浪生涯之于他们作品中浓重的旷野意识,相互之间关系密切而他人

---

① 　丘东平:《并不是节外生枝》,转引自胡风《论现实主义的路》,《胡风全集》第3卷,第482页。

无法取代。战场或流亡,成为他们人生和创作中共有的特殊意象。

其二,正因为注重亲身体验和主观感受,所以在题材和人物的选择上,不受题材和人物自身性质的限制,而依据作家对题材和人物的熟悉及理解程度而决定。路翎深有体会地说,作家"并不是生活在空气中的。他到处都是和人民在一道,只要看他有没有那个从社会生活底血汁内吸收来的战斗的主观要求"。① 路翎笔下的每一个人物和人物命运,都曾经深深地唤起路翎的人生痛苦体验,这种心灵的感应迫使他去选择写作对象。七月派写作总是绕不开那些深刻地影响了自我、砥砺了自我的人生经历,沉醉于那些激动了自己、警醒了自己,甚至伤害了自己、扭曲了自己的事件和人物。胡风所谓的"到处都有生活",指的就是那些有作家参与并感染了作家的生活,都可以进入到作品中来。

其三,不同于反映论者,七月派在创作中不会有意掩饰自己的情感态度,相反,他们放开笔墨书写自我情怀,即使是在偏于写实性的小说当中,也常常可以看到作家的参与和议论。他们总是自由地表现着"自我"与"形象"之间的生命联系,既包括对英雄的敬仰和认同,也包括对悲贱者的同情和批判,他们总是情不自禁甚至不顾一切地要表露自己内心的激情与感动并予以艺术升华。在七月派的作品中,作家主体的认识情感既不掩藏,也不是可有可无,他们是作品的重要的有机构成。甚至作家的性格特征,读者在作品中都能够明显地感受到。所以胡风在他的诗论中,将"人品"放在最重要的地位,认为人品能够决定诗品,要求"有志于做诗人者须得同时有志于做一个真正的人。无愧于是一个人的人,才有可能在人字上面加上'诗'这一个形容性的字","一个诗人在人生祭

<hr/>

① 路翎:《论文艺创作底几个基本问题》,《路翎批评文集》,第95页。

坛上所保有的弱点或污点,即使他主观上有着忠于艺术的心,但那弱点或污点也要变形为一种力量附着在他的艺术道路上面。"① 因为人生及其精神境界是诗的源泉,诗与文学,就是人的灵魂的真实表露。所以,七月派的诗人作家都首先是"抱着为历史真理献身的心愿再接再厉地向前突进的精神战士。"② 丘东平、阿垅、绿原等都是七月派"战士兼诗人"品格的典范。

其四,七月派注重写人,而且注重探询和把握人的心灵世界,更多地在精神层面上刻画人物性格。诗歌作为一种内视力艺术,不必说是要抒发自己内心感情的,诗的形象思维如胡风所言:"诗是作者在客观生活中接触到了客观的形象,得到了心的跳动,于是通过这客观的形象来表现作者自己的情绪体验。旁的文学作品里面的主人翁是从客观生活取来的人物,而诗则是作者自己。"③ 胡风的诗论当然是针对诗歌而发的,但也可以引申到我们对于其它文学体裁的观照,特别是对于七月派的小说创作,作家主体同样起着决定性的作用。从客观生活里取来人物作为小说的主人公,这一过程本身就有两层含义,一是"客观世界就是作家和文艺家也参与在内的斗争世界。"客观中已经包含了主观;二是作家"有了怎样的要求,他才通过怎样的爱憎去深入对象。"④ 作家带着爱恨情感与他要塑造的对象融合。既然不满足客观的表面的人物及其对人物的表象认识,作家就要求自己更深一步地进行人物内在精神世界的描绘,并用作家的个人人格力量去灌注自己的形象。路翎塑造人物时不过多注意肖象、动作和语言的外在描绘,或者说这是路

---

① 胡风:《关于人与诗,关于第二义的诗人》,《胡风全集》第3卷,第75页。
② 胡风:《关于人与诗,关于第二义的诗人》,《胡风全集》第3卷,第76页。
③ 胡风:《略观战争以来的诗》,《胡风全集》第2卷,第547页。
④ 路翎:《论文艺创作底几个基本问题》,《路翎批评文集》,第105页。

翎的弱项,他并不擅长细致描写,但路翎追求人物精神气质的特异性,他笔下的人物外形是模糊的、滞涩的,精神世界却是清晰的、活动的,他致力于探求和表现劳动人民精神的被奴役状况,他看到"这创伤却是沉重的,多少年来置人民于死地的,这精神奴役,是比外表上的奴役还要厉害的,因为它是控制了人民底精神,它是杀人不见血的;它是使被杀者自己都不知道是怎么被杀的。……它,这种精神奴役,是使得人民在被屠杀之后还要感激它的。它蒙蔽了人民底精神,歪曲了人民的感情,使得人民看不见世界的真实。"①特别重视对人物的精神世界的深入挖掘和表现,是七月派创作中非常凸显的一个特征。此种文学观念和审美表现方式甚至影响到了七月派作家的戏剧创作,路翎的话剧《云雀》依然是最典型的例证。这里要提及的是七月派诗人鲁煤在1949年4月创作的四幕话剧《红旗歌》,这出剧作之所以在解放初期轰动全国,红极一时,主要是因为作品敏锐地捕捉到社会制度的变化所带来的生产关系和人与人之间关系的变化,表现了工人阶级当家作主的时代主题。但我们从剧中主角马芬姐的身上看到那种痛苦、孤僻、倔强、甚至有些无赖的"创伤型"性格,那种恨之入骨、爱之火热的极端化情感,分明是七月派笔下的人物性格特质。由于作家深入揭示了人物心灵的复杂状况,使得马芬姐这个转变中的人物最大程度地避免了公式化概念化的时代弊病,成为当时少见的富有性格魅力的艺术形象。显然,鲁煤塑造人物的观念和方法都受到胡风文艺思想的深刻影响,《红旗歌》成功和后来受到批判,焦点都在马芬姐这一"另类"形象身上。可见七月派深入内心世界的表现手法,确实为人物带来与众不同的性格魅力,具有震撼人心的艺术力量。

---

① 路翎:《论文艺创作底几个基本问题》,《路翎批评文集》,第98—99页。

其五,在进行艺术构思时,七月派作家善于调动自己的感觉和情绪,因此在情节和结构的经营上,他们越出了那种理性布局和规则章法,用看似不和谐不规整的结构去表现时代的动荡特征和心灵的强烈震动。现代长篇小说经过从情节结构到性格结构的演变和发展,形成一种以情节和性格经纬相织的较为稳定的结构模式,而路翎的《财主底儿女们》则呈现出新的突破,相对来讲,《财主底儿女们》是偏重性格塑造的,为此,作品削弱了情节的线性流动特征,以人物来统一情节,控制场面,于是事件与事件之间的关系变得松散,人物与事件,人物与人物之间的关系密切起来。不止如此,《财主底儿女们》在结构上的创造性更在于以人物的心理活动和作家的主体情感统摄全局,为了突出心理和情绪的内容,不但首尾相合的陈旧故事框架可以忽略,人物性格的塑造也完全沿着情绪的波动和心理矛盾斗争而展开,并且带着精神分析的些许痕迹。蒋少祖、蒋纯祖的典型性格实质上是特定时代知识分子的两种典型心理的表现。《财主底儿女们》以主体情绪氤氲出一个有机的艺术整体,已经显示出现代心理小说结构的诸种特征。仅从结构上讲,路翎的写作显然具有了现代超前意识。如果说长篇小说很难完全舍弃故事框架,那么短篇小说在此方面就更加无所顾忌,七月派那些表现"精神奴役的创伤"和"原始强力"的短篇力作,都以切中和突出人物的强烈心理变化为主旨,某种程度上,人物的心理动力本身就起着结构小说的作用。至于诗歌,七月派诗人注重主观感情的直接喷发和宣泄,导致其抒情结构与其他诗派相比也是别具一格。绿原说:"不论字面有没有'我'字,任何真正的诗都不能向读者隐瞒诗人自己,不能排斥诗人对于客观世界的主观抒情;排斥了主观抒情,也就排斥了诗,因此诗中有希望,有欢快,有喜悦,也有憎恨,有悲哀,有愤怒,却决没有冷淡的描绘或枯燥的议论。"① 以抒情为唯一出发点和唯一目的,可以冲破一切结构的束缚,达到彻底的自由抒写。绿原自己的政治抒情诗,就不讲究章法的整齐精美,只求率直表白,诗句的安排完全按抒发情绪的需要而自由变化,他的诗行最短只有一两个字,最长的却达到 22 个字;阿垅的长句式,田间的短句式,都是适应情感的内在要求下的主体创造。七月诗歌不和谐、不规则的散文化倾向,常常引起人们对其艺术质量的质疑,应该指出的是,处于强烈动荡时代的诗人们的忧患、郁愤乃至躁动、混乱、不吐不快的主体情绪,是颠覆诗的优美意境和精致格式的内在动力,也是造成七月诗派抒情风格的根本原因。

　　七月派的创作以"主观战斗精神"的姿态"突入"客观世界,他们强调作家必须经过"对于血肉的现实人生的搏斗"过程,作家"批判人民身上的奴役的创伤这一行动就不能不同时也就是痛烈的自我斗争"。② 这样,落实在作品中的客观世界或现实人生已经带上作家主体的精神气韵和爱恨情感,是一种"站在比生活更高的地方"所获取的新的生活意象。七月派的现实主义确实是有别于其它现实主义的一种自成格调的创作体系,七月派之所以认定自己属于现实主义,因为在任何情况下,他们都以把握客观生活为艺术创造的先决条件,如前文所引胡风的诗论,即使是作为一种内视力艺术的诗歌,胡风认为其审美过程的第一步也是"诗的作者在客观生活中接触到了客观的形象",由客观形象引起诗人"心的跳动",从生活的起点向精神情感的高度升华。实际上,七月派诗歌是历

---

① 绿原:《〈白色花〉序》,人民文学出版社 2000 年版,第 4 页。
② 路翎:《论文艺创作底几个基本问题》,《路翎批评文集》,第 99 页。

来被人们视为一个现实主义诗歌派别的，他们是在时代生活与诗人主体意识的融合中寻求诗歌的深度的，他们不作空穴来风式的情感铺排，饱满的主观情绪借着现实生活的触发而燃烧起来，所以他们的情感才不仅仅局限于个人和团体，而是折射出广阔的社会情绪和伟大的时代精神。七月派的现实主义之所以让人感觉到有明显的浪漫主义成分，是他们强调主体性——"主观战斗精神"所致，胡风将其纳入现实主义，成为现实主义的本质内容之一。七月派共同执守主体性现实主义创作原则，并以主体为切入口进入审美过程，导致写意性的诗歌不脱离现实生活的土壤，写实性的小说不拘泥于现实生活的实像，写意与写实的取长补短，带给七月派诗歌和小说各自独特的艺术面貌。

在主体与客体"相生相克"的创作内在机制中，相对的变量不是客体而是主体，对于艺术创造来讲，经受考验的是作家主体，创作的成功与否，取决于作家是否具有"锐敏的感受力"、"燃烧的热情"与"坚强的思想要求"。"俄罗斯当时有多少码头工人，多少船上伙伕，多少流浪子，为什么在这之中只出了一个高尔基?"东平质问的意义正在这里。七月派在诗歌小说方面所取得的巨大成功，从某种程度上得自于主体性现实主义创作原则的优势，运用这一原则，能够最大程度地发挥作家主体的能动创造作用，最大可能地完成主体对客观生活的个性观照，营构出融合着时代和社会内涵的个体性文学经典，因此它是更切近文学创作规律的一种原则和方法。

一种优势总是与局限相伴随，不可否认这种特定的审美方式也曾带来某些艺术上的偏差。一个方面表现在极端地强调主观的作用，以作家的主观感觉取代或改造客观内容的合理性，作家感受和认识上的偏颇很容易不加思考地写进作品中。另一个方面是以一种审美方式排斥其它创作方法。七月派对客观主义和主观公式主义的批判具有反拨文坛不良倾向的重要意义，但同时导致他们对自然主义描写和社会剖析派的全盘否定与排斥，缺乏多元共存的宽容精神，也没有积极地在与其它流派和方法的相互影响相互渗透中改进和完善自己的审美体系。七月派创作普遍的不足是：情感节制不够，人物性格的逻辑性不强。从艺术的角度讲，美在适中，美在分寸。七月派作家在宣泄情感时往往是不加节制的，痛快淋漓直抒胸臆，确实具有极大的冲击力，但也少了一种含蓄的蕴藉的感染力。小说中的人物性格或复杂难解，或偏执疯狂，人物行为变化突兀，缺少心理依据，有时难以令人信服。正如严家炎先生所分析的："七月派作家那些渗透着作者热情和主观体验的作品，确实有很大长处：体现着鲜明的情感色彩，有些体验之精湛令人赞叹不已。但激情强者作家'投影'重，体验多者气质烙印深，主观过强有时也会削弱现实主义。"[1] 所谓削弱现实主义，指的就是东平、路翎等作家的小说中，一些越出人物性格发展轨迹的偏执心理与变态行为，严家炎先生称之为"人物性格上的痉挛性"，并认为这是由于作家主观感情和思想气质投射到人物身上所造成的。"由于作者主观感情的渗透和对人物精神状态的介入，往往也会迫使性格退出他自身的逻辑。"[2] 东平、路翎早年受尼采思想气质的影响，崇拜极端的"力"和"强者"，酷爱那种倔强而走向毁灭的人物性格：东平《通讯员》中的林吉、《多嘴的赛娥》中的赛娥，路翎《罗大斗的一生》中的罗大斗、《财主底儿女们》中的蒋纯祖等人物，常常有些突如其来的歇斯底里的、渴望暴虐和毁灭的欲望和行为，令人百

① 严家炎：《还是承认现实主义有多种形态为好》，《文艺报》1989 年 4 月 15 日。
② 严家炎：《中国现代小说流派史》，人民文学出版社 1989 年版，第 292 页。

思不得其解,这实在是作家对人物性格的过分干预造成的,这种干预在很大程度上影响了现实主义的真实性程度和理性力量,也为质疑七月派现实主义品格的评论者落下口实。

七月派的文学观念和创作方法在整体上并没有越出现实主义的范畴,这是我们已经反复论证过的,但毕竟明显地看到他们艺术思维的轴心由客观向主观位移,其中也不乏极端乃至偏颇者,无论对于现实主义或其它创作原则,坚持与突破本身就是一个悖论关系,优势与局限、得与失难以截然分开。在当时的形势下,以反映论为核心的形象思维方式为主流文学所崇尚,现实主义文学确实面临着如胡风所警觉到的客观主义和主观公式主义的侵蚀,出于对整体性不良倾向的防范和反拨,七月派张扬主体性现实主义就具有格外宝贵的价值和重大的现实意义,毕竟,重主体、重审美比之重客体、重政治功利,是更切中文学艺术的本体核心的。事实上,别一种艺术思维途径确实营造出了全新的文学氛围,七月派独特的文学创造,为现代文学增添了一道亮丽的风景线,成功的文学实践,应该是对创作方法最有力的检验。

以主体性为核心的现实主义审美方式,是决定七月派艺术风格的内在因素。由于主体感情的强烈投入,造成诗歌和小说中浓厚的主观性和抒情性,使评论家将不少的七月派作家视为浪漫主义者。美籍学者夏志清认为:“在胡风的现实主义观念里,有许多浪漫主义的成份。”① 因为浪漫主义本身崇尚主观意志,崇尚理想色彩。胡风作为一个诗人,他的诗作总是澎湃着昂扬的激情,面对苦难的祖国和人民,“心头火/烧得我/满眼热泪/全身颤抖……”(胡风《给怯懦者》)。他的《为祖国而歌》是在抗战初期血与火的考验

---

① 夏志清:《中国现代小说史》,台湾传记文学出版社 1979 年版,第 320 页。

中创作的慷慨激昂的诗篇,是代表七月派诗人迎着战火冲向抗日前沿的诗的宣战。甚至他的诗论文论,都是充满激情的,这种激情文风,一般的评论家都很难与他相比。无论如何,诗歌总是更靠近浪漫主义的,但在七月派这里,小说家及其创作也同样以激情特质而引人注目,丘东平、彭柏山、路翎、冀汸等,都是"想象力最丰富而又全身充满着火焰似的热情的小说家"。① 他们对现实人生的观照和描绘,从来都融合着主体体验的兴奋和热情,在呈现客观世界的同时,极力"扩张"着自我的激情。主体的激情体现在创作上就是对艺术力度感的追求,阿垅的《纤夫》显示着深沉的历史的分量,纤夫背负大木船逆水前行的形象,表现了抗日救亡遇到的艰难险阻,也表现了中华民族自强不息、奋勇挺进的精神气概,纤夫就是历史的动力和阻力相互搏斗的艺术化身。化铁的《暴雷雨岸然轰轰而至》以狂风暴雨般的气势,宣言了摧毁旧世界的势不可挡的革命行动,"从每个阴暗的角落里扯起狂风挑战的旗帜","一个大的破坏在地面进行"。整首诗气势伟岸、雷霆万钧,给人以强烈震撼的力量。七月派的创作整体上的那种不可抵挡的美学力度,来自于支撑作品的强大的激情力量,也就是说,这种内在的精神力量,是构成七月派崇高豪放风格的主体因素。

另一方面,与激情特质交织在一起的还有忧患意识,这种主体情感的渗透,使七月派作品在崇高中带上悲怆的格调。这是七月派整体风格的又一种重要表现,它同样缘于诗人作家们那敏感的不安的灵魂世界。可以说,七月派作家的精神世界,是以激情和痛苦的复合色调构成的情绪世界,个人心灵痛苦的印记和时代民族

---

① 唐湜:《路翎与他的〈求爱〉》,《路翎研究资料》,北京十月文艺出版社 1993 年版,第 87 页。

的沉重忧患纠结在一起，使诗歌和小说的每一个意象都负载着灵魂痛苦的重压。艾青三、四十年代的诗作，弥漫着"悲哀的诗人"的忧郁的情调，他笔下的中国的土地，"从这一条路，到那一条路，交织着，北国人民的悲哀"。(《手推车》)绿原笔下的国统区，民众"忍受着一切损害和侮辱"，那个"在阳光下面行乞，在灯光下面偷盗，在并没有敌人冲过来的战场上阵亡了"(《给天真的乐观主义者们》)的逃兵，令诗人的愤慨和忧虑难以自抑。路翎更是以痛苦的心灵方式来把握世界，他是在用他的人物，释放他心灵的激愤与痛苦，完成他生命的旷野流浪。丘东平则将战场当作旷野来抒发他的生命情怀，一切恨与爱，一切内心的矛盾与谴责，都以终结生命的方式寻求最终解决，其悲剧更显得惊心动魄。而且，忧患意识还规定着七月派注重艺术悲剧美的审美取向。在这一点上，七月派正应合了厨川白村的文艺观，以艺术地表现苦难现实和悲剧人生来发泄"生命里受了压抑而生的苦闷懊恼"。诗人艾青认为从艺术美的角度来看，"苦难比幸福更美"，[①] 因为人类为摆脱苦难而进行的抗争更能撞击诗人心怀，在善与恶的交锋中，善的失败引发诗人的悲悯和思考，所以，"悲剧使人生充满了严肃。悲剧使人的情感圣洁化"。[②] 路翎也曾说，"对于一个作家来说，描写幸福，当然要比描写不幸愉快的多"，[③] 但回避苦难，就不是一个真正的艺术家。路翎钟情于苦难和悲哀的生活和心灵体验，在巨大的痛苦体验中享受着艺术创造的巨大幸福，拓展着自己和读者的精神空间，提升着自己和读者的精神境界。人们愈来愈发现七月派文学崇尚

---

① 艾青：《诗论》，第 180 页。
② 艾青：《诗论》，第 180 页。
③ 路翎：《为什么会有这样的批评？》，《文艺报》1955 年第 2 期。

苦难这一审美意象,并将其当作七月派创作的主要美感特征。艾青、阿垅、绿原、丘东平、路翎、冀汸等诗人和小说家,或者以苦难作为诗歌的普遍主题和基本情感,或者将人生的悲剧感镶嵌到人物内心深处,寻求人生悲剧的终极解答。实在是没有第二个意象能像"苦难"这样,将诗人和作家、时代和民族、土地和人民等等凝结在一起,将特殊年代这群特殊人们的灵魂世界展露出来,并得到一种精神的支持、寄托和抚慰,使人格扩张而转化成为自由而抗争的无穷力量。如果说七月派追求力之美,那么这种力感既是崇高的同时也是悲怆的。如艾青所说:"把忧郁与悲伤,看成一种力,把弥漫在广大土地上的渴望、不平、愤懑……集合拢来,浓密如乌云,沉重地移行在地面上……伫望暴风雨来卷带了这一切,扫荡这整个古老的世界吧。"① 应该说,七月派这种蕴含悲剧力量的崇高,突破了追求和谐同一的传统美学倾向,以现代悲剧精神提升了文学创作的理性深度、情感力度和美学品格。这一深厚和开阔的文学境界的取得,当然也得自于七月派作家主体力量的确立及其在创作中的全方位灌注。

崇高与悲剧互动的流派风格的形成,也与七月派作家的个性气质有关。重体验和突出主体精神力量的作家,在创作中一定是最大限度地坚持和伸张自己的人格力量和艺术个性。他们继承了屈原、杜甫、黄遵宪为代表的中国知识分子感时忧国、关心社会、体恤民情的精神品格,和不屈不挠、宁为玉碎不为瓦全的斗士性格。在七月派这里,生活的爱憎激情和创作中的爱憎激情是融为一体的,文学创作,就是他们的人生战斗过程。诗人唐湜早就评价道:"由生活到诗,一种自然的升华,他们私淑着鲁迅先生的尼采主义

---

① 艾青:《诗论》,第212页。

的精神风格,崇高,勇敢,孤傲,在生活里自觉地走向了战斗。气质很狂放,有唐吉诃德先生的勇敢与自信,要一把抓起自己掷进这个世界,突击到生活的深处去,不过他们却也凸出地表现了独特的个性,也有点夸大,也一样用身体的感官与生活的'肉感'思想一切。"① 他们是单纯而热情的理想主义者,他们自我意识很强,坚持自己的独立个性,同时又将自己作为集体和人民的一分子,毫无保留地将自己奉献于战斗的时代。他们让自己全身心地沉浸于血样的生活,搏击于火样的斗争,他们的生活与创作如滚针毡,无处不是血痕和痛痕。《纤夫》中与江水、狂风搏斗的身影,莫不是阿垅对自己顽强生命力和不屈人格的确认,阿垅一生的遭际,他至死也不折断自己"人的昂奋的脊柱骨"的坚强个性,莫不体现在纤夫"坚持又强进"的精神品格中。从忧郁的《童话》到锋利的政治讽刺诗,我们真实地看到了绿原人格力量的成长,经过痛苦的磨砺,他宣告"我们不再忧愁/一辈子也还不了/太多太多的恶债"(《虚伪的春天》)。绿原的诗也武装了绿原自己,战斗的诗和战斗的人,统一为战斗的诗风。要理解作家和作品,不能够把作家从作品中分离出来,孤立起来,对于七月派来讲,尤其是如此,他们的创作完全是他们情感思想乃至生命历程的真实写照。冀汸的"我可以流血地倒下/不会流泪地跪下的"(《今天的宣言》),阿垅的"从无畏的死/得不朽的生"(《街头》)等等诗句,有力地概括了七月派的整体人格。激情与痛苦的体验砺练了他们的钢铁个性,也融汇出高昂悲怆的群体风格。

---

① 唐湜:《诗的新生代》,《诗创造》第1卷第8辑。

四、"七月"式的文学叙述

作家的认识和审美是一种动态的形成和发展过程,它复杂、深奥、奇妙乃至秘而难宣,理论家常常把作家的审美意识喻作灵魂的"黑箱",表明揭示审美活动过程的艰难。但是对于作家自身来讲,他的认识审美思维活动一定要通过语言手段传达出来,作家的思维与其操纵的文学语言是联系在一起的,作家艺术劳动的最终成果是作品,是一套独特的语言系统。

文学是语言的艺术。文学作为独特的美学形态,必须以语言表述来实现,作家对已有文学实绩的突破与超越也必须在语言创造的突破和超越中完成。文学对语言的依赖程度决定了文学研究者可以在独立的文体语言层面研究文学发展的内部规律。一种代表性观点为:"一首诗中的时代特征不应去诗人那儿寻找,而应去诗的语言中寻找。我相信,真正的诗歌史是语言的变化史,诗歌正是从这种不断变化的语言中产生的。而语言的变化是社会和文化的各种倾向产生的压力造成的。"① 无论此种观点偏颇与否,我们起码认同了语言对于文学研究的重要性。通过文体,可以认识一部作品或一个作家的独特面貌,进而也可以认识一个流派乃至一个民族或时代文学的发展、以及风格形态的整体面貌。

广义地讲,任何一个民族任何一个时代的文学语言都是相对封闭而自成体系的。因为语言根植于特定的历史结构与文化环境之中,但同时语言作为人的创造物又不是僵化而恒定不动的,特别是操纵在作家手下的文学语言,一方面契合着地域的和时代的语

---

① 贝特森:《英诗与英语》,转引自韦勒克、沃伦《文学理论》,三联书店1984年版,第186页。

言规范,另一方面也更新着发展着地域的和时代的语言体系,并不断融入作家主体的创造,于是,文学创作带上不可移易的时代民族个性与作家主体个性,显现为普遍与特殊相统一的语体风格。

现代白话文学语言发展到 20 世纪 40 年代,由于特殊的时代背景等诸种因素的影响,语言表述更多地外倾于社会政治功利和接受大众的审美需求,语言的大众化成为鲜明突出的时代特征,作者主体的语言个性相对趋于隐含和单一。迎合时代风尚,适应整体文学潮流,使得本该最富个性色彩的文学语言仅仅成为表现题材内容的手段和工具。而且,很多作家对文学语言的美学认识基本上处于不自觉状态,语言始终难以显示其独立的美学价值。在整体文学观念的限制下,语言很难走向自在与超前。虽然存在语言的个性差异,但由于作家们共同操纵着大众化普泛化的工具语言,使得个性差异淹没于时代共同性追求中,语体风格颇为相像,并有强化共同性的趋势。

在现实主义潮流中,文学语言基本与现实主义创作方法对语言的要求相吻合,是与再现性文学样式相适应的再现性文学语言,它具有相对完整的、稳固的、自足的和封闭的语言表现系统。就语言形式来讲,它与现实主义的真实性和典型性类似,其全部构成应是一个"模糊集合体",但又一定要以具备某种确定的主旨和内涵为前提。再现性文学语言的基本特征是尽量地贴近生活本身的描绘生活的功能,具体为叙述语言的冷静客观与人物语言的充分个性化。40 年代的作家们基本上认同着现实主义文学语言的再现性、描绘性功能,以实现对客观真实的再现的目的。此外,他们也竭力适应和强化着时代理性精神和时代激越的情感特征,在与偏重客体的现实主义同构之时,也不乏与偏重主体的浪漫主义的某些契合。富有崇高风格基调的时代文学语言模式即在这两种认同与强化中形成。

七月派是一个构成复杂的文学流派,在关于文学叙述的观念和实际表现中,也呈示出多样性而非单一性。总的来讲,处于40年代的文学环境中,七月派一方面趋同于现实主义的总体走向,应和着时代对文学语言的基本要求;另一方面,强调主观战斗精神的文学观,又导致流派在文学叙述上与众不同的风格特征。这两方面在七月派的创作中既有浑融的表现,也在不同作家作品中各有侧重。语言上的注重客观再现与注重主观表现,在七月派这里成为一种矛盾对立又辩证统一的存在,造成七月派既契合时代文学潮流,又保持文体鲜明独立的个性姿态。如果说偏客观的社会剖析派,其政治意识是激进的,骨子里不乏时代赋予的浪漫情绪;那么偏主观的七月派,却时时处处以民情民瘼为文学的根基,创作深层也渗透着冷静的现实主义理性精神。七月派是特立独行的,但从来没有疏离时代和现实生活,七月派是以一种主观化的视角观照和关怀着现实人生,这种视角使他们更深刻地切入了人生,也使他们更生动地表现了人生。七月派的叙述方式就是这种独特视角的文字显现。

七月诗派是一个具有强烈时代激情的现实主义诗歌流派。七月派诗人以主观拥抱客观的艺术力量,强化了诗歌的抒情功能,同时又完成了诗歌对现实人生的观照与关怀。总起来讲,七月诗派的艺术特征表现在以下几方面:

第一,七月派诗歌依然将感情视作诗歌的生命,诗人们继承现代新诗直抒胸臆的传统,更为直接和有力地喷发内心火样的情感,让时代的和民族的战斗激情在诗中得以奔流,无遮无拦,一泻千里。

祖国啊

你的儿女们

　　歌唱在你的大地上面

　　战斗在你的大地上面

　　喋血在你的大地上面

……

祖国啊

为了你

为了你的勇敢的儿女们

为了明天

我要尽情地歌唱：

用我的感激

　　我的悲愤

　　我的热泪

　　我的也许迸溅在你底土壤上的活血！

　　　　　　　　　　（胡风《为祖国而歌》）

接触了！

激战的炮火

腾起了，

我们的怒火

也在胸膛里燃烧。

烧罢！

烧罢！

烧罢！

这新仇旧恨的怒火

在枪口吐冒！

战斗的伙伴们，

爱惜子弹，
上起刺刀，
硬扑，浪砍，
战斗的伙伴们！
冲锋，前进，
战斗的伙伴们！
……

（侯唯动《斗争，就有胜利》）

与诗的直接抒发相联系的就是追求思想意义的确切明朗和富有时代精神。七月派诗人向来反对将诗写得晦涩难懂，也不主张在民族危亡的关头，吟哦缠绵悱恻的一己悲欢。艾青说："不要把诗写成谜语；不要使读者因你的表现的不充分与不明确而误解是艰深。把诗写得容易使人家看懂，是诗人的义务。"① 七月派诗人的这一思想，完全与时代的战斗的要求相一致，也与胡风"内容决定形式"的创作原则相一致，诗的形式以及语言规则一定是遵循现代人的接受习惯，以准确明白、简洁顺畅地传达情感内容为目的，响应来自情感内容的种种暗示，遣词造句和修辞手段无一不体现着诗人传情达意的内在要求，并且与读者达成相互沟通，产生共鸣的艺术效果。田间的《给战斗者》这样呼唤："我们/战斗的/呼吸，不能停止；血肉的/行列，不能拆散。我们/复仇的/枪，不能扭断。"田间的诗在语言的简明直率和诗意的确切清晰上堪称七月诗派的典范，他曾倡导的"街头诗"和"传单诗"正是由于这样的特点，使诗与时代、与人民碰撞出火花，使诗产生了激发人民感情、鼓舞人民斗志的伟大历史作用。

---

① 艾青：《诗论》，第193页。

第二，七月派诗人在抒情的形象化上执著于明朗化的追求。由于他们的诗情是来自时代和社会现实的，所以他们更多地从日常生活中择取富有表现力的明确的意象。阿垅用"古老而又破漏的大木船"象征着被几千年封建社会奴役而伤痕累累的中华民族；化铁以"搬动着"的"灰黑而狰狞的云块"、"天际蜂拥奔驰而来"的"暴雷雨"和"地里爆发"的"山洪"，来象征"一个大的破坏在地面进行"，预示解放进军的步步逼近和黑暗王朝的最后覆灭；鲁藜则用延河夜空奔涌来的"年轻的星"，象征光明和理想社会的到来。艾青的《树》以树的生长景观象征中华民族炎黄子孙在民族危亡关头的巨大凝聚力：

> 一棵树，一棵树
>
> 彼此孤立地兀立着
>
> 风与空气
>
> 告诉着它们的距离
>
> 但是在泥土的覆盖下
>
> 它们的根伸长着
>
> 在看不见的深处
>
> 它们把根须纠缠在一起

艾青有不少直接抒情之作，但艾青更长于用形象寄托情思，除了一些象征性的大意象之外，诗歌中也充满了生活中得来的种种具体形象，如他曾描绘过的北方的"乞丐"、"驴子"、"补衣妇"、"手推车"等等，特别重视意象的明确和针对性。田间长于战斗的控诉和激情的喷发，但他也要求自己的诗中形象与情绪同样饱满，他的《给战斗者》中描绘人民劳动生活的场面，出现了"捕鱼的木船"、"狩猎的器具"、"少女的纺车"等寻常情景。七月派的其他诗人也是这样,眼中所见的平常生活景象,都可以拿来入诗,像画家的写生和素描一样,又像摄像师的镜头一样,诗人将触动着自己神经的一切景象以叠加的方式呈现出来。如杜谷写灾难的风暴刮过的城市:

> 你断裂的窗棂
>
> 你倒塌的楼台
>
> 你无顶的房舍
>
> 你破碎的庭园
>
> 你烧焦的墙壁……
>
> 都在雾蒙的天空下
>
> 裸露着乌黑的疤痕
>
> 　　　　　　　　　　(杜谷《巷》)

而诗人牧明笔下的沉浸于痛苦中的祖国,也由一系列的意象构成:

> 有锈蚀在弹道里没有发射的子弹
>
> 有砍伐花枝的收割者的镰刀
>
> 有春天枯萎的蔷薇
>
> 有出门不再回来的孩子
>
> 有偏爱南方的北斗星
>
> 有不能见阳光的向日葵
>
> 旷野的夜
>
> 有狼嗥,有殒星,有弃婴的窒塞的哭号,有等待着最后一
>
> 声雷鸣的密云……
>
> 　　　　　　　　　　(牧明《祖国》)

显然,七月派诗人们在意象营造上的日常化和明朗化追求,与他们的现实主义诗歌观念分不开,诗歌的现实主义要求诗人以生

活体验为第一性,驰骋艺术想象,抒发主体情怀,是以诗人的生活体验为依托的,于是,七月派诗歌的意象,必定是现实美与联想美的融合统一,是与现实人生密切相关的所谓"相似联想"或"现实联想"。同时,诗人又将"主观心灵"和"人格力量"强烈地渗入到客观对象中,使诗作中的主观和客观水乳交融,完成诗人对现实人生的关注和诗人自我形象的塑造。诗的形象一定是主体化的客体和客体化的主体,这一审美理想,构成七月派诗歌特有的艺术风貌。

为了抵达雄宏高昂的审美境界,诗人们在景象的选择上表现出共同的特点。经常进入诗人视野的景物是:太阳、火焰、雷雨风雪、旷野土地、崇山峻岭、长江黄河、草原沙漠等等,诗人作为胸襟开阔、气宇轩昂的歌者,用这些雄壮之景和巨大之物对应时代、民族的战斗情怀,构成雄健昂扬和辽阔深沉的诗歌意境,创造一个光辉灿烂、气势磅礴的情感世界。与诗歌意象整体上的阔大雄壮相适应,在具体的意象营造上,七月诗人特别讲究力感、动感、音响和色彩的作用,大部分诗作都追求动荡起伏和色彩浓烈,具有力透纸背、动人心魄的效果。化铁《暴雷雨岸然轰轰而至》,仅诗歌的题目就可以感受到扑面而来雷霆万钧的力量。艾青《向太阳》中,"太阳是金红色的圆体/是发光的圆体/是扩大着的圆体",太阳"燃烧着","红得像血","我奔驰/依旧乘着热情的轮子/太阳在我的头上/用不能比这再强烈的光芒/燃灼着我的肉体。"集浓重的色彩、发光和扩大的动感为一体的太阳这一意象,融入诗人心灵的热情和豪壮的人格力量,形象与审美主体达到高度的统一,传达出一种昂奋向上、壮怀尽展的美感和力量。为了达到动感和力感的美学效果,诗人们往往偏爱一些具有力量和速度特质的强烈意象,如艾青笔下滚滚而来的"太阳",化铁笔下轰轰而至的"暴雷雨",还有狂暴的风雨,激荡的江水,燃烧的烈焰,奔驰的骏马等等。绿原笔下的《生命在歌唱》同时出现了这几种意象：

> 让烈焰焚烧
>
> 爱暴雨冲激
>
> 时间在它头上
>
> 神明似地监视
>
> 它，英雄的生命，是
>
> 一匹穿铁蹄的怒马
>
> 白沫和黄尘……
>
> 昂头奔向未来
>
> 所以它歌唱
>
> 而且震颤一切聋聩

还有冀汸的《渡》和《旷野》：

> 狂顽的风
>
> 追随着
>
> 滚沸的水
>
> 从天边奔卷到天边呀……
>
>
> 马叫啸着，跳跃着，
>
> 好象在流火交织的生死场上
>
> 看见了强暴的仇敌
>
> 鬃毛竖起来了
>
> 好象决斗一样的勇敢愤怒……
>
> 我们把缰绳勒紧
>
> 好容易马蹄迫促地停止了！
>
> 而，立即又象旋风一般地回转身来
>
> 朝向出发的地方奔跑……

　　阿垅的《纤夫》更是动感与力感结合的范本：

　　　　风，顽固地逆吹着

　　　　江水，狂荡地逆流着，

　　　　……

　　　　而那纤夫们

　　　　正面着逆吹的风

　　　　正面着逆流的江水

　　　　在三百尺远的一条纤绳之前

　　　　又大大地——跨出了一寸的脚步！……

以自然界的"逆风""逆流"对应人的艰难行进的脚步，构成动力与阻力之间的力的较量，突现出"人的意志力"与"创造的劳动力"的伟大卓绝。

　　我们注意到，"太阳"和"旷野"是七月派诗歌中的两个具有风格标志性的象征性意象，艾青作为七月诗派的领歌者，他的"太阳"组诗和"北方"组诗即以"太阳"和"旷野"为总体意象，构筑出昂扬雄健和忧郁悲愤相融合的时代诗风与流派诗风。经过各个诗人的心灵感受，"太阳"是以各种不同的姿态出现在七月派诗人的笔下，一般来讲，都象征着光明与未来，寄托着诗人主体的激情与热望，并构成雄宏壮美的风格境界。艾青的《向太阳》极尽笔墨渲染太阳的鲜亮美丽，讴歌太阳给予人类的真理性光辉，"太阳是美的/且是永生的"。"旷野"的意象同样适合于营造辽阔壮美的意境，抒发奔涌而豪迈的诗情，冀汸的《旷野》：

　　　　呵！辽阔呀辽阔呀！……

　　　　我们还是奔驰在旷野的中心，

　　　　……

　　　　旷野

　　亲爱的旷野,在这里

　　这样地奔驰

　　是这样地自由自在呀!

　　让我们来歌唱呵:

　　"我们的祖国

　　多么辽阔,多么广大……"

　　在很多诗人那里,太阳与旷野的意向是同时运用的,如白莎的《冬天》:

　　在北方的泥土冻裂的路上

　　我爱冬天草原的冰雪

　　……

　　每天每天的早晨

　　在那些落过大雪

　　和暖而又晴朗的日子

　　太阳会从草原的路上滚出来

　　浓雾弥漫着辽阔的大夜

　　……

　　当主体投射的情感由高昂转为悲郁时,太阳和旷野的意象也就带上全然不同的情感色彩,在牛汉的《鄂尔多斯草原》中,草原就是诗人心中哀伤悲泣的"旷野",而太阳也如"紫红的大火堆","熄灭了",草原坠进"黑色的梦的山谷":

　　草原

　　悲哀的鄂尔多斯草原

　　是人类的

　　太阳的第一个儿子

　　而草原是灰色的

太阳也永远是沉郁的呵……

但诗人的爱的热情和希望没有熄灭：

虽然

草原的夜

——黑色的梦的山谷

是漫长而寒冷的

但，他们还马不停蹄地在

黑夜里奔走，

他们是从三边来，

他们是

赶着太阳的

车夫呵！

……

明天

明天的太阳

沿着夜的黑色的

腐烂的边沿

滚来了。

相对来讲，太阳更多地与激烈壮美的情感相对应，而旷野则更能够融注宏阔与沉郁的复合情感，这是一个光明与黑暗、希望与绝望交织的时代，千千万万劳动人民痛苦地生息在旷野，又顽强地战斗在旷野，也翘首期待在旷野。在很多的七月派诗歌中，旷野一方面是作为大的背景意象而存在，另一方面也具体为可感可触可亲可痛的土地，一种浓厚的泥土气息源自于诗人与土地的生命联系。七月派里有一群挚爱土地的诗人，在他们的诗歌中，伤痛的土地和受难的人民是联系在一起的,艾青的《雪落在中国的土地上》、《手推车》、《北方》、《旷野》、《我爱这土地》,鲁藜的《泥土》,杜谷的《泥土的梦》,牧青的《大地》,A·S的《沙地的牧民》等名作,都以土地为意象,描绘土地上生息的民众和土地上进行的战争,咏叹国土的悲哀,抒发诗人对土地和人民深沉的眷恋。

　　阅读七月派的诗歌,不难发现,还有一些意象是诗人们特别钟情和反复运用的,如黑夜和雨雪,是最能够与痛苦和悲郁的情感相对应的抒情形象。艾漠的《夜》,彭燕郊的《不眠的夜星》,邹荻帆的《繁华的夜》,绿原的《神话的夜……》,杜谷的《夜的花朵》,牛汉的《落雪的夜》等等,描绘了阴湿寒冷的暗夜:"西北的苦湿的长夜","潮湿的/昏眩的夜呀","冬天的夜是寒冷的/冬天给予我们怎样的夜啊";或者表现抒情主人公在暗夜中对光明和温暖的憧憬:"他们沉默地喊着:夜啊/醒过来!""明天,阳光将要燃烧你们的窗帘/从沉睡中起来,你们会看见/原野上到处开出了花的树……""我们必须/趁夜里/走完这一段路呵/温暖在明天/天明了/就有太阳上升","我是一个从人生的黑海里来的/来到这里,看见了灯塔"等等。风暴雨雪作为诗的意象不仅强化着诗歌激烈、有力和狂放的格调,同时也象征山雨欲来风满楼的特殊时代,承载着诗人们在这暴风雨的大时代前面感到的种种激动与悲愤的情感。很多诗人或整体或局部将风暴雨雪这样的自然景观纳入诗歌创作,体现着一种时代情感和心理特征,如化铁的《暴雷雨岸然轰轰而至》,阿垅的《纤夫》,绿原的《春雷》、孙钿的《雨》等诗作即是如此。更多的诗人将黑夜、土地和风雪等意象融合运用,更便于寄托丰富变化的主体情感,如牛汉的《落雪的夜》、《锤炼》,鲁藜的《风雪的晚上》,邹荻帆的《雪与村庄》等,艾青的《雪落在中国的土地上》反复呈现土地和雪夜的景象,咏叹"中国的苦痛与灾难/像这雪夜一样广阔而漫长呀"！可以说是这一组意象的经典性运用。

第三，七月派诗的语言属于钢铁的质地。艾青说："语言的机能，在于把人群的愿望、意欲和要求，用看不见的线维系在一起，化为力量。"① "把我们放进人世的熔炉烧成赤红的溶液吧！再取出，搁在铁砧上，用生活的千斤的重锤猛烈地抨打！……我们的诗，就是铁与铁的抨击所发生的铿锵……"② 这种语言的质地坚硬，一方面通过七月派特殊的意象创造来实现，另一方面通过诗的节奏和旋律得以强化。以田间为代表，诗的鼓点式的节奏，疾驰而跃动的旋律，带给诗歌强烈的力感和战斗的气质。这种有力的节奏是通过短促的分行所造成大量停顿而形成的，田间的诗歌几乎都采用这样的形式，如"中国的春天/走过/无花的/山谷，走过/无笑的/平原……"(《中国的春天在号召着全人类》)"今天呀，让我们/死吧，但必需付出我们/最后的灵魂，到保卫祖国的/神圣的/歌声去……/亲爱的/人民！"(《给战斗者》)虽然有些诗歌也存在分行的人为和过细之嫌，但这种特殊的语言形式所带来的强烈的震撼力，却是人所公认的。正因为此，绿原、冀汸、艾漠、鲁煤等一批诗人都曾经受田间的影响，使擂鼓式的诗歌形式风行一时。另一种七月派更为钟爱的以长句式为主的自由诗体，则以内在的"力的排列"和"力的旋律"见长，如阿垅所言："浩浩荡荡的情绪的旋律，同样浩浩荡荡的排列的旋律；一种一气呵成的欲罢不能的力量怎样在诗句中无情地震撼着，无情地压迫着！因此，长；但是读着的时候却不是繁冗累涩之感，像大江潮涨，澎湃疾流，瞬息千里！"③

① 艾青：《诗论》，第203页。
② 艾青：《诗论》，第221页。
③ 亦门(阿垅)：《论形式·排列片论》，《诗与现实》(第一分册)，第76页。

　　语言上七月派还偏爱那种色彩浓重、鲜活生动的表达。他们强调景物的光色,突出强烈的色彩对比,如太阳的"金黄",森林的"黑色","海水一样的蓝天","柔美的白云","美丽的大旗","灰黑的云块","绿色的稻子"与"水牛的黄色大眼睛"等等,一种油画般的浓丽繁复的色感同样带来强烈的冲击力。牛汉在一首《山野的气息》里,将"山野的气息当成溶剂":

> 灰暗的天色呀
>
> 棕黄的土色呀
>
> 枯黄的风色呀
>
> 紫红的太阳色呀
>
> 都溶进去……
>
> 而我的歌
>
> 便是一支画笔
>
> 大地是一张洁白的画纸
>
> 我歌唱的走着……

在诗人的意念中,诗的歌唱永远是富于色彩的,那种单调苍白的吟哦不属于这一时代,也不属于七月派。

　　而且,诗人们在赋予景物以动感和生命的时候,不仅仅满足于那些贴切的形容词,他们尤喜用拟人化的动词,邹荻帆的《雪与村庄》中描写"淫欲撒野的风",用舌头"舔"着皮肤,将冰雹往脸上"唾掷",接着是声响,"听啦,遥远的,雪在哭泣"。诗歌中既有歌者"嘶哑的喉咙歌唱",也常用象声词如雷雨"轰轰"而至,房屋"吱吱"作响,战马"哧哧"应和等表现声响效果,给人以活生生的感觉。艾漠最早显露他诗歌才华的一首诗《夜》,将夜的景观用几组富于声色活动的意象表现出来:

> 西北的苦湿的长夜……

狼，

火红的眼睛，

点亮在夜的丛莽。

繁星，

夜间——

熟的柠檬。

森林

黑色

漫天的大幕，

猎人跃进在深处，

猎枪是贪婪的火蛇

吐着爆炸的火舌。

而我们四个

喘息着

摸索向远方。……

　　七月派诗人在修辞上多用排比式、反复式和对比式。七月派是在时代的大道上写人生的流派，蜂拥而来的时代生活及其种种壮观景象，带给诗人们满腔感怀，正是如鲠在喉不吐不快。为了充分地表达这种爱恨情感，诗人总是不吝笔墨，以痛快淋漓尽兴抒怀为目的来安排修辞章法。无论写景抒情，诗人们长于铺排式描绘，将丰富的深广的情感内容不加节制地涌泄而出，甚至反复再反复，直至诗人尽兴尽致，直至诗作饱满丰润。于是，七月派的诗歌总体上具有一种一泻千里、不可抵挡的美学力度。艾青、田间、阿垅、绿原等代表性诗人都是善于创作长篇诗作的，长诗更多运用铺陈、排

比和复沓手法,使诗人激越奔放的情感与汪洋恣肆的文笔得到和
谐统一的体现。

　　排比是一种富于表现力的辞格,相同的句式连续出现,能痛快
淋漓地铺陈意象,表达强烈奔放的情感,增强语言的气势,突出意
义的重心。绿原的《春雷》写出饥饿的冬天的夜晚,人类苦闷的卑
微的梦境:

　　　　一个孩子梦着冻疮、雪人和年糕

　　　　一个乞丐梦着在稻草堆里偎着一条狗

　　　　一个厨子梦着烧不着的湿柴和它的苦烟

　　　　一个清道夫梦着垃圾箱里白雪盖住破布和骨头

　　　　一个报童梦着用卖不掉的报纸生火取暖

　　　　一个士兵梦着白茫茫的旷野上无聊的休战

　　　　一个流浪汉梦着在刮北风的泥路上翻筋斗

　　　　……

　　诗人呼唤希望的春雷到来时,用了同样的铺排句式:

　　　　让黑夜的火车头陪你

　　　　让铁椎和铁砧陪你

　　　　让北方草原的大炮陪你

　　　　让号角和铜鼓陪你

　　　　让沙漠的马队陪你

　　　　让挣破了铁笼的狮子陪你

　　　　让对大海演说的鼓动家陪你

　　　　让守夜的诗人陪你

　　　　呼喊吧,呼喊吧,春雷

　　鲁藜《风雪的晚上》歌唱"可爱的北方的雪":

　　　　我爱北方的雪

我爱这没有穷人痛苦的北方的雪

我爱这纯洁像羔羊的雪

我爱这美丽像海边贝壳的雪

我爱这轻飘像浪花的雪

我爱这透明像水晶的雪

我爱这形体像白蔷薇的雪

艾青的《雪落在中国的土地上》以"雪落在中国的土地上,寒冷在封锁着中国呀……"为引导,全诗四次重复出现这一诗句,渲染出"中国的苦痛与灾难/像这雪夜一样漫长呀!"的主题内涵,强烈表达出诗人对苦难国土的痛爱之情。化铁的《暴雷雨岸然轰轰而至》在描绘暴雷雨汹涌而至的景象时,连续三次用"奔驰而来"的诗句引出诗段,造成一种急迫的不可抵挡的力量和气势,具有极强的震撼力。这种间隔性重复相同诗句的手法,既强化了主体情感,又造成回环往复一唱三叹的诗歌境界,此种间隔反复的修辞方式在七月派诗歌当中是相当普遍的。

对比的方式也是七月派诗人所擅长的。在反差很大的意象间,在起落悬殊的节奏旋律中寻求鲜明的对比效果,使诗歌充满一种对抗性张力,有助于突出爱憎分明的主体情感,并激发读者的战斗欲望。田间的诗总是用简洁的语言摆出截然相反的景象,构成鲜明的对比,无需更多的语言,对比本身已经包含了毋庸置疑的选择意向。在《给战斗者》中,诗人历数侵略者"扫射"、"绞杀"的血腥罪行,告诉读者,侵略者"它要走过我们四万万五千万被害死了的/无声息地尸具上,播着武士道的/胜利的放荡的呼喊……"然后诗人设问:"今天,你将告诉我们以战斗或者以死呢?伟大的/祖国!"诗人也用同样意义的对比方式为长诗作了有力的结尾:

在斗争里,

胜利

或者死……

在诗篇上，

战士的坟场

会比奴隶的国家

要温暖，

要明亮。

田间著名的《假使我们不去打仗》，对比手法更为独特鲜明：

假使我们不去打仗，

敌人用刺刀

杀死了我们

还要用手指着我们的骨头说：

"看，

这是奴隶！"

这里，诗人强调指出了不抵抗侵略者的恶果，实际上包含了正反两方面的意思，不抵抗就要沦为奴隶之邦，而只有奋起反抗，国家才能独立，人民才能成为国家的主人。面对触目惊心的命运选择，要生存只有奋起抗战，这首短诗巨大的感召力正出自于此。

化铁《暴雷雨岸然轰轰而至》的结尾，诗的意象与格调由狂暴变为沉静，呈现出一幅柔美温和的理想景致，与诗的整体格调形成鲜明的对比：

在暴风雨的后面原还有温暖的象海水一样的蓝天，

还有拖长着身体的柔美的白云，

还有雀鸟，

还有太阳的金黄。

生与死、战斗与妥协、希望与绝望、光明与黑暗的复合情感交织在诗人的心头,他们都是从"人生的黑海里面"走来的,他们渴望"灯塔",他们长久地摸索在"苦湿"的暗夜,他们奋力追寻着温暖明亮的"太阳"。于是,七月派诗歌中常常出现意象的反差对比,色调上明暗对应,节奏上张弛交错,形成起伏变化的诗歌格局,使诗人心灵中苦难的印记、理想的光芒和跌宕的情感得到完整而生动的表现。

修辞手段意在加强文学艺术的语言表现力,"强化式的修辞手段包括诸如重复法、积累法、夸张法和高潮法,与'崇高的文体联系在一起'"。① 所谓强化性修辞就是文饰与措词追求铺陈华丽,注重排比复沓手法的运用,汪洋恣肆的文笔与诗人强烈激越的情感相适应。这一点典型地体现在七月派的诗歌创作当中,诗人们用强化修辞手法突出了他们崇高悲郁的艺术风格。

第四,散文化追求。七月派对诗歌的写景抒情达意有特殊的需求,他们注重发挥主观战斗热情,他们要在与客观现实的碰撞中得到自己"心的跳动"。所以,他们以排列铺陈的意象为情感的渲泄途径,而不刻意于形象本身的精雕细琢。同样,为了毫无遮拦地抒发情感,七月诗派也不主张将诗歌束缚在狭小的所谓诗的格式规矩之中,相反,他们倡导诗的散文化。

"诗的散文美"是艾青提出来的。他说:"诗人必须首先是美好的散文家。"② "假如是诗,无论用什么形式写出来都是诗;假如不是诗,无论用什么形式写出来都不是诗。"③ 他指出:"自从我们发

---

① [美]韦勒克、沃沦:《文学理论》,第 191 页。
② 艾青:《诗论》第 196 页。
③ 艾青:《诗论》第 190 页。

现了韵文的虚伪,发现了韵文的人工气,发现了韵文的雕琢,我们就敌视了它;而当我们熟视了散文的不修饰的美,不需要涂抹脂粉的本色,充满了生活气息的健康,它就肉体地诱惑了我们。""散文的自由性,给文学的形象以表现的便利;而那种洗练的散文、崇高的散文、健康的或是柔美的散文之被用于诗人者,就因为它们是形象之表达的最完善的工具。"①

七月派认同艾青的主张:"不要把形式当做魔术的外衣。——一切的魔术都是假的","不要把形式看做绝对的东西。——它是依照变动的生活内容而变动的"。② 他们从来不把形式放到诗的第一位,当自由性的散文笔法能够带来诗的抒情的自由性时,他们果断的舍弃了传统的格律韵律的外在形式的羁绊,在现代诗歌的自由化道路上迈出了长足的一步。

首先,依据抒情言志的便利而构筑诗的结构,并追求多样化和个性化。七月派诗人更为彻底地打破了传统诗歌整齐、适中、和谐的章法,走向短章与长制两个极端。田间、孙钿、艾漠等采用的鼓点式和楼梯体,用坚实而响亮的短句,迎合时代的战斗要求;阿垅、绿原、化铁等的长句式,极尽铺排,更便于诗人对现实进行充分论辩和深入批判,表现浩浩荡荡的情绪的波流。或者他们将短句和长句在一首诗中混合使用,诗句参差不齐,富于变化,充分显示了形式的自由创造。短句很多是一两个字构成一行,而二、三十个字的长句也是屡见不鲜,胡风的《为祖国而歌》竟以六十个字的长诗行结尾,可谓长句的极致:

　　　　为了你呵,　生我的　养我的　交给我什么是爱　什么

---

① 艾青:《诗论》第153、155页。
② 艾青:《诗论》第189页。

是恨的　使我在爱里恨里苦痛的　辗转于苦痛里但依然能够
给我希望给我力量的　我的受难的祖国！

　　七月派诗体形式的自由创造缘自于他们的诗歌美学观念,他
们追求的是那种能够最大限度地承载主体思想情感的"没有形式
的形式"。阿垅说:"高涨的春江有什么形式呢。""那是一种奔放的
力量,那是一种溃决的力量啊。那不是柳根盘错的堤岸约束得住
的,那不是绵亘而来的山峡拦截得住的啊"。"给它澎湃的自由吧,
还给它激荡的自由吧,任它奔腾地自由吧。"① 同时这种对诗的形
式的自由追求也与时代的要求相呼应,与社会心理相适应。正如
胡风所言:"诗的形式是走向自由奔放的方面来了,因为得适合悲
壮、乐观、慷慨、激昂的情绪,旧的形式便被冲破了。""为了表现从
实际生活中得来的诗人的真实情绪,就不得不打破向来的传统,或
者说,就不得不继承而且发展诗史上的革命传统,采取了自由奔放
的形式。"② 在现代新诗发展到抗战这一阶段,在传统文艺形式全
面潮起的时代,他们不但继承了新诗的自由体式,而且更加拓展和
强化了新诗形式的自由度,这从另一方面也说明胡风和七月派对
新文学传统毫不动摇的坚定立场。

　　而在诗的语言上,七月诗派的自由化和散文美表现在去除人
工粉饰雕琢之病,不故作新奇玄虚,崇尚朴素自然的语言风格。他
们提炼出大量的生活语言进入诗歌,使新诗带上口语化的特点,如
行云流水,舒展自如。如鲁藜的《春天》:

　　　　春天,
　　　　没有忘却在炮火里的我们

---

① 亦门:《论形式·引论》,《诗与现实》(第一分册),第15页。
② 胡风:《略观战争以来的诗》,《胡风全集》第2卷,第547页。

> 我们在战争里
>
> 也没有忘却我们的春天

胡征的《白衣女》:

> 我愿和你作一个久远的朋友
>
> 愿托出我最深的心事
>
> 给你了解
>
> 好将你圣洁的注射液
>
> 洗涤我的灵魂

诗人将健康的人生感受和情绪体验用同样健康质朴的语言表达出来,虽平易却富于表现力,做到了"更洗练,更凝集,更能与读者的心结合"。① 七月派诗歌的语言追求及语言风格在艾青当年的论述中得到准确又全面的说明,那就是:"他们所试探着,寻找着的语言,不是萎靡与陈腐的语言,不是飘忽与朦胧的语言,不是无力与柔弱的语言,不是唏嘘与呻吟的语言,他们试探着,寻找着的语言,是明显与正确的语言,深沉与强烈的语言,诚挚与坦白的语言,素朴与纯真的语言,健康与新鲜的语言,是控诉与抗议的语言。"②

散文体的自由性令诗歌更为便利地抒情言志,同时也赋予诗歌叙事、造型、论证等其它功能,这些功能融合着诗的抒情本质,丰富和加强了诗歌的艺术表现力。在七月派诗的叙述中,我们常见到人物的音容笑貌和他们生活战斗的场景,田间的《荣誉战士》中有这样的描写:"那女人,今天/坐在欢迎会的/院落,一面/喂她的/乳儿,听着/演说;从顽强的脸孔上,涌浮着/战斗的/欢喜,战斗的/红笑,——因为她啊,也流了血/为着/祖国。"也有用人物对话构成

---

① 胡风:《略观战争以来的诗》,《胡风全集》第2卷,第547—548页。
② 艾青:《论抗战以来的中国新诗》,《文艺阵地》第6卷第4期。

的诗句,如天蓝的《G·F·木刻工作者》:妈妈问"孩子呵,/归来吧,/你做了一些什么事体?"孩子回答"今天,我已不能安分守己,/因为我是为了你呀,/我也又不全为你。/我的亲人呵,/我无能寻求徒然的富贵,/来报答你至诚的恩意。"而绿原的《给天真的乐观主义者》和郑思的《秩序》,不仅揭露和控诉了国统区的黑暗现实,而且充满了政治雄辩的力量,可称为诗的论证。

　　诗的散文美并不是消解诗性将其等同于散文,七月派对诗的散体文写法有一种辩证的认识。阿垅说:"无韵,并不等于无节奏","自由,不是法则的放逐,而是法则的追求,而是法则的达到。自由,正是从法则来的。"[①]艾青也强调:诗应该"在一定的规律里自由或者奔放","艺术的规律是在变化里取得统一,是在参错里取得和谐;是在运动里取得均衡,是在繁杂里取得单纯、自由而自己成了约束。"[②]落实在创作中,就是较少注意诗行整齐、韵脚一律、雕词琢句等表面外在的技巧,而特别重视诗的内在旋律,以情绪的疾驰回旋构成诗的节奏,取得震撼心灵的艺术效果。如阿垅、绿原、化铁等诗人,常常以"力的旋律"、"力的排列"来构筑诗的骨架,以汹涌澎湃充满力度的语言丰满全诗,形成浑然一体的诗歌格调。另外,七月派诗人善用排比复沓,造成诗歌变化里的统一,参差里的和谐;主题句的回环出现,一气呵成的多句排比,都使诗歌既像散文一样舒卷自如,又变中有序、散中有整。

　　诗歌吸收散文的流畅朴素的语言特点,使诗歌走出繁缛浮华,走出虚假矫情,具有清新自然、无拘无束之态。由于诗人强烈地自觉到自己作为时代代言人的神圣职责,迫切地将真诚的情感献给

---

　　①　亦门:《诗是什么·关于节奏》,第23、25页。
　　②　艾青:《诗论》,第176—177页。

时代,将战斗的强音献给人民,有些创作中语言芜杂粗糙的痕迹也是明显的,或者一味突出语言的高亢响亮,使之具有号角和鼓点的力量,或者"语言粗犷、直白而急促",反映诗人"那种困兽犹斗的焦躁情绪",[1] 致使诗的语言失之凝炼,对此,包括七月诗人们自己也并不讳言。如阿垅的《末日》、绿原的《破坏》、庄涌的《祝中原大战》等诗歌,取胜于高亢的音调、战斗的笔锋和激荡的情感力量,但在诗的语言上显然磨研不够。评论家黄绳当年评论庄涌的诗集《突击令》时,准确地指出了庄涌诗歌的优点和缺陷:"他的情感燃烧着,临风的火浪,显得轻盈;团团的怒焰,便显得老练,他爱用热情塑成巨大的造像。""音节的急骤,语势的直驰,获得很大的效果,比起一些诗篇,虽然歌咏战斗,却不大讲究音节和语势,让它徐缓和迂滞的,便显得诗人庄涌的一点优长,然而当他的想象和语言不够他驱遣时,他还是写下非常干燥乏味的句子:

　　"中国人热度五分钟",

　　这恼人的言语,

　　怎么再没人提起?

　　第一期抗战:

　　淞沪坚守!

　　平型关突击!

　　第二期抗战:

　　台儿庄大捷!

　　花园口黄水歼敌!

　　第三期抗战:

　　鄱阳湖

---

[1]　绿原:《人之诗·自序》,人民文学出版社 1983 年版。

　　　　大别山
　　　　七十万无名氏，
　　　　光荣的战斗，
　　　　光荣的死!

他追求着一种气势，来表达那在心中滚动着的一股热情，他利用想象，却有时缺乏语言。"黄绳认为，"他的优点，有些是他独有的擅长;他的缺陷，有些是诗人们的通病"。① 我们说，这些擅长和通病在七月派诗人中是有普遍性的，当然，这也是抗战以来一种典型诗风的表现。

　　诗的散文美决不意味着放弃诗歌的语言锤炼，相反，它对诗人锤炼语言的能力有着更严格要求，是诗人对寻常诗歌和散文的双重超越，从而抵达"无技巧的技巧"、"无形式的形式"的更高境界。就是在看似最简约最平凡的文字中蕴含最丰富最深刻的思想情感，令人驰骋想象，激扬感情，并得到真理的启示。诗的语言终究是"艺术的语言——最高的语言，最纯粹的语言"。② 当然并不是七月派所有的诗人诗作都能达到这一境界，确实也有不少诗作粗疏平庸或者仅仅流于明白易懂，没有完成诗的最终提升，但更多的诗人却有自觉的诗的语言意识，并在对散文语言的吸纳和运用上进行了艰苦而有益的探索，取得了令人瞩目的成就，推动了新诗的自由化进程，对新诗发展起到了里程碑式的巨大作用。

　　诗歌是天然地靠近抒情的，诗歌偏重于主观表现的艺术特质，决定了七月派诗人们能够充分发挥"主观战斗精神"，自由不羁地抒发他们的情绪体验及其起伏变化。小说和报告文学作为叙事性

---

① 黄绳:《评庄涌的〈突击令〉》,《文艺阵地》1939 年第 4 卷第 4 期。
② 艾青:《诗论》,第 201 页。

文学样式,其质的规定要求是以营构情节故事和塑造人物形象为主,现实主义小说的基本特征,具体地表现在再现客观现实的真实性、人物形象的典型性和语言表述的客观自然性这三个方面。七月派是坚持和弘扬现实主义原则的一个文学流派,但同时又极其强调"主观战斗精神",并以张扬主体的特殊作用而形成流派的独特个性,于是,无论诗歌还是小说和报告文学的创作,都在努力达成现实主义质的规定和主体性追求之间的协调,并在此种协调中形成流派创作整体上的鲜明特色,即主体性现实主义文学的实现。从强调主观精神这一关键点出发,对诗歌来讲是顺向达成,而对于小说和报告文学来讲,则在逆向的碰撞和融合中催化了全新叙事文学的产生,这就决定了七月派的小说更具异质性,更易于引起人们的争议。

七月派的小说和报告用这样一种途径来达成艺术的协调:如胡风所言:"文艺作品并不是社会问题的图解或通俗演义,它的对象是活的人,活人的心理状态,活人的精神斗争。人的心理或精神虽然是各自产生自一定的社会的土壤,但它却有千变万化的形状和错综撩乱的色彩;作家通过自己的精神能力迫近它,把捉它,融合它,提高它,创造出一个特异的精神世界。"① 这其中包含了三层意思,一是作家对现实生活的真实反映,主要通过人物形象的塑造来完成,通过典型环境中的典型性格来完成,写人即为创作中心。胡风曾强调:"人,因而也就是作家和他所创造的人物,是历史发展的产物,从社会结构里面取得他的成长和他的存在,在社会结构里面受着一定的限制或取着一定的方向。"② 因此,社会现实及

---

① 胡风:《人生·文艺·文艺批评》,《胡风全集》第3卷,第197页。
② 胡风:《人生·文艺·文艺批评》,《胡风全集》第3卷,第197页。

其真实意义,在"产生于一定的社会的土壤"中的"人"身上全面和深刻地体现着。现实主义小说的艺术魅力也从人物性格美中体现出来。二是对人物性格的把握关键又在于对人物灵魂的把握,要写出"活人的心理状态,活人的精神斗争"。文学最终是人的情感的对象化,是人性及其灵魂的构建。三是作家创造的人物一定是融合了作家自己的"爱爱仇仇"的情感复合体,是作家的心理与人物的心理相生相克的精神化合体。所谓"主观战斗精神",在小说中就体现为作家精神对人物精神的"迫近"、"把捉"、"融合"和"提高",七月派小说家创造出的那个"特异的精神世界",是作家主体与对象主体的生命统一。这一创作过程,真正实践了胡风的主体性现实主义理论。

从以上的三个层面的追求出发,七月派小说和报告文学的结构和叙述方式便显示出与众不同的风格面貌。

其一,性格结构与心理结构的并行交错。中国现代小说发展到40年代,在结构上出现了多元共存的局面,分析起来,性格小说经过30年代长篇小说第一高峰期的实践磨炼,已经趋于成熟;现代心理小说初露端倪意欲发展之时受到生存环境的阻抑;传统情节小说在时代特殊需求的召唤中再次登场。显然,七月派小说基本上舍弃了传统小说的情节故事模式,小说家以性格小说为结构起点,并使人物心理内容全方位地渗透进来,在全局上呈现出性格结构和心理结构并行交错、且向心理结构倾斜的明显迹象,使得七月派小说在整体结构方面显示出超前的现代性追求。

综合起来,七月派的小说和报告文学塑造了如下三类人物形象,第一类是战斗英雄或其他革命者形象,大都出现在反映战争和后方斗争生活的小说和报告当中,如丘东平《第七连》中的第七连连长、《一个连长的战斗遭遇》中的连长林青史,阿垅《闸北打了起来》、《从攻击到防御》中的排长,彭柏山《一个义勇队员的前史》中的义勇队员,吴奚如的《未了的旅程》中的"我"、《萧连长》中的萧连长,贾植芳《在亚尔培路二号》、《人的斗争》、《血的记忆》等系列小说中的狱中难友。第二类是觉醒与抗争的普通人和被奴役的弱者形象,如路翎《在铁链中》的何德祥老汉、《饥饿的郭素娥》中的郭素娥、《燃烧的荒地》中的张老二、《罗大斗的一生》中的罗大斗,吴奚如《刘长林》中的刘长林,这类人物既饱受"精神奴役的创伤",又充满了野性的"原始强力",性格的强弱变化极富戏剧性。第三类是探索和追寻生命意义的知识分子形象,以路翎《财主底儿女们》中蒋纯祖弟兄为代表。

　　无论塑造何种类型的人物形象,七月派小说和报告的共同特点是以刻划人物心理为中心,展示人物灵魂的复杂和沉浮变化状态,从民众灵魂的深层揭示诸如"精神奴役的创伤"和"原始生命力"等主题意蕴。即使是《第七连》这样的战争小说,作家在展示残酷的征战场景中,也不时穿插主人公的紧张困惑的心境。有这样两段战斗危急时刻连长与团长电话对话后的心理描写:

　　　　——你能不能支撑得住?

　　　　——支持得住的,团长。我答。

　　　　——我希望你深切的了解,这是你立功成名的时候,你必须深明大义,抱定与阵地共存亡的决心!

　　　　我仿佛觉得,我的团长是和我的灵魂在说话,他的话(依据我们中国人和鬼的通讯法)应该写在纸上,焚化。而我对于他的话也是从灵魂上去发生感动,我感动得几乎掉下泪来。我不明白那几句僵尸一样的辞句为什么会这样的感动我。

　　　　……

　　　　"与阵地共存亡"。我很冷静,我刻刻的防备着,恐怕会上这句话的当。我觉得这句话非常错误,中国军队的将官最喜欢说这句话。我本来很了解这句话的神圣的意义,但我还是恐怕会受这句话的愚弄,人的"存"和"亡",在这里都不成问题,而对于阵地的据守,却是超过了人的"存""亡"的又一回事。

　　这时候我的心境是悲苦的,我哀切地盼望在敌人的无敌的炮火下,我们的兄弟还能存留了五分之一的人数,而我自己,第七连的灵魂,必须还是活的,我必须亲眼看到一幅比一切都鲜丽的画景:我们中华民国的勇士,如何从毁坏不堪的壕沟里跃出,如何在阵地的前面去迎击敌人的鲜丽的画景。

连长的心理活动起伏变化异常激烈,更加强了战场的紧张气氛。在这里,连长面对的困境不仅仅是敌人的强势,还有长官错误的指导思想和自己的心理矛盾,他在与敌人搏斗的同时也在与自己的灵魂搏斗。这一切纠结在一起,使作品超越单一的战争模式,具有了复合而深刻的悲剧内涵。

　　"七月派作家,特别是路翎,心理刻划方面最大的成功之处,是善于写出人物在特定境遇中异常丰富的心理变化,善于写出从某种心理状态向另一种对立的心理状态的跳跃,如从低沉懊丧转向昂扬自信,从深深痛苦转向极度欢乐,从百般烦恼转向和谐安宁,等等,这种心理变化的幅度往往是一百八十度,频率往往是瞬息万变,这种变化幅度与速度在中国现代小说史上都是罕见的。"①　如果说,心理描写已经成为小说创作特别是现代小说创作的基本手法,那么这里,评论家抓住了七月派小说在心理刻划方面的与众不同之处,特别是路翎,他的长篇小说《财主底儿女们》、《燃烧的荒

————————

①　严家炎:《中国现代小说流派史》,第274页。

地》和一系列短篇小说,主人公形象的撼动人心的艺术力量,无不来自作家对人物心理转折的出色描写。这也是七月派其他小说家的特长,虽然他们没有路翎那样表现极端。上文所引的丘东平《第七连》片段中,连长对团长"与阵地共存亡"指令的感受前后截然不同,刚刚听到团长的电话时,只有感动甚至是冲动,为了这具有神圣意义的指令,他准备不惜代价去冲锋陷阵。而一天以后,连长冷静了,他的理智告诉他团长的话是错误的,自己恐怕要被这句话愚弄。即便这样,连长还是必须要与"敌人无敌的炮火"决一死战,因为服从命令是军人的天职,连长的心境是矛盾而悲苦的。而一旦要投入战斗,连长条件反射一样地激扬起来,胜利的希望微乎其微,但他要竭尽全力争取,而且他必须看到这胜利,在情绪的亢奋状态中,连长又被想象中的胜利的"鲜丽的画景"深深地感动了。从冲动到理智,从悲苦到激动,连长的心理情绪状态的几次转折变化,活现出一个内心世界丰富而生动的英雄形象,读者也被不自觉地感染了。

东平和路翎以人物心灵的矛盾史和斗争史构成小说的主体内容,同样,其他小说家的作品,如彭柏山的《皮背心》、《某看护的遭遇》和冀汸的《走夜路的人们》、孔厥的《受苦人》等都围绕着人物形象的塑造展开小说叙事,并且普遍表现出挖掘人物内心世界的趋向。他们笔下的悲剧形象及其心理困境,不但是读者阅读过程中紧紧追逐的对象,也是阅读完成后扎根于读者心底的审美意象,这就是性格、心理小说的特殊力量。

在七月派的小说、报告中,心理描写不再仅仅是刻画人物性格的一种方法,人物的某种情绪状态或心理冲动往往从始至终笼罩着作品统摄着作品,它操纵着人物的行动走向,推动着情节的发展,它的变化转折引导着小说结构的起承转合,它不但塑造人物性格、完成着人物形象,而且从局部到整体,起着结构作品的重要作用。与其说作家们是在塑造典型环境中的典型性格,不如说是在刻划典型环境中的典型心理更为确切,更符合七月派作品的实际。

其二,主观化叙述视角。七月派的小说、报告通常采用的两种视角形式,第一人称的内视角和第三人称的后视角。第一人称内视角是固定的,叙述者与人物"我"的身份、性格、语言习惯相互限制,一般来讲,叙述者写自己的经历和体验,就要求人物"我"向叙述者靠拢,二者成为有机和谐的统一体。丘东平《第七连》就是以连长"我"的视角描述了一场险恶的阵地保卫战,"我"极其方便地将笔锋转入内心世界,表达自己对战争的感受和思考,在这里,作家与"我"合为一体充当小说叙述者。由于内视角本身是具有浓厚主观化色彩的一种叙述角度,七月派很多小说家如东平、阿垅、柏山、曹白、吴奚如、贾植芳等都喜用第一人称,他们在书写自己的人生经历和斗争生活体验时,第一人称用来得心应手。我们特别要提出的是,七月派叙事性文学作品的所谓后视角与传统意义上的后视角是有显著区别的,传统的第三人称后视角是一种全知全能的视角,虽然表面上是在作者的视野内进行叙述,但其"作者"其实并不或不止代表作家自己,而是居于高高在上俯瞰全局的客观化视野中进行叙述,这种客观化视角不允许作家随意和过分地表现自己的主观情绪,作家必须隐蔽起来,将思想感情溶解在情节、故事及人物言行中,不着痕迹地自然而然地流露出来,这是现实主义客观化原则对小说家的要求。然而七月派的很多小说家突破了这一原则,他们是那样激情不可抑制地闯入文本,时时处处显示着创造主体的存在。他们或者在情节中或者在人物身上"突入"自己的"主观战斗精神",虽然看起来是作品中的某个人物在说话,却明显地感受到那是作家自己心声的流露,且看丘东平的《一个连长的战

斗遭遇》中,林青史的朋友高峰的一席话:

> 我觉得所有的军人大抵都是悲苦的,一个人从军校中毕业出来,挂着短剑,穿着军服,看样子也和别的所有的同学一样,都是英勇的,健壮的,有时候在马路上走过,也引起了许多人的羡慕,……一上了战场,战死和受伤都不关重要,不能达到任务是一件最痛苦的事情,——我的理想是很高的,我有自己的不能告人的简直可以说是虚妄的一种很大的抱负,从这一点我曾经长时间地尊重自己,同时也曾经对别的人骄傲过。我似乎无形中得到一种暗示,我觉得世界上不幸的人太多了,也许是到处皆是,但是这里面绝不会有一个我,——这个梦幻薄得像一层薄纸,但是我决议用尽心力来保全它,我相信我有自己的聪明,我能够清楚地辨别我所走的路程,这路程既大又远,我几乎无时无刻不在这里保持着一个伟大的长征者的身份,……

这是高峰的,是林青史的,也是作家丘东平的心灵剖白,是他们作为军人的角色认证,是他们坚持自我个性而不见容于生存处境的人生悲剧的叙述。

或者作家干脆走向前台,直面读者抒发自己的主观感受,陈述自己的主观思考。且不说作家的叙述本身就是饱含激情的,一些纯粹的感慨性议论性段落也不失时机地出现在作品中。曹白的报告中,作家"我"作为人物活动在作品中,"我"不时地抒发自己的内心感受,如《在死神的黑影下面》:

> 不过其实,我是"骗"过人的。单以目前而论,骗上司和骗孩子。但我并不认为我在犯罪或欺骗。而这老妇身边的三个孩子也委实很安详,他们仍然轻微地发鼾,仍然在做着白日的好梦。我想,他们该不再是怯懦的痛苦的伙伴,是应该成为勇

敢的快乐的使者的。

作家也时常以叙述者的姿态观照和评议笔下的现象和人物,变换角度,边叙边议。如《烽烟杂记》的最后一节,就是针对难民现象,发出的改造国民精神的反省:

> 反省就从这里开始吧。我以为,这还不算迟。

> 我们的山河被日本轰毁得够多了。但我们也得一面时时省察,将卑污的精神、黑暗的灵魂、妖精的伎俩、愚昧的方法、老谱的新翻,在这残酷的猛烈的炮火中,一同轰毁,一同洗礼。锻炼自己,沉着坚韧,这才是到达新中国的大路。自然,要这样,斗争是会格外残酷、格外猛烈的,但中国的青年的命运不是注定了在斗争里的么?

小说家路翎,在小说创作中几乎付诸他的全部热情,他甚至是任意地评判和赞叹他的人物,不加限制地渲发自己的情感。阅读路翎的作品,时时处处可以感觉到作家的存在,路翎对小说的控制已达绝对化的地步,每一个人物身上都燃烧着路翎自己。路翎苦恼地告诉胡风:"我自己和蒋纯祖一同苦痛,一同兴奋,一同嫌恶自己和爱着自己。我太熟知它了。它假若真的,完完全全的变成我自己,这对我底创作就成了一个妨碍。我克服着。"[1] 胡风也深知路翎创作中情感投入的程度,曾提醒他注意节制,在看到路翎的《罗大斗的一生》时,胡风指出:"有些地方,被作者自己底热情压伤了。""罗大斗是活的,不错,但其余的一切都没有一贯地活起来,好像只看得见作者底安排。"[2] 可见,作家主体的"自我"表现和情绪对小说的操纵,是七月派小说创作的一个优势和鲜明特色,同时如

---

① 晓风编:《胡风路翎文学书简》,安徽文艺出版社 1994 年版,第 5—6 页。

② 《胡风路翎文学书简》,第 101 页。

他们自己所检讨的,主观的过分"突入",多少也妨碍了人物的真实性。在路翎小说中,常常看到普通劳动者身上具有明显的知识分子心理及习性,比如工人恋爱时的小布尔乔亚式心理活动,确实是匪夷所思之笔,这不能不说是路翎将人物"完完全全变成我自己"所致。

其三,直叙性小说语言。创作中强调和突出作家的主体性力量,势必造成对文学语言的全新把握。七月派的小说报告偏向于叙述性语言,以便于自由地抒发主体情感和进行主体评判,这也是主观化视角下对语言的一种必然选择。现实主义是注重描写的,因为描写性语言能够较大程度地隐蔽作家自己,以达到客观再现的目的。而七月派恰恰认为这样会流于客观主义的弊端,所以他们一贯是轻描写而重叙述的。在这一方面,七月派作家明显受到卢卡契文艺思想的影响。应该说吕荧翻译卢卡契的《叙述与描写》和胡风在《七月》上发表这篇译文,都不是纯粹的偶然事件,这与他们和卢卡契的思想存在深层契合有关,虽然当时不一定非常自觉。胡风从《叙述与描写》中看出卢卡契对创作中作家主体能动作用的强调,并由此决定了相应的语言手段,胡风认为这在"文艺创作方法上是很重要的原则问题",是在创作实践当中早已严重存在的问题。卢卡契对作家创作态度和语言技巧之间的关系的论述,无形中成为七月派叙述风格的理论依据。

再现性文学具有一个相对完整、自足和封闭的语言系统,它的基本特征是尽量贴近生活本身的描绘生活的功能,具体为叙述语言的冷静客观和人物语言的充分个性化。创作中,作家不轻易流露情感倾向,而且也不强制规范作品的主旨和读者的接受意向,叙述语言温和中立,人物语言则交给人物自己,起码在语言表层,要隐藏主观而高度密集地涌现客观。"从正面设想,客观可能意味着作者应该不仅抑制他或者她自己的个性,而且抑制叙述声音。不是去告诉读者发生了什么,而是应该允许读者通过戏剧式的呈现(如对话)直接体验它。"①卢卡契认为,"这种意义上的客观会沦为对于一些事实的无控制无区别的描写,而这些事实却缺少我们所体验到的那种'真实的'生活形态(见他的论文《叙述或描写?》)"。②七月派恰恰注重体验的真实,反对一味按照生活原貌的冷漠描写,他们营构出的是一套重体验的表现性小说叙述语言。

七月派的小说和报告中,叙述者是永远的中介,叙述者在自己把握的叙述框架中调遣语言,对语言进行充分的主动性操纵,使读者在任何情况下都能够听到叙述者的声音。他们往往有意识地将小说纳入作家个体的叙述当中,故事情节和人物在作家的叙述之中呈现和完成。曹白的《呼吸》就是在作家主观叙述中完成的报告文学集,所有的作家的经历和感受,通过直叙性语言娓娓道来,东平和阿垅的报告文学也是如此。我们经常看到这样的叙述方式出现在七月派小说的开端:"我们是……第七连。我是本连的连长。"(东平《第七连》)"我们在那里打了败仗。这是一个沉痛,羞辱的纪念。"(东平《我们在那里打了败仗》)"事情的开始和结束是这样的——"(吴奚如《刘长林》)由此开始"我"或者主人公的回忆性叙述,故事与人物形象在作家的叙述中得来,融合着叙述者的体验、感受、情绪和评判一同被读者所接受。比之客观描写,读者得到了带有作家体验温度和情感判别的审美现实,它是活生生的触动心灵的。按照胡风的主体性现实主义理论,也就是说作家与审美对象已经进行了最激烈的搏击,对象之中已经融入了作家的血肉生命,

---

① ［美］华莱士·马丁:《当代叙事学》,北京大学出版社1990年版,第62页。
② 转引自［美］华莱士·马丁:《当代叙事学》,第62页。

他希望以带有自己生命体验痕迹的对象来感染读者、打动读者,从而提升读者的精神境界。

作家对叙述语言的控制使之成为一种感受性和情绪性的语言。在对这种整体叙述方式的控制中,七月派小说中的人物语言也常常挥不去作家自己个性和情绪的严重影响,这显然不符合严格的人物个性化要求,比如路翎小说中的人物语言,带有明显的知识分子腔调,无论什么身份的人物,语感都一律紧张而急促,似乎每一个性格都传达着作家的内心欲求。路翎显然长于大段落的铺陈式叙述,而缺少精细描绘的笔法,其作品中人物的个性化并非来自语言的个性化,而是来自人物精神气质的特异性,如研究者所言:路翎"是在用他的情绪优势掩盖他的语言的不到家"。路翎有他的语言上的优势和劣势,"路翎语言的非雕刻性却是流动,虽不很凝重,但也不乏生动。"① 这一看法也适合于其他七月派小说家,是情感的灌注形成了他们语言的流动,也造就了他们语言的别一种生动。

当然,并不是每一个七月派作家都不擅长描写,吴奚如、贾植芳和冀汸的小说中不乏对现实世界真实描绘的细腻笔触,譬如吴奚如就特别擅长人物的对话描写,使小说呈现出戏剧性的再现效果。问题的关键在于,他们不满足于仅仅模仿生活所带来的表面真实,不能容忍那种走入极端的僵化的客观主义。面对不能尽如人意的现实主义创作现状,他们和胡风一样愈来愈迫切地意识到,将主观体验介入叙事,具有激活现实主义生命力的重要意义。于是,他们有意识地加强小说中的主观表现因素,写作中多用叙述手

① 朱珩青:《路翎小说的精神世界和"七月派"现实主义》,《学术月刊》1994 年第 9 期。

法,追求客观描绘与主观激情、写实精神与浪漫风格的统一。在侧重描写到侧重叙述的转变中,在描写与叙述的融合中,进一步靠拢七月派式的现实主义小说样式,并以其特有的现实主义力量,获得读者的欢迎和赞赏。七月派小说之所以形成一个有影响的小说流派,除了东平、阿垅、路翎的作品集中和突出地表现出流派的艺术特色,也与其他小说家对七月派文艺思想的认同以及写法上向七月派的自觉靠拢有着莫大的关系。

胡风一贯主张文体形式要为内容服务,反对任何形式主义的东西。七月派的诗歌和小说创作,正是在打破形式主义的束缚中获得了创造的自由。诗人和作家们明白,单纯形式和语言的雕琢,不会产生鲜活的艺术生命力,人性的探求和灵魂的深度书写,才是永远的文心。他们不为文体形式的固有成规所限制,听凭时代的召唤和内心情感的需求,使文学成为时代和人类的最真实的呼声。正是为了达到这一真实,他们注重生命体验,而正是为了准确生动地传达出自己的生命体验,他们以主体为创作视点,采用了直抒情感和直叙事件的语言方式。所以,七月派对于文体形式的探求,没有孤立于情感内容的探求之外,其形式与内容是一体化的。我们很难为七月派归纳出一套相对完整的如再现性文学所规定的语言形式系统,甚至没有几条既定的写作规则。七月派崇尚现实主义,又突出创作主体的能动作用,他们在文学观念上"消除了主观与呈观、表现与再现、体验与观察的对峙,创造出一种新的艺术范式"。① 这种消除和创造,本身已经打破了双方所独具的写作规则,使语言形式的运用处于流动和变化当中,永远追随和融合于美

―――――――――――――――――

① 　高远东:《论七月派小说的群体风格》,《文学评论》1988 年第 3 期。

学内容的要求当中。

五、流派风格:在纵向演变和横向比较中

在七月派的形成和发展过程中,流派的艺术风格也经受了时代风云变化的砺炼,逐渐走向成熟。从时间上看,大约以 1941 年为界,开始了创作风格上明显的转变,而流派风格成熟的标志,则是 1945 年《希望》杂志的出版。

七月派风格演变的前后两个时期,亦即人们通常所说的《七月》时期和《希望》时期,分别表现出崇高和悲剧这两种风格主调。虽然从整体而观,崇高与悲剧交汇互动,融合地贯穿在七月派发展的始终,但它们各自又侧重于前后两个不同时期,并由此呈现出七月派风格演变的清晰轨迹,这也是不争的事实。同时应该指出,这种风格的变化,不仅仅属于七月派,也是抗战以来到 40 年代现代文学演进发展中的共相,七月派处于这一时代背景之下,它非常典型地表现出这一时代文学的总体趋势和风格面貌。

胡风身处动荡的时代旋流之中,敏锐地看到了文学新变的症候,抓住了文学走向成熟的契机。早在 1942 年写就的《关于创作发展的二三感想》中,胡风清楚地揭示出这一变化的端由,勾勒出这一变化的最初轨迹:

> 战争一来,整个社会被搅翻了,全民族被投进了大的兴奋里面。尤其是敏感的作家们(以及知识青年们),一旦突然从被限制的小生活圈子解放了出来,他们的战斗的意志就遇着了广大的、蠢动的现实生活。
>
> ……
>
> 在诗上,由于人民情绪的兴奋,焕发,感激,和乐观,不但那些忧伤的低诉绝了迹,同时也减去了那种可望而不可即的

焦躁的意味,而是从生活激动发出的火热的声音。这是诗的疾风迅雷的时期,和战争时期的人民的精神状态是完全相应的。当然,那基本特点是思想要求和生活事变突然相遇的一种兴奋状态,但这兴奋状态正是当时的精神潮流的本色。

……

因而报告异常地旺盛。作家既然厌弃了不是从生活深处提升的虚构性,又对着现实的生活事变感到惊异和吸力,就自然地采用了直接把捉个别的生活事件的艺术形式——报告。而有些个别的生活事件正包含着深刻的历史内容,这是作为艺术形式的"报告"的成立根据,也是当时"报告"旺盛地发达了的根据。①

七月派,此时以热情、高昂、战斗的创作格调,融汇在全民抗日的大合唱之中。艾青、田间、天蓝、孙钿、鲁藜、邹荻帆、艾漠、彭燕郊等诗人的诗歌,丘东平、阿垅、曹白等作家的战地报告文学,展示了七月派前期的创作风貌。《七月》以它革命和进步的思想内容,热情和朝气蓬勃的艺术气象吸引了众多的青年作者和读者,在抗战前方、后方和根据地广大区域发生了积极的影响。

创作风格的变化是时局的变化引起的:

从武汉撤退开始,战争渐渐发展到了一个新的阶段。这时候,"战争是长期的","战争过程是艰苦的",才渐渐由理论的语言变成了生活的实感。人民的情绪一方面由兴奋的状态转入了沉炼的状态,一方面由万烛齐燃的状态转入了明暗不同的状态。人民的意志一方面由勇往直前的状态转入了深入分析的状态,兴奋生活开始变为持续的日常生活了。

---

① 胡风:《关于创作发展的二三感想》,《胡风全集》第3卷,第7—8页。

这当然反映到了作家的精神内容,因而也就是创作发展上面。

诗人的情绪渐渐由兴奋达到了沉炼。不是一碰就响,须得在生活对象里面潜流,酝酿,因而诗人的战斗欲求一方面和具体的对象结而为一,于是,把热情潜伏到具体对象里面、把思想溶进了生活实感里面的抒情诗发达起来了,一方面不得不借助逻辑思维的力量,在生活的发展里面探索前进,于是大的抒情诗,叙事诗发达起来了。没有了战争初期的那一种兴奋,但也不同于战前的忧伤的低诉,而是将要成焰的浓烟,蒙着灰皮的木炭。不能达到这种境界,只是在战争初期的那种兴奋情绪所走过的道路上面姑息着自己的,那声音的十分之九就成为非肉声的空响了。

在叙事文学方面,由于现实的发展使作家较易地把捉它的来根去向,也由于作家在生活里面的锻炼渐渐获得了对于生活内容的分析、综合的能力,于是,主观精神被限制在个别生活事件的"报告"渐渐减少,而构成性的艺术的小说渐渐加多,现在且已现出了长篇小说将要繁盛起来的趋向。①胡风的论述严密而精彩,"由兴奋达到沉炼",是对七月派风格走向成熟的准确把握。作为后期的代表性作家,阿垅、绿原、牛汉等诗人创作了如胡风所言的"大的抒情诗",他们将"热情潜伏到具体对象里面",也将对现实的理性思考融入诗的语言。小说家则以他们"构成性的艺术的小说",预示出现代小说又一次繁盛的趋向,特别是路翎的艺术贡献,为七月派增加了沉甸甸的分量。

七月派后期的创作风格偏于沉郁悲怆。平息了战争初期的狂

---

① 胡风:《关于创作发展的二三感想》,《胡风全集》第3卷,第9页。

热情绪,诗人作家们一方面意识到战争的艰苦漫长,另一方面更敏锐地看到国家贫穷黑暗的内伤和民众精神上愚钝麻木的根性遗留,痛切地感受到种种消极状态对战争胜利和民族进步的巨大阻碍。他们将文学的视野转向暴露,将艺术的触角转向批判,以悲剧的力量警醒大众的灵魂。1944年,诗人冀汸创作了《七月的轨迹》,他用诗的语言描绘出七月派从单纯走向复杂,从兴奋达到沉炼,从高昂走向悲怆的变化轨迹:

> 从激动的流泪到痛苦的流泪
>
> 从哑巴要说话到说话的变成哑巴
>
> 从老人像孩子的天真到孩子装成老人
>
> 从歌唱到悲愤的叹息
>
> 从火把到没有灯光……

这种沉郁的流派个性一直持续到抗战胜利以后,胡风曾在一篇题为《空洞的话》的短文中表示,抗战胜利了,但"实际上正有深沉的悲哀在","抗战当中,应该是一往无前的罢,但实际上几乎每年都被抗战到底呢还是中途重新掉进奴隶命运里面去的恐惧所侵袭。""不管怎样,抗战是胜利了,然而出乎意外地,我们又临到了一个是否重做奴隶呢的关头前面。如果内战打下去,政治专制下去,那我们不是奴隶又是什么呢? 中华民国不只是一个地理名词又是什么呢?"① 伴随着作家对现实人生的洞察力和穿透力的质性提高,希望与幻灭纠结着的矛盾痛苦也紧紧裹挟着他们的精神世界,这种内在悲剧气质的形成,使得七月派的文学性格愈来愈靠近鲁迅"反抗绝望"的精神姿态。

胡风后来比较《七月》和《希望》杂志各自的特点时说过,"《七

---

① 胡风:《空洞的话》,《胡风全集》第3卷,第285、286页。

月》是年青的,生活气浓的,大有希望的;《希望》是成熟的,深沉的,性格很鲜明,每篇稿子都经过考虑的。"① "《希望》继承了《七月》的现实主义传统,但和《七月》有些不同,它发表了一些思想理论方面的文章,不是纯文艺性的了。"② 重视理论文章的发表,使《希望》的性格更为明敏和尖锐,这也是《希望》时期七月派走向成熟的一个标志。

诗人绿原曾分析说:"生活背景的区别,作家群的区别,胡风本人思想的演变,以及主客观矛盾的尖锐化,决定了两个刊物在风格上的差异。"③ 实际上,七月派成员的生活背景和作家群的构成,从抗战开始后就处于不停地迁徙、聚合的变动中,这也是导致了七月派的创作风格不断演变并呈现多样共存局面的一个重要原因。在同一时期,不同区域的诗人作家风格互有差异,如奔赴延安和解放区的艾青、田间、鲁藜、天蓝、艾漠、胡征的诗歌色调多为热情、乐观和明朗,而居于国统区的绿原、化铁、孙钿、冀汸、邹荻帆、郑思等,虽然也曾为抗战激动和呼喊,但总的来讲,他们诗歌的基调偏于悲愤沉郁。甚至同一个作家诗人,在这短短的几年当中,创作风格前后明显不同,这是时局变化或生活背景的变迁促成的。阿垅曾形象地总结道:"北方的诗是强毅的推进,欢乐的进军,南方的诗是激越的奋斗,惨痛的雄辩。"④

七月派风格发展的总体趋势是深沉了凝重了,但也有诗人作

①　[韩]鲁贞银:《关于"胡风编辑活动和编辑思想"访谈录》中绿原的谈话,《新文学史料》1999 年第 4 期。

②　胡风:《关于〈七月〉和〈希望〉的答问》,《胡风全集》第 7 卷,第 218 页。

③　[韩]鲁贞银:《关于"胡风编辑活动和编辑思想"访谈录》中绿原的谈话,《新文学史料》1999 年第 4 期。

④　亦门:《诗的战略形势片论》,《诗与现实》(第二分册),第 32 页。

家在现实氛围的影响下变得单纯起来。艾青是一个对七月派的形成起到重要作用的诗人,他的创作最突出最充分地展示了七月派诗歌的前期风貌,但他在40年代前后的诗风却由忧郁悲愤变为昂扬雄健,与流派风格的演化呈逆反方向。后期艾青所代表的,显然是当时另一批诗人作家的艺术追求,艾青由此脱离七月派也成必然。

七月派是一个具有开放性和流动性、相当富有活力的文学流派。七月派在迁延变化的过程中,和40年代中国文坛上的其他文学流派构成互补互动的关系,共同推动现代文学的发展进程。流派间的共融性特别明显地表现在成员的组建上,如艾青、田间前期属于七月派的中坚分子,后来又汇合到晋察冀和延安的诗歌群体之中,鲁藜、贺敬之、胡征、侯唯动等诗人虽身处解放区,却一直与胡风和《七月》、《希望》保持密切的关系,同时,他们无疑也是延安诗歌群中的活跃分子。这种共融一体的现象缘自于诗人们共处的历史背景,他们呼应着中华民族抗外敌求生存的时代要求,文学观念和艺术理想上有基本的一致或相通的追求,这就势必造成流派间成员和创作风格方面的相互渗透。

在时代文学潮流的制约之下,七月诗派与同期共存的其他流派如九叶诗派、延安诗派和中国诗坛派,① 在创作风格上既相互联系相互影响,彼此之间又有显著的区别,各自保持着思想和艺术上的独立性。与九叶诗派相比,七月派更自觉地靠近无产阶级革命文学的路向,具有更为明确而坚定的使命感和归属感,追求更为强烈的政治意识和战斗风格,他们怀抱"战斗的理想主义","他们

---

① 参见龙泉明:《中国新诗流变论》,人民文学出版社1999年版,第462页。

自觉地追求唐吉诃德式的单纯的，英雄的生命。"① 于是导致艺术风格上的独特性。两派诗歌的不同特点表现在："七月诗人思想激进，心境明亮，因而其诗在忧患的情调中勃发着雄强之气，洋溢着战斗的意绪，忧患而郁勃，悲凉而豪放，激越多于压抑，愤慨多于哀怨，从而呈现出更富力度的'壮美'境界；九叶诗人身处逆境，人生多艰，因而其诗在忧患的意绪中充满抑郁和沉思的色调，忧愤而哀婉，沉郁而缠绵，深致多于雄放，含蓄多于直率，从而呈现出更富深度的'优美'境界。"② 与延安诗派和中国诗坛派相比，七月派却有更强的自我意识与独立意识，特别强调主体个性及其相关的艺术个性，个人既合于时代的革命的要求，又不消解于时代和群体，始终将艺术家的人格力量放在文学活动最重要的位置。而且，相对来讲，七月派并没有一味突出政治功利性而忽视文学的内在问题，他们对艺术规律的重视和在文学本体方面的努力，显然是超越了以上两个诗歌流派的。就坚持创作的独立个性和坚持作品的艺术美方面，七月派与九叶诗派又有异曲同工之处。九叶诗人唐湜曾乐观地预言："希望穆旦、杜运燮们的一个诗的高高浪峰与绿原们的另一个高高浪峰能组成一个'诗的新生代'。"③ 这一预言是基于他们对诗的"思辨性与象征性"等艺术高度的共同追求而发出的，是从另一个角度对七月诗派艺术成就的肯定。

　　七月派"听命于时代"，又执著于个人；其创作带有浓厚的政治意识形态色彩，又坚守艺术阵地；其风格既是高昂雄宏的，又是悲郁苍凉的。七月派融注方家于一身，具有整合时代各种文学风尚

---

　　① 钱理群：《中国现代的唐吉诃德和哈姆雷特》，《文艺争鸣》1993 年第 1 期。
　　② 龙泉明：《七月诗派与九叶诗人：在历史与未来的交汇点上》，《文学评论》1988年第 1 期。
　　③ 唐湜：《九叶在闪光》，《新文学史料》1989 年第 4 期。

的端相。这就注定了其艺术面貌的丰富复杂,并难免会陷于矛盾境地。这种丰富复杂和矛盾状态,或者正是七月派的特征所在。

第五章　七月派作家个性的张扬

流派风格的形成与发展,有赖于作家个体的艺术实践活动,流派个性就是流派成员之间艺术个性的交会和集中,流派个性也只能通过作家个性体现出来。基于流派风格与作家个性之间特殊和深刻的联系,我们对流派群体风格的阐述,始终离不开对个体作家独特的艺术创造过程的把握。

在七月派独特而鲜明的整体面貌下,活跃着一群充满艺术创造活力的作家个体。每一个作家个体与时代社会、与流派都构成一种"梯状"的隶属和突破的关系。在底层,对时代要求的呼应,对民族命运的关注,使他们与流派乃至流派以外的时代文学大潮形成同构;而进一步,"在创作与时代、现实生活的关系上,在客观题材与主观精神的关系上,在作品本身的艺术表现上,他们都有其与众不同的特点"。① 从这里可以看到七月派与同时代其他作家和流派的区别,看到流派文学精神凝结下七月派对时代思潮的超越;更进一步,相互联系起来看,流派共同性是明显的,而分别来看,每一个艺术神情又绝然不同。流派中的个体都坚持着自己的独立追求,营造着自己的独立个性,在个体化的艺术创造中穿越时代也穿越流派。在这一层意义上说,没有两个诗人或作家是相似的,甚至个人文风或诗风也相差很远。

---

① 绿原:《温故而知新》,《香港文艺》1986 年第 2 期。

分析起来，如果说风格的共同性更多地来自时代、社会等外在条件，来自艺术审美活动中题材、内容和创作基本规律等客观因素，那么，个人风格的特异性则更多地取决于作家主体特殊的人生情感经历、思想和文学观念以及由此导致的特殊审美心理结构、情感表达方式等等。"由于美感经验的精华总是在主体的身上发生的，因此，无论它怎样严格地受到艺术作品或自然对象的特殊结构的限定和限制，当代美学更多地深入客体而不是主体的倾向，都没有解决美学中的主要问题，而且永远也不会解决。只有那些精通内省心理学方法的人，才可以满意地解决这些问题。"① 在不损害审美的客观标准的前题下，立足于探索作家主体的审美心理结构，有助于接近作家个性风格的本质。艺术创作作为一种个体劳动，不但难以排除处于自由状态的审美个性，而且作家特定的性格、气质、心境乃至生理和心理的潜意识层次，都有特殊的影响作用。于是，在作家个性风格的发生研究中，我们有必要更侧重于作家内在主观因素的考察，虽然它是和诸多外在客观因素纠结在一起发生作用的。

一、七月诗派的现实主义导向——艾青与田间

40 年代初期，理论家吕荧在他的长篇评论《人的花朵》中，敏锐地指出当时诗歌创作的新进展和新方向，而代表诗歌发展走向的两位诗人就是艾青与田间。

中国新诗的现实主义追求发端于 20 年代新诗的草创期，并在建造革命文学、反拨浪漫主义的文学运动中渐成潮流。如吕荧所

---

① ［英］李斯托威尔:《近代美学史评述》序言，上海译文出版社 1980 年版，第 3 页。

言,"许多诗人不能体认现实的真相与历史的真相,他们脱离了现实,他们无力抒写真实的生活的形象与感情",① 于是遭到了革命文学家们的抨击,而当诗人们所缺乏的现实性被新的革命性内容所充塞时,诗歌又滑向观念化口号化的另一偏颇,依然不能以"真的情感生命的形象去激发人们的心灵"。于是诗人们在坚持"为人生而艺术"的现实主义倾向时,也迫切要求建立相应的艺术范式。具体来讲,就是既发挥贴近现实人生、质朴清新的现实主义优长,又结合激情和想象等浪漫主义艺术素质,从而有力地推进现实主义诗歌的发展。

现实主义诗潮在40年代得以蓬勃发展并走向鼎盛,一方面是新诗艺术经验不断积累的结果,另一方面也得力于现实斗争形势的撞击。"伟大的各民族革命解放战争无疑地带给了中国的诗以新的生命,新的道路。"② 这其中,七月诗派起到了特殊的建设性作用,它自身也成为现实主义旗帜下取得重大艺术成就的诗歌流派。而艾青和田间作为七月诗派的领唱者,他们分别以自己的个性化诗作,营造和推动了七月诗派独特的现实主义诗风的形成和发展。

艾青是以自己独树一帜的诗人形象引起文坛关注的,他对现实人生的体验与反省,他的忧郁而又激愤的情感,他的诗作中明显的象征主义意味和诗歌形式的散文化倾向,都彰显着诗人个人化的艺术追求,而后才深刻地影响了七月诗派乃至一个时代的诗歌创作。

"艾青是'地主的儿子',然而却是吃着受了'人世生活的凌辱'

---

① 吕荧:《人的花朵》,《吕荧文艺与美学论集》,第248—349页。
② 吕荧:《人的花朵》,《吕荧文艺与美学论集》,第249页。

和'数不尽的奴隶的凄苦'的保姆的奶长大了的,不但在'生我的父母家里'感到了'忸怩不安',而且'在写着给予这不公道的世界的咒语'。"① "地主的儿子"又是"农人的后裔",这种"混血样"的特殊生长背景,使少年艾青的情感状态处于一种"裂成两半"而又"血肉粘连"的矛盾痛苦中。他为土地和人民的受难而伤痛,他也为自己的"败颓"和孤单而伤感,流浪和落寞中他唱道:

> 人们嘲笑我的姿态,
> 因为那是我的姿态呀!
> 人们听不惯我的歌,
> 因为那是我的歌呀!

(《芦笛》)

诗人抑郁的气质和他抑郁的诗歌都来自他早年的生活经历和生活感受,这使得艾青初出诗坛便具备了自己独立的姿态。胡风早在介绍诗集《大堰河》时就感受到了艾青的不同:"他的歌唱总是通过他自己的脉脉滚动的情愫,他的言语不过于枯瘦也不过于喧哗,更没有纸花纸叶式的繁饰,平易地然而是气息鲜活地唱出了被现实生活所波动的他的情愫,唱出了被他的情愫所温暖的现实生活的几幅面影。如果说诗人只应该魔火似地热烈,怒马似地奔放,那么,艾青是要失色的,如果说诗人非用论理的雄辩向读者解明什么问题或事象不可,那艾青也是要失色的,至于用不着接触内容就明显地望得到排列的苦心的精巧的形式,他更没有。"② 诗人独特的情感体验,形象化的构思,以及诗歌沉郁的调式、素美的色彩和平易的语言安排,在胡风看来已经构成一个个性化的艺术世界并且独具魅力。

---

① ② 胡风:《吹芦笛的诗人》,《胡风全集》第2卷,第455页。

　　艾青带着他几乎是与生俱来的艺术气质行走在他的诗路里程中,尽管他的诗风在抗战以后有了明显的变化,正如吕荧所论:"诗人艾青的忧郁与悲哀并没有中绝他的渴望黎明的心的跳跃。于是当民族解放战争的烽火燃烧起来的时候,诗人从他的孤独苦闷的憧憬世界里走了出来,诗人迎着初升的太阳,走到了街上,走进了人民的中间。"① 但是,诗人并没有离开他沉郁的艺术基调,在向激昂雄健的时代风格的靠拢中,沉郁的艺术素质一直潜沉在他创作的深层,作为支撑艾青宏伟艺术大厦的坚固基石。不可否认艾青也有一些艺术含量不高的应时之作,但总体看他抗战以来的诗歌作品,却真正是破除了浅近、平泛乃至粗滥的不良风气,为抗战诗坛带来了清新而质朴、高亢而厚重的诗歌范式,带来中国新诗寻求突破的新的契机。如果风格的转变意味着迎合时代要求而完全丢失自我,或者斩断个性的基因和本色从零开始,那么,不可想象艾青能够担当 40 年代新诗又一次整合发展的首席代表。

　　并不是每一个优秀诗人都能够在时代社会的巨变中顺利地找到主体与客体的理想遇合点,从而既保持了艺术个性的独立,又成为时代情绪的代言人。或者拘泥于自我的螺壳中孤芳自赏以致很快窒息了艺术生命,或者脱胎换骨进行适应时局的自我改造终究因丢失个性而丢失艺术,现代文学史上不乏这两方面的例证。生硬和强制性的自我改造,程度不同地损失或损伤着他们的创作成就和艺术品格,艾青 40 年代后期诗歌质量的降低同样说明了这一点。但艾青毕竟是艾青,他在艺术基调与变调关系上的上佳调整至少使他从抗战前后的时代跨越中取得了坚实的进步,并迎来一生创作的最为丰盛的时期。艾青创作中所体现的诗人主体精神和

① 　吕荧:《人的花朵》,《吕荧文艺与美学论集》,第 253 页。

时代精神的契合,有两个方面值得深入探究:其一,艾青生命中的苦难意识贯穿于他创作的不同时期。童年所经历的心灵苦涩伴随着艾青,漂泊流浪中满眼的破败、荒凉和人们苦痛凄惨的神情,"苦难的浪涛"吞没着诗人的身心。从感受苦难描写苦难到神往"把人类从苦难里拯救出来的人物的名字",艾青生命中的苦难意识将抗战前后的诗歌主题紧紧联系起来。而且,自己出身的苦难、国土和民族的苦难和域外所看到的世界的苦难统一起来,在诗中升腾为对整个人类苦难境遇的思虑与挣脱,他的灵魂"不论白日和黑夜/永远唱着/一曲人类命运的悲歌"(《向太阳》)。所以,艾青抗战以来的诗歌不仅仅是表面的配合民族战争之作,抗战撞击出诗人沉积于心底的苦难意识,它迸发而成为抗争意识,并化黯淡忧郁为明亮高亢的艺术火花。艾青这种超越自我、超越国家和民族之上的忧患意识和抗争意识,使他的创作与那些浅表的政治功利化作品有了境界上的区别。艺术境界的高低缘自于主体心灵对客观对象的穿越和提升的程度。其二,贯穿始终的人民意识。不像某些知识分子作家在人民战争爆发后才意识到民众的力量,掉转头来进行盲目崇拜盲目称颂,艾青对人民的情感和认识是从对保姆"大堰河""切切的爱心"和"私情的温暖"出发的,作为"农民的后裔",艾青体味着民众的艰难不幸,了解着他们灵魂的纯净美好,寄希望于他们觉醒后的坚韧抗争。同时艾青毕竟又是以知识分子的姿态面对着与他有着生命和精神联系的劳苦大众,他清醒于黑暗的沉重漫长,自觉于民众的愚钝和软弱,于是他在苦闷、忧郁中寻求希望之光,也在寻求中用自己的歌声"去唤醒每一个沉睡的灵魂"。他对民众的爱之切、爱之深和他对民众的清醒认识,融合为鲁迅式的"哀其不幸,怒其不争"的观照姿态,使艾青诗歌中的人民意识具有了理性批判的高度。艾青"作为一个'农人的后裔'的智慧者的灵魂",[①] 决定了诗人及其创作所葆有的这一精神特质。

艾青是在对自我独立精神的坚持中寻求与时代的共鸣,如胡风所言:"虽然健旺的心总使他的姿态是'我的姿态',他的歌总是'我的歌',但健旺的东西原是潜在大众里面,当不会使他孤独的。"[②] 正因为诗人个体的精神在根本上与特定时代以及中国民众的精神紧密地结合着,所以艾青的诗歌才能影响七月派在内的众多青年诗人,艾青诗的个性才能放大为一个流派乃至一个时代的诗的个性。

在艾青诗的个性中具有明显的现代派艺术成分。虽然诗人处于一个日益走向封闭的文化环境,民族化大众化的潮流天然地对现代派艺术采取排斥的态度,但艾青从来都是亲近现代派的,况且法国留学三年所受到的现代艺术的熏陶,使艾青的艺术血液中已经渗入了现代派艺术的因子。他早期的诗歌创作大量运用奇特交错的意象组合,在暗示和象征中隐现情绪与感觉的潜流,造成明显的现代派意味,以致被现代派诗人们引为同道。即使在他自觉追求现实主义的过程中,依然难以剥离现代派诗歌艺术的深刻影响,这一点也潜移默化地影响了七月派诸多青年诗人。相较而言,现代派艺术特征在艾青的艺术个性中表现最为突出,但又能与现实主义的写实特征和谐共存,这就显示了大诗人兼收并蓄的开放胸怀和吞吐自如的艺术功力。

于是,对抗战以来诗歌民族化大众化的趋向,艾青同样显示出自己独到的理解与追求,他在创作中融合了民族的、西方的、大众

---

① 吕荧:《人的花朵》,《吕荧文艺与美学论集》第249页。
② 胡风:《吹芦笛的诗人》,《胡风全集》第2卷,第461页。

的和个人的种种艺术经验,创造出独具面貌的大众化民族化新诗形式,这就与当时很多急功近利式的形式变革有了层次上的区别。诸如诗的散文化追求,在艾青看来,既是现实斗争的迫切需要,也是新诗建设和发展的长远需要,最重要的是,艾青将散文化手法当作寻求自己诗歌艺术突破的一个独特取径。于是,艾青所倡导"诗的散文美",首先是艾青诗歌的独创,是艾青诗歌的个性所在。

艾青执著于在融合中化新质,在创造中显个性。特别在诗的意象的构筑上,艾青显然融铸了传统美学与西方诗画的表现技巧,他凭借着得天独厚的绘画功力,凭借对色彩和画面的敏锐感觉,赋予诗歌以绚丽和跳跃的意象。他运用通感手法,"给思想以翅膀,给情感以衣裳,给声音以色彩,给颜色以声音"。① 他总是不断地推敲:"我有着'我自己'的东西了吗? 我有我的颜色与线条以及构图了吗?"② 吕荧对此评价道:"诗人在体现诗的生命的基本因素的创造上,在'新鲜、色调、光彩、形象'的手法上,已经获得了完满的成就。"③ 在诗的语言上,艾青从来都是把语言的创造与审美创造过程联系在一起。从他开始写诗,"就一直为了发掘人类的不幸,为了警醒人类的良心,而寻觅着语言,剔选着语言,创造着语言。""新的词汇,新的语言,产生在诗人对于世界有了新的感受和新的发现的时候。"④ 艾青清醒自觉的语言意识以及由此产生的对诗歌语言的严格要求使他的创作含蓄了巨大的思想容量。由于他刻意于语言的锤炼,最大限度地发挥着汉语言的含蓄性、意象性

---

① 艾青:《诗论》,第232—233页。
② 艾青:《诗论》,第206—207页。
③ 吕荧:《人的花朵》,《吕荧文艺与美学论集》第261页。
④ 艾青:《我是怎样写诗的?》,杨匡汉、刘福春编《我和诗》,花城出版社1983年版,第52、55页。

特征,诗歌风格于壮美悲郁之外,也加强了深邃、哲理的艺术韵味。艾青用"我的姿态"吹奏"我的歌",他追求诗歌语言的通俗自然,主张以口语入诗,但却始终把握着精炼、传神、蕴藉的语言采集标准。不事雕琢决不意味着寡淡如水,吸收外域的或民间的语言精华,必定要通过诗人心灵的过滤和情感的择取。所以,艾青的诗歌创作既顺应写实的总体规定倾向,又在心灵感觉的映照下进行适当的艺术变形,由此构成的朴素明快的格调中,既有时代与社会文化作基础,又完全是个性的自然显露。艾青笔下的形象是现实中的生活实像,又是"一个心灵的活的雕塑",[1] 艾青的语言是从生活中得来的最平凡最自然的语言,又是情绪化的哲理化的"暗示性和启示性"[2] 语言。艾青式的朴素与明快,缘自于艾青深入浅出、雅俗共赏的审美理想。

像一切伟大的诗人、作家一样,艾青的艺术个性是鲜明的也是丰富复杂的,他在集古今中外艺术精神之大成的基础上进行高水准的创新,其个性既闪现着耀眼的时代光彩,也沉积着深厚的历史传统。他在初出诗坛的时候已经具有了这种融汇整合性的艺术素质。1937 年,署名杜衡和雪苇的两位评论家,就艾青诗歌中表现出的精神气质的两面性进行了探讨。杜衡看到艾青"灵魂"里面相互矛盾对立的"两个":"一个是'大儿做了土匪,第二个死在炮火的烟里'的大堰河的乳儿,一个却是'地主的儿子'"。"一个是暴乱的革命者","一个是耽美的艺术家",两个是"一对携手同行的朋友",又"互相不能谅解"。[3] 雪苇则认为:"诗人艾青在中国的现状里,

---

① 艾青:《诗论》第 192 页。
② 艾青:《诗论》第 203 页。
③ 杜衡:《读〈大堰河〉》,《新诗》第 1 卷第 6 期。

是特出的:他爱光明,但他更爱真实。而且,这在他并不是两件事,他是由真实去看见光明,向往光明的。""他获得了艺术,然而他走向了大众。"① 实际上,他们都越过了对作品的简单理解,看到了包蕴在作品中的艾青精神世界的丰富复杂。胡风把艾青的精神世界形容为一颗"健旺的心",在胡风看来,主体心灵的纠葛及其突破的力量,正是艾青诗歌之所以赢人的关键原因。还有吕荧、冯雪峰等评论家,都很早就看到了艾青作为一位"真正的诗人",内心世界里潜蓄着更大的艺术能量,他们不同程度地预示了艾青诗歌的辉煌前景。

　　站在今天的高度回视艾青,他确实已经实现了评论家们当年的期许。正如今天的研究者所总结的:"艾青无疑是 20 世纪中国新诗领域的一位现实主义大师。他从开始创作起就走的是现实主义道路,他在融合多种艺术流派、养分的基础上拓展了现实主义诗歌的想象天地,刷新了现实主义的艺术格局。他以现实主义创作精神统帅多种艺术表现,形成了综合的审美品格,赋予现实主义以开阔的境界,因而他的诗能为多种流派风格的诗人所承认。"② 于是,七月诗派直接师承艾青现实主义诗风,其流派风格也具备了综合性的特征,艾青和七月诗派诸成员一道建造了多元开放的现实主义诗歌格局。比如阿垅、绿原、冀汸等诗人,也曾经积极地借鉴现代派诗歌的艺术成分,表现出与现代主义诗歌的某些相通之处,以致有人认为七月派诗人的一些作品"富于思辨性与象征性,是不自觉的现代主义者"。③ 无论这样的评判是否准确,至少说明七月

---

① 雪苇:《关于艾青的诗》,《中流》第 2 卷第 5 期。
② 龙泉明:《中国新诗流变论》,第 600—601 页。
③ 唐湜:《九叶在闪光》,《新文学史料》1989 年第 4 期。

派营构现实主义诗歌时所秉持的开放视野。实际上,主体性现实主义本身在审美方式和经验上与现代主义艺术有某种程度的内在一致性,七月派所强调的"敏锐的感受力"、"燃烧的热情"、"突出主体性"等核心观念,有意无意中构成对现代主义艺术经验的期待视野。而在艾青观念和实践中的现实主义,原本就是与"摄影式"的写实主义相区别的,他指出:"诗人必须是一个能把对于外界的感受与自己的感情思想融合起来的艺术家。"进一步地,艾青强调:"问题不在你写什么,而是在你怎样写,在你怎样看世界,在你从怎样的角度看世界,在你以怎样的姿态去拥抱世界……"① 艾青如此重视主体精神在诗歌创作中的作用,与胡风的主体性现实主义属于同一种思路。不同的是,艾青更多地以自己的创作实践对七月派发生影响和引导作用。所以,主体性现实主义文学观念和审美理想,决定着七月派的接受意向,是七月派开放视野和综合品质形成的根本性因素,也是艾青与七月派之间的影响和互动得以顺利进行的前提。

在七月诗派中,田间是一位产生过同样影响力的诗人。胡风被田间诗歌中"情绪的跳动"和"意欲的呼吸"所感染,而且欣喜于田间能够将诗人主体的力量与他所要歌唱的对象达成"融合",于是向文坛和社会极力推荐这位少年诗人。胡风对田间的发现和积极扶持,表现了他关爱青年作家的一贯态度,但胡风的"偏爱"到了被人非议的程度,则说明田间的诗歌创作真正应合了胡风的现实主义审美期待。事实上,田间也自觉地接受了胡风现实主义诗歌观念的影响,有研究者认为,田间在晋察冀时期到《讲话》发表后的1943 年,仍以信奉胡风的诗学观念为主,在 40 年代的"民族形式"

---

① 艾青:《诗论》,第 182、188 页。

问题的讨论中,始终坚持胡风的基本观点。①

但在七月诗派中,田间又是一位个性鲜明、风格特出的诗人。与同为七月派代表成员的艾青相比,田间更贴近时代,更自觉和明确地迎合着民族战争的主题。艾青认为抗战以后的新诗是继承抗战以前的诗的血统发展下来的,这一传统不会突然中断,他的抗战以来的创作证明他延续了新诗的发展历史,并在抗战为新诗带来新机遇时,完成了对传统的突破与超越。而田间的突出表现在于他为新诗带来的艺术新质,这一新诗的新质又是与"战争"密不可分的。田间初涉诗坛时,"一开口就歌颂了刚刚在最先进的地区出现的民族战争",② 他充满朝气地自我宣称:

> 我,
>
> 是结实,
>
> 是健康,
>
> 是战斗的小伙伴。

(《我是海的一个》)

走向成熟时的田间又庄严地宣称:"我——是人民的儿子","在神圣的战争里,我必须让我的诗成为它的一个肖子;在侵略的战争里,我必须让我的诗成为它的一个叛徒。——无论如何,我决不逃避战争。"③ 于是,我们很容易把握到田间诗歌创作的基调,那就是战斗、激扬、有力和明快。显然,"田间的诗,完全与传统的诗的气氛不同,他的诗的感情的色彩不是柔和,而是强烈,不是和谐,而是富有远射力的急旋;而诗人在形式上,更跃过了一切旧形式的藩

---

① 参见赵心宪:《七月派的早期分流》,《四川大学学报》1999 年第 6 期。

② 胡风:《〈胡风评论集〉后记》,《胡风全集》第 3 卷,第 601 页。

③ 田间:《拟一个诗人的志愿书》,田间:《抗战诗抄》,新华书店 1950 年版,第 123、124 页。

篱。"①

　　田间凸现和强化了诗的的时代特征——战斗性。他自觉地服从着时代配合着时代,自觉地充任着"时代的鼓手"。诗人的个性融汇在时代和民众的需求当中,他的诗情被身后千百万饱受殖民之苦而渴望战斗的民众推动着,他"勇敢地,泼辣地,坚强地,响亮地,不可受侮辱地,不可受禁止地,不可受迫害地,站在我们燃烧的火夜之中歌唱着。"② 他的诗的思路是直线式的、蓬勃而出的,没有纠结、回旋的情绪之流,这就与艾青艺术灵魂中的复合性、潜蓄性力量有了区别。田间的生长经历是相对单纯的,"田间君是农民的孩子,田野的孩子,但中国的农民中国的田野却是振荡在民族革命战争的狂风暴雨里面。从这里'养育'出了他的农民之子的温顺的面影同时是'战斗的小伙伴'的姿势"。③ 田间身上,最典型地体现着人民诗人的精神素质,他感受着传达着人民所拥有的一切质朴的情感。人民,特别是构成着人民的绝大多数的中国农民,他们勤劳善良,忍辱负重,他们付出甚多所求甚少,"温顺的面影"是他们性格的底色。然而敌人"恶笑着,走向我们","恶笑着,扫射,绞杀",人民"必须战斗了,昨天是懦弱的,是惨呼的,是挣扎的四万万五千万啊! 斗争或者死……"(田间《给战斗者》)当"屈辱地活着"都不能维持,而被逼至"屈辱地死去"的境地时,忍耐已经到了尽头,人民被"斥醒了",人民"起来了",他们以生命投入战斗,"在斗争里,胜利或者死",别无选择。

　　田间是以诗的高昂的喊声直接投入了战斗,"民族革命战争需

---

①　吕荧:《人的花朵》,《吕荧文艺与美学论集》第 265 页。
②　田间:《论我们时代的颂歌》,《七月》第 1 集第 7 期。
③　胡风:《田间的诗——〈中国牧歌〉序》,《胡风全集》第 2 卷,第 444 页。

要这样的'战斗的小伙伴'"！① 田间的从"温顺"到"战斗"，反映着特定时代民众情绪变化的轨迹，呼应着民族革命战争的要求，他是"第一个抛弃了知识分子的灵魂的战争诗人和民众诗人"。② 他的创作理想是："我们底歌颂人民能得多了解一点，多喜欢一点，就是诗歌平民化底不屈不挠的努力多进步一点，多得一点效果，也多证明一点文学大众化的方向是正确的。"③ 在他的诗中，"没有'弦外之音'，没有'绕梁三日'的余韵，没有半音，没有玩任何'花头'，只是一句句朴质、干脆、真诚的话，(多么有斤两的话！)简短而坚实的句子，就是一声声的'鼓点'，单调，但是响亮而沉重，打入你的耳中，打在你心上。"④ 所以，主体情感和审美理想的"平民化"取向，使田间的诗风趋于单纯、响亮和明快。正因为此，田间诗歌虽然也曾带有文人化的形式和趣味，但对于"大众化"的极端追求，毕竟使他的诗歌缺失了艾青的那种"智识分子"式的沉郁美与繁复美。

　　在主体情感与审美理想的带动下，田间的诗歌显示出与众不同的个性化艺术特色。民族忧患的时代主题经过他的主体心灵的映照，诗的格调由忧郁转为激昂。田间也曾经历了短暂的忧绪缠绕的心路历程，他由"弱小的自己"很快成长为"健康"、"结实"的"战斗的小伙伴"，是因为他与民众一道觉醒，意识到只有战斗和牺牲，才能换来民族的独立自由。于是"田间为民族忧心如焚的创作心境中出现了决死抗争的审美指向，从而把民族忧患类主题思路

---

① 胡风：《田间的诗——〈中国牧歌〉序》，《胡风全集》第2卷，第444页。
② 胡风：《关于诗和田间的诗》，《胡风全集》第2卷，第600页。
③ 田间：《论我们时代的颂歌》，《七月》第1集第7期。
④ 闻一多：《时代的鼓手——读田间的诗》，《诗歌研究史料选》，第447页。

推向了悲壮美"。① 长诗《给战斗者》中虽"不无几分伤感",② 但总体格局和气势上呈现出慷慨悲壮的崇高美的境界。艾青和田间对悲剧的艺术处理显然有同有异,他们都从民族危亡的伤痛出发,艾青给人的感受是悲剧的深厚与广博,田间给人的感受是悲剧的壮烈与崇高。或者说他们分别代表着抗战以来各有侧重又相互融合的两种诗歌格调。同时也应看到,田间的很多诗歌取胜于"扩大"的情绪和"宏大"的旋律,但因拘泥于现实而缺少悲剧的穿透性。如胡风在《〈给战斗者〉后记》中指出的:"但他的情绪的感觉虽然有余,情绪的意力却尚嫌不够,因而终于没有获得应有的深厚与完整。"③ 田间后来的创作不断进行新的形式的开拓,但在诗的意蕴深度上始终没有实质性的突破与超越。

田间最引人关注和争议的方面,是他对诗的形式创造。"配合着他的急旋的内心情绪,配合着搏击的时代的脉搏,他创造了新的诗的形式。"④ 他的"鼓点式"的诗行,跳跃短促的节奏,恰到好处地承载了诗人战斗的激情。这种在借鉴马雅可夫斯基诗体结构基础上的形式创造一出现,就引起很大的反响。有人因为田间反叛了中国读者所熟悉的和谐的旋律,完整的字句,优美的意境而非难他,但更多的人特别是一批青年诗歌爱好者,对田间个人化的形式创造产生了浓厚的兴趣,纷纷学习效仿,而民众也因其诗句的简直和意蕴的通达很快接受并喜爱上了田间的诗歌。艾青是在对四面八方的艺术经验的融会贯通中寻求创造性突破,田间则不同,田间

---

① 骆寒超:《论中国新诗中民族忧患类主题思路及诗歌境界》,《文学评论》1990年第 6 期。

② 胡风:《〈给战斗者〉后记》,《胡风全集》第 3 卷,第 162 页。

③ 胡风:《〈给战斗者〉后记》,《胡风全集》第 3 卷,第 163 页。

④ 吕荧:《人的花朵》,《吕荧文艺与美学论集》第 265 页。

是以形式的新变带动起诗的全方位变革,"他的带着天才光芒的形式""正是从他的诗心和生活的结合道路以及结合强度这上面产生出来的",所以,这不是形式主义的故弄新奇,"不是使内容削小适合形式,而是他的内容的容量只用得着这样的形式"。① 他的形式对于诗的情感内容的表达起了推动和强化作用,无法想象离开这种特殊的诗的形式,田间还能够成为新诗史上自成一体的田间。在田间那里,诗的形式就是诗人个性的形式。胡风所谓"天才"之谈并非夸饰,田间确实在诗的形式上表现出特有的艺术敏感,他后来持续进行了一系列的新诗体尝试,发动了配合大众战斗的"街头诗"、"传单诗"运动,并逐渐将其发展为表现斗争的"日常事件"的"小叙事诗","随着对于生活内容的坚韧的深入,诗人田间终于开辟了纪念碑式的大叙事诗的方向。"② 田间的叙事诗在注重情绪表达的同时,勾连出生动的情节片段,渲染出戏剧性的场面,塑造了真实的人物形象,语言更加口语化,总之加重了诗歌写实的成分,使之更贴近现实生活斗争。在 40 年代现实主义诗歌潮流中,叙事诗曾经起到了特殊的作用,居于重要的位置。

艾青是卓越的诗歌形象的雕刻家。他笔下的形象融写实、象征和思辨为一体,蕴含着丰富而又变化的情感内容。他刻画形象讲究"光、影、色、相"的运用,使形象饱满而富于立体感。田间不象艾青那样进行形象的精雕细琢,但他同样对诗的形象营造有着良好的感觉和充分的认识。胡风首次拿到少年田间的诗稿时,不禁吃惊于诗人"感觉的新鲜和印象的泛滥",③ 胡风在关注着田间的

---

① 胡风:《关于诗和田间的诗》,《胡风全集》第 2 卷,第 599、601 页。
② 胡风:《〈给战斗者〉后记》,《胡风全集》第 3 卷,第 164 页。
③ 胡风:《田间的诗——〈中国牧歌〉序》,《胡风全集》第 2 卷,第 442 页。

成长,欣喜地看到田间"本能地走近了"诗的形象化的"大路"。所不同的是,田间更执著于从日常生活中采集诗的形象,用人民生活和斗争的真实场景构成形象,将情绪之流渗透到的生活流当中,达到"神与物游"的艺术境界。相应地,在诗的语言上,田间也更追求明白朴素,他的"字汇和句法含有野生的健康色泽",以求得大众的"喜闻乐见"。但不可避免地,情感过于饱满如岩浆般奔涌而来,往往为浅露直白的形象难以承载,导致田间的诗作不时出现他自己也反感的"狂喊"与"泛叫"。作家或诗人一旦沉溺于自己的审美趣味和风格模式中不思调整和变通,往往是打破了一种固有形式,而又被自己新造的形式所禁锢。胡风曾提醒田间注意"走入自我溺爱的路上去的危险",诚恳地告诫他:"表现方法的努力却正是为了更确切更圆满地表现内容——感觉力和想象力所凝成的花朵,使内容取得能够取得的最大的艺术力量。'大众化'问题的本源意义就在这里。"① 新诗在意象和语言上的人为放纵,很容易损失诗的韵致,降低诗的艺术品格,这也是现实主义诗歌探索过程中得来的经验教训。

　　胡风说:"在中国诗坛,作者是一个勇猛而矫健的闯将,由于他,先进人民的真实的灵魂才走进了诗里。"② 田间是新诗大众化的代表,是实践文艺新方向的诗界典范,田间诗歌的价值和意义更多地在诗与时代、与现实的关系中得到解释与肯定。虽然田间与艾青同属于七月诗派,并且都经历了从国统区到解放区文化环境的变化和由此带来的诗歌风格的变化,但相较而言,田间更属于新的时代,田间的步子迈得更大走得更远,而且田间的变化与进步也

---

① 胡风:《田间的诗——〈中国牧歌〉序》,《胡风全集》第 2 卷,第 445 页。
② 胡风:《〈七月诗丛〉介绍十一则》,《胡风全集》第 5 卷,第 376 页。

带有更大主体内在的必然性。吕荧 1941 年对艾青和田间的比较论述锐敏而准确,并富于前瞻性:

> 他们是代表着两种不同的传统,不同的方向。在创作方法方面:一个是经历过所有诗的形式,积蓄着丰富的艺术经验,达到了风格的完成的诗人;另一个是创造了新的形式,还没有完成自己,还没有完全运用新形式的机能,不能"与他所要歌唱的对象完全融合",正经历着演化发展时期的诗人。在意识范畴方面:一个是"农人的后裔"的智识者的感情的意象憧憬着土地与人民的新生的诗人;另一个是以人民大众的战士的燃烧的热情歌唱着真理与斗争的诗人。在"诗"的认识方面:一个是"把时代打击在我们心上的创痕记录给人家看,因为我们的控诉不希求同情更不接受抚慰"(艾青《诗论掇拾》);另一个是"呼喊","战斗的歌唱",以"年青的笔""养育""斗争的火焰"(田间《走向中国田野的歌》)。

> 诗人艾青是旧的风格的综合,是一朵苍劲素美的盛开的季节的花朵;诗人田间是新的风格的创始,是一朵野生的火一般鲜红的、蓓蕾的季节的花朵。[①]

吕荧指出了"艾青和田间的诗的本质差异",指出了田间所代表的诗的新端向,指出了新端向的演变状态和不成熟之处,无论如何,"尤其今天,我们更需要这样的走向战争与民众的诗人"。[②] 到 1946 年闻一多在比较两位诗人的时候,表达了与吕荧大致相同的意思,从中可以看出,田间的时代和现实意义已经得到更多更明确的认可。闻一多说:"田间已是新世界中的一个诗人","我们能欣

---

① 吕荧:《人的花朵》,《吕荧文艺与美学论集》第 278 页。
② 吕荧:《人的花朵》,《吕荧文艺与美学论集》第 282—283 页。

赏艾青,不能欣赏田间,因为我们跑不了那么快。今天需要艾青是
为了教育我们进到田间,明天的诗人。"① 而且,人们希望田间更
完全地抛弃身上的知识分子气。显然,田间的"完成",预示着新诗
正走向"大众化"的另一极端,激情和激进的人们没有意识到,新诗
将为着时代和现实的功利要求,付出丢失"诗的本质特征"的沉重
代价。

　　艾青与田间在抗战前就已享誉诗坛,他们为七月诗派的形成
奠定了创作上的基础。七月诗派的"初来者"们从艾青和田间那里
受到的影响、吸收的营养各有侧重,学习和借鉴的方式也各有不
同,但可以肯定地说,七月诗派的基本流派特征大多是在这种学
习、融会中形成的。换言之,一个流派的代表人物的艺术个性,往
往最终上升为流派的艺术共性,这也是流派构成中的一种规律。
具体地讲,艾青独特的意象择取和共为象征的手法,很为诗人们欣
赏,艾青擅长运用的自然景物如太阳、旷野、风雪、春天等等,也常
常出现在其他诗人的创作中;田间的"鼓点式"诗歌形式,曾得到不
少诗人的效仿,等等。区别起来,艾青的影响更多地在于整体的全
方位的诗艺熏染,田间则将诗的时代气息和现实战斗功能传达开
来。而综合起来,则形成了七月诗派既反映时代的风云变幻,又抒
发自我的情感体验;既正视现实斗争的功利要求,又追求完美艺术
形式;既容纳流派共性,又坚守诗人个性的新型而坚实的现实主义
诗歌美学世界。他们不但丰富、发展和深化了新诗的现实主义传
统,也为新诗走向现代、走向未来提供了新鲜真率的富有生命力的
艺术经验。

---

　　① 　闻一多:《艾青和田间》,《联合晚报》第 2 期,1946 年 6 月 22 日。

二、个体诗风的同与异

七月诗派是一个极具特色的诗歌流派,它在诗歌艺术探索中最富质性的贡献是,在根植于现实人生、关注和反映现实人生的前提下,强调创作的主观倾向和个性意识,将通常人们所理解的现实主义文学中主体性因素的隐蔽性、间接性表现,改变为公开的、直接的凸显或诉求,调整了诗歌样式与现实主义之间的美学分歧,显示出诗歌对现实的一种独特的把握。

七月派诗人在对"客体的主体化"与"主体的客体化"矛盾统一关系的处理中,找到了自己艺术思维的起点。而注重主体因素、尊重个性意识这一起点本身更容易带来艺术风格的极大差异。即使同属一个流派,每一个诗人主体状态与个性意识不同,个人的体验途径与体验深浅程度不同,都会导致各自不同的表现方式和风格面貌。所以七月派在共同的文学思想、艺术观念下,却容纳了更多的相区别的艺术个性。

胡风作为一个文艺理论家、编辑工作者和七月派的领袖人物,他以自己的文坛威望和理论力量征服了一大批文学青年,影响了一个时代的文艺运动。但胡风"一生最看重诗人这个称号",[①] 只有诗歌最贴近胡风的真性情,最能显露胡风的文学个性。胡风作为一个诗人,以自己激情铸就的火山爆发般的艺术光芒显示了自己在诗坛的独特存在。

胡风的诗歌创作给人的感受是炽烈燃烧的"一团火","把胡先生比作'一团火',既形象又准确,不论是他的人还是诗,都是属火性的。火首先给人以光和热,但也有时可以炙痛人。真正的诗从

---

① 绿原、牛汉:《〈胡风诗全编〉编余对谈录》,《文学评论》1992 年第 1 期。

本质上看都应当如此。"① 胡风有着先天的诗人气质,他是敏感而近乎多情的,赤诚而近乎狂热的,执著而近乎倔强的,他的诗以高亢为主调,色彩浓丽,炙手可热。他的早期诗作虽不可避免地带着20年代感伤忧郁的时代情绪,但并不像当时绝大多数诗人那样陷于孤苦的哀情之中不可自拔,他总是抑制不住自己的热血冲动,被他的火辣辣的心性所焙烤的诗行,总是不失时机地腾出热情的火苗来。念想儿时的湖山,无家可归的浪子心绪惨然,但诗人还是止不住地呼唤:

> 解放你的灵魂啊,
> 　要一个赤裸裸的你,
> 唤醒你的国魂啊,
> 　要一个热烘烘的你,
> 打倒这世界上庞大的木头神啊
> 　要一个雄赳赳的你。

(胡风《儿时的湖山》)

胡风的早期诗歌中常常出现"热血"的意象,如"倘若路上的荆棘或瓦砾,/刺破了我们的皮,/流出了红热的血","捧着颤动的心,/沸腾的血"(《赠S》),"死者,/血染红了他们的爪牙,/血也染红了我们的心!"(《给死者》),"我从田间来,/抱着满腔热血——/叫我洒向何处呢,/对着无际的苍茫?……"(《我从田间来》)等等。胡风为祖国忧患郁愤的痛苦精神历程和他的热血气质,决定了他在民族解放战争来临的时候,最先发出了高亢嘹亮的呐喊声。他的《为祖国而歌》、《血誓》等抗战以来的创作延续了"热血"的意象,并将"热血"燃烧成"火的风暴",他终于"歌唱出郁积在心头的仇火/歌

---

①　绿原、牛汉:《〈胡风诗全编〉编余对谈录》,《文学评论》1992年第1期。

唱出郁积在心头的真爱"(《为祖国而歌》),他终于欣喜地看到:

中华大地熊熊地着火了!

火在高唱

火在高笑

火在高泣;

(《胡风《血誓》》)

在这抗战的"神圣的火海"中,胡风歌唱着,用他燃烧的灵魂歌唱着,"血与火"的战争与胡风"血与火"的歌唱凝结成不可分割的统一体,胡风诗的个性在抗战中得到了最大限度的舒展,胡风的诗歌创作也在这一时期取得了最大的成功。同时,他也与艾青和田间一道奠定了七月诗派的风格基调,成为七月诗派的开路者。

胡风是真正属于时代的诗人。他在《为祖国而歌》题记中写道:

战争一爆发,我就被卷进了一种非常激动的情绪里面。在血与火的大潮中间,祖国儿女们的悲壮的行为,使我流感激的泪水,但也是祖国儿女们的卑污的行为,使我流悲愤的泪水。于是,我的喑哑了多年的咽喉突然地叫了出来。

据我的记忆,那时候,原来是壮丽的诗人还没有有力的声音,新的诗人更没有出现。①

"检讨抗战诗歌的源头,把诗作为精神的触媒剂,真正把读者从新诗的'旧趣味'中吸引出来,转而引进为祖国为人民而歌的广阔的新天地,这样的诗集为数并不多,其中不能不提到胡风的《为祖国而歌》。"② 时代创造了胡风的诗,胡风的诗也为开辟诗的新

---

① 胡风:《〈为祖国而歌〉题记》,《胡风全集》第 1 卷,第 73 页。

② 绿原、牛汉:《〈胡风诗全编〉编余对谈录》,《文学评论》1992 年第 1 期。

时代作出了杰出的贡献。在胡风这里，为祖国效命的政治抱负与作为诗人的美学理想从来都是结合为一体的，他认为诗人是一个神的两个化身，必须兼具战士和诗人双重身份，而且战士永远是诗人的前提，诗人首先必须是"抱着为历史真理献身的心愿再接再厉地向前突进的精神战士"。他甚至指出："一个为人类的自由幸福的战斗者，一个为亿万生灵的灾难的苦行者，一个善良的心灵的所有者，即令他自己没有写过一行字，我们也能够毫不踌躇地称他为诗人。"① 他反对一切艺术至上主义者，"他一生写诗，实际上是从事一场战斗，为他的人生理想而战斗，为他的美学理想而战斗"。② 胡风在诗与时代、诗与现实斗争的关系上所持的坚定乃至极端的态度，深深地影响了他的诗的风格特色，无论其创作的豪放气势和感人情怀，还是诗的历史局限，都源于诗人主体对诗的独特信念。

胡风不是一般意义上的诗人。诗对胡风的造就和胡风对现代诗的特殊贡献，远远不限于胡风的诗作本身。"胡风对于诗不但有敏感，而且有卓识，在本世纪三十年代中期，他以抑制不住的发现的喜悦，最早评介了艾青和田间。"③ 他不但自己发现、推荐新诗人，他的带着感性经验的充满激情的诗论，更是教诲和滋养了大批的文学青年。胡风从自己现实主义理论的轴心出发，他认为诗就是"作者在客观生活中接触到了客观的形象，得到了心的跳动，于是，通过这客观的形象来表现作者自己的情绪体验"。④ 他特别强调诗对情感的要求，强调诗源自诗人精神的燃烧，是诗人心灵的诉求，"诗人的感觉情绪不够，非常冷漠地琐碎地写一件事情，生活现

① 胡风：《关于人与诗，关于第二义的诗人》，《胡风全集》第3卷，第76、74页。
② 绿原、牛汉：《〈胡风诗全编〉编余对谈录》，《文学评论》1992年第1期。
③ 同上。
④ 胡风：《略观战争以来的诗》，《胡风全集》第2卷，第547页。

象本身。这是诗的致命伤。不经过作者的情绪的温暖,哪里会有诗的生命?"① 同时,胡风也特别注重诗的形象性,指出"诗不是分析,说理,也不是新闻纪事,应该是具体的生活事像在诗人的感动里面所搅起的波纹,所凝成的晶体"。② 胡风把握情感性和形象性的诗美观念,切中了诗的本质特征,七月诗派的诗风及其品质,在很大程度上得益于胡风诗论的影响和指导。不仅如此,胡风在讨论现实主义理论问题时,最为关注和联系最多的也是诗歌这一体裁,因为"美学上的重要的原则,许多是从这个体裁的实践中提升出来的"。③ 胡风现实主义理论的创造性、卓异性,与胡风的诗人经历、写诗实践密切相关,那种体验性的理论内涵,性情化的表述方式,分明传达着诗人理论家对艺术玄机的深层妙悟。是与理性思考结合为一体的感性的诗人心怀,造就出胡风迥异于其他理论家的风貌,从而为现代现实主义理论注入了新的质素。

胡风一生未改自己的诗人个性,"到晚年在心灵上被诗神所燃起的烈火反而越烧越旺"。④ 纵观他一生几个阶段的诗歌创作,豪放高昂的诗风贯穿始终并渐次加强。他总是在激情的驱动下写诗,抒情主人公的情感状态正如诗中所写,"像被烈火燃烧着/我欲临空而长噪"(《血誓》),"意象用得非常强烈,用词遣句,慷慨激昂"。⑤ 在诗的形式上,胡风受不得任何框范的限制,完全是直抒胸臆、无拘无束的。胡风曾自述所受其他诗人的影响,所寻求的学习对象都擅长"纯粹口语的无韵脚无固定格式的自由诗",他认为

① 胡风:《略观战争以来的诗》,《胡风全集》第 2 卷,第 548 页。
② 胡风:《田间的诗——〈中国牧歌〉序》,《胡风全集》第 2 卷,第 444 页。
③ 胡风:《〈胡风评论集〉后记》,《胡风全集》第 3 卷,第 601 页。
④ 绿原、牛汉:《〈胡风诗全编〉编余对谈录》,《文学评论》1992 年第 1 期。
⑤ 夏志清:《中国现代小说史》,第 320 页。

"只有这种诗体最能表现最新最先进最深挚的人民(尤其是青年)的欲求和感情。"① 于是,胡风对自由体的运用和发挥更为开放和洒脱,诗人顺应着创作主体汹涌奔腾的情感流,意象布局是开阔博大的,句式铺排是长短随意的,语言表达是简明朴素而有力度的。他在散文化和口语化方面极度彰显,由于不注重诗的严谨和节制,造成胡风的诗歌酣畅有余而蕴藉不足,这在七月诗派中也是极具代表性的。

在风格上将激扬、崇高和深沉、悲郁结合在一起的七月派诗人有阿垅、绿原、冀汸、化铁、天蓝、牛汉等许多诗人。但在相近的风格基调下,个人的表现形态又大为不同。阿垅是一个具有悲剧气质的诗人,"是诗人之中心灵最本质的"。② 阿垅有着赤诚和激烈的性格,在他的精神世界里,"是"和"否","全"和"无"之间是绝然相对的,没有缓冲和过渡,他信念执著,百死无悔,不向别人让步,也不宽饶自己。阿垅的行为经常是极端的,年少时信奉革命,曾一意要去搞谋杀,抗战烽火中,他亲赴战场,用鲜血沐浴自己的信仰。他的《再生的日子》中这样写他在闸北战斗中负伤的感受:"沐着血,我和世界再见,/我是一个浑身上下红尽了的人!"他写政治诗的时候,要求自己的诗是刺向敌人的利剑,是焚烧黑暗王国的火焰,于是,他的政治诗"写得严峻而又雄辩,辛辣而又充满诗的激情。对于敌人,他使用的是剑;对于黑暗王国,他放的是火"。③ 阿垅不满足于诗歌仅仅是热情的讴歌和响亮的呐喊,他说:"诗句,不是有响亮的节奏诱导万人的队伍前进的号声,而是一个战士从事

---

① 胡风:《〈胡风评论集〉后记》,《胡风全集》第3卷,第601页。
② 牛汉:《感受阿垅》,《梦游人说诗》,第155页。
③ 罗洛:《阿垅片论》,《新文学论丛》1983年第3期。

白刃战以打击敌人在那生死的一瞬从巨大的胸中吼出的洪怒的一声'杀！——'声。"① 他的诗是最有力度的,而且这力度不会轻易在痛快淋漓的渲泄中释放,而是在持续的受难和压抑中蓄势,进而爆破。"由于抑压太久的痛苦,他的诗才成为更有喷发力的泉水。"② 一首《纤夫》,已成为七月诗人崇尚"力之美"的经典之作。

胡风所谓"战士和诗人是一个神的两个化身",用在阿垅身上也是同样的恰切,阿垅是"持枪的诗人、流血的诗人、求真的诗人",③ 他自己也一贯强调:"诗人不能没有赤子之心,不能没有战士底爱憎。"④ 他的政治诗、抒情诗都以强调战斗的力量而著称。尤为重要的,阿垅的所谓战斗,并不仅仅指外在的敌我抗衡,而是潜藏在人的灵魂深处的力的对抗。《纤夫》中,我们看到国家危难之际民众抗争的恒心与信心,更深层的体悟却在于我们对民族自身精神负重的反省和超越,这是一种内在的对抗与搏击。这使得《纤夫》越过表层意义,具有了深厚广博的思想内涵,"纤夫"也成为我们民族的象征性意象。阿垅有一句名言,叫"为爱而战",一方面指战斗与爱情的统一,另一方面也指诗人陷于爱情当中痛苦的心灵体验。在对爱人、对自己的爱情拷问中,阿垅经历了灵魂的挣扎和搏斗。所以,我们读阿垅的爱情诗,那感受"不是香甜如蜜、柔情似水的,而是在残酷激烈的人生战斗中撞击出来的火花"。⑤ 这与诗人不同寻常的爱情经历有关,但更缘于诗人对人生对爱情的独特态度。在阿垅理解中的人生和爱情,本身就是一场战争,诗人奉

① 亦门:《诗与现实》(第一分册),第12页。
② 牛汉:《感受阿垅》,《梦游人说诗》,第155页。
③ 胡风:《〈七月诗丛〉介绍十一则》,《胡风全集》第5卷,第376页。
④ 亦门:《诗是什么·关于感情》,第276页。
⑤ 罗洛:《阿垅片论》,《新文学论丛》1983年第3期。

献了全部的自己,他忘我地爱着:

> 并不是没有人的欢喜
>
> 更不是没有人的痛苦
>
> 只是我的欢喜是在那些欢喜以外
>
> 而我的痛苦,也在痛苦本身之上。
>
> ……
>
> 我要为你抚奏! ——
>
> 即使仅仅为你,为一个人
>
> 即使这琴不剩一弦。

(阿垅《琴的献祭》)

诗人搏击于其中,受难于其中,牺牲于其中,在爱的升华中坚守着人格精神的不屈、圣洁和高贵,这多少有些宿命的味道,但却让我们看到阿垅独有的人格魅力。路翎说:"在 S·M 的诗里显露的诗人的精神,或者说人格的特色,是对于人生的高度的诚实和善良,以及一种道德上面的高贵、仁爱和勇敢。"[①] 他执守着他异常单纯的"深切的人生要求",将他的人格精神流露在每一句诗歌当中。甚至他的政治诗,也是从他的人生态度和人格精神出发的,阿垅说过"诗是宣战","诗是口号","诗,正是政治"等偏激的言论,但阿垅并没有用生硬的政治概念去营构政治诗,对待诗中的政治,阿垅不是隔靴搔痒,空喊口号,他同样是毫不保留地投注自己的爱憎情感。阿垅交付出自己,获取了诗歌和政治的水乳交融。阿垅的诗就是阿垅自己,是阿垅"人格的声音",他的悲哀他的郁愤凝结为单纯而坚韧的诗的形象,给人以悲剧的美感和震撼:

> 要开作一只白色花——

---

① 路翎:《两个诗人》,《路翎批评文集》,第 52 页。

因为我要这样宣告，我们无罪，然后我们凋谢。

（阿垅《无题》）

胡风的激烈热情、波澜壮阔与阿垅坚执遒劲、沉郁哲理，给人以全然不同的艺术感受，而绿原的诗作则因着诗人愤激悲怆的主体情感而更显得严峻和凌厉。综合来看绿原几个时期的创作，其诗风本身就是变化多端而呈显着丰富的样貌，但他在诗歌史上最有影响最深入人心的诗作，却要算抗战胜利前后以《破坏》、《给天真的乐观主义者们》为代表的一系列政治抒情诗和讽刺诗了，这些诗分别收集在《又一个起点》和《集合》两个集子当中。绿原早期是以单纯明净的《童话》萤声诗坛的，据诗人曾卓回忆，他所认识的这时的绿原性格是内向的，"有时流露出一种沉重的阴郁的情绪"，[①]他之所以写出与他的现实经历和性格气质不一致的"空幻的朦胧的诗篇"，"从心理分析的角度看，可能仍然是他受压抑的童年感情无意间的流露"。[②]"他沉溺在自己的意境之中，似乎是伤感而又感激地用这意境来排拒现实的惨痛"。[③] 当内心敏感的诗人，有着生活的创痛又失望于现实、迷惘于未来的时候，往往会在虚拟的梦幻中寻求理想的人生境界，而一旦真正直面和投入了严酷的现实，意识到只有无情地捣碎黑暗丑恶的世界，才会迎来理想人生的真正实现，诗人笔调和诗风的彻底转变就成为必然。路翎曾形象地描述过绿原的这一转变："绿原不是永远固执地守着自己感情的诗人，那些固执地守着一个堡垒的人们，他们只能歌唱特定的东西。绿原，在他遭遇现实的历史的一切时，他自己倒似乎是常常败北、

---

① 曾卓:《绿原和他的诗》,《诗刊》1984 年第 6 期。
② 罗惠:《我写绿原》,《新文学史料》1983 年第 2 期。
③ 路翎:《两个诗人》,《路翎批评文集》,第 51 页。

撤退的,于是他经历了真正的战斗,他再冲锋,他的堡垒就随处皆是了。他的性格不是天生的坚强和爽朗,他的性格是付出了代价而明白了自己的、和历史人民的命运之后的坚决,生命的痛苦当使他更坚决。"① 爱与恨、破坏和建立总是不可分割的一体两面。一个全新的绿原正是在他思想的成长和性格的成熟中出现的。绿原的政治抒情诗走到了风格的另一端,那些"梦的车轮"、"夜的铃串"、"镀金的苹果"、"银发的蜡烛"和"糖果城的公主"不见了,美丽的宁静和浪漫的憧憬不见了,代之以"龌龊的落难者"、"破裂的棺材"和"死体的臭气"。他眼中看到的是数不尽的令人愤懑的景观:

> 扑克,假面舞,赛璐珞,玻璃玩具……
>
> 坤伶,明星,交际花、肉感的猥亵作家,美食主义者,拆白党,财政敲诈者,肉体偶像……
>
> 茶会,午餐,鸡尾酒晚宴,接风,饯行,烹调术座谈,金融讨论……
>
> 勋章,奖状,制服,符号,万能的 Pass,鸡毛文书……
>
> 赌窟,秘密会社,娼妓馆,热闹的监狱,疯人院……
>
> 鸦片批发,灵魂收买,自行失踪,失足落水,签字,画押,走私,诱拐,祈祷和忏悔……
>
> （绿原《给天真的乐观主义者们》）

"正因失望之深,造成了其坚决之强",② 绿原变得严峻和凝重了,他以诗人的自觉意识投入了战斗:

> 杀死那些专门虐待着青色谷粒的蝗虫吧,
>
> 没有晚祷!

---

① 路翎:《两个诗人》,《路翎批评文集》,第51页。
② 同上。

愈不流泪的，
愈不需要十字架；
血流得愈多，
颜色愈是深沉的。

不是要写诗，
是要写一部革命史呵。

（绿原《憎恨》）

　　他的诗充斥着沉痛的控诉，强烈的憎恨，冷峻的讽刺，有时诗情显得焦躁和凄厉甚至"力竭声嘶"。在诗的形式上，诗人也不拘一格，充分发挥自由诗巨大的弹性和活力。或长行或短句，或抒情或政论，甚至有"刺耳"的"声嘶力竭"和措辞的"不合语法"，诗风近于汪洋恣肆。看上去，绿原是彻底脱去了诗的圆润精巧的陈规，需要指出的是，在这之前之后，绿原也曾写过不少凝炼自然的传统意义上的好诗，此时作品中的"情绪阴郁、浓烈而凌乱，语言粗犷、直白而急促"[①]，是诗人的特定情绪使然，而且诗人为了纳入自己激愤而凌乱的思绪而设置了一种特殊的言说形式，一种全新的艺术创造。阿垅概括得很准确："绿原底诗，往往是激烈而凄厉的，恋战的。那是在反动的蒋政权之下向这个政权斗争的激情和条件所规定的，他那风貌和感情底表现。"[②] 绿原后来检讨这一时期的创作时说："我只想说，存在决定意识，环境决定性格，我当时确实丧失了诗人所必备的任何优美的感情，也从来不善于把并不优美的感情弄得优美起来。就我当时的心情而论，可以说我是存心'要用狰

---

① 绿原：《〈人之诗〉自序》，《当代》1982 年第 6 期。
② 亦门：《诗是什么·关于境界》，第 296—297 页。

狞的想象,为娇贵的胃,烹一盘辛辣的菜肴!'今天如能用长焦镜回顾一下那个酷烈的年代,读者当不难想象:那时濒于崩溃而趋于疯狂的国统区,真不啻一座失火的森林:济慈的夜莺和雪莱的云雀早已飞走了,也见不到布莱克的虎和里尔克的豹,只剩下'一匹受伤的狼,当深夜在旷野中嗥叫,惨伤里夹杂着愤怒和悲哀'。"①

　　但恰恰是这些在当时和后来不断引起人们争议的诗歌,其影响却远远大于绿原其他时期其他风格的作品。在40年代的国统区,绿原的诗歌引起无数青年学生的共鸣,鼓舞了他们的斗志。这些诗揭露黑暗现实和与其抗争的思想力量,适应了当时政治斗争的需要,而绿原创造的、独特的诗的形式和语言,产生着巨大的冲击力,理想地承载了诗的时代使命。所以,或许"它同中外传统的温柔敦厚、静穆淡远、雍容华贵的艺术理想相去十万八千里",②但他却属于时代和属于绿原个人。绿原的激情中带着深深的"痛感",但绿原从不悲观,他没有被苦难压倒,也没有将生命的终极意义寄托于苦难之上的宗教情怀,他总是忠实而坚韧地面向现实和民众,"他对于虚浮的东西痛感深。主要的是,他对于新的东西的向往强。"③透过他的揭露和控诉,我们可以感受到诗人对光明的渴望,对未来的信念,这恰好呼应了《童话》时期对理想境界的憧憬。绿原的诗路历程是坚实的完整的,建国前创作的《航海》和50年代落难后所写的《又一名哥伦布》,正可以形象地总结他的人生信念和艺术追求:

　　　　人活着

---

① 绿原:《〈人之诗〉自序》,《当代》1982年第6期。
② 绿原:《〈人之诗〉自序》,《当代》1982年第6期。
③ 亦门:《绿原片论》,《诗与现实》(第三分册),第83页。

　　像航海

　　你的恨,你的风暴
　　你的爱,你的云彩

　　……

　　他凭着爱因斯坦的常识
　　坚信前面就是"印度"——
　　即使终于到达不了印度
　　他也一定会发现一个新大陆

　　牛汉的诗歌追求阔大深沉的意境,是诗人的个性气质使然。他的"心灵似乎更容易被那种辽阔与壮美的境界和大自然中某些能够引人震惊的、在困境中坚毅不屈的现象或生态所触动",[①] 所以,他善于写草原、写山脉,喜爱老虎和雄鹰的姿态,并将这些景象转化为灵魂的"图腾"。绿原从空幻的童话世界转而直面黑暗悲惨的现实人生,期待在与现实的苦斗中寻求理想的"新大陆"。相比之下,牛汉的艺术创造呈另一种思维取向,他从对严酷现实的体验出发,诗的落脚点却总在心灵化的理想一方。理想与现实的对抗和冲突,造成诗人心灵的高度紧张,他在他的精神世界中狂奔着,追逐着他所向往的理想世界。蒙古祖先给了他热性的血液和草原一样辽阔的胸怀,牛汉是一位极富想象力的诗人,在写《鄂尔多斯草原》之前,他从来没有去过草原,他是在祖先留下的生活遗迹和亲人们讲述的故事中了解草原的,恰恰是这种儿时的神往和想象,使草原幻化为诗人意念中的浩渺无边而又生气勃发的壮观景象:

---

① 牛汉:《我与华南虎》,《梦游人说诗》,第27页。

那无边的草原底音浪——

　　牧笛吹出的

　　原始的粗犷的歌音呀!

从草丛里

　　沙窝里

　　大风沙灰暗的门槛里

马蹄卷来的牧歌呀!

羊底,骆驼底,牧狗底铃音呀!

象鬈发的灌木丛底骚响呀! ……

　　但诗人的想象和歌唱又是缘自苦闷现实生活的冲击,他渴望奔向一个充满浪漫色彩的理想天地,这理想天地在诗人的想象中是草原,在革命者的视野里,则是延安。牛汉将二者合而为一了。他自己在创作回忆中说,皖南事变之后,他和几个同学悄悄商议着奔赴延安,后来计划落空,"这首诗就是在我们准备奔延安之前写的。我不敢明明白白写陕北,写了离陕北不远(其实并不近)的鄂尔多斯,这片亲切的草原,我自小神往。历史和现实的感情在我的心胸里交融、奔腾。如果没有投奔陕北的理想鼓舞我,潜藏在生命内部的童年少年的诗的情愫,也就不会引爆起来"。① 于是,牛汉所歌颂的不仅仅是草原本身,草原同时成为理想远景的象征:

今天

我歌颂

绿色的鄂尔多斯。

歌颂

---

① 牛汉:《我是怎样写〈鄂尔多斯草原〉的》,《梦游人说诗》,第23页。

> 北中国底
>> 绿色的生命的乳汁
>> 绿色的生活的海
>> 绿色的战斗的旗子。

牛汉说自己是个梦游诗人,"我的诗都是梦游中望见的一个个美妙的远景和一闪一闪的亮光,我和诗总在不歇地向远景奔跑,从不徘徊和停顿,直到像汗血马那样耗尽了汗血而死"。① 梦境中的蒙古草原给了诗人雄宏的力量,这雄宏的力量又是如此贴近和契合着诗人奔赴革命、投身战斗的人生抱负。仅在牛汉所钟情的景物对象中,我们就能够体会到诗的性格和诗人的性格,他笔下的鄂尔多斯是他心中的鄂尔多斯,他笔下所有的诗歌形象,都是他人格精神的写照。牛汉的诗之所以绝少理念化而显得空灵跳动,就在于诗人为他的情感和信念找到了对应的心灵化意象。牛汉的诗拉开了与生活实景的距离,注重主客观之间的机缘,注重生命本能的冲击,从这一点看,有人说牛汉有超现实主义和某些象征主义色彩,确有一定的道理。牛汉与众不同的艺术个性,由此入手也看得更为清晰。

冀汸也是一位歌唱战斗、暴露黑暗的战士诗人。他的长诗《跃动的夜》曾传诵在大后方人民中间,胡风曾介绍说:"诗人所唱的是战争的童年的情绪、社会的童年的情绪,这里面是纯洁的乐观、开朗的心怀以及醉酒一样的战斗气魄。"② 他的《罪人不在这里》、《我不哭泣》,以悲愤的笔调抨击了妥协侵略者而血屠人民的民族败类。阿垅说冀汸是"不善于身边抒情,而惯于政治控诉"的诗人,

---

① 牛汉:《谈谈我这个人,以及我的诗》,《梦游人说诗》,第5页。
② 胡风:《〈七月诗丛〉介绍十一则》,《胡风全集》第5卷,第378页。

他的诗是"那战斗和狂欢的节奏,那正义向不义的舌战,那野蛮底必亡和光明底再生的预言"。[①] 他的控诉与批判是盛怒的惨烈的,他的鼓动与呼吁则热情而狂放。在他的一首《渡》中:

> 我呼喊——
>
> 我悲哀地呼喊:
>
> "渡船呀!"
>
> 我含愤地呼喊:
>
> "渡船呀!"
>
> 我和着无数的嘶哑了的声音呼喊:
>
> "渡船呀渡船……"
>
> ……
>
> 让我们
>
> 渡过河,
>
> 让我们
>
> 在河的彼岸
>
> 把枪炮　刀　火苗…
>
> 把力　血液…
>
> 把一切兑换自由的东西
>
> 重新准备好。

　　冀汸的诗豪爽直率、坚定醇厚,就像青年冀汸的个性,"容易激怒,说话不会拐弯"(《回响》)。他的诗句简洁明快却极富蕴涵和内力,那些近乎格言誓词的诗歌短句如"鞭子是你的/意志是我的"(《我不哭泣》),"能够骄傲地活着最好/能够不屈地死去也好"(《生命》),"我可以流血地倒下/不会流泪地跪下的"(《今天的宣言》)等

---

① 亦门:《冀汸片论》,《诗与现实》(第三分册),第88页。

等,用直白朴素的语言表露了革命者的坚定信念、乐观情怀,非常具有影响力。

化铁给我们留下了很少的几首诗,但他却是最具"七月"强毅性格的一个。他的《暴雷雨岸然轰轰而至》是一首不朽的诗章,"它充满了大革命的气势,充满了对未来的向往,充满了对干净天地的希冀,而且带有预言的性质"。① 它真正是时代的交响诗,极度彰显着气势伟岸、激情澎湃的豪迈诗风。

天蓝一生写诗也不多,早期的《预言》,"笔触带着铿锵作响的锋利,他的风格好像是钢板上发着乌光的浮雕"。② 他的《队长骑马去了》是不可多得的精彩篇章,是天蓝作为一个"特彩的诗人"③的标志性作品。同样的激情同样的悲愤,落在笔端却是另一种诗的面貌。诗人不似化铁那样浩浩荡荡直抒胸臆,他将汹涌着爱与痛的情感浪潮,融注在简明纯朴的叙述当中。诗人在歌谣式的叹唱中起笔:

> 队长骑马去了
> 骑马去了
> 一个月还不见回来。
>
> 队长!
> 呵,回来!

不需要什么浓墨重彩的渲染,悲剧的气氛重重地向读者压来,接着诗人展开笔墨,回叙英雄队长的战斗和遇难经历,那英勇的身

---

① 公刘:《〈白色花〉学习笔记》,《艺谭》1984 年第 2 期。
② 胡风:《〈七月诗丛〉介绍十一则》,《胡风全集》第 5 卷,第 377 页。
③ 胡风:《〈七月诗丛〉介绍十一则》,《胡风全集》第 5 卷,第 377 页。

影和亲切的话语,笔笔催人泪下。这种深沉的情感聚集着,最终爆发为对奸敌的愤怒谴责。诗人曾经说,"没有深深的激动,他一般是不写诗的",[①] 看得出,这个真实的传奇故事是既猛烈地撞击着、又深深地咀嚼着诗人的心灵。这首诗成功于诗人情感的推助,也成功于诗人独特的构思和表达方式,"天蓝底带血的宁静",[②]使诗歌既具有悲剧的震撼力,又情思绵延而回味无穷。

　　居于国统区的诗人风格大多偏于凝重悲愤,其诗作蕴含着现实的深重感和批判的力度,但他们各有自己的艺术个性,并以自己的独创性确立了自己在诗坛的地位。除了以上各位诗人,还应该提到郑思,长诗《秩序》对旧中国虚伪的法律和畸形的秩序,进行了激烈的抨击,其惊心动魄可与绿原的政治诗相媲美。但除了力透纸背的控诉和战斗,郑思同时在诗中注入了自己对解放区的热情和向往,两相对照中,既丰富了诗的思想内容,又使诗的格调富于变化,冷中含热。

　　孙钿的诗歌大都朴实而流畅,他的《雨》、《挂彩者》从一个士兵的角度写战争,或者是自叙式,或者是对话式,没有大场面和过分激烈的行动,诗人更注重写实和白描乃至细节点缀,在平凡的日常战斗生活中寄寓战争的意义,写生般的画面,富有亲切的动感:

　　　　有一个夜间
　　　　我梦见
　　　　胸口给日本鬼子戳了个窟窿
　　　　鲜血奔涌出来
　　　　好象扭开了水笼

---

① 唐天成:《〈队长骑马去了〉的诞生经过》,《新文学史料》1984 年第 3 期。
② 亦门:《诗的战略形势片论》,《诗与现实》(第二分册),第 30 页。

惊醒了

我才知道降着暴雨

雨水从破屋顶上漏进来

滴到我底胸上

我感到好笑

翻了个身

一只手按住枪

去寻第二个梦了

……

不管雨是如何缠绵

或是如何阴郁

我脱掉草鞋

在给雨捣烂了的泥地上

向一座破屋走去

那里

《新华日报》到了

（孙钿《雨》）

　　记录一样的笔触娓娓道来，"好像战斗对他是最亲切的日常生活，这些战斗的声音好像是对于爱人对于慈母的倾诉"。① 孙钿不过多地追求表现上的铺叙渲染，但战士的勇敢乐观和可爱的情趣，诗人的深情与感怀，尽在其中了。

　　徐放是带着东北大汉的苦难经历和豪爽气质走进七月派的。胡风曾描述道：徐放的诗"跳跃着的是这样一个从亡国惨痛下面长程苦斗的、祖国儿子的心。在我的眼里出现了辽阔而富饶的东北

---

① 　胡风：《〈七月诗丛〉介绍十一则》，《胡风全集》第 5 卷，第 376 页。

大地,出现了在敌人统治下忍受着生活的困苦、但却坚强不屈地寻求活路的东北人民"。"徐放是,禁不住要对古老的祖国的故事和残迹发生他的感应,通过他的感应来表现作为一个土地的儿子的他内心的悲伤和希望"。① 七月派感时忧国的文学精神,激烈巨大的情感力量,与徐放的人生志向、艺术追求是何等的一致,在众多同道知己的精神碰撞中,徐放率性而作,极大地发挥了自己的个性潜质。长诗《在动乱的城记》再现了黑暗统治下的动乱的城和冷酷的夜,但诗的字里行间又不失北方诗人奔放强劲的性格特色。苦难的重压下,不屈不挠热血澎湃的是诗人"强旺的生命"。

徐放的个性体现在他的抒情达意的方式上,即是他对意境的选择和经营。他总是寻找与情感对应的外在景物,用以承载和寄托情思。这一点,与徐放深受古典诗词的熏陶有密切关系。诗人几十年来思考新诗的现代化民族化出路,他在自己的诗歌中对融化古诗和民歌精华进行了有益的尝试,使他的诗"具有鲜明的民族传统色彩和书香气息,同国内受西洋诗歌影响,特别是西方现代诗歌影响较深的诗人的作品迥然不同,堪称独树一帜、自成一家"。② 但有时也由于诗人过分讲究意境和凝炼,影响了情感的充分和完整的表达。

彭燕郊长于描绘江南的生活景致,诉写江南人民"痛苦的挣扎"和"艰难的战斗"。他在诗的形象构成和抒情方式上,明显受到艾青的影响,"冬天来到中国了/寒冷的中国的冬天呀……"(《冬日》),让人感受到了艾青的调式。但彭燕郊又善于捕捉"生命力的

---

① 胡风:《〈徐放诗选〉序》,《胡风全集》第7卷,第198、200页。
② 鲁煤:《徐放其人其诗的悲壮历程》,蒋安全编《徐放论》,春风文艺出版社1998年版,第476—477页。

微笑"，歌咏新鲜纯洁的大地，笔端透露着南方农村特有的清新宁静的绿色气息，这使他的诗歌基调摆脱了过分的沉重抑郁，更富有希望的活力和温馨的慰藉。杜谷的《泥土的梦》也充满了泥土的气息，同时杜谷更擅长抒情，且情感的质地是柔性的温暖的婉转的，他的诗可算作是唱给故乡的土地、唱给希望的春天、唱给百姓战士、兄弟姊妹的一首首情歌，就连他笔下的泥土，也像一个饱含着爱的幸福的情人：

> 泥土从深沉的梦里醒来
>
> 慢慢睁开晶莹黑亮的大眼
>
> 它眼里充满了喜悦的泪水
>
> 看，我们的泥土是怀孕了

（杜谷《泥土的梦》）

这份迷人的情怀使杜谷显出了自己诗性的与众不同，如胡风所言："这样的歌，只有深爱祖国的诗人，善良到像土地一样善良的诗人，坦白到像土地一样坦白的诗人才能够唱出的。"①

"曾卓是个钟情的人"，② 为人为诗都是这样。他的诗作中，写给爱人、亲人、友人的诗最多，他总是在诗中投入自己的情感体验，塑造出寂寞惆怅而又执著倔强的抒情主人公形象。在早年的习诗过程中，曾卓深受戴望舒的影响，被他的寂寞、朦胧的诗美所吸引，这导致曾卓一生都是"一个颇带浪漫气质与梦幻色彩的诗人"，"但他却只能在现实生活的泥泞与荆棘上跋涉，因此，感到寂寞，感到失望，感到懊丧，感到疲惫，感到孤单，感到不幸，感到自己

---

① 胡风：《〈七月诗丛〉介绍十一则》，《胡风全集》第5卷，第378页。
② 牛汉：《一个钟情的人》，《梦游人说诗》，第168页。

毕竟不是一个强者"。① 曾卓的性格气质决定了他委婉细腻的抒情格调,而且他特别精心于营造诗的含蓄美朦胧美,"他的诗即使是遍体伤痕,也给人带来温暖和美感"。② 所以在七月诗派中,曾卓是最个人化的一位。但毕竟,曾卓又不是一个唯美主义诗人,"他与大多数受胡风理论影响的年轻诗人一样,能够自觉地将时代'共名'熔铸在与自己血肉相联的精神信息中,再用独特的语言把它倾吐出来"。③ 曾卓的创作与时代精神构成一种既胶着又疏离的关系,所谓"疏离",是指他总是写自己的情绪,写生活的自诉和爱情的独白。他的这份独特造成了他的寂寞,以致曾卓虽然非常崇拜胡风,也与七月派很多诗人交往甚密,但胡风在《七月》和《希望》上没有接纳过曾卓的诗歌。胡风晚年才开始肯定和欣赏曾卓的作品,他改变了当年不无偏激的审美准则,将更为多样化的艺术个性容纳于七月派当中。

　　其实,只不过是曾卓的诗风显得较为单一,在很多七月派诗人那里,常常是同时操持两副甚至多副笔墨,根据现实斗争和情感表现的不同需求而变换风格基调。阿垅的政治诗是严峻的,爱情诗则激荡与缠绵交织,他的歌颂延安的诗歌如《窑洞》和《哨》,呈现另一种调子,激情中带着欢乐和向往;绿原的童话诗与政治诗之间的风格差异,令人难以置信是出自一人之手;冀汸的诗既舒展流畅、朝气焕发,也有不少激愤的讽刺批判之作,"除了油画似的长篇浩歌,作者更善于利用匕首式的小诗从事战斗",冀汸的"一些像自然一样晶莹剔透的小风景诗,其中反映了作者在审美和抒情中文如

---

①　牛汉:《一个钟情的人》,《梦游人说诗》,第173页。

②　牛汉:《一个钟情的人》,《梦游人说诗》,第169页。

③　陈思和:《无名论坛·主持人的话》,《当代作家评论》2000年第4期。

其人的另一面,即与其粗豪并不相悖的细致的一面"。① 类似这样
的创作多面手,在七月派诗人中不止阿垅、绿原和冀汸,由此也可
见得流派个性的丰富多彩和发展变化。

众多诗人中,还有庄涌的高亢急骤,方然的热情奔放,芦甸的
深沉理智、邹荻帆的热忱刚健,朱健的写实中融想象,乃至"初来
者"钟宣、罗洛诗中的战斗渴望和情感的欢畅稚纯,等等,各自呈现
出自己独特的风格形态。

相较而言,生活在根据地的七月派诗人由于更多抒发健康向
上的情感,也更显著地表现出清新优美、明朗欢快的诗歌格调,但
体现在每个诗人身上,风格也是同中有异。鲁藜是七月派中成就
突出的一位诗人,他以一种秀致隽永和天韵自成的风格赢得自己
在现代新诗发展中不可取代的地位。鲁藜的诗多产生于革命根据
地,多歌唱明亮的天空、芬芳的土地和纯朴的人民,这使他的诗也
像解放区的泥土一样,平凡、质朴而富有新鲜的生命气息。延安的
山和水、花和草,延安的日光和夜色,在鲁藜的诗笔点染下,是一派
清丽宁静、光明和谐的美的境地:

　　　在夜里
　　　山花开了,灿烂地

　　　如果不是山底颜色比夜浓
　　　我们不会相信那是窑洞的灯火
　　　却以为是天上的星星
　　　……

---

① 绿原:《〈灌木年轮〉校读小记》,冀汸《灌木年轮》,人民文学出版社1995年版,
第233页。

　　　　西北山里的泉水

　　　　一滴一滴流到黄河

　　　　……

　　　　在河边,我们走

　　　　崖上野花向我们点头

(鲁藜《延河散歌》)

七月同人对鲁藜有着一致的品评:"鲁藜底诗,是如同阳光似的,亲近人,光耀人,温暖人,但那本质之点,却是战斗的。"① 鲁藜的诗是"天真的诗,沉醉的诗,美梦的诗,但诗人的天真、沉醉、美梦……是发芽于最艰苦的斗争里面,发芽于最现实的战斗者的坚韧不拔的心怀里面"。② 在诗的纯净中灌注战斗的情感内容,鲁藜有这样的本领。他也写战争的残酷,写战士的流血牺牲,但诗人能将其升华到光明美好的艺术境界,革命者的牺牲会换来生命的种子生根发芽,希望的花朵永远鲜红:

　　　　冬天,在战斗里

　　　　我们暂时用雪掩埋一个战死的同志

　　　　雪堆成一座坟

　　　　血液渲染着它的周围

　　　　血和雪相抱

　　　　辉照成彩虹的花朵

---

① 亦门:《诗是什么·关于感情》,第 277 页。

② 胡风:《〈七月诗丛〉介绍十一则》,《胡风全集》第 5 卷,第 377 页。

> 太阳光里,花朵消溶了
>
> 有种子掉在大地里

(鲁藜《红的雪花》)

鲁藜追求朴素和平凡,但决不是简单和浅薄,就像脚下的泥土,平凡普通至极,却蕴含着深厚的人生哲理,显示着崇高伟大的精神品格:

> 老是把自己当作珍珠
>
> 就时时怕被埋没的痛苦
>
>
>
> 把自己当作泥土吧
>
> 让众人把你踩成一条道路

(鲁藜《泥土》)

这首《泥土》所昭示的精神境界,感染和启迪着一代又一代人,他们以解放民众为神圣职责,在奉献中寻求自己的人生价值,以此为内涵的对泥土的亲近和咏唱,也成为七月派一个普遍的审美意象。

鲁藜的宁静自然的诗风在特殊年代能够引起人们的喜爱和共鸣,在于诗人对生活的沉思以及提炼出的哲理内涵,也在于诗人在诗的意境营造上的出色表现。阿垅说鲁藜的诗"澄碧透底,没有杂物,没有激浪,没有涟波,没有芳菲,没有色彩,只有极其简单的平面构成;但是里面却辉耀地通过了从蓝空来的日光,无遗憾地溶解了它,庄严,崇高,明净,向太阳接受,向太阳拥抱,向太阳反映,每一点每一滴都水晶一样透明了的"。[①] 鲁藜的诗像云彩缓缓飘荡,像溪流淙淙流淌,经过诗人的艺术提纯,每一个意象和每一个句子都不再沉重和杂芜,这是思想情感的晶体,看上去清亮透明,但它

---

① 阿垅:《论诗四题》,《希望》第 2 期。

却能最完全地接受太阳的照耀,并折射出美丽的七彩光芒。鲁藜天籁般和谐的诗歌音响,与七月派许多诗人的激愤沉重和由此带来的诗歌的嘈杂粗砺,形成鲜明的反差,这愈发凸显了鲁藜诗风的独树一帜。

胡征和鲁藜有同样的经历,他们少年时期流浪漂泊,跋山涉水来到延安,"如同相似的铁屑被吸向'抗大'这个熔铁炼金的磁场",[①] 后来又奔赴戎马倥偬的战斗生活。所以,胡征的诗歌创作也是和战斗的时代、和解放区的环境融为一体的,他曾在《五月的城》中深情歌唱延安醉人的红五月:

> 五月的城
> 喷香的城
> 发光的城
> 红色的城
> ……
>
> 我爱得发烧
> 我爱得醉迷迷
> 像饥饿的孩子
> 眯缝着眼
> 吸着母亲的奶汁
> 我生活在这里
> 学习在这里
> 我吸着
> 红色的奶汁

诗句如阳光般明丽,宝石般玲珑,但渗透其中的爱的情感却是

---

① 鲁藜:《阳光篇——漫忆胡征》,《人文杂志》1992 年第 3 期。

浓得化不开。胡征的诗以情感的深厚浓烈取胜,诗的外形简洁明净,诗风隽永俏丽。胡征最感人最有影响的要数描绘和颂扬普通革命者的系列诗歌了,《鸡毛信》描绘一位白发的送信老汉,《钟声》写一个报时工人,还有《钢板工作者》、《挂路灯的》、《打水人》等,他们的极尽平凡普通也极尽忠诚奉献,他们是我们民族的根柢,也是诗人力量和情感的源泉。这其中,突出体现胡征诗的个性的作品是《白衣女》:

> 那夜
> 我的生命垂危
> 你给我诊断后
> 从你的左臂
> 抽出了五十西西血液
> 给我注射
> 于是
> 我在那无言的
> 同志爱里更生了
> ……;
> 你的血液
> 已使我再能奔驰走在战争中了
> 而你呢
> 呵,战争的血液
> 白衣女……

诗中没有铺排没有矫饰,素描般安静无语、圣洁动人的白衣女,却永远镌刻在诗人心底,她的真与美也征服了无数胡征的同代人。

　　从胡征纯朴的诗作中可以感受得出他内心的激情澎湃,他在50年代初出版的两首长篇叙事诗《七月的战争》和《大进军》,则是

重笔浓墨、气势磅礴的英雄史诗,它们与胡征前期诗歌朴素明丽的
风格看似有很大的差别,实际是胡征主体激情和刚健个性的另一
种表现途径,在不断探索不断变化的创作中寻求风格的内在一致,
这是一个诗人成熟的标志。有成就的七月派诗人,其诗风大都不
是单一的,他们都是在新的美学领域中寻求突破,最终形成基调与
变调相统一的个性风格。

诗人鲁煤曾以牧青为笔名活跃在 40 年代诗坛上,他的《默悼
几只扑火者的死》,歌颂"死于追求,死于理想"的英雄,"扑火者"那
种"拥抱火"的忘我与强力,无疑属于七月派共有的精神状态。鲁
煤于 1946 年转移到解放区张家口,置身于新的天地中,他的诗风
比过去明朗起来,以质朴精巧而见长,《我看见新的士兵》、《戎冠秀
和钟》等诗作表现新生活与新人物,皆用写实的手法和朴素的口
语,却并没有忽略诗的内在节奏和旋律。《戎冠秀和钟》中只有一
个形象:"钟;只有一个想象。洪亮而又悠扬的钟声。它代表了战
争年代的诗风:单纯,一切为了前方的胜利。"① 就是这样简朴的
诗歌,曾经在解放区赢得了人们由衷的喜爱。《进入战斗》和《轰
炸》是诗人自己最"疼爱"的两首诗,因为那是在解放战争的炮火中
写就的,是经历了战争的血雨腥风而得来的诗情,诗歌留下了诗人
与战士们一道用生命去冲锋的瞬间感受,其题材的独特、体验的真
切也可算作七月派中的"唯一"了。

与鲁藜、胡征一样辗转到达延安的七月派诗人还有天蓝、贺敬
之和侯唯动。虽然处在相同的生活环境中,他们创作的个性和发
展趋向却不尽相同。天蓝到延安不久就创作了成名作《队长骑马
去了》,他抗战初参加八路军,战场生活的体验和对战争的思考,使

---

① 　公刘:《〈白色花〉学习笔记》,《艺谭》1984 年第 2 期。

他的诗歌执著于表现抗战时期民族矛盾和阶级矛盾交叉存在下的
现实悲剧,持续表现出深沉悲壮的情感特色。贺敬之曾在《七月》
和"七月诗丛"上以艾漠的笔名发表过深沉悲郁的篇什,来到延安
后诗的个性几度变化,由"没有冬天"、"没有忧愁"的温暖明朗,到
追忆"乡村的夜"时的灰暗和压抑,直至1942年后确立新的稳定的
艺术方向。侯唯动是从读者中走向七月派的比较突出的一个,
1938年他在《七月》上发表长诗《斗争,就是胜利》,一举引起诗坛
很大的反响。由于胡风的发现和培养,使侯唯动坚定地追随胡风,
信奉胡风的文艺思想。他说:"我在延安和鲁艺大谈胡风,人人皆
知我是'七月派'诗人。"[①] 侯唯动的风格,正如胡风评论《斗争,就
是胜利》时所言:"这是生死与共的带血的歌声,却是响彻山河的雄
壮的歌声。"[②] 侯唯动诗的风格就像他的"大西北土豹子"性格一
样,是血性和刚性的,而且是一生不曾改变的。

三、天才的小说家——路翎

很长时间以来,人们头脑中有一个偏颇的印象,七月派就是七
月诗派,七月派小说被忽略了,甚至在很多人的视界中是不存在
的。造成如此错觉的原因,一是与七月派诗歌比较,七月派小说的
群体阵容并不是很大,在抗战以来的文坛和社会上的影响也不及
七月诗派,难以引起人们足够的重视;二是历史的原因,即就是七
月诗派,也"被贬抑、被排斥、被抹煞"了太久的时间,更何况小说;
三是诗歌表现出的强烈的时代精神贴近和应合了现实的战斗要
求,而小说由于自身的艺术表现特性,相对疏离于时代的功利要

---

①　侯唯动:《从读者中走向胡风》,《我与胡风》,第333页。
②　胡风:《回忆录》,《胡风全集》第7卷,第384页。

求,更为间接地对现实产生作用,因此不具有强劲的影响力;四是对七月派小说特殊的思想艺术品格一直存有争议,其价值和文学史意义迟迟不能得到认可,无形中阻抑了人们对七月派小说的了解和研究。

此种状况自上个世纪 80 年代以来逐步有了改变。七月派小说的独特风貌得到愈来愈多的研究者的关注,随着严家炎的《中国现代小说流派史》等著作从流派的角度对七月派小说进行整体和深入的研究,作为现代文学史上一个独立的小说流派,七月派小说在文学史上的地位得以确立和肯定。而且,人们愈来愈清楚地认识到,小说家所开辟的艺术世界,小说创作所提供的审美内容和审美方式,可以说更突出地表现了七月派的个性特征。小说实践与七月派文学思想的契合、互动,更成为它在流派中具有重要地位的强有力的明证。

这一切,都与作为小说家的路翎的特殊贡献有关。客观地讲,七月派小说群体之间的创作并不均衡,这也在某种程度上限制了小说流派的发展。而路翎的意义在于他成就了这个流派,并以自己的创作奠定了流派的艺术品位。严家炎曾说:"七月派作为一个小说流派,是由最有代表性的作家东平与路翎支撑起来的。没有其他作家——即使占多数的作家,七月小说流派照常可以存在;而没有东平与路翎——尽管人数只占三分之一,七月小说流派就不能存在。"① 没有一定的群体规模,仅只一两个哪怕是最优秀的作家,也无法构成文学流派,这是流派质的规定所要求的。但严先生强调了流派中杰出和核心作家对于流派的决定意义,则非常准确,

---

① 严家炎:《七月派小说论争三题》,《世纪的足音》,作家出版社 1996 年版,第 181 页。

切中了关键。从这一点出发,没有路翎和东平,也就确实没有七月小说派。

路翎的性格是最"七月"的,路翎小说的风格也是七月派风格的最突出最典型的代表。换言之,我们关于七月派小说风格特色的把握,很大程度上依赖于我们对路翎文学个性的认识。路翎之于七月派小说,相当于艾青之于七月派诗歌,于是,对路翎个体风格的解析和考察,就显得格外必要和重要。

路翎是胡风发现的,也是胡风培养下成长起来的。路翎是《七月》忠实的读者,对编者胡风满怀着敬仰与崇拜,当年年仅17岁的敏感而自信的年轻人按耐不住自己对文学的热爱,鼓起勇气向《七月》投稿,并写信给胡风。路翎最早投稿的长诗《妈妈的苦难》并没有发表,但他得到了胡风的鼓励和教诲。1939年,路翎的短篇小说《"要塞"退出以后》被胡风采用,刊登于1940年5月出版的《七月》"新作家五人小说集"中,这是路翎在《七月》的起步。

胡风曾回忆他和路翎第一次见面的情景。胡风有点吃惊,"还是一个不到二十岁的小青年,很腼腆地站在我的面前","他年轻、纯朴,对生活极敏感,能深入地理解生活中的人物,所以谈起来很生动。这是一个有着文学天赋的难得的青年,如果多读一些好书,接受好的教育,是能够成为一个大作家的"。[①] 这番感受和认识出自一面之交,不能不说胡风过人的敏锐,同时也看出路翎作品和谈吐确实带给胡风相当的震动。胡风在《〈财主底儿女们〉序》中写道:《财主底儿女们》是一首青春的诗,在这首诗里面,激荡着时代的欢乐和痛苦,人民的潜力和追求,青年作家自己的痛哭和高

---

① 胡风:《回忆录》,《胡风全集》第7卷第474页。

歌!"① 路翎在年仅十七岁的时候就动手写这部异乎寻常的长篇巨著,他的一切出色表现,使后来更多的人不得不承认这位年少的歌者有着天才的嗓音。

可想而知,路翎的"老成",路翎对生活的"敏感"和"深入理解",路翎的"文学天赋",一定是在他最早的作品中已经隐约流露出来了。以胡风的眼光,他所中意的不是小说形式的周到完满,而是跃动在其中的焦躁不安的、纠结着矛盾痛苦的灵魂。路翎写信告诉胡风:"我在这'地方'很苦痛,我在夜里面写,我写几乎人家认不识的字,而且,我时常恐惧着我背后有一个影子……。我很'丑',但是我愿意把我的灵魂挖出来……。我希望同情。"② 路翎的个性敏感、忧郁而倔强,这与他的身世与成长环境有关。他两岁时父亲去世,继父承担着养育路翎的责任,他常常"愤怒、暴躁和慨叹",使路翎幼小的心灵承受过重的精神负担,他曾对胡风倾诉说:"我简直一点也不愿意提起这些,在小学的时候,我就有绰号叫'拖油瓶',我底童年是在压抑、神经质、对世界的不可解的爱和憎恨里度过的,匆匆地度过的。我在心理和生理上都很早熟,悲哀是那么不可分解地压着我底少年时代,压着我底恋爱,我现在二十岁。"③ 路翎的求学之路也充满坎坷,小学留级,报考中央大学附中未被录取,高中二年级时,又被学校开除,年仅十六岁的路翎就永远离开了学校。不能完成系统的学校教育和读书训练,毕竟造成路翎文学道路上的一些阻碍,以致局限了路翎文学天才的充分发挥,甚至因学历的影响,路翎在就业问题上也是障碍重重。不到20岁的时

---

① 胡风:《青春的诗》,《胡风全集》第3卷,第268页。
② 《胡风路翎文学书简》,第2页。
③ 《胡风路翎文学书简》,第9页。

候,路翎又遭受了失恋的打击,很长时间不能从痛苦中解脱。路翎总是生活在和周遭环境的艰难对抗中,他在"寂寞""孤独"之中与环境抗争着,也与自己的灵魂抗争着,这一点,在崇尚"主观战斗精神"的胡风看来,才是最重要的,这就是天才的基本素质。

不同寻常的出身背景和生活经历造就着一个人的性格,能够感受着生活,搏击着生活,而且有将内心的情感激流倾吐出来的强烈愿望,路翎走上文学道路有他的必然。而且路翎有幸遇上了胡风,胡风鼓励路翎坚持写下去,他介绍路翎到学校当"学友",以便于学到一些艺术知识,他不断地让路翎多读好书以充实自己,他甚至就一篇小说反复多次地向路翎提出修改意见,进行耐心细致地引导。胡风由衷地说:"可喜的是他的理解力那么的敏锐,他加以修改后的作品都是将我的意见真正通过自己的大脑思索后再创作的,是日臻完善的整体,并没有修改得支离破碎。我对他的作品一直都很满意。"① 于是,后期的《七月》上,几乎期期都刊载路翎的小说作品,胡、路二人由此建立起长久深厚的友谊。胡风的栽培,使路翎向文学王国飞跃的希望得以一步步实现。

短篇小说《'要塞'退出以后》写一个年轻的转运商人在抗日前线的悲剧遭遇和他的心理困境。主人公奋力杀敌却最终死于同伴之手,小说题材内容、悲剧氛围以及抨击意向都与丘东平的纪实小说颇有相象之处。② 但从作家直接描绘人物的心理状态和"亦描亦叙、夹叙夹议"的笔法中,可以看出路翎艺术个性的端倪。这之后路翎连续在《七月》上发表了《家》、《黑色子孙之一》、《何绍德被

---

① 胡风:《回忆录》,《胡风全集》第7卷,第475页。
② 严家炎认为路翎此时受到东平的启发和影响,说明他曾细心钻研过东平的小说。见《中国现代小说流派史》,第265—266页。

捕了》、《祖父的职业》、《卸煤台下》、《饥饿的郭素娥》等一系列小说
(结集于《青春的祝福》中),路翎一路写来,其作品愈来愈带上一种
鲜明的个性化色彩,主体对生活的感受力和对作品的穿透力,主体
体验性的审美方式和心灵化的表现途径等,已经毫无遮拦地从作
品中凸现出来。

　　特殊的文学气质和胡风文学思想的深刻影响,使路翎第一时
期的小说创作已经开始为新文学提供前所未有的艺术新质,恰如
胡风所评价的:"在路翎君这里,新文学里面原已存在了的某些人
物得到了不同的面貌,而现实人生早已向新文学要求分配座位的
另一些人物,终于带着活的意欲登场了。向时代的步调突进,路翎
君替新文学的主题开拓了疆土。"① 由此来看,路翎小说的别一种
样式和新一种套路首先是他的人物带来的,与其说路翎为新文学
增添了新的人物类型,不如说是延展了人物的行动范围、拓宽了人
物生活内容,从而增强和深化了人物的性格含量——更为准确,因
为路翎笔下的人物形象基本上还是由农民和知识分子两大类构
成。但与以往文学所不同的是,路翎没有局限于只写在土地上劳
作的农民和在书斋以及自己狭小的生活天地的农民里作精神漫游
的知识分子。他更钟情于那些走出土地的农民和走出书斋的知识
分子。他在自己的小说中引入了"漂泊者"这一形象,农民在漂泊
中成为流浪汉,或转业为工人,知识分子在漂泊中或从军或从政或
永远在漂泊中寻找和追寻着精神的栖息地。在动荡的时代和漂泊
的旅途中改变了人生的位置和职业角色,经历了更多的风云变幻,
体味了更多更深的生活苦难,但同时又存留着原初的性格底色,如
此凝结而成的更为丰富复杂的人物性格,必然就使新文学中的原

---

　　①　胡风:《一个女人和一个世界》,《胡风全集》第3卷,第100页。

有人物"得到了不同的面貌"或干脆成为"另一些人物",路翎用自己的笔为他们点燃了活的生命、"活的意欲",为他们赢得新文学中的人物"座次"。路翎就在人物的开拓中进行着新文学主题的开拓。

第一时期的小说中,路翎集中笔力于苦难中挣扎的小人物,关注被压在最底层的"贱民",他写了矿工。此时路翎生活在重庆北碚的天府煤矿矿区,充任矿冶研究所的一个小职员,他接触了很多矿工,亲眼目睹了他们的悲惨生活,"黑暗,一点希望也没有,眼看着工人一个个死去……眼看着工人间愚昧而残酷的械斗……"。[①]路翎带着自己的一腔热情搏击于矿区的生活,在他付出身心的观察和体验中,发现矿工们的精神世界中不仅仅只有麻木、愚昧和昏倦,他们身上潜藏和积压着抗争黑暗和苦难的巨大力量,这就是路翎"企图'浪漫'地寻求的,是人民的原始强力,个性的积极解放"。[②]中篇小说《饥饿的郭素娥》以矿山为背景,描写了三个底层人物及其悲剧关系。他们不但是"肉体上的饥饿者",更是"精神上的病态者",在生活的重压和残害下,他们的性格都是被扭曲的不健全的,张振山是"悍厉、放荡、乖戾的流氓型的人物",魏海清是"怯钝、犹豫的农民型人物",主人公郭素娥也是"会暂时地又转成卖淫的麻木、自私的昏倦"[③]的人物。作家在憎恶他们的丑恶时,同时揭示了他们复杂性格的另一面,张振山的勇敢、灵活,有着流浪者"寂寞而丰富"心灵,魏海清不乏农民式的老实忠厚,而郭素娥的本性是美丽而强悍,她对爱情和新生活充满渴望并奋力追求,至

---

① 朱珩青:《路翎》,中国华侨出版社 1997 年版,第 53 页。
② 胡风:《一个女人和一个世界》,《胡风全集》第 3 卷,第 100 页。
③ 邵荃麟:《饥饿的郭素娥》,《路翎研究资料》,北京十月文艺出版社 1993 年版,第 63 页。

死不悔。郭素娥的反抗最终以她美好生命的毁灭而告终结,但主人公发自生命本能的与外在势力与内在心灵抗争的野性的力量,却留给读者强烈的震撼,这就是路翎小说所追求的"原始的强力",是郭素娥精神的闪光之处。《卸煤台下》中的矿工孙其银、唐述云、许小东,同样是三个性格复杂且充满原始反抗强力的形象,"被生活压溃的"许小东因偷锅而被工头解雇,断了生路的他在绝望中爆发出反抗的呼声,昏乱中许小东栽下卸煤台致残致疯。一贯"严刻和强悍"的孙其银、唐述云则离开卸煤台继续浪迹天涯。底层"贱民"命运的惨绝,性格的极端,反抗的暴烈,交织而构成路翎小说的奇异面貌。

早在40年代末期,评论家胡绳就指出:"在这些短篇中出现的工人,正如同作者在同一时期所写的中篇《饥饿的郭素娥》中一样,使我们明显看出是分属于两种型的:一种是流浪汉气质的工人,一种是刚离开土地不久的农民气质的工人。前一类的工人被写成是具有正直、勇敢的品质,是在苦痛的生活下烦恼着,挣扎着,追求着的。后一类工人则被写成是基本上带有懦弱,自私,'惯会自己欺骗自己'等等弱点的。"① 论者接着提问:"为什么作者一般地强调农民出身的劳动者身上的弱点,而只从流浪汉气质的劳动者身上看出善良和向上的品质呢?"显然,路翎是将他的肯定和偏爱给了这些流浪者了。无论农民、工人或者知识分子,只要他离开自己固守的土地,走上反抗和寻找自我的道路,他的精神素质就会有质的提升。相比之下,张振山和孙其银具有更为浓重的流浪者的精神气质,他们的眼界更高,胸怀更广,内在的抗争力量也远远大于魏海清和许小东。因为"被朦胧地'寻求'着的'原始强力'与'个性解

① 胡绳:《评路翎的短篇小说》,《路翎研究资料》,第98—99页。

放'似乎是最和流浪者气质相合了。"①

　　具有"原始强力"这种特殊气质的流浪者形象,是路翎对新文学的创造性贡献。作家在对农民精神世界的拓展和深层挖掘中,放大和强化了他们身上原始的自发的反抗意识,人物在"原始强力"的光照之下显示出丰富复杂而又焕然一新的性格样貌。所以,"原始强力"这一性格内涵,是路翎小说中人物独创性的表征,路翎从创作起步时即将其作为人物的性格主导特征,对"原始强力"的探索和表现贯穿了他一生的创作,构成路翎作品个性风格的重要方面。路翎关注下层人物的精神状态及其意义,这一点是深受鲁迅影响的。鲁迅笔下的阿Q已经不是地道的农民了,阿Q离开土地来到未庄做工,本身就是一种流浪式的生存状态,而且,阿Q身上也有自发的"革命"要求。鲁迅执著于在阿Q身上挖掘和批判愚昧落后的国民劣根性,并达到无人能及的深刻程度,阿Q已成为国民劣根性的活画像。路翎的不同在于他侧重自发反抗性这一精神层面,而且将"原始强力"置放在人物灵魂的内在冲突中来显现和完成,也达到了个体化的超越。路翎小说中的人物不像阿Q那样是稳定的内外统一的,而且作家站在一个理性的高度控制着他的行为,解剖着他的精神。路翎的人物性格是不断变化的、内外不一致的、灵魂呈撕裂状的,他们在很多研究者那里被概括为"疯人型"。郭素娥的烈性的性格火焰熊熊燃烧着,她不仅与丈夫和一切残害她的势力直接交锋,在极度的痛苦和绝望中,她甚至要杀死自己所爱的人,和这个世界同归于尽。作家放纵着他的人物,让他们无理性地挥发着他们的原始精神能量。郭素娥绝望中的极端行为,本身是心灵矛盾的一种释放方式,因为她勇敢地投向情人的怀

---

① 胡绳:《评路翎的短篇小说》,《路翎研究资料》,第110页。

抱时,自己也忍受着心灵痛苦的煎熬。更有意味的内在灵魂冲突表现在《饥饿的郭素娥》中的张振山和《卸煤台下》的许小东身上,张振山在与郭素娥共同的抗争中突然转而退却了,他离开了放弃了自己深爱的女人,去寻找自己的前程去了;一惯懦弱保守的许小东终于反抗了,直接的举动就是他不顾一切地偷了工厂的锅,但从此自己给自己背上了道德谴责的重负,灵魂不再有片刻安宁。有论者注意到陀思妥耶夫斯基小说的复调性对路翎的影响,并从这一角度比较鲁迅和路翎的小说,指出:"《阿 Q 正传》所展示给我们的是一个独白型的世界,其中只有一种声音存在,这就是作者的声音。无论是主人公阿 Q 还是其他叙述客体都不具有自己独立的声音,他们的所作所为都是作者对他们阶级地位的思考与评述。阿 Q 的悲剧也正是作者对于农民前途命运进行理性思考的结果。"[①] 而路翎的小说中则有作者自己的声音,有主人公自己的声音,有其他人物"多种声音"的介入,形成一个多声部汇合交响的小说景观。这一特征在路翎随后的创作《罗大斗的一生》、《财主底儿女们》中有突出的表现。这里想要强调的是,路翎初期一系列小说中已经具有明显的"复调"特征,我们所分析的人物内在冲突,就是人物心灵的"复调",人物自己和自己对话,自己和自己搏斗,在性格内部进行你死我活的厮杀,所谓路翎小说人物性格的二重性乃至多重性,都是在这种搏斗和厮杀中显示出来的。

　　路翎让他的人物在瞬间放射出辉煌的人性的光彩,但却没有将他们从精神撕裂的痛苦深渊中解救出来,于是,别无选择地,路翎也痛苦地回到了鲁迅的老命题上,他表白道:"但我也许迷惑于强悍,蒙住了古国的根本的一面,像在鲁迅先生的作品里所显现

---

①　王志祯:《路翎:"疯狂"的叙述》,《文学评论》2000 年第 4 期。

的。我只是竭力扰动,想在作品里'革'生活的'命'。事实许并不如此——'郭素娥'会沉下去,暂时地又转成卖淫的麻木,自私的昏倦。"① 这从另一方面说明了鲁迅的深刻,而路翎在突出他的"原始强力"的同时,以他人物的矛盾性格和灵魂冲突,显示了他与鲁迅在对农民精神状态的艰苦探寻中思想的奇妙沟通。胡风大约是意识到了路翎"表白"中的深层含义,他也看到了张振山"对于这世界实际上还是一个没有执着的漂泊者",看到了魏海清"对于这世界还是一个不得已的追随者",于是他敏锐地指出:"在这两个人物里面作者得到了辉煌的成功,或者竟超过了郭素娥本人以上。"②

路翎毕竟是路翎,他笔下的最富光彩最迫人情怀的还是那些誓死捍卫自由个性的"英雄"式形象,说到底,"郭素娥,是这封建古国的又一种女人,肉体的饥饿不但不能从祖传的礼教良方得到麻痹,倒是产生了更强的精神的饥饿,饥饿于彻底的解放,饥饿于坚强的人性。她用原始的强悍碰击了这社会的铁壁,作为代价,她悲惨地献出了生命"。③郭素娥与祥林嫂不同,但她以自己独特的反抗姿态同样赢得新文学人物画廊里的一席之地。新人物的反抗精神构成路翎风格的热情高昂,反抗所付出的生命个体毁灭的代价,又使风格带上浓重的悲剧色调,所以,路翎崇高而悲郁的创作风格在前期小说创作中已经鲜明突出了。

1945 年《希望》创刊,标志着七月派走入成熟时期,路翎的小说创作也同流派一起成熟起来。创作中对"原始强力"的主题意蕴的表现进一步加强和深化,但正如路翎在关于《饥饿的郭素娥》的创作"表白"中所反省的,他在逐步地使自己褪去过于狂躁浮泛的

---

①③　胡风:《一个女人和一个世界》,《胡风全集》第 3 卷,第 100 页。
②　胡风:《一个女人和一个世界》,《胡风全集》第 3 卷,第 101 页。

表层急迫性,而更注重内力的作用。这给后来的《求爱》和《在铁链中》两本小说集中的作品带来一些格调上的变化。在题材上作家有了进一步的拓展,下层社会各个领域各个角落的小人物和他们的生活,都进入作品成为作家关注的对象,与之相联系的是路翎在选择写作着眼点时,不仅仅钟爱那些激烈的外在冲突场面,他也能将一些寻常的细小生活事件拿来,从中翻腾出激情喷发的人生景观。比如《王家老太婆和她的小猪》,风烛残年的王家老太婆把她生活的全部希望寄托于借钱买来的一头小猪身上,她想喂大小猪,换来自己死后较为体面的装葬,小猪在风雨之夜跑出家门,为追回小猪,王家老太婆倒在泥地里终于未能爬起,临死之前的幻觉中出现了外孙女的美丽影像和童年时代的美妙歌声。一个看起来很卑微的人生理想,一段颇为壮烈的生命拼搏,读来震撼人心、回味深长。《饥渴的士兵》中的国民党残兵沈德根于饥饿困顿中得到了乡人施舍的一碗饺子,激起了他压抑已久的人生渴望:

> 兵士沈德根端着满满的一碗饺子,颤抖着,眼里闪着饥渴的光芒,走到路边的一堆茅草前面蹲下来了。他底病重的、狼狈的样子是骇人的,可是他自己不觉得。他饥渴于这美味的饺子,饥渴于那"结一个朋友呀"的呼声,饥渴于乡人们的亲切的感情,饥渴于乡土,奔驰的车,妹妹底呼叫,饥渴于爱。他吃着了。

一碗饺子,不仅填饱了肚子,也满足了他精神情感的所有渴求,长久以来坚韧地活着,就是为了"回家",为了完成他人生未了的愿望。士兵满意地躺在"茅草的浓厚的香气中","他死去了"。

一只小猪,一碗饺子,蕴蓄着多么浓厚的人生况味,勃发着多么火热的人生激情。透过具体事端,路翎依然铺展开一个心灵世界的大跌宕和追寻生命归宿的大境界,这就是路翎的过人之处,他永远不会放弃对人的灵魂奥秘的探索,而且永远是鲜血淋漓,壮怀激烈。40年代的评论家已经说过:"即使最蹩脚的读者读了路翎的作品后,也会觉得有一种燃烧的生命力量指引你们向最高的人生境界一步步上升。"① 可见路翎风格强烈激越的程度。

路翎走向沉潜深刻的代表性作品是短篇小说《罗大斗的一生》。路翎在开篇前写了两句题记:

> 他是一个卑劣的奴才
>
> 鞭挞他呀! 请你鞭挞他!

题记明白昭示了小说的主题和作家的态度,相对其它小说,在《罗大斗的一生》中,路翎企图像鲁迅那样理性地展示人物身上的种种"卑劣的弱点",以获得人性批判的深度。罗大斗的性格明显地具有阿Q的印记,这个农村破落户子弟,因为骄纵他的父亲和爱护他的伯父的相继死去,他承受着母亲恶毒的发泄和邻人们的侮辱欺凌,他感到了自己的低贱和凄凉,决心改变这一切,于是"他就走进了黄鱼场底光棍们底圈子,开始了他底狂热的,追求荣誉的生涯"。罗大斗遭了别人的暴打恶骂,他的表现是:

> 罗大斗觉得自己受了侮辱,他不平地看着那个走开去的男人。
>
> "站着,你哥子! 你哥子听我说……"他用打颤的手揩去了眼泪,环顾大家,说:"要不是我生病,我罗大斗打得起他……连他底西装都扒下来……我罗大斗在本码头,不是说么,还承大家看得起,你哥子不要以为……"罗大斗激昂地说,——但顿住了。
>
> 那个缺牙的男人,站在圈子外面,凶恶地看着他。

---

① 胡绳:《评路翎的短篇小说》,《路翎研究资料》,第117页。

　　"你还说么!"缺牙的男人,说。——"有种你还开腔么!"

　　"天啊,我又不是说你! ……哥子你未必还多这个心!"罗大斗说,然后可怜地向大家笑着,——"我这样像一个男子汉么!"同时他想。这句话,表现了他底最高理想——"不是说么,我罗大斗家里还见识过一些,比起那些人来么,不是吹牛的话,的确要高点儿!"他向一个女人说,露出那种高傲的样子来。

　　"老子揍你!"缺牙的男人,搎起袖子来,咆哮着。

　　"你,你来么!"罗大斗,痛苦得战栗,晃动着身体,叫。

罗大斗像阿 Q 一样胆小萎琐,被人嫌恶,却常常夸耀祖先曾经的"显赫",有吹不完的牛皮,又常常要触犯体面人的威严,以致遭到更惨重的打击。阿 Q 以欺凌更弱小者为快乐,同样,"罗大斗的最高理想,便是成为一个真正的男子,成为一个光棍,有一天能够站在街上,如缺牙的光棍欺凌他似地,欺凌别人"。"罗大斗,在他底那些英雄们里面,是决无出头的可能。他底快乐,是当着一些安分守己的老实人,表现他底英雄的激情和风度"。简直是活脱脱一个阿 Q 的子孙。

　　但路翎对人物的把握却表现出不同于鲁迅的特色,导致罗大斗的性格既具有典型的阿 Q 性,又鲜明地流露出路翎式的人物特点。首先,罗大斗同样带着内心的"原始强力"出现在读者面前。他的幻想,他的激情,他的愤怒,他的爱与恨,都比阿 Q 来得强烈。他的反抗是持续而有力的,甚至惨烈而悲壮。在他被卖作"壮丁",列队出发时,面对同乡人的凝望和母亲的痛苦,他先麻木,继而爆发:

　　　　于是他叫了一声,挣脱了士兵,也挣脱了他底母亲。他痴痴地走了几步,突然地就跪了下来,向他底母亲叩着头,然后向人群叩着头。他做这种行动，心里有着热狂的、愤怒的感情。他锐利地感到他底这种行为侮辱了一切，他心里有着大的快乐。

……

罗大斗站了起来，面孔死白，飘摇着，眼里有晕眩的、可怕的光芒。突然地他就向一块巨石上撞去了。

人群里发出了一阵轻微的惊呼。鲜血淋漓的罗大斗，在别人拖住他之前，又向石块猛撞了一下，然后就仰天倒下。罗大斗用他英雄式的壮举完成了他的反抗，实现了他的理想。这与阿Q赴刑场前的画圆以及在众人的喝彩声中的心理活动相比，完全是另一幅场景，鲁迅的风格是含泪的笑，路翎则是滴血的哭。

其次，路翎小说的"复调"特质在这篇小说中表现得很突出。不用说作家的声音是贯穿始终的，路翎在叙述中不时地谈论、评判他的人物。而罗大斗在小说中也不是被动的，他有很强的自我意识，他规划和实施着自己的"光棍理想"，既反抗母亲为他筹划的娶亲，又主动出击寻求自己的"爱情"。罗大斗在内心激烈的矛盾斗争中困惑着、选择着、追逐着，他的一切行为和最终结局，都是他自己操纵而得来，虽然其中充满了混乱和疯狂，但却是一种歇斯底里般的执着。

再次，路翎几乎没有写过单纯的人物性格，他们大都充溢着丰富复杂的人性内涵。作家崇尚个性中的"复调"，他放纵笔墨，使人物性格自由发展，变化无常，造成了人物性格在多重构成中呈现出不确定、不稳定的特性。罗大斗的胆小、欺软畏强的萎琐性和他的激情、进取的英雄性，既对立又统一地体现在他一人身上，这就难免使人物的言论行为常常处于一种难以捉摸的非常态的混乱之中。令人觉得路翎笔下的人物不是疯子，至少也是神经质的。这种样态的人物是路翎的独创,就罗大斗与阿 Q 的联系与区别而言,再一次证实了胡风的判断,"新文学里面原已存在了的某些人物得到了不同的面貌"。

路翎这一时期的创作中依然集中表现人民"原始强力"的作品,以短篇小说《在铁链中》和长篇小说《燃烧的荒地》最为优秀。《在铁链中》的倔强老汉何德祥是一个精神的强者,他一辈子在苦海中挣扎,与压迫者进行不屈的抗争,也与自己人性的弱点进行抗争。当他看到老婆跪在地上向刘四老板求饶时,他感到屈辱,怒不可遏地用瓦片砸向自己的老婆,呵斥道:"我何德祥是连脖子都不会弯一下的!你刘四老板有钱,有人奉祀,走到哪里有人下拜,我何德祥五十九了,还是要站在这里!"而面对与自己同创伤共患难走过一生的老婆,他又跪下来反省自己的恶行,忏悔道:"姑婆,我把你一生害了。"他流着眼泪,嘴上虽然强硬,内心还是渴望着温情和抚慰。何德强的性格前后也有大的起伏跌宕,灵魂也处于痛苦的撕裂状态,但围绕着抗恶向善的主导方向,人物性格基本是在统一中呈显变化,内在逻辑性较强。何德强这个人物更多地展示了人性的坚韧与明亮,作家对他持有一种肯定的甚至是颂扬的评判态度。相比于何德强,《燃烧的荒地》中的张老二是一个逆来顺受、压抑了一生的老农,于是,一旦觉醒,反抗的力度就更强,手段更为极端,他用斧头劈死地主吴顺广,发泄了自己复仇的情绪。杀人后的张老二果断地去自首,他声明:"我杀吴顺广是报我家两三代的仇,我自己作主。"这个反抗性格的成长虽带有很大的跳跃性,但也是令人信服的。与张老二人性的觉醒相对应,《燃烧的荒地》中的另一人物郭子龙,则是人性趋于堕落的一个典型。作家在把握他"一半少爷一半流氓英雄主义"的二重性格时,以对人性恶的暴露和鞭挞为主导。郭子龙心血来潮时的"良心发现"、"行善积德",乃至郭子龙歇斯底里的"英雄行为",在人物性格的总体构成中居于次要的位置。他对张老二有一时的关照,但紧接着的是变本加厉的残害,郭子龙的所作所为是基于自己的私欲自己的野心。读者在这个流氓恶棍身上感受不到甚至像罗大斗那样较为纯粹的"悲壮感",郭子龙在精神崩溃时呼喊"铲除人间黑暗,打出光明前途"的"革命"呐喊,只能让人进一步认识到他的卑劣。可以看出,在疯狂性和神经质的表现上,这些人物性格显得比罗大斗节制一些,这种分寸感来自作家相当程度上的理性把握。从这里我们隐约感受到路翎在保持原有风格不变时的某些细微调整,这里同样存在一个分寸问题,作家的理性介入程度高一些,人物的性格轨迹清晰一些,小说社会批判的针对性就强一些,读者的接受意向也就明确一些。但如果调整幅度过大,就有损害小说个性风格以致减弱小说特殊艺术力量的危险。虽然郭子龙依然是路翎创作中一个相当成功的人物形象,但性格更为混乱、形象更为"不现实"的罗大斗,却给我们更为强烈的悲剧感,罗大斗身上所蕴含的人性批判的意味显然更复杂深厚,也更令人回味。

作家在他艺术风格的成熟过程中,总是与一些艺术因素的得与失相伴随。关键是调整与变化中如何更充分地发挥自己的个性,使个性成为风格成熟的积极的推进力量,而不是丢失个性去迎合其他外在的因素的要求,以实现所谓的进步和成熟,现代文学史上不少的作家留下这方面的经验教训。路翎的可贵正在于他对个性的坚持,他的生命体验,他的人格核心,向来是他进行创作的根本依靠。虽然,路翎的执着坚持带给他的作品很多的局限,有些甚至是永远无法更改的缺陷,但与缺陷相伴随,路翎留下了自己卓越的个性,并以此在文学史上留下别人无法重复的声音。

路翎就是在艰苦地也是坚定地寻找自我特质与时代社会的契

合点,在主客体的磨合过程中走向成熟。这其中,胡风的指导起到了重要的作用。胡风欣赏路翎天才的文学气质,但胡风也在警惕年轻的作家反被天才所误,他反复提醒路翎把热情放在生活中,注重"生活的触手",紧贴社会大的情势来磨炼自己,"战败自己,忠于自己","化腐朽为神奇"。① 针对短篇小说《谷》的修改,胡风不厌其烦地提出自己的意见,路翎从中深切地领会了胡风的文学思想,并开始有意识地贯穿到自己的创作当中。《谷》是路翎根据自己的恋爱经历写成的,在表现恋人们的心理冲突方面,路翎是特别擅长的。胡风肯定了路翎,"那通过人物心理、性格去反映社会的方法基本上是对的",② 但也指出了问题所在:"这里有了深刻的心理解剖,但我觉得这心理纠葛没有穿过活的社会纠葛里面,失败处就在这里。"他告诫路翎:"你应该在更浓的社会感的形象里面去把握心理发展。"③ "知识分子也可以写,'自画像'也可以的,不过希望和具体的政治情势贴紧点。"④ 胡风要求路翎"淡化或部分割去那已经熔于血液之中的情思,加进去虽存在却被爱情所遮掩的社会因素的驱迫,又是要艺术化了的、有'诗的单纯'的和谐的东西,这是太难了,不过,路翎还是做到了。"⑤ 说到底,胡风是以自己的现实主义理想来要求路翎的,这不是每一个人都能够领悟的,路翎悟到了而且实践了,这就是"天才"的不同。

　　胡风对《谷》的修改意见,其意义不仅仅在于使路翎成功地写成了《谷》,更大的意义在于对其后的长篇小说《财主底儿女们》的

①　《胡风路翎文学书简》,第12页。
②　《胡风路翎文学书简》,第16页。
③　《胡风路翎文学书简》,第12页。
④　《胡风路翎文学书简》,第16页。
⑤　朱珩青:《路翎》,第55页。

影响。路翎在《谷》中对知识分子题材的尝试,特别是对知识分子的心理刻划,为《财主底儿女们》的创作作了必要的铺垫,《谷》和《财主底儿女们》中的人物在精神气质上是一脉相承的。而胡风带给路翎的思想和艺术启发,更是直接带动了这部文学巨著的整体构思。显然,路翎是站在一个新的艺术台阶上进入《财主底儿女们》的创作的。

路翎正式创作《财主底儿女们》是在1942年8月,所谓正式其实是第二次进入创作。这部小说最早动笔于1940年,比《谷》更早些,当时叫《财主底孩子》,路翎曾于1941年将20万字的初稿寄给远在香港的胡风,希望能够出版,《谷》的创作与修改大概也在这前后进行着。1942年3月,当《谷》经过反复修改终于"又打胜一仗"时,胡风告知路翎未及出版的长篇手稿可能在战乱的炮火中丢失了,路翎未留底稿,这就意味着小说将要重新来作。路翎在1942年6月给胡风的信中写道:"预备暑假后弄《儿子们》,残稿是没有的,但现在期待又大了些,实在了些。"①丢失20万字的原稿尚能有这样稳定的情绪和重写的信心,说明路翎站在新的艺术台阶上时,对旧作是不满意的,重写是一个新的起点和质的飞跃,路翎为自己攀越这一艺术高峰蓄积着能量,这之前包括旧稿在内所有创作都成为这部长篇力作的艺术准备,《财主底儿女们》是路翎40年代小说创作的集大成者,这部重写后成89万言的巨著,由胡风的希望社于1948年分上下卷出版。

路翎描写知识分子的作品并不很多,《财主底儿女们》一个长篇和《谷》在内的四个短篇。路翎成为现代文学史上书写知识分子的艺术巨匠之一,来自《财主底儿女们》所取得的艺术成就和它经

---

① 《胡风路翎文学书简》,第44页。

历半个多世纪的沉浮后形成的巨大影响。路翎的知识分子题材的
作品基本上是自传性的,比之其他的写工人农民等一系列底层劳
动者,这一题材的作品更多地融入了作家自己的生命体验、情感体
验,甚至有明显的个人人生经历的印痕。无疑,这一次的创作更加
切中了路翎的艺术命脉,他最大限度地投入了自己,早在旧稿完成
时,他曾写信给胡风,诉说过自己难以和小说剥离的兴奋和痛苦:

> 我是在写这一代的青年人(是布尔乔亚底知识分子);他
> 们底悲哀,底情热,底挣扎。我自己和蒋纯祖一同痛苦,一同
> 兴奋,一同嫌恶自己和爱着自己。我太熟知它了。它假若真
> 的,完完全全的变成我自己,这对我底创作就成了一个妨碍。
> 我克服着。在整篇的东西快结束的时候,我底精神紧张得要
> 炸裂,我病着。①

路翎的《财主底儿女们》写了风雨飘摇的动荡时代,一个封建
大家庭的破败过程和子女们各自不同的人生命运。这个家庭的故
事唤起了路翎幼年生活的全部记忆,"这种家庭底命运,在我自己,
是非常感到亲切的。"② 除了家世的影响,使他对蒋家的生活和家
庭成员间的争斗有着切身的体会外,最主要的是,主人公蒋纯祖身
上投射着路翎的个性气质和精神追求。蒋纯祖思想情感的激烈、
紧张和痛苦,正是当时路翎精神状态的真实写照。路翎离开那个
令自己压抑的家庭,四处漂泊,居无定所,而且走到哪里,他都与周
遭的环境形成一种对抗状态,总是难以认同和融入那种卑琐庸俗
的生活当中去,于是不断地斗争不断地逃离。而且他在恋爱,继而
失恋,这更加使路翎的情感处于一种激愤、焦躁的不安宁当中。他

---

① 《胡风路翎文学书简》,第5—6页。
② 《胡风路翎文学书简》,第6页。

的理想主义,他的浪漫情怀,都不能在现实中得到回应,他甚至不了解自己,在情感的急剧动荡中,时而"爱着自己",时而又"嫌恶着自己"。路翎将一个青春期少年所有的梦幻与期待,所有的失落与痛苦,所有的反抗与挣扎,都融进了这部小说,确切地说,融进了蒋纯祖的形象中。如赵园所分析的:"这个人的个人情绪,无疑是小说特异节奏和氛围的重要来源。他无法使自己安静下来。当创作这部长篇小说时,他似乎正在承受着巨大的精神磨难,狼一样狂暴地突奔,极力从'兽槛'中冲出去。他肯定着,又否定着,跟自己争辩,说服自己,或者推翻自己,甚至拷问自己。小说使人相信,他的整个创作过程充满着痛苦;直到终篇,他也没有能够制服座下那匹凶暴的马,——他抓不牢自己思想的辔头。"① 如果说,路翎在这之前创造的其他类型的人物身上也不可抑制地注入了自己的主体情绪,以致造成小说的特殊格调,那么,这一次,他终于找到了自己精神情感的对应者——蒋纯祖。《财主底儿女们》,它就是一首"青春的诗"。

　　所谓集大成,一方面是指路翎在这部长篇小说中动用了他之前的全部生活积累、情感体验及艺术经验;另一方面是指在这部作品中全方位地、集中地、突出地体现了路翎小说的个性特色,并且最典型地实践着胡风的现实主义文艺思想,成为七月派主体性现实主义创作在小说中的经典文本。

　　胡风的主体性现实主义理论是在他对创作实际状况的关注、研究的基础上逐步形成的,这其中,路翎的创作起到了非同寻常的作用。胡风理性地指导着路翎,路翎则感性地启发着胡风,两者的互动互成,确实是文坛的一段佳话。从根本上说,胡风与路翎的相

---

① 赵园:《艰难的选择》,上海文艺出版社1986年版,第323—324页。

遇相知,是偶然也是必然,二人在心理特征、个性气质、文艺思想观念等方面,有着惊人的一致。路翎早期创作中所表现出来的主体突入生活、表现生活的主动性姿态,体验和感受性的叙述方式,暗合了胡风对现实主义文学的思考取向,他见到路翎的惊喜和对路翎甚高的期许,都不是没有依据的。所以,胡风对《财主底儿女们》创作过程的持续关注、悉心指导和热切鼓励,既出于成就一部史诗巨制,成就一个名师大家的宏伟愿望,同时也关系着自己现实主义理论体系的构筑。

《财主底儿女们》是一部心灵化的小说。它整体氤氲在一种浓厚的情绪氛围中,是作家的"感觉世界"和"情绪世界"的外化。路翎一向不擅长讲述故事,即使讲,也往往是断裂的、破碎的,经常被情绪搅扰得走失了故事预定的发展方。路翎也不善于细致地刻划和描绘,事件和人物的外在形貌在他的笔下是不确定的,给人的印象是模糊的。但路翎追求气韵生动,追求灵态的逼真,作品中大段大段的是人物的内心独白。而且,路翎从不在小说中隐藏作家的情感态度和价值判断,追随着人物的心理活动,路翎总是不失时机地、不可抑制地站出来进行解说和议论,甚至直接抒情。在小说下卷的开端,蒋纯祖在经历了一个月饥饿、寒冷的逃亡生活,开始有了对这个世界的"最初的经验","这个世界是过于可怕,过于冷酷,他,蒋纯祖,是过于软弱和孤单"。于是主人公开始了他对于这个世界的"善与恶"的思索,包括自己的家人和自己在内,进行苦苦的灵魂拷问。面对主人公的遭际和由此引发的心理活动,作家发出自己的感喟:

　　　一个软弱的青年,就是这样地明白了生活在这个世界上的自己底生命和别人底生命,就是这样地从内心底严肃的活动和简单的求生本能的交替中,在这个凶险的时代获得了他底深刻的经验了。一个善良的小雏,是这样生长了羽毛了。①接着,蒋纯祖看到了南京上空"暗红的,阴惨的火光","露出了轻蔑的,严厉的笑容",他欢呼旧世界的毁灭:"毁灭! 好极了!"紧接着又是作家的评判:

> 蒋纯祖是即刻便明白,这种毁灭是如何的彻底了;而在以后数年,便明白,这种毁灭,在中国是如何地不彻底,以及不彻底的可怕,以及没有力量再忍受毁灭的可怕了。

作家像是一个质疑者审判者,站在人物的身后。但更多的时候他是人物最亲密的友人,他同情他,理解他,同他一起爱一起恨,同他一起笑一起哭,一同体验心灵矛盾撕裂的痛苦。常常是人物为内心矛盾所困扰时,作家的解说和议论本身也疑惑重重,纠缠不清,好象作家随着他的人物一同陷入思想情感的泥淖,既难以自拔,彼此也无法帮忙。人物精神的狂乱状态,人物性格的分裂性,投射着作家自己的心理矛盾。所以,路翎笔下的人物言行的失控,也来自作家自己的精神影响,这不是通常意义上的理性控制所能解释的。路翎对小说中人物的介入方式和介入程度,现代文学中大概也绝无仅有。这一点上,路翎也是集中和放大了七月派的创作特征,在作品中显示了作家强大的主观精神。

也许正因为作家主观的全力投注,使他塑造的现代知识分子,显示出灵魂状态的深刻真实。前文论述到路翎在农民形象塑造上的突破,主要通过人物离开本土,以漂泊者的姿态取得新的形象内涵。路翎笔下的知识分子更是这样,他们生活在广袤的旷野上,带着知识漂泊者的气质和凄凉悲壮的情感。相对于农民或工人,知

---

① 路翎:《财主底儿女们》,人民文学出版社 2000 年版,以下未注出处者均出自此。

识分子的视野更广,思考更多,神经更敏感,体验更细致,灵魂的战争也更惨烈,于是,他们的性格构成更复杂,性格内涵更丰富,真实性、个性化乃至典型化程度也更高。在短篇小说《谷》中的主人公林伟奇身上,已经可以初步领略路翎笔下的知识分子心态,作家将知识分子特殊的人生经历和精神追求融汇在林伟奇的形象中,知识分子的理想主义情怀,性格的敏感、脆弱、神经质的狂躁,等等方面,都在林伟奇形象中不无混乱地揉合在一起。作为一个短篇,《谷》显得有些局促。《财主底儿女们》放大了创作格局,可以舒展从容地实现作家把握知识分子心灵历程的创作意图。具体表现在,路翎设置了蒋氏兄弟三人,展示特定时代知识分子不同的精神探索途径和不同的人生归宿。大哥蒋蔚祖是外在力量和懦弱性格下的牺牲者,路翎在给胡风的信中提到这个人物时说:"我找到了一个典型,一个在封建与半殖民地的环境里被压溃的,在生活底空虚里长成的优柔、苦恼、无能的人。这是中国资产阶级的特质,它底发展是畸形的,不完全的。它是苍白、贫血或者歇斯底里的。"①二哥蒋少祖曾经是"热情、浪漫、被西欧的自由主义、颓废主义及个性解放"所影响的反叛性新青年,"个性解放的冲动使他无视社会秩序",作出了强烈的叛逆行动,但他逐渐消沉了,最终退守到复古主义的老路上。弟弟蒋纯祖,作家最钟爱的主人公,义无反顾地"反叛了","向前跑了",并且为他的理想而殉身了。路翎在小说下卷第三章的开端,对蒋纯祖的矛盾性格有大段的评述性介绍,并且联系着蒋蔚祖和蒋少祖的性格走向:

> 　　蒋纯祖,象一切具有强暴的,未经琢磨的感情的青年一
> 样,在感情爆发的时候,觉得自己是雄伟的人物,在实际的人

---

① 《胡风路翎文学书简》,第6页。

类关系中，或在各种冷淡的，强有力的权威下，却常常软弱、恐惧、逃避、顺从。每一代的青年生长出来，都要在人们称为社会秩序的那些墙壁和罗网中做一种强暴的奔突，然后他们中间底大多数，便顺从了，小的部分，则因大的不幸和狂乱的感情而成为疯人，或由冷酷的自我意志而找到了自己所渴望的，成为被当代认为比疯人还要危险的激烈人物，散布在祖先们所建筑，子孙们所因袭的那些墙壁和罗网中，指望将来，追求光荣，营着阴暗的生活。大的社会动乱，使得这一代的人们底行进、奔突或摸索成为较容易的了；他们底光荣的前辈是给他们留下了不少有利的东西。

强调这个时代环境和人物氛围是有意义的。蒋纯祖是他的时代乃至他的家庭中觉醒成长起来的一个，他的性格和他的兄长们相互有区别有对立，也有一致和相同之处，他们出身相同，但追求的路向和最后的归宿却不同，他是在兄长们的顺从、退缩和牺牲了的身躯上走向更决断更深刻的反叛。这样的人物设置令人想到同是反映封建家庭败落的巴金的小说《家》，作家同样是在几个兄弟们身上表现知识分子不同的精神侧影，不同角度、不同层次，且在相互比较相互补充中，能够完整地看到一个时代知识分子的奋进轨迹和他们的心路历程。但就叛逆者形象高觉慧和蒋纯祖比较来看，觉慧性格较为单纯，虽然他身上多少叠印着大哥觉新的一些性格因素，但显然他更代表进步和光明的社会力量。而蒋纯祖的性格则复杂得多，除了热情、浪漫、叛逆、进取等性格主导方面，他身上融合了一个时代的复杂精神内容，包括时代矛盾投影所造成的灵魂冲突，还有蒋纯祖个人气质对他行为的支配力量等等。蒋纯祖性格的复杂程度，让我们觉得用一种归纳性的语言——哪怕是归纳了他性格的突出和主导方面——来说明他的形象，总是太简单。而且在蒋纯祖的灵魂冲突中,相互矛盾的双方常常是水火不相容地对抗着、搏击着,矛盾瞬间会有转化,但有可能在另一个瞬间又跳回原处,例如,当蒋纯祖考虑要不要救济面饼给一对不幸夫妇时的心理活动:

> "也许我会饿死,也许他们有比我更多的钱!"他突然想。

> 蒋纯祖,是懂得了此刻这个世界底残酷无情的。并且,为了自己底生存,立意和一切另外的生命作激烈的竞争:他是冷酷地思考了善与恶。但当他看见了这对不幸的夫妇,而有了上面的思想的时候,他心中是有了激烈的痛苦:他觉得自己有罪。于是,他心中重新有了在他走进村口以前的幻想;他是突然年轻,可爱,具有敏锐的柔弱的心。

> 蒋纯祖,带着生怯的神情摸出四个面饼来,向那男子笑了一笑,走近去。

蒋祖纯的性格就是在这样的心灵遭遇战中锻造出来。二哥蒋少祖在性格的裂变中,也同样经历了痛苦艰辛的心灵搏斗:

> 蒋少祖痛苦而兴奋,全身发冷,在房间里疾速地徘徊。他好像野兽准备战斗。他心里有了一种渴望:他渴望自己更痛苦。他想他是出卖了自己了;他想他是背叛了五四运动底、新文化底传统了;他想他底生活是破灭了;他想封建余孽和官僚们是张开手臂来,等待拥抱他了。但他并不更痛苦;想着这夸张的思想,他心里有了锋利的,甜畅的快感。

蒋少祖甚至渴望有宗教,渴望在全能的上帝那里得到精神的解救。在小说的不少地方,蒋家兄弟的性格呈现着相当严重的分裂状态,以致不容易找到梳理性格发展的逻辑轨道。不只是蒋家兄弟,路翎塑造的其他形象都是极端情绪化的,大喜大悲大起大落,变幻无常,若要以现实中的常态人物来寻求对应,则是徒劳的。

　　主人公蒋纯祖的个性的依据,必须在时代的大环境、个人的出身背景以及先天气质的复杂结合中去探寻,是主客观诸种因素合力的结果。而且还不能忽略,作家是在心灵层面上来展示这一个性的。就比如他的先天气质,带着明显的蒋家个性的遗传,高傲的贵族气,以自我为中心,敏感而自尊,忧郁而软弱,不期然地有歇斯底里的发作等等,在这些方面,他与他的兄弟姊妹们没有多少区别。但他又是蒋家最热情豪迈的一个,最有韧性意志的一个,最能与时代精神相呼应的一个,这一切又是在他离开家庭,在血与火的旷野中锻造而成的。蒋纯祖毕竟拥有了"前辈"留下的"不少有利的东西",即反抗的经验教训,更重要的是他拥有了辽阔的旷野。所以,蒋纯祖个性的新质中,包含了漂泊于旷野上的知识分子对时代、对土地和人民全新的感受和思考,这一点,是在书斋中探索国家命运和在家庭中进行新旧抗争的知识分子所不具备的。蒋纯祖在时代和民众的熔炉中经受砺炼,但他又"是孤独奋斗到死不晓得结合集体力量的知识分子",[①] 绝对的孤独、绝对的个人主义是他毁灭的一个原因,而且,旷野并不就是理想的处所,在这片旷野上:

　　　　蒋纯祖便不再遇到人们称为社会秩序或处世艺术的那些东西了。但这同时使蒋纯祖无法做出那种强烈的蹦跳;他所遇到的那些实际的,奇异的道德和冷淡的、强力的权威,是使他常常地软弱、恐惧、逃避、顺从。在这一片旷野上,在荒凉的、或焚烧了的村落间,人们是可怕地赤裸,超过了这个赤裸着的,感情暴乱的青年,以致于这个青年想到了社会秩序和生

---

① 夏志清:《中国现代小说史》,第328—329页。

　　活里的道德、尊敬、甚至礼节等等底必需。于是这个青年便不
　　再这样坦白了。

面对旷野上演出的种种不幸，依然是找不到解释，依然是矛盾重
重，依然存在回到兄弟们旧路上的危险。但蒋纯祖毕竟又不是他
的兄长们，他是他自己，他只有义无反顾地向前，哪怕被碰得头破
血流。蒋纯祖的悲剧既是时代的，又是个性的。蒋祖纯的形象提
供给我们关于中国现代知识分子精神探索历程的反思，是更为独
特和深刻的。路翎在1947年创作的四幕话剧《云雀》，秉承了《财
主底儿女们》的思路，开掘和表现了知识分子性格矛盾的悲剧，也
取得了很大的成功。正如胡风所言："性格矛盾，是历史内容的矛
盾成分的反映。所以，《云雀》，没有正面写社会问题或政治问题，
更没有解答一个社会问题或政治问题，然而，它所宣示的这些矛盾
的性格以及它们之间的搏斗，是照明了包含着这一类的性格斗争
在内的每一个社会问题或政治问题的。"[1] 文学个性所具备的社
会历史穿透力即在于此。

　　蒋纯祖形象的成功，是作家把握个性彰显个性的成功。以特
殊个性为切入点，保证了形象的个别性生动性，他永远不会成为某
种概念某种意图的载体，而是作为一个活跃灵动的生命个体存在
着。作家充分肯定了蒋纯祖生命的品质和个性的力量："蒋纯祖是
举起了他底整个生命在呼唤着"，"他是因忠实和勇敢而致悲惨，并
且是高贵的"。[2] 同时，路翎在这部小说中切实地解决了自己创作
中的一个关键问题，他在强调知识分子的"物质的、精神的世界"
时，"是要牵涉到中国底复杂的生活的；在这种生活里面，又正激荡

---

[1]　胡风:《为〈云雀〉上演写的》,《胡风全集》第3卷第383页。
[2]　路翎:《〈财主底儿女们〉题记》,人民文学出版社2000年版,第2页。

着民族解放战争底伟大风暴。"年青的生命敢于"轻视、动摇、击毁"旧的宫殿和监牢,"这种轻视和攻击,在我们就等于创造:它们自然要,也必得和这个世界上的那种深沉的、广漠的、明确而伟大的东西联结在一起的"。[①] 路翎在蒋纯祖的个性里结合了时代的个性,把蒋纯祖的斗争历程与民族解放战争的伟大风暴统一起来,这是蒋纯祖形象成功并具备超越性的另一个重要原因。从这一角度看,蒋纯祖的悲剧既是个性的,又是时代社会的。《财主底儿女们》因此有了深厚的历史感而上升到史诗的品格。个性化的情绪与时代社会的典型情绪相契合,作家在与时代社会的共融中找到了自己,实现了自己,路翎的创作又是如此鲜明地体现了七月派作家的普遍艺术追求。

七月派小说的叙述方式在路翎这里同样表现得非常突出。文体叙述是写作个性的必然要求,只有路翎式的叙述才能令人满意地实现路翎的个性风格。路翎的小说已经不是一般意义地呈现出多叙述少描写的写作特点,他几乎是用人物激情洋溢的心理自白式叙述和作家同样激情洋溢的主体议论式叙述构成小说的内容。路翎的小说也不是一般意义上的作家控制整个小说的情绪走向,而是直接袒露人物和作家的心灵,推出汹涌澎湃的心理活动流程。将路翎的小说划入心理小说一类,应该是不为过的,很多评论家注意到路翎小说与现代主义小说某些气质上的相通,这与路翎注重表现心理内容和叙述上的随性妄为有关。当然,路翎也受过叔本华、尼采、厨川白村生命意志和生命力艺术的启发,也受到陀氏灵魂审判的影响,但这些都从思想观念的渗入而作用到创作中,还并没有落实到写作方法上。如果说路翎的小说存在某些与现代主义

---

① 路翎:《〈财主底儿女们〉题记》,人民文学出版社 2000 年版,第 2 页。

文学相似的变形特征,主要还是过于激烈和狂躁的情绪导致的,并不是有意识的手法导入,说气质相通更准确些。从小说的整体框架来看,路翎还是遵循现实主义小说的结构方式,沿着背景故事的发展和主要人物的活动路向来编排小说的内容,也不排除必要的情节勾勒、客观描绘乃至细节刻画。但显然,路翎是将小说的核心内容,即大篇幅主观化的叙述镶嵌在这个看起来完整有序的史诗般的故事框架中,其小说目的"并不是历史事变的记录,而是历史事变下面的精神世界的汹涌的波澜和他们的来根去向,是那些火辣辣的心灵在历史运命这个无情的审判者前面搏斗的经验"。①他不要求真实性愈高的对外在世界的惟妙惟肖的描绘,他要求"真实性愈高的精神状态"。②我们翻开《财主底儿女们》,随处可见的是:"他想","他认为","他突然想","他继续想","他愉快地想","他忧伤地想","他在狂乱的感情中想","他觉得","他感觉到","他预感到"等等,都是以作家叙述的方式引导读者走进人物的心灵深处。《财主底儿女们》中还有一种很特别的心灵对话,也是以"他说"做引导,但却是人物自己对自己说:

> "毁灭! 好极了!"他说,笑了一声。

> "中国,不幸的中国啊,让我们前进!"蒋纯祖说,在空旷的街上跨着大步。

> "复古? 是的,我难道是——复古?"他说;他眼里有明亮的光辉;他站了起来。

这实际上是一种更为强烈的自我表白,自我呼唤,自我鼓舞,自我怀疑和自我斗争。无论何种方式,由于主体长驱直入走进人物的心灵世界,所以,作家对小说进行的操纵是内在的深层次的,一般

---

①②　胡风:《青春的诗》,《胡风全集》第 3 卷,第 263 页。

小说所谓作家的全知全能视角，也没有达到像路翎这样对小说的控制力度。又因为路翎的操纵和控制是非常情绪化的，于是在叙述表达上缺少冷静客观的理性筹划，语言也像心情一样四面奔突，有简洁清晰的，但更多的却是繁复模糊，或甚至像现代油画一样来一气胡涂乱抹，谈不到规范和圆熟，只是凸显了路翎式的语言个性，它也是路翎创作机制中的有机构成，起到了强化作家艺术风格的作用。路翎的叙述相对增大了语言的张力，策动了读者的想象力，但因为缺乏节制的混乱，也带给读者阅读上相当大的不适感。

悲壮美是七月派创作的总体风格，路翎的反抗性生命特质和偏执的个性气质，决定了他在流派总体格调下依然凸现着自己创作的个别性特征。路翎的"别一种声音"表现在作家主体和人物主体都处于一种激烈的、动荡不定的甚至扭曲、狂乱的情绪状态中，由此又造成叙述上的紧张、失衡。对针路翎小说的异质性，早就有人提出了尖锐的批评："一个趋势是很明白的：那就是越来越离开真实的生活。作者所'寻求'的是那些空洞抽象的非现实的东西，而他用来做写作的题材的终究不能不是现实世界中的现实生活，——在这里发生了矛盾。"[①] 这实际上是对路翎小说的现实主义性提出了质疑，批评者显然在一个传统限制下的现实主义范畴中衡量路翎的小说，而没有考虑到路翎所谓"空洞抽象的非现实的东西"在人的灵魂层面上却又是非常真实的。当年阿垅曾经反驳将路翎的《饥饿的郭素娥》当成"浪漫主义"的观点，他认为这些人是"把高涨的人物热情，和对于人类、人民前途的拥抱的那种梦想，都归类为'浪漫主义'"，他肯定："路翎并不是反现实的，而是突击现实的。我们底盲目的批评家是只问形式(?)不问实质的，无论执

①　胡绳：《评路翎的短篇小说》，《路翎研究资料》，第115页。

钥抚盘，都以为是太阳了。"① 正如阿垅所说，路翎追求一种心理的真实——实质上的现实主义，他无形中挑战了客观的机械的现实主义原则，与胡风的主体性现实主义理论一道反拨和超越了传统。而路翎创作中的不节制和极端化倾向，又确实是路翎小说的问题所在，优长和局限恰如一个钱币的两面同时存在着。路翎在《财主底儿女们》的题记中认真反省了自己的创作："我特别觉得苦恼的是：当我走进了某一个我所追求的世界的时候，由于对这某一个世界所怀的思想要求和热情的缘故，我就奋力地突击，而结果弄得好像夸张、错乱、迷惑而阴暗了：结果是暴露了我底弱点。但这些弱点，是可以作为一种痛苦的努力而拿出来的；它们底企图，仅仅是企图，是没有什么可以羞愧的。我一直不愿放弃这种企图，所以，也由于事实上的困难，就没有再改掉它们。"② 这也是一种矛盾和斗争，坚持个性的"企图"与改掉创作的"弱点"不可两全，路翎没有放弃个性，而是让个性的"企图"带着他先天的"弱点"一起出场。他声明："我所追求的，是光明、斗争的交响和青春世界底强烈的欢乐。"③ 路翎的《财主底儿女们》达到了这样"强烈"的美学效果，为此，他付出了如他自己所说的"有些地方""失败了"的代价。对于这些"弱点"和"失败"，我们认可胡风独到的评判："人如果能够看出这灼人的青春的火焰的对于我们的人生、我们的文艺有着怎样的寄予，人就能够把作者自己所说的'失败'和'弱点'只当作青春的热情所应有的特点来理解的罢。"④

---

① 晓风注辑：《胡风、阿垅来往书信选》，《新文学史料》1991 年第 1 期。
② 路翎：《〈财主底儿女们〉题记》，人民文学出版社 2000 年版，第 1 页。
③ 路翎：《〈财主底儿女们〉题记》，第 1—2 页。
④ 胡风：《青春的诗》，《胡风全集》第 3 卷，第 268 页。

四、现实主义小说的多种新实验

七月派小说在思想情感内涵和艺术表现手法上具有明显的共同性,他们追求"油画式"强烈又沉郁的情感、厚重又复杂的思想,以及"油画式"繁复的笔法、浓烈的色彩,给人以强劲悲怆的美感。以路翎为代表来概括七月派小说的群体艺术风格确实是很恰当的。一方面,七月派小说以群体的力量在40年代推出了一种全新的现实主义小说样式,另一方面,不只是路翎,在每个小说家那里都有他们个性的坚持,具体的艺术表现也各有特色。应该说,在主体性现实主义旗帜下,围绕着个性各异、风格多样的一群小说家。

丘东平是七月派的一位资深叙事文学家。早在1932年,他就在左联机关刊物《文学月报》上发表了他的成名短篇小说《通讯员》。经受过家乡海陆丰地区农民运动战火洗礼的丘东平,一直将为人民解放事业献身当作最崇高的人生理想,"他是无产阶级文艺战线上最早的带枪的文艺战士"。① 抗战之前,东平一面战斗在人民解放斗争的第一线,一面热心于文学创作,将此当作自己的第二战场。东平早期的小说大都以海陆丰革命斗争为背景,《沉郁的梅岭》、《红花地之守御》、《通讯员》直接表现大革命时期的血雨腥风,《多嘴的赛娥》、《一个孩子的教养》则专注于描绘革命风暴中开始觉醒的农民形象。东平这时的创作风格偏于沉郁,作品中的思想情感较为含混,反映出作家不够明确自觉的思想意识和文学观念。但这时的作品却受作家个性气质的影响较大,那种倔强、傲然乃至偏执的人格姿态,在他笔下的人物中有突出的表现。《通讯员》的主人公林吉"阴郁、沉毅而富于热情",他因未能救援同伴而内疚自

---

① 杨淑贤:《丘东平传略》,《新文学史料》1987年第3期。

责,终于在痛苦中开枪自杀。《多嘴的赛娥》中的农村姑娘赛娥,因"多嘴"讨人嫌,竟然至死还"坚决地闭着嘴",以示自己的不"多嘴"。从这种执拗到死的人物个性中,已经看到东平小说风格的底色,看到东平身上的"七月"式人格迹象,可以说,这是后来七月派小说"反抗性"形象的初步呈现。周扬当年作为编辑,非常推崇东平的《通讯员》,郭沫若在读到东平的小说后,盛赞东平:"我在他的作品中发现了一个新的世代的先影,我觉得中国的作家中似乎还不曾有过这样的人。"① 甚至东平的朋友向郭沫若介绍东平时说:"这是中国新进作家丘东平,在茅盾、鲁迅之上。"② 令郭沫若大为惊异。这一切至少说明丘东平新异的创作和"别致"的风格引起了文坛的关注。

丘东平是七月派最早的同人之一,他在左联时期结识了胡风、彭柏山、聂绀弩,在编辑左联内部刊物《木屑文丛》时被小说家吴奚如引为知己。由于丘东平在 30 年代初期的显著成就,使后起的七月派小说家受到了他的影响,如路翎在风格上就与东平很是接近,这对七月派小说群体的形成,起到了积极的推进作用。但东平真正成为七月小说派的核心作家,还是在抗战爆发以后。从开始执笔"代表抗战意志的出现"的中篇小说《给予者》,到《暴风雨的一天》、《第七连》、《一个连长的战斗遭遇》、《我们在那里打了败仗》、《我认识了这样的敌人》、《中校副官》等一系列反映抗战的报告文学的出现,丘东平成为《七月》的主要撰稿人,也是抗战文坛上最负盛名的作家之一。比之前期,东平的创作风格有了显著的变化,变

---

① 郭沫若:《东平的眉目》,《沫若文集》第 8 卷,人民文学出版社 1958 年版,第 395 页。

② 杨淑贤:《丘东平传略》,《新文学史料》1987 年第 3 期。

化中逐渐形成了别具一格的"东平体"。七月派小说创作在 1941
年前以东平为中心,1941 年后则主要集中在路翎身上。由于东平
在 1941 年 7 月就殉身于抗日战场,所以他这一时期的创作就成了
他文学事业的顶峰。牺牲前,东平期望很高的长篇小说《茅山下》
只完成了前五章。才气过人的东平年仅 31 岁就离开人世,对七月
派、对现代中国文学都是难以弥补的损失。

　　综合来看东平叙事文学的特殊贡献和鲜明风格,主要表现在
以下几个方面:

　　第一,东平独创了一种全新的战争文学。无论小说还是报告
文学,东平最钟爱的是战争题材,这与他的战争生活有直接的关
系,他是身处战争的环境写战争,有自己真实而独特的体验,这份
创作资源是别人无法拥有的。他曾在写给郭沫若的信中说道:"我
的作品应包含着尼采的强者,马克思的辩证,托尔斯泰和《圣经》的
宗教,高尔基的正确沉着的描写,巴特莱尔的暧昧,而最重要的是
巴比塞的又正确、又英勇的格调。"[1] 东平最后所强调的巴比塞,
是法国著名的战争小说家,东平对他的崇敬和喜爱,更坚定了自己
书写战争的决心和信心。东平战争文学最大的独创性在于,他不
仅描写酷烈的战争场面,他更关注战场上官兵们心灵上发生的"战
争",他笔下的英雄们都是在血与火、灵与肉的双重考验中锻炼出
来、成长起来的。由于抗战本身的残酷和当时中国军队上层的愚
蠢、腐败和战略错误,无谓的牺牲和内部的戕害是常常发生的,这
就使英雄悲剧不仅具有强烈的震撼力,而且更令人喟叹令人深思。
丘东平真实地再现了战争的复杂状态,并融入了激烈的主体评判。
林青史、丘俊们所经历的浴血奋战和灵魂的考验,使丘东平的战争

---

[1]　转引自郭沫若:《东平的眉目》,《沫若文集》第 8 卷,第 394 页。

文学真正成为"中国抗日民族战争的一首最壮丽的史诗。"[①]　而在战争文学中执著于心理形象的刻画并凸显作家主体意识，东平用个人化的写作与七月派的主体现实主义达成了相当的契合。胡风说："在革命文学运动里面，只有很少的人理解到我们的思想要求最终地要归结到内容的力学的表现，也就是整个艺术构成的美学特质上面。东平是理解得最深的一个，也是成就最大的一个，他是把他的要求他的努力用'格调'这个说法来表现的。"[②]　东平是在外在的战场和内在的心灵两方面完成了文学的"力学的表现"，以悲壮的力量支撑起崇高的艺术"格调"。

第二，东平独创了全新的报告文学体式。作为一种独立的文学体裁，中国的报告文学是在抗战时期才真正全面兴起的。报告文学被战争所唤起，它将战时的信息、战场上的烽火硝烟传达到人民中间，满足了特殊时期人们的特殊需求，起到发掘民族意志、鼓舞民众斗志的作用。东平在抗战报告文学创作潮流中居于显赫的位置，他用报告文学或纪实性小说的体式来处理战争题材创作，不但再现了战争的原貌，给读者逼近现场的真实感觉，而且东平用他创造性的笔墨丰富了报告文学的内容，加强了报告文学的艺术表现力。在抗战以来小说普遍追求纪实化和新闻化的潮流中，东平始终坚持自己独特的报告视角，他避免对事件作记录性的平铺直叙，而突出写人，而且直追人物的心灵世界，这种独树一帜的写法，在报告文学的创作上是开先河之举。实际上，单纯的纪实和新闻性报告风行一时后，由于文学感染力的缺失而很快引起人们的不满。茅盾在1938年回顾总结一年来的抗战文艺时，明确提出抗战

①　胡风：《忆东平》，《胡风全集》第3卷，第346页。
②　胡风：《忆东平》，《胡风全集》第3卷，第344页。

文学的重点还是要放到"写人"上面,"以人的活动来表现,来反映"抗战生活,而且他欣然看到,"从'事'转到'人',可说是最近半年来的一大趋势"。① 而东平的创作正起到了引领新潮流的作用,并且,东平的笔触深入到人的灵魂层面,开掘人的心灵困境,已经具备了超越潮流的写作品格。

第三,战争文学大都追求崇高悲壮的风格,东平也不例外,但东平的作品悲色更重,给人更沉郁的感受,并且复合着一些纠缠不清的个人情怀,难以言传却明显读得出东平的与众不同。此种风格色调的得来出于两方面的原因,一方面是前文已涉及到的,东平笔下的战争不仅是敌我对峙拼杀,它有更复杂的构成,如连长林青史所感受的:

　　——战争是严重的,我仿佛认识了它既庄严又残酷的面貌,这面貌每每使我胆寒,我真不敢对着它正视,我承认我直到今天还是弄不清楚,正好比我迷在梦中,……这些现在都且搁开不管吧,只要能够恢复我们的战斗勇气,我们用不着处处用严厉的辞句来追问自己,我们有什么需要向自己追问的呢?我们说,我们已经站牢在火线上,我们正在和敌人战斗着,是的,……战斗着——什么时候我们战死了,我们个人的任务也尽了,——兄弟,这是很简单的一件事,很简单的……一件事……

(《一个连长的战斗遭遇》)

溢于言表的是面对战争的迷惑和自我追问,是简单中的不简单。人物的特殊心境缘于作家自己的体会,"他参加过血的斗争,但看到了因为猜忌,自己人怎样残酷地屠杀自己的同志,所以觉得中国

---

① 茅盾:《八月的感想》,《文艺阵地》,1938 年 8 月 16 日第 1 卷第 9 期。

问题不那么简单,还得作进一步的研究,还得充实自己"。① 东平对战争中中国军队自身阴暗面的揭示和批判,并扩展为对我们民族根性的沉痛反省,这往往是作家及其人物暗沉情绪的主要根源,它弥漫在作品当中,常常将读者的思绪引渡到战争之外,不经意间深化了作品的思想蕴含。

另一方面是东平个性气质对作品的穿透性影响。东平有着浓厚的诗人气质,他是一个完美主义者,而愈是追求完美,现实的缺陷和丑恶就愈令他痛苦,于是他转而将理想寄托于人格的完美。他曾对郭沫若写信说:"我是一把剑,一有残缺便应该抛弃;我是一块玉,一有瑕疵便应该自毁。"② 他崇尚"尼采的强者",他以"他的纯钢似的斗志"③ 投入战火,以冶炼自己的灵魂,完成自己的人格。无疑,东平作品中的人物带有他自己精神素质的倾向,《通讯员》中的林吉,《第七连》中的丘俊,《一个连长的战斗遭遇》中的林青史,都有沉郁苦闷而又执拗无比的性格,他们和作家一样"醉心于'不全则无'者所共同的痛苦",④ 在战死不能的情况下,他们宁愿自己赴死,也要"成全自己的人格"。胡风说:"东平的最后是遥遥地呼应着他在创作上的出发的。"⑤ 他以自己的牺牲,体现了"不全则无"的人生信念。他的作品也最终都以主人公悲剧性的献身为结局,每篇作品毫不例外地刻染着浓重的悲郁色彩,虽然抗战后的创作格调有明显趋于高昂的变化,但东平个性的基调却贯穿始终,潜在地却是顽强地影响着作品的整体面貌。

---

① 胡风:《忆东平》,《胡风全集》第 3 卷,第 338 页。
② 转引自郭沫若:《东平的眉目》,《沫若文集》第 8 卷,第 395 页。
③ 胡风:《〈东平短篇小说集〉题记》,《胡风全集》第 3 卷,第 166 页。
④ 郭沫若:《东平的眉目》,《沫若文集》第 8 卷,第 395 页。
⑤ 胡风:《忆东平》,《胡风全集》第 3 卷,第 348 页。

　　抗战爆发后,阿垅用 S.M.的笔名连续在《七月》上发表了《闸北打了起来》、《从攻击到防御》、《斜交遭遇战》等报告文学作品,后结集为报告集《第一击》。这时的阿垅与东平一样,也是一位带枪的战士,他亲自参加了"八·一三"上海会战,《闸北打了起来》就是关于上海大战的宝贵记录。阿垅的报告文学同样体现了七月派以主观突入现实、并深刻展示人物心灵世界的审美特征,他也特别地将笔墨倾注到处于战争和心灵双重困境的官兵身上,讴歌他们血性悲壮的英雄主义精神,抨击当局内部和军事阵营的丑恶顽劣行径。相对于东平作品中相当程度的悲剧内敛性,阿垅的报告更具热烈和狂暴的性格,"如郁闷的云层里逼出了暴风雨"(《闸北打了起来》)。作品中,战争是激烈的,行动是迅捷的,作家热诚的赞颂和痛烈的控诉,像雷霆的说话,"如末日的审判大声辩护着正义,又大声斥叱着黑暗与腐烂"(《在雨中走着》),作家拿了枪的矫健的身影,也在战争中"受了洗礼了"。在阿垅的报告中,我们读出了诗人的激情和诗人的盛怒,报告的诗性特征统一于阿垅的诗人个性,这样的个性一直持续到阿垅抗战后期创作长篇战争小说《南京血祭》,作家歌颂、谴责和批判的主体情绪依然非常浓重。绿原在《南京血祭》序中谈到作品的风格及其缺点时指出:"至少它令人感到,不像小说,不像报告,而是一个愤怒的诗人在奋笔疾书——也就是说,个人的主观情绪多少压抑了小说不可或缺的现实主义精神。当年,胡风先生读完本书的初稿,曾经指出过这一点。然而,作者主观上倒是力图通过个人情绪写出真实来,他把自己放在作为本书主人公的普通士兵中间,以浓墨重彩涂抹一些和他们一起经历的冲锋或扼守、负伤或阵亡、退却或溃散等等酷烈场面,毕竟为这些坚决为维护民族尊严而战的无名英雄们,留下了一幅幅可歌可泣的至今仍然令人悲愤填膺的血祭图。"①

　　七月派的另一位报告文学家曹白,在上海会战的第四天就参加了"难民收容所"的工作,在亲身经历了难民们的艰辛生活,体验了他们的痛苦心理后,曹白写出了《这里,生命也在呼吸》、《在死神的黑影下面》、《在明天》、《杨可中》等报告文学作品,后结集为《呼吸》。可以说,曹白是身处另外一个特殊的战场,经受的是另一种灵魂的考验。曹白是难民管理员,和难民们生活在一起,他看到了"中国的小民们在怎样地身受着历史的黑暗和敌人的残暴,在怎样地觉醒和奋起,我们也看到了作者以及和他同行的战斗者们的真诚的悲喜和献身的意志"。② 曹白自己的生活也并不比难民们好多少,他后来回忆道:"在写作《呼吸》里面的文章的当时,我总是愁着没有吃,没有穿,没有住,没有生活的裕如。贫穷和忧愤象毒蛇一样紧紧地围困着我的身心,围困着我的灵魂。为了驱除这紧紧的围困,我便想嚎叫起来,以唤醒象我一样苦恼的寂寞的青年们。"③ 可想而知,一个对前景充满幻想,对抗战充满热情的青年,沉进贫穷、黑暗、污秽和丑陋的生活最底层,奔波在"那少有的腌臜和阴惨的生人中间"(《写在〈七月〉一周年》),他是如何地感到恐惧、伤怀和悲愤,曹白这时期的创作格调是低沉阴凉的,"情感的丝缕不免常常牵连着已逝的寂寞"。但也正如胡风所说:"如果虚伪的叫喊不一定必然得到战斗的感应,那么,真诚的叹息也未始不能引起对于残酷现实的憎恨和对于光明来日的追求。"④ 曹白并没有陷入悲观和消沉,他努力工作着,发掘着潜藏在阴暗生活下的希

---

① 绿原:《阿垅的抗战小说〈南京血祭〉序》,《新文学史料》1987年第4期。
② 胡风:《〈呼吸〉新序》,《胡风全集》第3卷,第156页。
③ 曹白:《〈呼吸〉新跋》,上海文艺出版社1983年版,第242页。
④ 胡风:《〈呼吸〉新序》,《胡风全集》第3卷,第157页。

望的亮色,他听到了"生命的强烈的呼吸",看到了小民们的"觉醒和奋起":

　　　　在苦痛中我忽然坚决地想了:这命运会锻炼他们,他们将不再是怯懦的苦痛的伙伴,一定会成为勇敢的快乐的使者。

　　　　　　　　　　　　　　　　　　　　(《在死神的黑影下面》)

曹白在写难民的时候也在写自己,他给了自己勇气,催促自己前行,"在这狂风暴雨里,我应该如何忍耐着苦楚,而且忍耐着战斗。"(《离沪日记》)后来,曹白以"献身的意志",拿起武器投入到江南水乡地带的抗日斗争中去了,《呼吸》的后半部分《转战之时》,就是描述这段生活中的所见所闻所感的报告和散文。

　　曹白的报告文学明显不同于东平和阿垅,他选材于沦陷区的凡人小事,通过生活琐事中一些触动人心的场面细节,折射出民众抗争的时代精神,笔墨细致,格调低回。即使是离开上海投入了战斗,写作风格依然未变,如他在《富曼河记》中所说:虽然拿起了枪,但"在我的日记之中,却依然不能看见澎湃的热血,所有的,仍然是些繁琐的生活小节目。节目而至于小,其卑微不足道也可知矣。但我总还'留恋'着这些。我想,我的生命就悄悄地消磨在这里了。但这些'小节目'却是富曼河上的脉搏和呼吸,与战争的全体相关的。"(《半个十月》)读者喜欢曹白,就因为"他的知识青年的在斗争中受折磨的心情使读者起了血缘的共感",而且"在他这里能够呼吸到了这时代的呼吸罢"。[1]

　　曹白总是观察很细,善于发现,而且体味很深,能够小中见大。他笔下的人物,总是在一点一滴的言行举止中,渐渐露出真实的光彩,生动地向读者走来。如《纪念王嘉音君》中的王嘉音,勤快、和

---

①　胡风:《〈呼吸〉新序》,《胡风全集》第3卷,第157页。

善、声音柔和,作家注意到他看人的目光与众不同,"我总觉得这严峻的目光,是'非跑街'的"。果然,"随着时日的流逝,嘉音和我的感情逐渐地生长。发现他的'非跑街'的地方太多,而且我逐渐知道他不但是一个爱国者,而且是一个革命者"。《杨可中》中的杨可中,沉默寡言、阴冷暗淡,作家耐心地揭开隔膜,发现了冷漠外表下包藏着一颗受伤的却依然火热的心。就是这样一个勤恳忘我的杨可中,却死在自己医院医生的歧视偏见之下。作者被震惊了,他哭不出,心却更沉重。胡风曾指出:"作品《杨可中》之所以'富于感人的魄力',是因为那里面的凄惨而哀伤的死不但是作者用了自己的心灵去画出的场景,而且是实际存在的真实的人生。"① 但是,"对于杨可中的不幸遭际和凄惨而哀伤的死起了大的共鸣,被抓住了同情之心,也被拖走了抒情的笔,他忘我地向那突进了,因而不能够向那个人生现象(题材)作更深的探求,作更进一步的肉搏。"② 胡风对作家提出了进一步的要求。实际上这正是风格的区别,曹白通过同情通过感染来完成他的揭露和批判,如果有了"感人的魄力",理性的思考和批判也紧随其后了。

　　曹白的作品"是不拘泥于匠心布局的,用自由的散文体写的'报告'"。③ 看上去没有多少"华美的思想",但他的细致深切的笔触自有赢人之处。他将自己投进生活饱受磨炼,他不满足于用"墨写的字"表现"血写的事"(《上海通讯》三),而是执著于刻划与自己血肉相连情意相投的人物,执著于寻求表现对象与时代的共鸣点,力求以独特的途径抵达真诚而伟大的精神境界。这一切又分明显

① 胡风:《关于创作的二三理解》,《胡风全集》第2卷,第520—521页。
② 胡风:《关于创作的二三理解》,《胡风全集》第2卷,第520页。
③ 胡风:《〈胡风评论集〉后记》,《胡风全集》第3卷,第598页。

示了曹白与七月派的血缘联系。

彭柏山、吴奚如是七月派早期的两位代表性小说家,他们都是早年参加革命运动,后来担任党的组织和领导工作,是坚定而成熟的革命家。他们都是在追求革命的过程中逐渐走近文学,并参加了左联,走近了鲁迅,其创作受到鲁迅精神的深刻影响。柏山在左联期间开始小说创作,1934年写就崭露头角的短篇小说《皮背心》、《崖边》,它们都取材于作家在湘鄂西苏区的斗争生活经历,表现农民在复杂的革命环境中的不同心态。之后,柏山继续开掘这一题材,发表了《夜渡》、《忤逆》和《枪》,构成他作为左联成员的创作实绩。柏山的这些小说从生活实感出发,偏重于客观描绘,文风质朴细密。胡风在评议《崖边》时说:"以前虽有反映苏区斗争和生活的作品,多是凭空虚构的,不象柏山那样有实际的斗争和生活内容。"① 当时左联正倡导"辩证唯物主义创作方法",引起创作上公式化概念化的不良倾向,柏山以清醒的现实主义赢得有识之士的赏识。

柏山是个来自农村的作家,在真实地反映革命运动带给农民诸多影响外,他特别能够把握农民的心理状态和精神特质,深知他们"生之意志特别强。不一定是和命运决战,是一种自然本能活的心思,驱使他们在出力中流出他们的血汗,饥饿和寒冷里消磨着岁月。"(《皮背心》)他初期的小说创作,已经包含了七月派文学的思想萌芽,一是由强烈的生命本能意志而生发出的物质精神渴望,反抗行为固执而蛮莽,这是"原始强力"的表现;二是将革命等同于收掠富人的财物,"革命"过程中暴露出乡民自私、狭隘和狡黠的病态灵魂,揭示"农民的表面浑厚里面不浑厚"的两面性格,启发了人们

---

① 转引自锦襄:《彭柏山传》,《新文学史料》1990年第1期。

对于"改造国民性"的思考。而且柏山用他细腻的笔触,深入而真实地描写了农民复杂的内心世界,写出了他们的痛苦和渴望,惶恐和怯懦。《皮背心》中的佃农长发,为了掩藏保护他那几件"打搜索"得来的皮背心,费尽心机绞尽脑汁,人物亦喜亦悲亦强亦弱的矛盾心理被作家拿捏得准确而生动。在这些方面,柏山的创作既体现了自己的创作个性,又与七月派的审美主张相吻合。

随着与胡风交往渐深,柏山创作上自觉向七月派精神靠拢,他抗战以来的小说,其流派特征更加明显。发表在《七月》上的《一个义勇队员的前史》、《一·二八两战士》、《活的依旧在斗争》等作品在体式上接近当时风行的纪实文学,作家呼应抗战的时代精神,但依然坚持从自己熟悉的或亲身经历的斗争生活出发。他特别专注地将自己战前的三年狱中生活及其心灵体验投放到自己的作品中,格调走向沉郁悲凉,"虽没有东平小说的强悍的力度,却似乎比东平小说来得精致"。[①] 柏山这一时期的创作,显然更注重人物心灵的历炼过程,笔触切入人物的心理困境中,情感内涵复杂微妙且意味更深。在此方面被公认为最成功的作品是他在抗战初期写的《某看护的日记》,作家在描绘男女主人公陷入感情漩涡中的心灵矛盾时,表现得非常出色,特别是女主人公黄大姐,她背负着自己旧的情感过失,无意中发现自己看护的伤员曹光斗是地下党员,兴奋中燃起爱情的火焰,但这爱又多少带有对革命者的崇拜和弥补自己以往过失的心理,她未料自己爱的愿望却遭到曹光斗革命理性的冷静排斥,莫名的痛苦搅扰着她,她最终不明白自己这一次到底错在哪里。这个在特定时代环境下发生的爱情故事,其爱的内涵是复杂的,爱的味道也是不纯粹的,柏山通过人物细微曲折的心

---

① 杨义:《中国现代小说史》第3卷,人民文学出版社1993年版,第195页。

理描写和悲剧结局的展示,留给读者反复回味的艺术空间。无论如何,创作爱情小说,对柏山来说"是一个很大的试验",[①] 显然,柏山对爱情和革命关系的深入反思,已经突破了左联以来"革命加恋爱"的简单模式,柏山的好友曹白赞誉说这是柏山小说中最好的一篇,应该不是夸饰之辞。

吴奚如在 1933 年就结识了胡风,他们在左联共同工作的日子里,胡风对奚如的创作常常发出只有朋友间才会有的不客气的批评,奚如在后来的回忆中说那确实是"十分有益的指引"。[②] 奚如尝试中的作品有短篇小说《一个含笑的死》、《两个不同的感情》、《两个拾煤的孩子》,带有明显革命小说机械模式影响的痕迹。胡风从形象表现、典型塑造等理论高度去评析奚如的小说,使奚如逐渐信服胡风的现实主义理论,比如表现生命的苦闷,写人物的心理状态,以主观感性体验取代概念化的主题先入等思考成果,都在奚如创作的逐渐改进中一步步鲜明地体现出来。1935 年发表在《木屑文丛》上的《活摇活动》受到胡风的热情赞扬,成为奚如作为七月派小说家的标志性作品。

《活摇活动》的成功与作家主体的情感投入有很大关系。奚如说:"那篇小说是为了纪念我叔父吴德春和堂弟吴炳生为洪湖苏维埃运动而英勇牺牲的事迹,我是用眼泪掺合着墨水写出来的。"[③]小说保持着奚如突出主题的一贯要求,概念化的痕迹也并未完全清除,但因它熔铸了作家对人物的真挚情感和深切理解,使人物不仅坚实丰满,而且蕴含着更为复杂深厚的情感与思想内容。德春

---

① 《彭柏山书简》(1937.10——1940.4),《新文学史料》1984 年第 4 期。
② 吴奚如:《我所认识的胡风》,《我与胡风》,第 17 页。
③ 吴奚如:《我所认识的胡风》,《我与胡风》,第 18 页。

叔是一个浸透了作家血肉疼痛的形象,他老实、忠厚、勤恳但性格懦弱,一次偶然的机会被评选为乡主席,但因领导分配革命成果手段不坚决,乡民们误解他受了贿赂而免掉了他的主席职务,尽职尽责的德春叔感到委屈,同时他也对乡民们均分"革命成果"的行动感到疑惑,他"一天天感到孤独了！他有说不出、想不清的烦闷！"德春叔的孤独与烦闷是颇有意味的,他引发人们对农民急功近利的革命热情的冷静思考,这其中,同样闪射着"改造国民精神"的思想火花。奚如的另外的短篇《叶伯》和《刘长林》,主人公是逆来顺受的农民或农民气很浓的大兵,他们被压迫到极致而突然爆发强烈的反抗,这与七月派小说"原始强力"的精神特质是相当一致的。

奚如小说中人物的情感抒发大都憨直而激烈,但作家主体的情感介入则表现得较为理智和平稳。一般来讲,奚如不是直接叙述人物的心理状态,而是让人物自己讲出自己的痛苦和烦恼,所以他的小说中人物对话占有很大的篇幅,也就是说他很善于利用小说自身的艺术功能,正像他的老友聂绀弩所评价的:"奚如的小说,大概都是纪实之作,但想象力比我丰富得多,所以比我写的小说更象小说。"①

较之彭柏山与吴奚如,贾植芳与冀汸涉足小说创作稍晚一些,所以流派意识较为自觉,流派特征也较为明显。他们虽一生追随革命,却没有明确的革命家职务认定,在经营小说的时候没有过于明确的政治意识,创作上更多听凭心灵的召唤,这对他们的风格形成是有一定影响的。"贾植芳天生一副造反性格,永不安分,闯荡与冒险的欲望极强。"② 他的小说就是自己人生闯荡经历的记录,

---

① 聂绀弩:《〈吴奚如小说集〉序言》,长江文艺出版社 1984 年版,第 2 页。
② 孙乃修:《贾植芳传略》(上),《新文学史料》1996 年第 2 期。

是一个青年知识分子在特殊年代漂泊四方的心理体验。他在抗战时期创作的《人生赋》，以年轻的牙科大夫对旅伴的自述，展开对战时知识分子心灵历程的描绘。在流浪生活的磨难中，一个有良知有爱心自尊自强的知识分子渐渐由麻木到冷漠到自欺欺人，作家在批判人性的堕落时，于人物灵魂变化的轨迹中，也探寻出邪恶世界、荒谬处境对美好心灵的扭曲和戕害的力量，小说娓娓道来，却句句警醒人心。

贾植芳的小说浸润在知识分子细密善感的心境中，带着感伤忧郁的调子，并有浓郁的抒情意味，《我乡》、《人的悲哀》等小说大都如此。他的另一部分小说如《在亚尔培路二号》、《人的斗争》、《血的记忆》，是以作家的狱中生活体验为题材的，写一个特殊的环境中，知识分子对自己人格尊严的维护，并焕发出英雄主义的精神气节，格调则明显偏于激昂，与作家的人格气质颇为一致。与《人生赋》相对照，知识分子人格的失落和人格的坚持形成鲜明的反差，作家的褒贬尽在其中。在贾植芳的小说中，知识分子的心灵世界与人格形象一直备受关注，既有软弱忧郁的一类，也有正直刚烈的一类，显然，贾植芳崇尚后者，也更乐意表现他们。

诗人冀汸于抗战胜利后开始小说创作，而且一动笔就是长篇，《走夜路的人们》是他在小说领域的卓越成就。这部小说的流派特征是非常突出的，作家塑造的农村妇女形象小玉，这个处于肉体和心灵双重饥饿下的年轻女性，令人不由联想到路翎笔下的郭素娥，她们同样美丽而强悍，同样为了生命的欲求而顽强反抗，野蛮地不明理性地爱着和恨着，并为此付出了生命的代价。冀汸的小说有如沉重悲怆的大河，卷挟着泥沙疾啸而来。作家夹带着悲愤的主观热情，对"原始强力"展现和对民族根性的审视，都标明了七月派小说美学世界的核心所在。

　　此外,置身于根据地战斗生活的孔厥和黄既(黄树则),出于对《七月》杂志的喜爱和渴慕,将他们的小说辗转带到国统区的胡风手里,而成为《七月》上的北方小说家。孔厥被胡风誉为"抗战后出现的最优秀的小说家之一",① 他的代表作《受苦人》描写农村妇女的不幸遭遇,非常出色地展示了人物的心理矛盾与痛苦,笔触细致而激荡。艺术表现上"是不带一点纤弱味和夸张性的朴实的风格"。② 医生身份的黄既酷爱文学创作,他在抗战初期就向胡风投递了他的习作,颇得胡风的赞赏,小说《严玉邦》鞭笞了投降者的昏聩,风格冷酷而犀利;而描写农民领袖的《到安塞去看病》,则是完全不同的格调,笔下的英雄人物朴实无华而可亲可敬,饱含着作家深挚的感情。

　　40 年代的中国小说界,正如钱理群先生所说,"在浪漫主义、英雄主义的战争小说成为一种时代合唱的同时,又并存着前述作家的独特声调,这都是可以视为文学发展的丰富性的一个证明的。"③ 七月派小说在这个时代处于一个特殊的位置,他们既呼应着浪漫主义、英雄主义的小说主流,为神圣民族解放战争而呐喊,用战斗的抗争的现实主义,催发民众的觉醒、祖国的新生,保持着热情的格调与健康的色泽。另一方面,生存与精神的双重流亡状态,使他们接触到种种复杂的生活境遇,经历了种种痛苦的心灵体验,更强化了作为知识分子的民族忧患意识和丰富敏感的心理素质。于是,种种或激愤、悲凉,或苦楚、酸涩的个人化情愫涌出心

---

①② 胡风:《〈七月文丛〉介绍九则》,《胡风全集》第 5 卷,第 381 页。

③ 钱理群:《漫话四十年代小说思潮》,《对话与漫游——四十年代小说研读》,上海文艺出版社 1999 年版,第 24 页。

怀,倾泄于笔端,导致了创作的多样异彩。每个作家在他们的人格坚持与个性姿态下,都会使自己创作的艺术产品带上鲜明的个人印记。而且,不但彼此间风格各异,即就是同一个作家在不同时期不同情境中的创作,也会有格调色彩上的变化和差异。比如冀汸,他在抗战前期写诗,抗战胜利后涉足小说,风格由激烈到沉郁,变化幅度不可谓不大。又如贾植芳,他的写知识分子内心体验和写狱中斗争的小说,感伤与刚烈各有侧重。几乎每一个七月派作家都兼具"战士与诗人"的双重身份,他们或表现战斗经历或表现内心生活,不尽相同的情绪状态需要不同的笔墨来呈现。还有个性特出的路翎,"他也是有两副笔墨的:除了人们熟知的投入、狂躁、酷烈之外(如他的代表作《财主底儿女们》《饥饿的郭素娥》所显示的那样),也还有客观、节制、冷峻、深厚之作(主要收在《求爱》这个集子中)。""审美的丰富性与复杂性(从而提供了多种发展可能性),正是40年代小说艺术趋于成熟的重要标志(其具体表现形态又常常是不成熟的)。"① 七月派小说家以他们丰富复杂和不尽成熟的小说实验,有力地推动了现代小说的发展进程,忽略这支积极的创作力量,我们对40年代乃至整个现代文学史上小说的研讨将是不全面的,而且缺失的是一份极有意味的、深刻的理解。

五、个体化与文学经典的营构

文学经典产生的条件是多方面、复合性的,其中,作家的个性化创造是一个关键性乃至决定性的因素。进一步说,并不是所有的文学个性都可以生成文学经典,不同层面上的文学个性也决定着文学作品的优劣程度,只有那种卓越的文学个性才能够创造出

---

① 　钱理群:《文体与风格的多种实验》,《文学评论》1997年第3期。

文学的经典之作。

文学流派是个性风格的集中体现，是作家群体创造出来的审美结构，标示着某种文学个性的极度张扬。同时，它又是以某个时代的思潮观念为内在根源，在特定文化环境的振荡中生成和发展起来的。既然如此，文学流派应该代表着相对高层次的文学个性，至少，它对经典作家和经典作品的产生，会起到积极和有力的推助作用。反过来说，经典作家和作品的出现，也是一个文学流派成熟和成功的基本标志。

有一种颇具代表性的观点，认为文学流派对作家初期创作个性和风格的形成是大有益处的，但流派通常又会限制作家个性的进一步的突破性发展，这使得流派中难以出现文学大师和经典创作，换言之，要成长为大师级的作家，要创造出不朽的经典之作，作家必须超越流派意识，或者说最好挣脱所属的流派体系。

有两方面的原因，确实会导致流派作家与大师经典无缘。一是此流派自身品质不高，它所集中彰显的并不是一种优秀乃至卓越的文学个性，整体创作水准平平，也就很难出现若干或个别的出色作家和作品。因为流派个性同样具有高低优劣的差别，这样的流派不但会限制作家的发展，自身也不会在文学史上有大的贡献，也不会产生大的影响。二是流派意识狭隘，没有处理好流派共性和作家个性之间的辩证关系，以集中限制开放，以共性消解个性，过于排斥异己力量，形成一个孤立自守的小集体。固然流派以追求共同性为标志，但一定是以"和而不同"为理想境界，如果绝对地执守所谓流派共性，淹没和丧失作家各自艺术的独特性，流派也会逐渐走向穷途末路。在这一点上，作家个性与流派个性的关系，和作家个性与时代个性及民族个性的关系是相似的。

出于以上原因，有宏愿大志且有大师潜质的作家，超越和脱离流派都是必然和必须的。但这并不能导向流派限制经典的简单判断，各个流派的生成和迁延变化的过程各有不同，各自的个性品质和集中开放的程度也有差别，而且还有其它文学的和非文学的因素的制约，决不可一概而论。纵观古今中外的文学大师及优秀作家，确实有许多是从某一流派中脱颖而出的，他们或者是流派的发起者、盟主和领头人，或者是流派的一般成员；他们或者以流派的形式影响和引导、甚至培养了大批作家特别是青年作家，或者在流派这一环境氛围中成长成熟起来。流派对于他们的成功，起到了至关重要的作用。就现代文学史来看，鲁迅之于人生派，郭沫若之于浪漫派，徐志摩之于新月派，李金发之于象征派，艾青、路翎之于七月派等等，他们的存在，与流派的存在断然无法分开。如果说，五四以来文学的变革环境是他们存在的大场，那么，流派则是他们存在的小场。总之，作家，特别是优秀作家，绝不是孤立的一个，"场"的作用是不可或缺的。

　　从某种程度上说，一部现代文学史也就是一部文学流派生成发展、消长变迁的流派运动史。这一观点已被愈来愈多的现代文学学者所认可，流派研究也愈来愈受到人们的重视而成为现代文学研究的一个重要部分或重要角度。无论如何，文学流派决不是一个与文学经典无关的话题，相反，二者之间密切复杂的关系，有待于我们更进一步深入细致地研究和探讨。

　　既然并不是所有的文学个性都可以上升为文学经典，同理，也并不是所有的文学流派都可以营造出文学经典。这里面有一个关乎大家和经典能否产生的流派品质的考察问题。那么，究竟什么样的文学流派才能够促成作家创造出经典性作品，除了作家自身的资质才能之外，他所属的流派如何发生积极的推助作用？从现代文学史上发生过重大影响的七月派这里，就很能说明流派与文学经典的深层关系。

　　不用说七月派具有非常鲜明突出的流派个性,很多研究者称之为流派的特异性。这主要指的是七月派文学以"主观战斗精神"为核心的艺术追求,指的是七月派作家注重主体作用的思想共识以及在创作中体现出的特殊面貌。胡风文艺思想的形成有一个从不自觉到自觉、从感性到理性的发展过程,而且在与流派创作实践的互动之中抵达系统化。胡风的理论对七月派的形成、演变和成熟,起到了至关重要的作用,特别是在流派的后期,在路翎这样的年轻作家那里,已成为一种自觉的理论指导。不可设想,没有胡风,路翎会成长为一流的小说家,会创作出《财主底儿女们》这样的惊世之作。路翎是一个天才,但他的天才潜质倘若不被胡风发现和挖掘,不和七月派这样的流派氛围相遇和,何时才会乍露他的天才光华? 胡风曾写信给路翎,鼓励他:"只要努力,我敢预约给你一个伟大的前途。"① 这不是凭空的预约,而是思想心灵的撞击和融合。路翎所表现出的文学感觉印证了胡风的理论,胡风开始"一点一点地帮助他,把他拉扯大,像母亲带孩子一样"。② 以一种独创的有深度的思想理论凝结起来的文学流派,一定是更为稳定成熟的、更具生命力的,它大大提升着流派的群体艺术高度,使流派具备了产生经典作家和作品的更大可能性。

　　需要进一步说明的是,以胡风为代表的七月派的文艺思想以及作家们的美学追求,本身具有无可置疑的现代性品格乃至超越性品格。表现在其应合时代的进步性思想,独树一帜的主体性文

---

　　①　《胡风路翎文学书简》,第 19—20 页。
　　②　[韩]鲁贞银:《关于"胡风编辑活动和编辑思想"访谈录》中牛汉访谈,《新文学史料》1999 年第 4 期。

学观念,兼收并蓄的复合性艺术手法等等方面,七月派所提供的文学精神和文学形态,无论在当时乃至现在,都是开放性和具有前瞻性的。七月派独具特色的现代性品格,已然超出时代文学的水准之上,也必然会孕育出超越时代的经典作品。

在七月派中,路翎受到胡风的精心栽培,算是一个特例。而更多的诗人作家既受胡风文艺思想和人格精神的深刻影响,表现出流派巨大的向心力和凝聚力;同时,在一种相对开放和松散的状态中,他们又各自为政,保持着自己创作的独立性与个性特色,用各自不同的声音向同伴发出内心的共鸣。胡风一贯反对整齐划一,充分尊重作家的艺术个性,他总是在大方向统一的前提下,尽可能地容纳个性突出、风格各异的作家作品。胡风的选稿标准中,重要的一条就是作者是否具备只属于自己的个性,"要在胡风的刊物上崭露头角,必须是自己真实而又独特的声音才行"。① 诗人田间、小说家路翎最早吸引胡风的,就是他们作品中闪烁的特别的艺术气质,胡风认定那是他们天才的光华,是成就大家的必备潜质,于是预约给他们伟大的前途。不但胡风执著地坚持个性主义,七月派成员也从来不为流派意识而抑制个性的张扬,七月派的诗人和小说家,"各有自己的艺术个性,各有自己的独创性,没有两个人会是相似的"。② 七月派尊重个性、崇尚创造的主张,在文化思潮转向的 40 年代已属难能可贵,即使在现代文学诸多流派当中进行比较,七月派也属于理论和创作个性最为突出、风格最为多样的文学流派。胡风和七月派努力营造一种既配合时代潮流又坚守个体独立性的创作氛围,虽然这一理想在特殊年代的实现具有相当的难

---

① 绿原、牛汉:《〈胡风诗全编〉编余对谈录》,《文学评论》1992 年第 1 期。
② 绿原:《温故而知新》,《香港文艺》1986 年 2 月号。

度,但这种坚持却吸引了许多特立独行的有为青年,从而保证了七月派作家构成的质量和文学创作的鲜明品格。

人们常常称七月派为"准流派"或"泛流派",在人员组成上也有"同人"和"半同人"的说法,这主要是针对七月派构成上的开放性和松散性,特别是在流派前期,以胡风和《七月》为核心,形成一个环绕中心的发散性辐射性结构。七月派的外围很大,令人很难精确地划清流派的边界,现代文学的众多流派当中,在组成成员上争议最多的莫过于七月派。这种构成特点必然使七月派成为一个充满艺术个性和创造活力的作家群体,必然导致创作景象的异彩纷呈。艾青和田间,正是在《七月》这个开放而充满活力的刊物上大显身手,创作出足以代表他们一生最高水平的经典诗作。在开放和容纳个性这一点上,七月派显示出一个大流派的气象与风度,这样的流派是产生经典作家与作品的最佳土壤。

艾青是中国现代诗歌发展中最杰出的诗人之一,具有世界声望。艾青是否真正属于七月派,评论界一直存有争议。如果认定,以《七月》为中心的动态而开放的作家群体构成及其文学活动是七月派的前期,所谓"泛流派"也是流派的一种甚至是更为理想的一种,那么,艾青是否属于七月派,回答应该是肯定的。艾青以他一生几个时期的诗歌成就,形成了现代新诗史上的一个高峰,相较而言,艾青最优秀最有影响的作品,最早奠定他在新诗史上地位的作品,应该是抗战前后到 40 年代这几年的诗歌创作,他发表在《七月》杂志上的"太阳"组诗和"北方"组诗,毫无疑问属于他一生作品的经典之列。另一方面,艾青以他的独具魅力的诗作影响一大批青年走上诗坛,这其中绝大部分成为七月诗派的中坚力量。他们追随中国自由诗战斗的现实主义传统,"始终欣然承认,他们大多数人是在艾青的影响下成长起来的"。① 不排除初期外在的模仿和因袭,但根本上,他们从艾青那里学到了"诗的独创性",这就为七月诗派整体奠定了一个艺术的高起点和高品位。如果说胡风更多地起到了人格影响和理论指导的作用,起到了凝聚一个流派的精神和组织形式的作用,那么,诗歌艺术的薰染和吸引,则更多来自艾青。胡风和艾青,从各自不同的角度,催发了七月派的产生,推动了七月派的发展和成熟。不同的是,艾青没有胡风那样自觉的领袖意识,但这并不妨碍我们对他"领唱"作用的肯定。艾青"既是高峰,就自有他所从属的山系",② 艾青以及田间、路翎和七月派的关系,证明文学流派中完全可能产生一流的作家和诗人,阿垅、东平等其他七月派作家,同样具备了成为文学大家的潜质,并已经有了出色的创作表现,限制他们的显然不是流派自身,是战争和政治运动人为地中断了他们的艺术生命。

　　七月派后期流派意识逐渐自觉起来,在文学思想和艺术风格上加强了共同性的追求,频繁的文艺论争也在某种程度上导致了对其它流派或异己主张的排斥,流派集中、自守的特点明显起来。不可否认宗派情绪的存在对流派的负面影响,但根本上破坏流派生存环境的,还是政治强势这股更大的非文学的力量。年轻的路翎在完成了《财主底儿女们》的创作之后,施展才华的空间越来越小,直至艺术生命枯萎,这同样归咎于政治运动的严酷摧残。艾青奔赴延安后,调整了艺术路向,幸免落入所谓"胡风集团"带来的灾难陷阱,从而成为艾青不属于七月派这一说法的主要依据,这显然也是一种政治的裁定。七月派并不等同于胡风集团,后者牵扯的

---

① 绿原:《〈白色花〉序》,人民文学出版社 2000 年版,第 2 页。
② 牛汉:《梦游人说诗》,第 129 页。

范围更大,人数更多,以后者来说明前者,当然是不尽合理的。说到底,政治文化环境的自由宽松,才能使个性得以张扬,流派得以生长,也才能催发文学经典的诞生。

关于20世纪以来的经典作家作品的讨论还在进行之中,除对鲁迅的经典意义有了基本一致的肯定之外,其他作家作品还有待于时间的淘洗和人们的反复认证,这里有一个判定经典的价值尺度问题。可以确定的一个标准是,经典必须具有超越品格,真正伟大的作品总是超越作者所属的民族和时代,成为人类共有的精神财富。应该说,相对优秀的作品总是具有程度不同的超越品格,七月派提供给我们的若干作家作品,就是以对当时时代的突破和超越赢得人们愈来愈多的赞赏。如果流派自身品质很高,它提供给你施展才华的充分空间而不是限制了你的艺术创造,那么,属于流派、与流派同行,都不影响你成为大家和创造出经典。在这个意义上说,经典属于流派与超越流派是并不矛盾的,就如同经典属于特定的时代和民族,同时也超越了时代和民族。

第六章　在 20 世纪中国文学发展史上

——七月派的价值和意义

七月派文学处于 20 世纪文学发展的转折时期——40 年代,它上承五四传统,下接当代文学,既是 20 世纪文学发展中的一个部分,一个环节,又可认作穿照整体文学的关键性角度。七月派作为流派的构成方式和形式特征,七月派在理论和创作上对现实主义的创造性探索,七月派置身于文学主流同时又反拨主流偏向的思潮特点,七月派既体现时代风尚又坚持个性姿态的风格样貌,乃至七月派盛衰沉浮的坎坷命运等,在 20 世纪的中国都具有相当的典型性。

从七月派与五四新文学的继承关系来看:

绿原先生在不同的场合不同的文章中曾反复强调一个问题:胡风当年为什么要办刊物? 倘若没有一个宏愿大志的支撑,在炮火连天,居无定所,正常生活都无法保证的战争环境中,在经费、人员等物质条件极其匮乏的恶劣情况下,胡风一人创办和坚持一份质量可观的文学刊物,几乎是一件难以想象的事情。胡风为此压下自己刚刚展开的诗的歌喉,他在《〈为祖国而歌〉题记》中明白地说:"但我自己也没有能够继续地歌唱下去。因为,我忽然想到了,这伟大的战争应该能够广大地在文学上创造出新声,而这就非首先冲破文坛上的地位主义市侩主义不可,于是创刊了《七月》。繁忙的事务占去了我的时间和热情,我只是在他人的声音里面兴奋,感激。为了把那些声音组成谐和的交响,情愿把时时在心头冲撞的、歌唱的欲望压抑了下去。"[1]　而在编稿的过程中,胡风愈加感受到:"就我自己说,作为一个原稿的读者,常常受到了一种喜悦感的袭击。于是就产生了妄想,以为我们的诗将有一个新生的时代(不用说,也是以为我们的整个文艺领域将有一个新生的时代的)。"[2]　一方面是为配合抗战,另一方面,与抗战密切相关的一个最重要、最关键的原因,却是胡风长久以来潜藏于心的愿望,那就是以切实的努力将鲁迅为代表的五四新文学传统继承下来,再造现代文学如五四一样深刻有力、如五四一样多元繁荣的格局。这大概就是胡风所谓的"妄想"。

为了这个"妄想",胡风不惜代价办《七月》和《希望》,编辑《七月诗丛》和《七月文丛》;为了这个"妄想",胡风将一大批有志于文学的青年人吸引到自己身边,通过他的选稿标准,通过他的悉心指导扶持,让一批批文学的新生力量成长起来;也是为了这个"妄想",胡风必须面对来自四面八方的思想挑战,必须同时"承担着文艺批评家的严肃而重大的任务"。[3]　宗派矛盾使胡风在文坛受到冷遇,却更坚定了他执守阵地的决心。他相信这种坚持和苦斗的价值与意义。

于是,胡风坚持着他的五四文化立场,他与鲁迅一致,"一向把新文学视为对旧传统的决裂"。[4]　"胡风的文艺批评著作显示出,他是一位极为关怀现代中国文学前途的人,他是不会忍受任何对

---

① 胡风:《〈为祖国而歌〉题记》,《胡风全集》第1卷,第73页。
② 胡风:《四年读诗小记》,《胡风全集》第3卷,第61页。
③ 绿原、牛汉:《〈胡风诗全编〉编余对谈录》,《文学评论》1992年第1期。
④ 夏志清:《中国现代小说史》,第318页。

现代中国文学生长的伤害的。"① 哪怕这种伤害是在民族救亡的旗号下进行的,他也毫不犹豫地揭示出来,予以坚决地回击。他不能容忍对现实主义传统的摒弃,也不能容忍对现实主义的肆意歪曲贬抑,在保卫现实主义的战斗中,胡风表现得异常的勇猛顽强。

于是,七月派每一个成员都以张扬五四精神为己任,他们高举个性主义的旗帜,如火如炽地在创作中燃烧着自己;他们揭示民众"精神奴役的创伤",坚韧不拔地进行着鲁迅式的"国民性批判"。在40年代作家身上依然可以明显感到五四精神的印记者,首推七月派。而且,他们既自觉于时代的责任和使命,又自觉于现实主义文学的美学要求和作家的个性追求,所以他们竭力在文学的战斗作用、改造人生的作用,和文学的审美品格、作家的独立人格之间,进行着艰苦地协调和统一,也承受着二者难以达成两全的矛盾痛苦。一如鲁迅当年的"忧愤深广"和"反抗绝望"的复杂个性姿态。

从这一角度讲,抗战爆发是一个契机。战争为新文学开拓了肥沃的土壤,新的秧苗有了生长的可能。七月派抓住了现实斗争和现实生活的契机,在过去与将来之间做了一道桥梁,结合着抗战的现实需求,继续发展和深化人性的解放、人的主体性的发掘以及国民性改造等五四时代命题。五四新文学与生俱来、而在左联文学中被突出强调的激进思想和政治功利主义,也在七月派这里得到延续和某种程度上的强化。因为有了诸如七月派群体这样的五四传人,使得40年代的文学在转折发展中依然与二、三十年代的文学成为一个不可分割的具有内在生命联系的整体,七月派的这一特殊贡献在今天已经为人们普遍认可,其价值也愈加清晰地显现出来。

---

① 夏志清:《中国现代小说史》,第314页。

从七月派在40年代文学转折中的地位来看:

40年代是现代文学到当代共和国文学的一个转折过渡时期。"如果说,在五四时期的文学中,个体存在价值和社会群体意识相融合、人的解放和民族解放相融合的双重主题是时代精神的鲜明反映;在左联时期的文学中,个体意识与阶级政治意识相融合,人的解放与革命的斗争观点相融合的双重主题代表了特定历史时期审美要求的主导倾向;那么,在四十年代民族民主革命战争时期的文学中,上述双重主题则出现了更加复杂的多层次的内涵。这个时期的文学,是个体意识与民族群体意识、社会政治意识交融叠合,人的解放和民族解放、人民解放的交融叠合。"[①] 虽然各个不同时期的文学精神与审美取向各有不同的强调方面和不同的侧重方面,但"交融叠合"是其总体倾向。这其中,正值抗日民族战争和人民解放战争相继发生的40年代,文学思潮中"融合交叠"的复合性特征则更加显著。如胡风所言:"中国社会好像一个泥塘。巨风一来,激起了美丽的浪花也掀起了积存的污秽。这情形现在表现得特别明显。"[②] 战争,既带来以浪漫主义、英雄主义为内核的政治化现实主义的显性发展,并逐渐上浮为时代文学的主潮;同时,由于战争所引起的社会生活是空前动荡和空前广阔的,它酷烈而深厚,并伴随着沉渣泛起。由于战争对人们生活状态和心理状态的改变而使之日趋复杂化,作家们的生活感受和文学传达也日趋多样和丰富起来,这就造成40年代多元化文学格局出现的可能性与必然性。"如果说在'五四'时期,现代文学曾经出现过'多元探

---

① 黄曼君:《民族新文学性格的重塑与再造》,见《中国现代文坛的双子星座》,华中师范大学出版社1992年版,第415页。
② 胡风:《愿和读者一同成长》,《胡风全集》第2卷,第499页。

索'的势头。那么到 40 年代,就得到了进一步发展。"① 虽然这种"多元探索"的势头只持续了极短的时间,虽然 40 年代文学"多元化格局所提供的多种发展的可能性,在以后的文学发展过程中,由于种种复杂的原因,并没有得到全面的展开。"② 但是这短暂的多元探索势头,却提供了现代文学发展史上新鲜的、深化的、具有相当价值和意义的文学思想与艺术创造的命题及其内容。

置身其中的七月派切中战争文学的命脉,他们的呼喊他们的歌哭都来自真实的、对时代的感应,他们的"战士与诗人"的双重身份,他们在战场上的拼搏和在"美学上的斗争",都与民族命运、国家前途血肉相联,与他们的社会职责和战斗任务不可分离。他们以创作和理论批评参与和推助了民族解放战争的进程,也同时参与和推助了重新发现、重新铸造民族灵魂的伟大运动。七月派居于 40 年代文学主潮,毫无愧色地担当和完成了时代赋予的光荣使命。

但七月派并不是一个单一地迎合时代政治需求的文学流派。它自身构成复杂,成员们的成长背景与生活境遇不同且个性各异,创作中诸相毕现、异彩纷呈。40 年代文学中所谓"独特、超前、个人性"③ 的创作景观,在七月派那里的表现是非常明显的。创作的异质化与风格的另类性,也是七月派与众不同的流派特征之一,虽然某些异质和另类的追求未必一定值得肯定。可以说,七月派以流派自身的繁复多样构成了 40 年代多元化文学潮流中的强有力的一脉。

---

　　①③　钱理群:《漫话四十年代小说思潮》,《对话与漫游——四十年代小说研读》,第 24 页。

　　②　钱理群:《漫话四十年代小说思潮》,《对话与漫游——四十年代小说研读》,第 25 页。

处于文学的转折时期,七月派文学所具备的思想和艺术新质也是鲜明的。流派成员们大都持有纯净而坚定的革命信念,他们热情洋溢,乐观豪迈,对社会主义前景充满期待。可以想见,如果不是政治运动的压制和迫害,七月派将会是共和国文学中生机勃发、实力雄厚的创作队伍。遗憾的是,许多年富力强才气横溢的七月派诗人作家,被迫过早地终止了他们的艺术生命。而另一方面,七月派作家与创作本身透射出鲜明的政治倾向、浓重的理性意味。这固然是特定时代的赋予而难以生硬剥离,但毕竟给文学带来相当程度的艺术损伤。七月派无法挣脱时代的局限,也表明它顺应着即将到来的文学新时代。七月派虽与当时日渐明显的左倾思潮有着严重的情绪上的对立,但思想观念内部却又有着根本上的一致性,这就使七月派整体陷入一种难以自拔的悖论情境中,这也是40年代知识分子普遍遇到的和即将遇到的思想悖论。所以,七月派成为40年代和之后持续发生的文艺运动(实质上是政治运动)中的敌对面,带给我们关于一个时代文学走向及其复杂性的意味深长的思考。

从七月派对当代文学的穿透性影响来看:

新中国成立后,七月派的一部分作家在可能的条件下继续进行文学创作,也有可观的成果。50年代,路翎的《初雪》、《洼地上的"战役"》在当时的抗美援朝题材小说创作中独辟蹊径,侧重描写了志愿军的内心世界和情感生活。他依然热衷于把笔触深入到人物性格和心理状态的不同层面进行艺术表现,杜绝了当时刻画英雄人物表面化、类型化、概念化的弊端,达到了高度的真实性和生动性,但却被冠以违背生活真实的反现实主义倾向而受到批判,路翎从此中断创作。"文革"中也有七月派诗人在恶劣的政治气候下坚持抒发内心感怀,也有七月派理论家身陷囹圄被剥夺了人身自由，却始终没有停止思想的自由驰骋，这部分所谓"潜在写作"，已经引起人们广泛的关注和深入的研究。新时期恢复自由、重新拿起笔的一些诗人作家，包括胡风、路翎在内，都有新作问世；绿原、牛汉、冀汸、曾卓等诗人焕发精神，迎来创作的又一个丰收季节，甚至完成了对前期创作的超越。他们对当代文学新的贡献严格说不再属于流派的创作，但毕竟是从流派延伸和拓展而来，其气质风度依然抹不去流派影响的明显迹象。

七月派对当代文学的影响主要集中在胡风的思想理论方面。建国后，胡风接受了新中国文艺的指导思想，意欲结合毛泽东的《讲话》精神来丰富和发展自己的文艺思想，其理论核心依然是主体性现实主义，他的观点继续引起文艺界的不同意见。从40年代开始，胡风一直试图纠正在政治思潮干扰下，现实主义文学中的偏狭观念，建国后以后，他主要针对当时影响文坛的庸俗社会学的不良风气，与之进行不懈的斗争，坚持文学的本体立场，坚持现实主义的真本意义。在著名的"30万言书"中，胡风系统而深刻地阐述了自己对社会主义时期文艺发展的基本意见，并继续秉持他的"心纯敢犯强"的斗争姿态。后来成为胡风运动的批判焦点的"五把理论刀子"，即是胡风从自己的文学思想出发，对当时的文艺界提出的个人看法。胡风所谓放在读者和作家头上的"五把理论刀子"是："作家要从事创作实践，非得首先具有完美无缺的共产主义世界观不可"，"只有工农兵的生活才算生活"，"只有思想改造好了才能创作"，"只有过去的形式才算民族形式"，"题材有重要与否之分，题材能决定作品的价值"。[①] 这样的情形在建国后的文坛上显

---

① 胡风：《关于解放以来的文艺实践情况的报告》，《胡风全集》第6卷，第302—303页。

而易见是存在着的,这样把文学创作限制在极其狭小的天地中,完全违背了"双百"方针,违背了艺术创造的特殊规律。如此下去,社会主义文学艺术根本没有什么自由发展的可能。撇开社会背景不说,单就理论上的束缚就足以使艺术家窒息。客观地讲,在胡风著"30 万言书"的 1954 年,文坛情况还远未如此严重,但其发展趋势已为许多敏感的文艺理论家所焦虑。胡风胆识过人,言辞犀利,虽不无偏颇,但一腔热情全为当代文学事业而发。然而胡风却为自己的坦诚秉性与激烈气质付出了惨痛的代价。虽然建国以后的政治环境不允许胡风更从容深入地丰富发展他的文学理论体系,但胡风力所能及的努力,已为当代文学特别是现实主义文学的深化和发展作出了不可抹煞的贡献。

胡风文艺思想更深远的影响还在改革开放的新时期。如果说新时期伊始,创作上人道主义潮流的出现和理论上对于"文学是人学"再次肯定,已经无意识地在精神气脉上接通了胡风与新时期文学的联系,那么,1985 年以来创作上的"向内转"趋势和文学主体性理论的提出,则与胡风的文艺思想有着更深刻的渊源关系。"向内转"即文学创作中出现的"主观性"和"内向性"倾向,"'向内转'的文学艺术观念已经成了新时期中国人民审美意识中的一个主要因素"。① 主体性理论原则,"就是要求在文学活动中不能仅仅把人(包括作家、描写对象和读者)看作客体,而更要尊重人的主体价值,发挥人的主体力量,在文学活动的各个环节中,恢复人的主体地位,以人为中心、为目的"。进而把"文学是人学"的命题深化为:文学"是具有人性深度和丰富情感的精神主体学"。② 在理论的基

---

① 鲁枢元:《论新时期文学的"向内转"》,《文艺报》1986 年 10 月 18 日。
② 刘再复:《论文学的主体性》,《文学评论》1985 年第 6 期。

本内涵上,文学主体性理论与胡风的主体性现实主义理论有内在的相通。这也同时说明胡风理论的巨大影响力,说明其超前性和经典性。而当前,在文学本体范围内对胡风文艺思想的深入讨论和系统研究,则对当代文学理论和创作的发展,有着现实的建设性意义。

对于一个世纪以来的中国文学来讲,胡风和七月派留给我们的文学和精神遗产是双重的,是正反两个方面的。一方面是如上所说的创作和理论方面的创造性成果,将会持久深入地滋养我们,对我们未来文学的建设产生长远的积极的影响。另一方面,因胡风而发生的 1955 年"胡风反革命集团案",使七月派群体陷入长达四分之一个世纪的人生灾难中,乃至株连到七月派以外的众多人士,造成建国以来最大的一个政治冤案错案。反思这一人间悲剧是沉痛的,但也是必需的。解放后对胡风文艺思想的批判是 40 年代论战的继续,在国内文艺政策继续偏向左倾政治化并向极端化发展的形势下,胡风理论必然难免"异端邪说"的命运。40 年代的论战基本还在现实主义理论范围内进行,其性质也基本是学术性的,论战双方也还是彼此相互尊重的,所以胡风还得以坚持和发展自己的现实主义理论体系。但 10 年之后周扬的《我们必须战斗》的文章已经不是单纯的学术争论,周扬所代表的不仅仅是他个人或以他为主的学术体系,而是强大的政治力量。于是,在批判胡风的运动中,"现实主义在这些批判者手里不再是一个艺术问题,而成了一根魔杖用来随意变幻,制服论敌的"。① 这是问题的症结所在。现实主义在胡风那里是作为一个艺术问题来探讨的,而在批判者那里却是一个严重的政治问题,乃至政治权力问题。所以,现

---

① 丹晨:《胡风是一位杰出的文艺理论家》,《文学评论》1988 年第 5 期。

实主义者胡风,被判定为反现实主义者,而且被直接导向"反革命集团"。实际上,建国后的胡风在理论上已经变得不像从前那么偏激了,他也明确主张文学与政治的结合,但他坚持反对用文学去教条地书写政治。他的著述大多从文学艺术的特殊规律出发,阐发现实主义的美学特征,或者就文学创作本身的生发流变过程及其规律进行探讨,而绝非与重大政治问题直接粘连,但还是牵引出祸及自身与他人的政治批判运动。这既是学术风气不正常所致,同时也说明当代现实主义主潮愈加偏离了本体发展的方向,满足社会政治功利的需求使得现实主义自身产生了质变。否则,即使胡风是反现实主义的,也和反革命绝无必然联系。可见,现实主义文学的发展不仅遇到了政治运动的阻碍,更严重的是政治使现实主义自身已经发生了异化。

胡风事件是建国后历次学术论争转入政治运动的一个大的转折性事件,从此再也难以见到单纯的文艺批评了。胡风事件影响了一个时代的文化环境,严重伤害了大批文学艺术家理论家的身心,人们在此后接连不断的批判运动中噤若寒蝉。有些人不但背上政治包袱长久不得解脱,甚至失去创作和生存的权利,七月派成员们的悲惨命运就是明证。所以,政治介入文学造成冤案和悲剧的发生、造成文学本体的失落和变异,这其中的启迪和教训同样是值得我们永久珍藏的一份遗产。

七月派是20世纪中国文学发展史上的有机构成,也是一份独立和独特的存在,它显示了如此丰富复杂的精神蕴含,提供了如此触目惊心的人生课题,它所涵盖所代表的一个时代的文学及其相关问题,仍未被我们彻底挖掘、全面认识和深刻把握。是非曲折仍有待于今人和后人的继续评说。

附录一

参 考 文 献

一、作 品

1. 吴子敏编选:《〈七月〉、〈希望〉作品选》(上、下),人民文学出版社 1986 年版。

2. 绿原编:《白色花》,人民文学出版社 1981 年版。

3. 周良沛编选:《七月诗选》,四川人民出版社 1984 年版。

4. 田间:《给战斗者》,人民文学出版社 1978 年版。

5. 《田间诗选》,人民文学出版社 1983 年版。

6. 《艾青诗选》,人民文学出版社 1998 年版。

7. 《绿原诗选》,人民文学出版社 1998 年版。

8. 《牛汉诗选》,人民文学出版社 1998 年版。

9. 《鲁藜诗选》,人民文学出版社 1983 年版。

10. 《天蓝诗选》,人民文学出版社 1981 年版。

11. 《曾卓抒情诗选》,中国文联出版公司 1988 年版。

12. 《彭燕郊诗选》,湖南人民出版社 1984 年版。

13. 《胡征诗选》,陕西人民出版社 1984 年版。

14. 阿垅:《无弦琴》,桂林南天出版社 1942 年版。

15. 阿垅:《无题》,湖南文艺出版社 1986 年版。

16. 鲁煤:《扑火者》,五十年代出版社 1952 年版。

17. 冀汸:《灌木年轮》,人民文学出版社 1995 年版。

18.杜谷:《泥土的梦》,湖南文艺出版社 1986 年版。

19.徐放:《风雨沧桑集》,春风文艺出版社 1995 年版。

20.路翎:《财主的儿女们》(上、下),人民文学出版社 2000 年版。

21.路翎:《燃烧的荒地》,作家出版社 1987 年版。

22.《路翎小说选》,作家出版社 1992 年版。

23.《路翎剧作选》,中国戏剧出版社 1986 年版。

24.张业松、徐朗编:《路翎晚年作品集》,东方出版社 1998 年版。

25.曹白:《呼吸》,上海文艺出版社 1983 年版。

26.阿垅:《第一击》,海峡文艺出版社 1985 年版。

27.彭柏山:《战火中的书简》,上海文艺出版社 1982 年版。

28.《吴奚如小说集》,长江文艺出版社 1984 年版。

29.《贾植芳小说选》,江苏人民出版社 1983 年版。

30.《孔厥短篇小说选》,人民文学出版社 1982 年版。

31.鲁煤执笔:《红旗歌》,新华书店 1950 年版。

二、论　著

1.《鲁迅全集》,人民文学出版社 1991 年版。

2.《胡风全集》,湖北人民出版社 1999 年版。

3.梅志:《胡风传》,北京十月文艺出版社 1998 年版。

4.戴光中:《胡风传》,宁夏人民出版社 1994 年版。

5.万家骥、赵金钟:《胡风评传》,重庆出版社 2001 年版。

6.晓风主编:《我与胡风——胡风事件三十七人回忆》,宁夏人民出版社 1993 年版。

7.晓风等:《我的父亲胡风》,春风文艺出版社 2001 年版。

8.晓风编:《胡风路翎文学书简》,安徽文艺出版社 1994 年版。

9.《关于胡风反革命集团的材料》,人民出版社 1955 年版。

10.《胡风文艺思想批判论文汇集》(1—6集),作家出版社 1955 年版。

11. 亦门(阿垅):《人和诗》,上海书报杂志联合发行所 1949 年版。

12. 亦门:《诗与现实》(1—3 分册),北京五十年代出版社 1951 年版。

13. 亦门:《诗是什么》,上海新文艺出版社 1954 年版。

14. 阿垅:《人·诗·现实》,三联书店 1986 年版。

15.《吕荧文艺与美学论集》,上海文艺出版社 1984 年版。

16. 艾青:《诗论》,人民文学出版社 1983 年版。

17. 绿原:《葱与蜜》,三联书店 1986 年版。

18. 绿原:《苜蓿与葡萄》,华东师范大学出版社 1998 年版。

19. 邹荻帆:《诗的欣赏与创作》,三联书店 1986 年版。

20. 曾卓:《诗人的两翼》,三联书店 1987 年版。

21. 彭燕郊:《和亮亮谈诗》,三联书店 1987 年版。

22. 罗洛:《诗的随想录》,三联书店 1986 年版。

23. 何满子:《鸠栖集》,华东师范大学出版社 1998 年版。

24. 耿庸、何满子:《文学对话》,上海书店出版社 2000 年版。

25. 舒芜:《回归五四》,辽宁教育出版社 1999 年版。

26. 舒芜:《我思,谁在?》,花城出版社 1999 年版。

27. 牛汉:《学诗手记》,三联书店 1986 年版。

28. 牛汉:《梦游人说诗》,华文出版社 2001 年版。

29. 胡征:《诗情录及其他》,陕西人民教育出版社 1994 年版。

30. 李辉:《胡风集团冤案始末》,人民文学出版社 1989 年版。

31. 李辉:《风雨中的雕像》,山东画报出版社 1997 年版。

32. 万同林:《殉道者——胡风及其同仁们》,山东画报出版社 1998 年版。

33.徐文玉:《胡风文艺思想论稿》,安徽文艺出版社 1989 年版。

34.尚延龄:《胡风文艺思想新论》,敦煌文艺出版社 1995 年版。

35.支克坚:《胡风论》,广西教育出版社 2000 年版。

36.范际燕等编:《胡风论集》,中国社会科学出版社 1991 年版。

37.范际燕、钱文亮:《胡风论——对胡风的文化与文学阐释》,湖北
人民出版社 1999 年版。

38.贾植芳主编:《中国现代文学社团流派》(上、下),江苏教育出版
社 1989 年版。

39.马良春等编:《中国现代文学思潮流派讨论集》,人民文学出版
社 1984 年版。

40.陈安湖主编:《中国现代文学社团流派史》,华中师范大学出版
社 1997 年版。

41.黄曼君主编:《现代文学流派》,长江文艺出版社 1996 年版。

42.朱德发:《二十世纪中国文学流派论纲》,山东教育出版社 1992
年版。

43.严家炎:《世纪的足音》,作家出版社 1996 年版。

44.严家炎:《中国现代小说流派史》,人民文学出版社 1989 年版。

45.施建伟:《中国现代文学流派论》,陕西人民出版社 1986 年版。

46.秦亢宗、蒋成瑀编:《现代作家和文学流派》,重庆出版社、华夏
出版社 1986 年版。

47.杨洪承:《文学社团文化形态论》,安徽文艺出版社 1998 年版。

48.游友基:《中国现代诗潮与诗派》,广西师范大学出版社 1993 年
版。

49.柯文溥:《中国新诗流派史》,海峡文艺出版社 1993 年版。

50.刘扬烈:《诗神炼狱白色花——七月诗派论稿》,北京师范学院
出版社 1991 年版。

51. 殷国明:《中国现代文学流派发展史》,广东高等教育出版社1989年版。

52. 王才路:《中国现代小说流派史》,天津人民出版社1995年版。

53. 李怡:《七月派作家评传》,重庆出版社2000年版。

54. 叶德浴:《七月派:新文学的骄傲》,中国文联出版社2001年版。

55. 蓝海:《中国抗战文艺史》,山东文艺出版社1984年版。

56. 黄俊英编选:《小说研究史料选》,四川教育出版社1988年版。

57. 龙泉明编选:《诗歌研究史料选》,四川教育出版社1989年版。

58. 龙泉明:《中国新诗流变论》,人民文学出版社1999年版。

59. 苏光文:《抗战诗歌史稿》,四川教育出版社1991年版。

60. 章绍嗣:《抗战文艺散论》,湖北人民出版社1996年版。

61. 吴野:《战火中的文学沉思》,四川教育出版社1990年版。

62. 朱珩青:《路翎》,中国华侨出版社1997年版。

63. 朱珩青:《路翎:未完成的天才》,山东文艺出版社1997年版。

64. 刘挺生:《一个神秘的文学天才路翎》,华中师范大学出版社1997年版。

65. 张业松编:《路翎印象》,学林出版社1997年版。

66. 张业松编:《路翎批评文集》,珠海出版社1998年版。

67. 张环等编:《路翎研究资料》,北京十月文艺出版社1993年版。

68. 海涛、金汉编:《艾青研究专集》,江苏人民出版社1982年版。

69. 唐文斌等编:《田间研究专集》,浙江文艺出版社1984年版。

70. 张如法编:《绿原研究资料》,河南大学出版社1991年版。

71. 王玉树编:《鲁藜研究文萃》,天津社会科学出版社1989年版。

72. 蒋安全编:《徐放论》,春风文艺出版社1998年版。

73. 张克勤等编:《胡征论》,西北大学出版社1994年版。

74. 刘锋杰:《中国现代六大批评家》,安徽文艺出版社1995年版。

75.古远清:《中国当代诗论50家》,重庆出版社1986年版。

76.《艾青作品国际研讨会论文集》,花山文艺出版社1992年版。

77.张永健:《艾青的艺术世界》,华中师范大学出版社1998年版。

78.张永健:《诗神与现实》,武汉出版社1998年版。

79.李泽厚:《李泽厚哲学文存》(上、下编),安徽文艺出版社1999年版。

80.李泽厚:《中国思想史论》(下),安徽文艺出版社1999年版。

81.李泽厚:《世纪新梦》,安徽文艺出版社1998年版。

82.何干之:《中国启蒙运动史》,生活书店1947年版。

83.周作人:《中国新文学的源流》,华东师范大学出版社1995年版。

84.林毓生等:《五四:多元的反思》,香港三联书店有限公司1989年版。

85.林毓生:《中国传统的创造性转换》,三联书店1988年版。

86.陈万雄:《五四新文化的源流》,三联书店1997年版。

87.叶维廉:《中国诗学》,三联书店1992年版。

88.刘再复、林岗:《传统与中国人》,安徽文艺出版社1999年版。

89.朱德发:《中国五四文学史》,山东出版社1986年版。

90.柳鸣九主编:《二十世纪现实主义》,中国社会科学出版社1992年版。

91.钱中文:《现实主义和现代主义》,人民文学出版社1986年版。

92.王晓明主编:《二十世纪中国文学史论》(1—3卷),东方出版中心1997年版。

93.黄曼君主编:《中国近百年文学理论批评史》,湖北教育出版社1996年版。

94.黄曼君:《中国现代文坛的双子星座》,华中师范大学出版社

1992 年版。

95.温儒敏:《新文学现实主义的流变》,北京大学出版社 1988 年版。

96.温儒敏:《中国现代文学批评史》,北京大学出版社 1993 年版。

97.王永生主编:《中国现代文学理论批评史》,贵州人民出版社 1986 年版。

98.贾植芳主编:《中国现代文学主潮》,复旦大学出版社 1990 年版。

99.刘增杰主编:《19—20 世纪中国文学思潮史》(1—3 卷),河南大学出版社 1992 年版。

100.魏绍馨:《中国现代文学思潮史》,浙江大学出版社 1988 年版。

101.马良春等主编:《中国现代文学思潮史》,北京十月文艺出版社 1995 年版。

102.艾晓明:《中国左翼文学思潮探源》,湖南文艺出版社 1991 年版。

103.陈思和:《中国新文学整体观》,上海文艺出版社 1989 年版。

104.陈思和主编:《中国当代文学史教程》,复旦大学出版社 1999 年版。

105.赵俊贤:《中国当代文学发展综史》(上、下册),文化艺术出版社 1994 年版。

106.钱理群编:《20 世纪中国小说理论资料》,北京大学出版社 1997 年版。

107.钱理群等著:《中国现代文学 30 年》,北京大学出版社 1998 年版。

108.钱理群:《精神的炼狱——中国现代文学从"五四"到抗战的历程》,广西教育出版社 1996 年版。

109. 钱理群:《对话与漫游——40 年代小说研究》,上海文艺出版社 1999 年版。

110. 钱理群:《1948:天地玄黄》,山东教育出版社 1998 年版。

111. 刘书磊:《1942:走向民间》,山东教育出版社 1998 年版。

112. 杨义:《中国现代小说史》(第 3 卷),人民文学出版社 1993 年版。

113. 赵园:《艰难的选择》,上海文艺出版社 1986 年版。

114. 赵园:《论小说十家》,浙江文艺出版社 1987 年版。

115. 王晓明主编:《批评空间的开创》,东方出版中心 1998 年版。

116. 南帆:《文学的维度》,上海三联书店 1998 年版。

117.《苏联文学艺术问题》,人民文学出版社 1959 年版。

118.《卢卡契文学论文集》(第 1 卷),中国社会科学出版社 1980 年版。

119.《卢卡契文学论文集》(第 2 卷),中国社会科学出版社 1981 年版。

120. [美]韦勒克、沃伦:《文学理论》(刘象愚等译),三联书店 1984 年版。

121. [美]韦勒克:《批评的概念》(张金言译),中国美术学院出版社 1999 年版。

122. [美]华莱士:《当代叙事学》(伍晓明译),北京大学出版社 1990 年版。

123. [法]罗杰·加洛蒂:《论无边的现实主义》(吴岳添译),百花文艺出版社 1999 年版。

124. [美]夏志清著:《中国现代小说史》(刘绍铭编译),台北传记文学出版社 1979 年版。

125. [美]安敏成著:《现实主义的限制》(姜涛译),江苏人民出版社 2001 年版。

附录二

胡风与七月派研究部分资料与论文索引

晓风:《胡风年表简编》,《新文学史料》1986 年第 4 期。

晓风:《胡风和〈七月〉、〈希望〉撰稿者》,《新文学史料》1994 年第 1—4 期。

晓风:《胡风创办〈七月〉和〈希望〉》,《新文学史料》1993 年第 3 期。

晓风辑注:《胡风、阿垅来往书信选》,《新文学史料》1991 年第 1 期。

晓风:《延安寄到重庆——记丁玲给胡风的两封信》,《光明日报》1993 年 3 月 20 日。

晓风、晓谷、晓山整理辑注:《胡风致舒芜书信选》,《新文学史料》1998 年第 1 期。

晓风:《胡风与聂绀弩间的十封书信》,《武汉文史资料》2000 年第 1 期。

晓风:《胡风保存的老书信一束》,《新文学史料》2002 年第 2 期。

晓风:《〈胡风全集〉编辑感言》,《文艺理论与批评》1999 年第 5 期。

晓山:《片断的回忆——纪念父亲胡风逝世五周年》,《新文学史料》1990 年第 4 期。

林默涵:《胡风事件的前前后后》,《新文学史料》1989 年第 3 期。

梅志:《历史的真实——读林默涵同志〈胡风事件的前前后后〉》,《新文学史料》1990 年第 1 期。

梅志:《〈七月诗丛〉和〈七月文丛〉的出版经过》,《文教资料简报》,

1982 年第 12 期。

周正章:《〈鲁迅日记〉里的胡风》,《文教资料简报》,1982 年第 10 期。

朱甫晓:《我的父亲与胡风》,《新文学史料》1990 年第 1 期。

《田间致胡风的信》,《新文学史料》1995 年第 3 期。

周七康编注:《周文致胡风的信》,《新文学史料》1998 年第 3 期。

姜弘:《五访胡风》,《新文学史料》1988 年第 4 期。

黎之:《回忆与思考——关于"胡风事件"》,《新文学史料》1994 年第 3 期。

黎之:《回忆与思考——关于"胡风事件"的补充》,《新文学史料》1999 年第 4 期。

林贤治:《胡风"集团"案:20 世纪中国的政治事件和精神事件》,《黄河》1998 年第 1 期。

茅盾:《走在民主运动的行列中》,《新文学史料》1986 年第 2 期。

舒芜:《从头学习〈在延安文艺座谈会上的讲话〉》,《人民日报》1952 年 6 月 8 日。

舒芜:《〈回归"五四"〉后序》,《新文学史料》1997 年第 2 期。

舒芜:《〈回归"五四"〉后序的附记又附记》,《新文学史料》1998 年第 3 期。

吴奚如:《我所认识的胡风》,《芳草》1980 年 12 期。

曾卓:《我的悼念》,《文汇月刊》1985 年第 8 期。

路翎:《哀悼胡风同志》,《文汇月刊》1985 年第 9 期。

马蹄疾:《胡风主编的〈木屑文丛〉》,《新文学史料》1993 年第 3 期。

庞旸:《旧事重提——兼读胡风〈"写在《坟》的后面"引起的感想〉》,《新文学史料》1998 年第 4 期。

林希:《白色花劫》,《蓝盾》1994 年第 4 期。

白桦:《我与胡风短暂而又长久的因缘》,《新文学史料》2000 年第 4
　　期。

魏荒弩:《我与胡风案件》,《新文学史料》2000 年第 4 期。

赵俊贤:《文艺理论家胡风的悲剧》,《渭南师专学报》1999 年第 3
　　期。

王康:《我参加审查胡风案的经历》,《百年潮》1999 年第 12 期。

黎辛:《关于"胡风反革命集团"案件》,《新文学史料》2001 年第 2
　　期。

黎辛:《阿垅在狱中写给党组织的信与贺敬之为胡风案件落实政
　　策》,《文艺理论批评》2000 年第 2 期。

侯敏:《近年胡风文艺思想研究综述》,《文学研究参考》1987 年第 6
　　期。

《关于胡风文艺思想的反思》(座谈会发言:刘再复、朱寨、丹晨、乐
　　黛云、严家炎、缪俊杰、吕林、樊骏、陈全荣、王富仁、蒋守谦、高远
　　东),《文学评论》1988 年第 5 期 。

支克坚:《胡风与中国现代文艺思潮》,《文学评论》1988 年第 5 期。

钱理群:《胡风与五四文学传统》,《文学评论》1988 年第 5 期。

艾晓明:《胡风与卢卡契》,《文学评论》1988 年第 5 期。

吴调公:《关于胡风的现实主义文艺思想》,《雨花》1981 年第 2 期。

陈顺馨:《周扬与胡风:对社会主义现实主义影响的不同接受》,《中
　　国现代文学研究丛刊》1997 年第 3 期。

何满子:《五十年后回顾胡风"三十万言书"》,《文学自由谈》2002
　　年第 3 期。

绿原:《需要科学的分析和论断:关于所谓"五把刀子"的再认识》,
　　《人民日报》1988 年 7 月 26 日。

朱寨:《胡风的文艺批评》,《文艺研究》1985 年第 6 期。

朱寨:《胡风的创作理论》,《批评家》1986 年第 1 期。

朱寨:《关于胡风文艺思想的评价问题》,《文学评论》1999 年第 1 期。

陈辽:《胡风文艺思想平议》,《中国》1985 年第 4 期。

胡铸:《论胡风的主观战斗精神》,《苏州大学学报》1983 年第 1 期。

胡铸:《冯雪峰与胡风文艺思想异同论》,《社会科学研究》1987 年第 1 期。

夏中义:《胡风意见书重估》,《文艺理论研究》1989 年第 2 期。

钱理群:《胡风的回答——1948 年 9 月》,《文艺争鸣》1997 年第 5 期。

陈思和:《胡风对现实主义理论建设的贡献》,《海南师院学报》1997 年第 2 期。

邱运华:《现代中国文论建设过程中的高尔基典型论——30 年代周扬、胡风之争与典型说论辩》,《湘潭大学学报》1997 年第 6 期。

袁凌:《"对立统一":文艺批评的标准模式——由胡风与周扬的论争说起》,《作家天地》2001 年第 5 期。

季水河:《胡风现实主义理论中的"自我扩张"》,《文学评论》1987 年第 2 期。

昌切:《胡风现实主义理论中的"创作主体"》,《文学评论》1987 年第 2 期。

沈明:《多元的理论取向与独特的理论品格——论胡风的现实主义文艺思想》,《江苏教育学院学报》1996 年第 4 期。

庄锡华:《论胡风对"五四"新文艺的认识与评价》,《中州学刊》1997 年第 2 期。

王向远:《胡风和厨川白村》,《文艺理论研究》1999 年第 2 期。

张国安:《论胡风文艺思想和外国文学外国美学的关系》,《中国现代文学研究丛刊》1991 年第 1 期。

刘成友:《胡风与现代主义》,《泰安师专学报》1999 年第 1 期。

红苇、周斌:《胡风文艺理论中的黑格尔因素》,《齐鲁学刊》2001 年第 1 期。

李玊显:《文艺理论家胡风、冯雪峰的独立人格》,《南通师范学院学报》2001 年第 2 期。

李玊显:《胡风文艺思想的基本特色》,《成都大学学报》2002 年第 2 期。

李玊显:《历史的误会——胡风何其芳比较研究》,《临沂师范学院学报》2002 年第 2 期。

李玊显:《论胡风超前的主体性实践论文学观》,《烟台大学学报》2002 年第 3 期。

何满子:《胡风文艺思想谈片》,《湖北作家论丛》第 2 辑。

何满子:《论胡风的“自我扩张”》,《湖北大学学报》1989 年第 4 期。

段国超:《鲁迅与胡风》,《鲁迅研究动态》,1981 年第 6 期。

刘泰隆:《试谈“民族形式”论争的评价中的几个问题》,《中国现代文学研究丛刊》1982 年第 1 期。

丁柏铨:《〈论民族形式问题〉应当得到更准确的评价》,《中国现代文学研究丛刊》1982 年第 3 期。

徐文玉:《胡风文艺思想二题》,《百家》1986 年第 1 期。

陆一凡:《论胡风的文艺思想》,《中山大学学报》1986 年第 2 期。

宗诚:《不安的灵魂——胡风与日本文学和作家》,《日本文学》1986 年第 2 期。

丁玉柱:《胡风与卢卡契文艺思想之比较》,《佳木斯大学社会科学学报》2000 年第 2 期。

周仁政:《西方化背景与胡风的现实主义理论》,《江苏行政学院学报》2001 年第 4 期。

常斌:《胡风的文艺思想精髓及其悲剧探讨》,《广东职业技术师范学院学报》2000 年第 1 期。

金五德:《自成体系的创作论——胡风文艺思想初探之一》,《长沙电力学院学报》2000 年第 2 期。

胡水清:《胡风对抗战文艺的历史贡献》,《高等函授学报》2001 年第 6 期。

曹新伟:《胡风与周扬关于典型化过程及相关问题的论争》,《枣庄师专学报》2001 年第 1 期。

曹新伟:《胡风、周扬关于典型理论的论争》,《山东师大学报》2001 年第 2 期。

王毅:《聚焦于先驱者的生命状态——论胡风的鲁迅阐释》,《鲁迅研究月刊》1996 年第 1 期。

周葱秀:《胡风:鲁迅创作经验的杰出总结者》,《鲁迅研究月刊》1997 年第 4 期。

王晓惠:《胡风现实主义简论》,《云南教育学院学报》1998 年第 2 期。

范际燕:《胡风文艺思想的源脉与特色》,《华中师大学报》2000 年第 1 期。

范际燕:《胡风文艺思想与马克思主义文艺理论》,《湖北大学学报》2000 年第 1 期。

范际燕:《胡风:现代中国杰出的文艺思想家》,《鄂州大学学报》1999 年第 2 期。

梅琼林:《胡风现象:启蒙现实主义的理论建构》,《山西师大学报》1998 年第 1 期。

廖超慧:《胡风"主观战斗精神"的意义与价值》,《华中科技大学学报》2001年第1期。

潘磊:《现实主义的胜利与失败——论胡风文艺理论的内部矛盾与"七月派"的小说创作》,《陕西师范大学学报》2001年第1期。

邱福庆:《关注现代型人格建构——胡风文论中的知识分子话语》,《龙岩师专学报》2001年第4期。

李俊国:《历史哲学观念与个体生命意识——胡风文艺思想评析》,《文学评论》2002年第6期。

王丽丽:《胡风文艺思想的整体思维特征》,《文学评论》2002年第6期。

王丽丽:《胡风的理论问题解析》,《中国现代文学研究丛刊》2003年第1期。

王勇:《艾青与胡风文艺思想之比较》,《海南师范学院学报》2002年第1期。

张联:《胡风现实主义理论的独到贡献》,《社会科学辑刊》2002年第4期。

向宝云:《胡风"主观战斗精神"论述评》,《西南民族学院学报》2002年第2期。

姜玉琴:《现代性与反现代性:胡风文艺思想剖析》,《齐鲁学刊》2002年第2期。

冯学锋:《铜琶铁板,劲健有致——胡风言语风格探讨》,《湖北师范学院学报》2000年第1期。

绿原、牛汉:《〈胡风诗全编〉编余对谈录》,《文学评论》1992年第1期。

李槟:《胡风的诗学》,《伊犁教育学院学报》2001年第2期。

吴井泉、陈世澂:《胡风现代新诗凝视》,《中国人民大学学报》1998

年第 5 期。

吴井泉、陈世澂:《七月派的理论基石——胡风的诗学思想》,《中国青年政治学院学报》2001 年第 6 期。

杨匡汉:《鉴往知来——关于胡风部分诗论札记》,《诗刊》1985 年第 8 期。

陈坚:《胡风剧评思想初探》,《江汉论坛》2002 年第 6 期。

[美]西奥多·D·休特斯:《胡风与鲁迅的批评遗产》,乐黛云主编《当代英语世界鲁迅研究》,江西人民出版社 1993 年版第 334——360 页(程巍 译)。

[韩]鲁贞银:《论胡风编辑思想的几个特征》,《中国现代文学研究丛刊》1997 年第 3 期。

[韩]鲁贞银:《关于"胡风编辑活动和编辑思想"访谈录——访谈牛汉、绿原、耿庸、罗洛、舒芜》,《新文学史料》1999 年第 4 期。

[韩]鲁贞银:《两种话语的冲突——论胡风〈论现实主义的路〉》,《文艺理论研究》2000 年第 4 期。

[韩]鲁贞银:《胡风文学思想及理论研究》,《当代作家评论》2001 年第 1 期。

[韩]鲁贞银:《论胡风的〈论现实主义的路〉》,《当代作家评论》2001 年第 5 期。

张业松、刘志荣、鲁贞银:《胡风:批评的"现实主义的路"》,《开放时代》2002 年第 3 期。

张业松:《"一生两世"与强制遗忘》,《当代作家评论》1997 年第 4 期。

张业松:《关于舒芜先生的是非》,《书屋》2000 年第 11 期。

张业松:《舒芜的两篇"佚文"》,《评论》2002 年卷(下),作家出版社 2003 年 1 月。

张业松:《第二届胡风研究学术讨论会述评》,《学术月刊》2003 年第 4 期。

严家炎:《论七月派小说的风貌和特征》,《北京大学学报》1989 年第 5 期。

钱理群:《中国现代的唐吉珂德和哈姆雷特——论七月诗派和九叶诗派诗人》,《文艺争鸣》1993 年第 1 期。

朱珩青:《路翎小说的精神世界和"七月派"现实主义》,《学术月刊》1994 年第 9 期。

刘开明:《"精神奴役的创伤":论七月派小说的主题意蕴》,《东岳论丛》1996 年第 5 期。

李宗刚:《七月派:独特的美学世界》,《山东师范大学学报》1996 年第 2 期。

高远东:《论七月派小说的群体风格》,《文学评论》1988 年第 3 期。

龙泉明:《七月诗派与九叶诗人:在历史与未来的交汇点上》,《文学评论》1988 年第 1 期。

龙泉明:《高扬主体的现实主义——论七月诗派诗歌创作特质》,《理论与创作》1999 年第 2 期。

赵心宪:《七月派的早期分流》,《四川大学学报》1999 年第 6 期。

蔡清富:《为民族解放而歌唱:论"七月派"的诗歌创作》,《北京师范大学学报》1995 年第 4 期。

刘锋杰:《论七月派批评观》,《中国文学研究》1995 年第 2 期。

王庆福:《痛苦:富有力感的情绪表达——论七月派的文学性格》,《中国现代文学研究丛刊》1994 年第 1 期。

刘岚山:《白色花——七月派诗选述评》,《诗刊》1981 年第 9 期。

许定铭:《七月派诗人》,香港《大拇指半月刊》1981 年 9 月 15 日。

戈金:《闪烁着时代光彩的〈白色花〉》,《北方文学》增刊《诗》1981

年第 1 期。

牛汉：《并没有凋谢——评二十人集〈白色花〉》，《中国文学》（英文版）1982 年第 8 期。

孙玉石：《不曾凋谢的鲜花——读〈白色花〉随想》，《诗探索》1982 年第 1 期。

杨匡汉：《他们的诗曾经是血液——评〈白色花〉》，《文学评论》1982 年第 5 期。

邵燕祥：《读〈白色花〉》，《文艺报》1982 年第 12 期。

吴子敏：《论"七月"流派》，《文学评论》1983 年第 2 期。

李频：《论七月派的组织形式与结构形态》，《佳木斯教育学院学报》1992 年第 2 期。

章绍嗣：《论〈七月〉及"七月派"的创作》，《吉首大学学报》1996 年第 4 期。

郁梅：《读〈白色花〉——兼评七月派诗人的创作特色》，《读书》1982 年第 4 期。

郑纳新：《论七月诗派的整体风格》，《广西师范大学学报》1994 年第 3 期。

郑纳新：《七月诗派与中外诗学传统》，《广西社会科学》1999 年第 3 期。

沈栖：《论"七月诗派"的抒情艺术》，《抗战文艺研究》1987 年第 4 期。

江锡铨：《力之美——"七月"诗派综论之一》，《江苏教育学院学报》1997 年第 4 期。

江锡铨：《"诗的史"与"史的诗"——"七月"诗派综论》，《贵州社会科学》1998 年第 5 期。

柯文溥：《论"七月诗派"》，《厦门大学学报》1989 年第 2 期。

陈南一:《简述七月诗派的战斗风格》,《江西大学学报》1989 年第 2
　　期。

高蔚:《论"七月"诗派特质》,《新疆师范大学学报》1996 年第 3 期。

谢冕:《献给他们的白色花——读诗集〈白色花〉》,《新文学论丛》
　　1982 年第 4 期。

冀汸:《关于"七月"诗派》,《电大教学》1985 年第 6 期。

林青:《赤子心血铸造民族警钟——胡风和"七月诗派"》,《党史纵
　　横》1995 年第 9 期。

李德友:《〈七月〉与抗战文学》,《徐州师范学院学报》1996 年第 2
　　期。

屠岸:《时代激情的冲击波——读 20 人集〈白色花〉》,《诗刊》1982
　　年第 4 期。

公刘:《〈白色花〉学习笔记》,《艺谭》1984 年第 2 期。

文振庭:《试论"七月诗派"》,《新文学论丛》1983 年第 1 期。

冯伟才:《访牛汉谈〈七月诗派〉》,《读者良友》1985 年第 10 期。

吴井泉:《论七月诗派的情思世界与价值取向》,《北方论丛》2001
　　年第 3 期。

杨洪承:《七月派文学群体的文化结构探源》,《社会科学辑刊》1998
　　年第 6 期。

周燕芬:《从流派的构成看七月派的存在形式与特征》,《华中师范
　　大学学报》2002 年第 2 期。

周燕芬:《执守与突破——胡风现实主义理论再思考》,《海南师范
　　学院学报》2003 年第 3 期。

周燕芬:《论胡风文艺思想的动态形成》,《西北大学学报》2003 年
　　第 3 期。

周燕芬:《艾青——七月派的现实主义导向》,台湾《大海洋诗杂志》

2003 年 5 月版第 67 期。

孙萍萍:《论七月派小说"流浪意识"的文化内涵》,《求索》1998 年第 5 期。

阎浩岗:《论七月派小说的创作追求与艺术风貌》,《天津师大学报》2000 年第 3 期。

王晓初:《昂扬厚重的七月派小说》,《重庆教育学院学报》2000 年第 2 期。

邱晓阳:《"七月派"小说的成因与特质》,《泉州师范学院学报》2001 年第 5 期。

董建辉:《执拗的生命悲歌——论七月派的小说》,《当代作家评论》2001 年第 2 期。

武新军:《对茅盾、胡风文艺观差异的历时考察——兼及七月派、社会剖析派小说创作》,《信阳师范学院学报》2001 年第 1 期。

陈晓春:《全新的真实——"七月派"小说的审美特征管窥》,《西南民族学院学报》2002 年第 10 期。

曾令存:《1948——1949:〈大众文艺丛刊〉》,《中国现代文学研究丛刊》2002 年第 2 期。

邹荻帆:《忆〈诗垦地〉》,《新文学史料》1983 年第 1 期。

莴珍:《成都"平原诗社"片忆》,《新文学史料》1993 年第 4 期。

孙跃冬:《记成都平原诗社》,《新文学史料》1993 年第 4 期。

侯唯动:《五十年前的"鹰社"及其他》,《新文学史料》1982 年第 3 期。

冯亦代:《评〈蜗牛在荆棘上〉》,《希望》1946 年 2 集 2 期。

刘西谓:《〈路翎〉三个中篇》,《文艺复兴》1946 年 8 月 2 卷 1 期。

唐湜:《路翎与他的〈求爱〉》,《文艺复兴》1947 年 4 卷 2 期。

胡绳:《评路翎的短篇小说》,《大众文艺丛刊》1948 年第 1 辑《文艺的新方向》。

鲁芋:《蒋纯祖底胜利》,1948 年 11 月《蚂蚁小集》之四。

邵荃麟:《评〈饥饿的郭素娥〉》,《青年文艺》1944 年 1 卷 6 期,《邵荃麟评论选集》,人民文学出版社 1981 年版。

汪浐:《评〈饥饿的郭素娥〉》,《新华日报》副刊 1943 年 7 月 21 日。

[美]邓腾克著,张达译:《路翎的文学技巧:〈饥饿的郭素娥〉中的神话和象征》,《中国现代文学研究丛刊》1993 年第 3 期。

路翎:《我与外国文学》,《外国文学研究》1985 年第 2 期。

冀汸:《哀路翎》,《新文学史料》1995 年第 1 期。

化铁:《我所知道的路翎》,《新文学史料》1985 年第 2 期。

舒芜:《什么是人生战斗——理解路翎的关键》,《泥土》1947 年 7 月第 3 辑。

舒芜:《致路翎的公开信》,《文艺报》1952 年第 18 号。

朱珩青:《路翎早期的文学活动》,《新文学史料》1995 年第 1 期。

朱珩青:《路翎小说新论》,《海南师范学院学报》1992 年第 3 期。

朱珩青:《路翎身世的重新叙述》,《新文学史料》1997 年 1 期。

钱理群:《展示知识分子心灵历程的史诗——路翎〈财主底儿女们〉简论》,《抗战文艺研究》1983 年第 4 期。

钱理群:《探索者的得与失——路翎小说创作漫谈》,《中国现代文学研究丛刊》1981 年第 3 期。

赵圆:《路翎小说的形象与美感》,《抗战文艺研究》1985 年第 4 期。

杨义:《路翎——灵魂奥秘的探索者》,《文学评论》1983 年第 5 期。

杨义:《路翎传略》,《新文学史料》1987 年第 1 期。

贾植芳等:《路翎研究专辑》,《新文学史料》1997 年第 4 期。

绿原:《路翎这个名字》,《读书》1985 年第 2 期。

张耀杰:《灵魂之试炼,人性之辉煌——解读路翎》,《许昌师专学报》1997 年第 2 期。

张耀杰:《批评家笔下的路翎:路翎研究综述》,《新文学史料》1997
年第 4 期。

王志祯:《路翎:"疯狂"的叙述》,《文学评论》2000 年第 3 期。

刘挺生:《路翎小说的深层意识与本体特征》,《文学评论》1995 年
第 2 期。

昌切:《路翎的小说世界》,《文学评论》1990 年第 1 期。

李槟:《路翎的文论轨迹》,《南京师范专科学校学报》2000 年第 1
期。

李槟:《创伤下的灵魂辩证法——路翎小说论之一》,《贵州师范大
学学报》1998 年第 2 期。

李槟:《路翎的精神结构与文学的关系》,《社会科学》1999 年第 1
期。

张新颖:《没有凭借的现代搏斗经验——与胡风理论紧密关联的路
翎创作》,《当代作家评论》2001 年第 5 期。

柯泽:《论路翎小说的现代主义特色》,《江汉论坛》1999 年第 10 期。

柯泽:《论路翎小说的现实主义成就》,《江汉论坛》2000 年第 9 期。

柯泽:《论路翎小说的生命意识》,《华中师范大学学报》2000 年第 4
期。

郝亦民:《胡风的主观战斗精神和路翎的小说创作》,《中国现代文
学研究丛刊》1988 年第 3 期。

夏锦乾:《〈财主底儿女们〉与现代知识者的精神流浪》,《抗战文艺
研究》1988 年第 3 期。

李春林:《历史巨变前夕知识分子的形形色色——论路翎的〈云
雀〉》,《东方论坛》1999 年第 1 期。

臧恩钰、李春林:《试论路翎的心理现实主义》,《辽宁大学学报》

2000 年第 5 期。

张彩红、胡景战:《非理性世界中的疯癫图景——路翎小说中的疯癫人物透视》,《河南社会科学》2001 年第 6 期。

金彦河:《〈饥饿的郭素娥〉:疯狂与艺术的张力》,《中国文学研究》2001 年第 4 期。

金彦河:《路翎的文学世界与疯狂主题》,《中国现代文学研究丛刊》2002 年第 3 期。

张业松:《路翎晚年创作年表》,《新文学史料》1997 年第 4 期。

张业松:《〈路翎晚年作品集〉编集说明》,《新文学史料》1997 年第 4 期。

徐乃翔:《东平的文学道路》,《中国现代文学研究丛刊》1984 年第 2 期。

蔡谦:《谈〈东平选集〉中的早期作品》,《新文学论丛》1982 年第 3 期。

杨淑贤:《丘东平传略》,《新文学史料》1987 年第 3 期。

陈子谷:《我所知道的丘东平同志》,《新文学史料》1981 年第 4 期。

杨淑贤:《带枪的文艺战士——论抗战时期的丘东平及其创作》,《抗战文艺研究》1985 年第 1 期。

罗洛:《阿垅片论》,《新文学论丛》1983 年第 3 期。

罗洛:《阿垅的诗论》,《社会科学》1985 年第 5 期。

绿原:《记阿垅》,《大地增刊》1981 年第 1 期。

绿原:《阿垅的抗战小说〈南京血祭〉序》,《新文学史料》1987 年第 4 期。

李离:《忆阿垅》,《新文学史料》1991 年第 2 期。

冀汸:《诗人,也是战士》,《新文学史料》1991 年第 2 期。

屈小燕:《评阿垅的〈诗与现实〉》,《四川大学学报》1991 年第 3 期。

古远清:《重读亦门〈诗是什么〉》,《昭通师专学报》1984 年第 8 期。

岳洪治:《"七月诗派"和阿垅的诗歌艺术》,《上海师范大学学报》1987 年第 2 期。

江锡铨:《诗的雕塑:关于阿垅和他的〈纤夫〉》,《名作欣赏》1989 年第 6 期。

林希:《七月派诗人之花——阿垅的凋谢》,《炎黄春秋》1997 年第 2 期。

耿庸、罗洛、绿原、陈沛:《阿垅年表简编》,《新文学史料》2001 年第 2 期。

尹鸿禄:《时代的呼吸——谈曹白的报告文学、散文集〈呼吸〉》,《抗战文艺研究》1985 年第 1 期。

锦襄:《彭柏山传》,《新文学史料》1990 年第 1 期。

朱微明注释:《彭柏山书简》(1937、10——1940、4),《新文学史料》1984 年第 4 期。

朱微明注释:《彭柏山书简》(1946、3——1953、8),《新文学史料》1989 年第 2 期。

朱微明:《周扬谈彭柏山——访问记》,《新文学史料》1984 年第 3 期。

何满子:《生活中真实的诗——读彭柏山〈战火中的书简〉》,《文汇月刊》1984 年第 4 期。

何满子:《论柏山的创作道路》,《社会科学》1985 年第 6 期。

李怡:《论作为七月派诗人的田间——关于他的人生之路与艺术之路的再描述》,《赣南师范学院学报》1998 年第 2 期。

绿原:《磨杵琐忆》,《新文学史料》2000 年第 1 期。

李瑛:《论绿原的道路》,《诗号角》1948 年第 4 期。

牛汉:《荆棘和血液——谈绿原的诗》,《文汇月刊》1982 年第 9 期。

张如法:《射向敌人的子弹和捧向人民的鲜花——论绿原的诗》,《中国现代文学研究丛刊》1983 年第 1 期。

张如法:《论绿原的〈童话〉》,《河南大学学报》1987 年第 5 期。

蒋力:《诗心似火——读绿原的诗》,《诗探索》1984 年第 12 期。

罗洛:《绿原的诗》,《读书》1984 年第 1 期。

陈嘉农:《那些音色悲哀的歌——七月诗丛时期的绿原》,《香港文学》1986 年第 16 期。

陈丙莹:《绿原论》,《抗战文艺研究》1987 年第 2 期。

李怡:《从"童真"到"莽汉"的艺术史价值——绿原建国前诗路历程新识》,《贵州社会科学》1998 年第 5 期。

曾卓:《绿原和他的诗——读〈人之诗〉》,《诗刊》1984 年第 6 期。

罗惠:《我写绿原》,《新文学史料》1983 年第 2 期。

绿原:《〈人之诗〉自序》,《当代》1982 年第 6 期。

绿原:《为诗一辩》,《读书》1981 年第 1 期。

绿原:《活的诗——试以牛汉的〈温泉〉求证》,《读书》1983 年第 5 期。

绿原:《〈鲁藜研究文萃〉序》,《新文学史料》1990 年第 4 期。

胡征:《和鲁藜相处的日子》,《新文学史料》1992 年第 3 期。

柯文溥:《思想的珍珠、睿智的花蕾:论鲁藜的小诗》,《厦门大学学报》1993 年第 2 期。

耿庸:《鲁藜〈天青集〉散记》,《新文学论丛》1983 年第 1 期。

晓渡:《历史结出的果子——牛汉访谈录》,《诗刊》1996 年第 10 期。

唐天然:《〈队长骑马去了〉的诞生经过——天蓝同志一夕谈》,《新文学史料》1984 年第 3 期。

倪子明:《方然和〈呼吸〉》,《新文学史料》1991 年第 1 期。

冀汸:《活着的方然》,《新文学史料》1991 年第 1 期。

冀汸:《回忆朱怀谷》,《新文学史料》1993 年第 2 期。

冀汸:《诗写大地——回忆邹荻帆》(上、下),《新文学史料》1997 年
　第 1—2 期。

孙乃修:《贾植芳传略》(上、下),《新文学史料》1996 年第 2—3 期。

贾植芳:《在这个复杂的世界里》,《新文学史料》1992 年第 1 期。

耿庸:《枝蔓丛丛的回忆》,《新文学史料》1993 年第 2 期。

何满子:《和芦甸相处的日子》,《新文学史料》1991 年第 3 期。

杜谷:《万里桥边怀芦甸》,《新文学史料》1993 年第 4 期。

李离:《忆芦甸》,《新文学史料》1991 年第 3 期。

徐放:《我的诗路历程》,《新文学史料》1994 年第 2 期。

鲁煤:《徐放其人其诗的悲壮历程》(上、下),《新文学史料》1999 年
　第 1—2 期。

吕荧:《我的小传》,《新文学史料》1982 年第 3 期。

瘦民、苏菲:《梦的现实美——读〈泥土的梦〉》,《抗战文艺研究》
　1983 年第 6 期。

邓国栋:《诗人曾卓与五四新诗传统》,《文学评论》1992 年第 6 期。

何向阳:《曾卓与 20 世纪三四十年代》,《南方文坛》2001 年第 4 期。

孟泽:《彭燕郊创作论纲》,《湘潭大学社会科学学报》1999 年第 4
　期。

姚建国:《论牛汉诗歌的崇高美》,《淮北煤师院学报》2001 年第 1
　期。

李鸿然:《牛汉:与诗相依为命》,《民族文学研究》2000 年第 3 期。

后　　记

2002 年 6 月，我读完了我的博士学位。从 1985 年大学毕业开始在高校中文系任教，断断续续一直兼顾工作和学习，常常是同时充任老师和学生两种身份。如今，学生生涯终于结束了，这本据博士论文修订而成的著作，算是我告别青春年华，也告别学生生涯的一点纪念。

选择胡风和七月派研究这一课题，并将其纳入 20 世纪中国文学史的背景框架中，进行全面的史论性研究，对我来说是极富挑战性和考验性的一项任务。毕竟，七月派和其后发生的胡风事件，负载着中国现代半个多世纪文化和文学曲折发展的历史内容，折射着时代的、社会政治的风云动荡，它过于复杂也过于沉重，进入研究并谋求突破的难度可想而知。我像每一个走近胡风和七月派的研究者一样，难以摆脱那种神奇力量的诱惑，以致不顾及能否真正担当和完成这样一个庞大的研究课题，试探着一步一步往前推进，这期间，导师的鼓励和悉心指教，对七月派依然健在的老人们以及他们子女们的探访，坚定了我将这项选题进行下去的决心和信心。

书稿虽然几经修改，但限于自己的学力水平，还是难免疏漏乃至谬误，一切遗憾将在以后的学习和更进一步的研究中得以弥补。倘若本书能够对胡风和七月派的研究现状有一点力所能及的推进和突破，或能给同行们一点引玉和铺路的效用，我就感到很满意了，也可以告慰自己多年来对文学的热爱和那一份探索的辛苦。

　　本书付梓之际，诚挚感谢所有教育过我、影响过我的老师们。特别感谢求学过程中的两位导师——硕士生导师赵俊贤先生和博士生导师黄曼君先生，他们的治学精神和谆谆教诲，是我完成学业和著述的最大动力。感谢梅志先生和张晓凤女士以及绿原、牛汉、徐放、曾卓、鲁煤等七月派先辈们，他们给予的不但是宝贵的研究资料，还有他们高洁的人格精神对我的鼓励。感谢王富仁先生、朱桐寿先生等评审委员为我的论文所付出的劳动。感谢西北大学"211工程"对书稿出版的鼎力支持。中华书局提供出版机会，责任编辑宁映霞女士为本书的出版付出了艰辛劳作，在此也一并致以谢忱。

　　是为后记。

周燕芬

2003 年 5 月 28 日于西安玫瑰大楼